Karl Olsberg
Der Duft

KARL OLSBERG, geb. 1960, studierte Betriebswirtschaft und promovierte über Künstliche Intelligenz. Er war Unternehmensberater bei McKinsey, erfolgreicher Gründer von zwei Firmen der New Economy und lebt und arbeitet in Hamburg. Sein 2007 erschienenes Debüt »Das System« wurde auf Anhieb ein großer Erfolg, erhielt eine Nominierung für den Kurd-Laßwitz-Preis 2008 und wird zurzeit im Auftrag von RTL aufwendig verfilmt.
Mehr vom und zum Autor unter:
http://karlolsberg.twoday.net und
www.system-dasbuch.de

Marie Escher ist intelligent, systematisch und diszipliniert – sie hat gute Chancen, erste weibliche Partnerin bei einer internationalen Unternehmensberatung zu werden. Doch in ihrem neuen Projekt geht von Anfang an alles schief. Es kommt zu einem heftigen Streit, der in einer blutigen Auseinandersetzung endet. Unterstützt nur von ihrem unerfahrenen und chaotischen Kollegen Rafael, muss Marie herausfinden, was mit der Firma ihres Auftraggebers, einem Hersteller von biologischen Schädlingsbekämpfungsmitteln, nicht stimmt. Ihre Suche führt sie in die Wildnis Afrikas, wo sie mit den Abgründen menschlicher Grausamkeit konfrontiert wird – und mit ihrer eigenen traumatischen Vergangenheit.

Karl Olsberg

Der Duft

Thriller

ISBN 978-3-7466-2465-5

Aufbau Taschenbuch ist eine Marke
der Aufbau Verlagsgruppe GmbH

1. Auflage 2008

Umschlaggestaltung Mediabureau Di Stefano, Berlin
unter Verwendung eines Fotos von

Druck und Binden C. H. Beck, Nördlingen
Printed in Germany

www.aufbau-verlagsgruppe.de

Gewidmet den letzten Berggorillas, dem Andenken ihrer mutigen Beschützerin Dian Fossey und den Menschen, die in ihrem Namen weiterkämpfen.

www.gorillafund.org

Der Mensch ist
dem Menschen ein Wolf

Thomas Hobbes

Prolog

Joan Ridley schreckte aus dem Schlaf. Ihr Herz pochte heftig. War da ein Schrei gewesen? Sie setzte sich auf. Durch die dünnen Vorhänge fiel das schwache, bläuliche Licht der Dämmerung. Draußen war nur das tägliche Morgenkonzert des Waldes zu hören: der Gesang der Vögel, hin und wieder unterbrochen vom klagenden Ruf eines Adlers, dem Kreischen der Meerkatzen oder dem Trompeten eines Elefanten.

Sie lauschte eine Weile, während sich ihr Puls allmählich beruhigte. Sie musste geträumt haben. Sie streckte sich auf der dünnen, von der allgegenwärtigen Feuchtigkeit klammen Matratze aus und versuchte wieder einzuschlafen. Sie hatte heute einen langen Weg vor sich: Sie wollte Gruppe 8 suchen, die sie schon eine ganze Weile nicht mehr zu Gesicht bekommen hatte. Zuletzt war die zwölfköpfige Berggorillasippe an den Hängen des Sabinyo-Vulkans gesehen worden, der das Dreiländereck zwischen dem Kongo, Ruanda und Uganda markierte.

Sie schwang sich aus dem Bett, zog sich die braungrün gefleckte Tarnkleidung über, zögerte kurz, griff dann nach dem Halfter mit Revolver am Haken neben der Tür und legte ihn an. Sie hatte schon länger keine Leopardenspuren mehr in der Nähe gefunden, und es war höchst unwahrscheinlich, dass eines der scheuen Tiere sie angriff, aber es schadete nicht, vorsichtig zu sein.

Die Karisoke-Forschungsstation lag still im Morgennebel. Die meisten der schlichten Hütten standen leer. Die Gründerin der Station, die legendäre Gorillaforscherin und Naturschützerin Dian Fossey, hatte bis zu ihrer Ermordung dort gelebt, wo jetzt Joans Hütte stand. Während des Bürgerkriegs in Ruanda war die ursprüngliche Station zerstört worden, doch Joan hatte gemeinsam mit einer Gorillaschutz-Organisation für den Wiederaufbau gesorgt. Dennoch hatte hier nie wieder die frühere Betriebsamkeit geherrscht, denn seit Dian Fosseys Tod war das wissenschaftliche Interesse an den Berggorillas erlahmt. Ihr Verhalten galt als hinlänglich erforscht, ihr genetischer Code war gespeichert. Sie waren nur noch eine von vielen bedrohten Tierarten, die zumindest in den Archiven der Wissenschaft überleben würde. Nur zwei Studenten, die mehr aus Abenteuerlust denn aus wissenschaftlicher Notwendigkeit an einer Langzeitstudie der Gorilla-Bewegungen im Gebiet des Virunga-Massivs teilnahmen, schliefen noch in einer der aus Wellblech und Holz zusammengezimmerten Behausungen.

Joan ließ die beiden schlafen, ging zum Hühnerpferch und holte sich zwei Eier, die sie in der kleinen Kochhütte zu einem Omelett briet. Dann packte sie ihre Ausrüstung zusammen: Feldstecher, digitale Videokamera, Diktiergerät, eine Feldflasche mit Wasser und zwei Riegel Kraftnahrung für den Notfall. Währenddessen zogen Bilder eines wirren Traums durch ihren Kopf: Ein Gorilla, groß wie King Kong, hatte sie über die Vulkanhänge verfolgt und war dann von Hunderten von Menschen mit Macheten zerstückelt worden.

Sie schüttelte den Kopf, um das Bild zu verdrängen, und nahm einen Schluck von ihrem starken Kaffee. Die Einsamkeit hier oben hatte manchmal unangenehme Begleiterscheinungen. Trotzdem würde sie ihren Arbeitsplatz mit keinem anderen auf der Welt tauschen wollen. »Sanfte Riesen« hatte ihr Vorbild Dian Fossey sie genannt, und Joan liebte die Tiere fast wie ihre eigene Familie. Ihrer Meinung nach waren sie die freundlichsten und sympathischsten

Lebewesen auf dem Planeten. Ihre Forschungsarbeit über den Humor der Berggorillas war in Fachkreisen oft belächelt oder gar verhöhnt worden. Doch sie hatte inzwischen genügend Videobeweise gesammelt, um zu zeigen, dass Gorillas sehr wohl Schabernack miteinander trieben und eine Gefühlsäußerung zeigten, die man durchaus als Lachen interpretieren konnte.

Nicht zum ersten Mal überlegte sie, was aus der Erde geworden wäre, wenn nicht Homo sapiens, sondern die Gorillas die Weltherrschaft errungen hätten. Sie war überzeugt, dass die Welt eine bessere gewesen wäre. Wenn es einen Gott gab, dann hatte er bei der Auswahl der dominanten Spezies einen gravierenden Fehler gemacht.

Sie trank den Kaffee aus, spülte das Geschirr ab und trat aus der Kochhütte. Der Karisimbi, mit gut 4500 Metern der höchste Gipfel des Virunga-Massivs, lag im Nebel verborgen. An seinen Hängen hatte Joan gestern am Spätnachmittag noch einmal kurz Kontakt mit Gruppe 5 gehabt, einer der an Menschen gewöhnten Gruppen, die in der Saison mehrmals pro Woche Besuch von Touristen bekamen.

Sie sah die Touristen mit gemischten Gefühlen. Fast täglich durchquerten sie in kleinen Gruppen die Station, fotografierten sich gegenseitig neben Dian Fosseys Grab und starrten Joan manchmal an, als hielten sie sie ebenfalls für eines der letzten Exemplare einer aussterbenden Spezies. Trotz aller Ermahnungen waren sie oft viel zu laut, ließen ihren Unrat im Lager herumliegen und trampelten durch den Urwald wie eine Horde Elefanten. Andererseits war der Gorilla-Tourismus eine der wichtigsten Devisenquellen Ruandas und hatte der Gegend um den »Parc National des Volcans« relativen Reichtum beschert. Dadurch war das Problem der Wilderei, gegen das Dian Fossey so unermüdlich gekämpft hatte, stark zurückgegangen, und der

Gorillabestand hatte sich in den letzten zwei Jahrzehnten wieder leicht erholt. Es war Monate her, dass Joan eine Fangschlinge hatte entfernen müssen. Es schien, als hätten seltene Lebewesen nur dann noch eine Überlebenschance, wenn sie den Menschen als Urlaubsattraktion dienten.

Der Schrei, den sie vorhin zu hören geglaubt hatte, drängte sich in ihre Gedanken und verursachte ein ungutes Gefühl in ihrem Magen. Albern eigentlich – sicher war es nur ein Rest des wirren Traums gewesen. Doch sie würde keine Ruhe finden, bis sie sich davon überzeugte, dass der Silberrücken Cato und seine Gruppe wohlauf waren. Sie beschloss, einen kurzen Abstecher zu den Hängen des Karisimbi zu machen und nach dem Rechten zu sehen, bevor sie sich auf die Suche nach Gruppe 8 machte.

Sie ging zügig, aber nicht hastig. Auch wenn sie dem schmalen Pfad zum Karisimbi schon hundert Mal gefolgt war, wusste sie, wie gefährlich Eile sein konnte. Einerseits gab es mehrere steil abfallende Stellen, und schon ein einziger Fehltritt auf dem von der Feuchtigkeit schlüpfrigen Grund konnte einen Absturz mit Knochenbrüchen zur Folge haben. Andererseits bestand immer die Gefahr, unversehens mit einem der Büffel zusammenzustoßen, die morgens oft reglos im Unterholz standen. Jahr für Jahr kamen mehr Menschen durch Zusammenstöße mit den leicht reizbaren und enorm starken Tieren um, als durch Angriffe von Löwen oder anderen Großkatzen. Hier im Hochwald, wo es sonst nur scheue Bergleoparden gab, waren sie die mit Abstand gefährlichsten Lebewesen. Joans Pistole würde sie vor einem wütenden Büffel kaum schützen können.

Die Sonne erhob sich rasch über die Baumkronen. Ihre Strahlen flirrten durch das lichte Laub des Hochwaldes und vertrieben den Morgennebel. Doch Joan hielt sich nicht mit der Betrachtung der herrlichen Natur auf. Eine unerklärliche innere Unruhe, die mit jedem Schritt zuzunehmen schien, trieb sie voran.

Nach einer halben Stunde erreichte sie den Berghang, an dem sie Gruppe 5 zuletzt beobachtet hatte. Die Wiese war leer, der Dung abgekühlt. Die Gruppe hatte für die Nacht sicher den Schutz des Dickichts weiter oben aufgesucht.

Joan hielt einen Moment inne, um ihren Puls zu verlangsamen und Atem zu schöpfen. Sie durfte ihre wissenschaftliche Professionalität nicht verlieren. Offenbar machte sie die lange Einsamkeit nervöser, als sie sich eingestand. Vielleicht war es Zeit, mal wieder ein paar Wochen zu ihren Eltern nach Atlanta zu fahren, um etwas Abstand zu gewinnen. Sie atmete tief durch, doch das beklemmende Gefühl in ihrer Brust wollte nicht weichen.

Sie sah sich einen Moment um. Für jemanden, der sich schon so lange mit Gorillas beschäftigte wie Joan, war es ziemlich leicht zu erkennen, was die Familie aus dreizehn Tieren hier getrieben hatte. Sie waren etwa zwei bis drei Stunden an dieser Stelle geblieben, hatten gefressen und geruht, bevor sie in der Abenddämmerung aufgebrochen waren, um einen besser geschützten Schlafplatz zu suchen. Einer der Büsche war ziemlich übel zugerichtet: Abgebrochene Zweige und Blätter lagen herum, Spuren des Imponiergehabes eines der jungen Schwarzrücken. Abgeknickte Äste an einem niedrigwüchsigen Baum zeigten, dass hier die beiden Jungtiere der Gruppe herumgeklettert waren. Schließlich entdeckte Joan die Stelle, an der die Gruppe die Wiese verlassen hatte, und folgte ihrer Spur weiter den Hang hinauf.

Das erste, was sie wahrnahm, war der Geruch. Der ekelhafte, metallische Geruch von Blut, gemischt mit dem Gestank in höchster Not ausgeschiedener Exkremente. Dann hörte sie das Summen der Fliegen.

Ihre Kehle schnürte sich zusammen, als ihr klar wurde,

dass sich ihre schlimmsten Ahnungen bestätigten. Sie zwang sich, die Zweige eines dichten Gebüschs beiseitezuschieben.

Es war eines der Weibchen. Joan hatte sie Lucy getauft, weil sie immer ein bisschen dominant und frech gewirkt hatte – so wie die Figur in den Peanuts-Comics. Lucy lag unter hoch aufragenden Farnen auf dem Rücken. Ihre leeren Augen starrten hinauf in das lichtdurchflutete Blätterdach. Der intelligente, beinahe verschmitzte Ausdruck, der in diesen Augen gelegen hatte, war für immer verschwunden.

Joan verscheuchte die Fliegen, die sich auf Lucys schrecklich zugerichtetem Körper niedergelassen hatten. Das schwarze, seidige Haar war blutverklebt. Hals und Brust wiesen mehrere tiefe Fleischwunden auf. Ein ganzes Stück ihrer Schulter sowie ein Teil des linken Unterarms fehlten.

Das Entsetzen raubte ihr den Atem. Sie hatte Fotos von Gorillakadavern gesehen, die von den Macheten der Wilderer brutal verstümmelt worden waren, aber keiner der Körper war so zerfetzt gewesen. Die Wunden waren nicht glatt, sondern unregelmäßig und ausgefranst. Es sah aus, als habe jemand mit einem nicht mehr scharfen Dolch oder einem spitzen Dorn brutal auf den Gorilla eingestochen.

Es dauerte eine ganze Weile, bis sie einen klaren Gedanken fassen konnte. Was war hier geschehen? Wo war der Rest von Gruppe 5? Wieso hörte sie keine aufgeregten Rufe, kein erregtes Brusttrommeln? Sie wischte sich die Tränen aus den Augen und zwang sich, der Spur weiter zu folgen.

Wenige Minuten später hatte sie die schreckliche Gewissheit: Kando, Lisa, Jenny und Mira, die vier übrigen Weibchen, die beiden Jungtiere Benni und Bob, sogar der mächtige Silberrücken Cato – sie alle lagen verstreut über eine Fläche von mehreren hundert Quadratmetern, auf die gleiche bestialische Weise zugerichtet. Die Leichen von zwei der jungen Schwarzrücken, die sie als Jojo und Alfred erkannte, fand sie auf merkwürdige Weise ineinander verschlungen, als hätten sie noch im Tod die Nähe zueinander gesucht und sich zum Trost umarmt. Tom und Jerry, ebenfalls junge Männchen, lagen nicht weit davon entfernt auf dem Bauch. Eine Blutspur führte durch das Blattwerk, es sah so aus, als hätten sie sich noch schwer verletzt vom Ort des Grauens fortschleppen wollen.

Joan ging mit steifen, beinahe roboterhaften Schritten zwischen den Kadavern umher. Ihre Augen nahmen die Bilder auf, aber ihr Gehirn weigerte sich, sie zu verarbeiten. Sie war wie betäubt. Das, was hier geschehen war, passte nicht in ihren Kopf.

Es war undenkbar, dass die Katastrophe einen natürlichen Ursprung hatte. Kein Lebewesen des Waldes wäre in der Lage gewesen, einer gesunden Gorillagruppe etwas Derartiges anzutun. Es gab nur eine Lebensform, die zu solcher Grausamkeit fähig war.

Joan spürte kaum die Tränen auf ihren Wangen. Sie betrachtete den entsicherten Revolver in der Hand, aber es gab kein Ziel, an dem sie ihre ohnmächtige Wut hätte auslassen können. Sie war fast froh, dass die Verantwortlichen für dieses Verbrechen offenbar nicht mehr in der Nähe waren, denn sie hätte sich des Mordes schuldig gemacht, wäre sie einem der Wilderer begegnet.

Gorillas waren schon früher auf grausame Weise von Menschen getötet worden. Sie hatten sich in den Schlingen der Wilderer verfangen und sich üble Verstümmelungen zugezogen, an deren Folgen einige verendet waren. Erwachsene Tiere hatte man erschossen, um ihre Jungen in Zoos zu verschleppen. In einigen seltenen Fällen waren Gorillas mit Wilderern oder mit Hirten aneinandergeraten, die ihre Rinder verbotenerweise in die Randbezirke des Nationalparks getrieben hatten. Joan hatte einmal Fotos eines Silberrückens gesehen, der während des ruandischen Bürgerkriegs von den Splittern einer Armeegranate getötet worden war. Aber nichts von alldem reichte an die sinnlose Gewalt heran, die hier gewütet hatte.

Es war einfach unfassbar. Eine ganze Familie ausgelöscht. Dreizehn Tiere. Für den Fortbestand der Berggorillas war das eine Katastrophe.

Als sie die Fundorte der Leichen auf der Suche nach Spuren der Mörder noch einmal abging, fiel ihr auf, dass es nur zwölf Tiere waren. Onkel Sam, der älteste der Schwarzrücken, fehlte. Offenbar war er dem Massaker entkommen. Vielleicht war er rechtzeitig geflohen, oder er hatte sich schwer verletzt davonschleppen können und lag nun irgendwo in einem Gebüsch und verendete qualvoll. Sie musste ihn finden!

Joan zwang sich, das Grauen zu verdrängen und sich auf diese Aufgabe zu konzentrieren. Ihr war übel. Ihre Hände zitterten, und ihre Knie fühlten sich an, als seien sie aus Gummi, aber sie schaffte es irgendwie, aufrecht stehen zu bleiben. Schließlich fand sie Blutspuren an den niedrigen Büschen und Farnen. Vorsichtig folgte sie der Spur den Berg hinauf.

Sie erinnerte sich an ihre erste Begegnung mit Gruppe 5. Sie war damals erst ein paar Wochen in Karisoke gewesen und hatte sich ziemlich ungeschickt angestellt. Statt durch lautes Zweigeknacken auf sich aufmerksam zu machen, hatte sie sich an die Gruppe angeschlichen, um sie ungestört zu beobachten. Sie hatte damals geglaubt, das Verhalten der Gorillas auf diese Weise besser studieren zu können. Doch sie war der Gruppe zu nahe gekommen, und Sam hatte sie sehr schnell hinter einem Busch entdeckt. Das daraufhin losbrechende Spektakel hatte sie bis ins

Mark erschüttert. Die ganze Gruppe hatte sich hinter dem Silberrücken versammelt, der mit lautem Gebrüll auf sie losgegangen war. Joan hatte sich, ihr Ende vor Augen, auf dem Boden zusammengekauert. Doch Cato, der Menschen offenbar nicht für eine ernste Bedrohung hielt, hatte ganz dicht vor ihr innegehalten, verächtlich geschnaubt und sich dann abgewandt. Er hatte ihr ein für alle Mal gezeigt, dass Gorillas ein Anschleichen nicht tolerierten. Joan hatte diesen Fehler nicht noch einmal gemacht.

Die Blutspur führte in ein Dickicht aus Farnen und Bambus. Etwas wie ein heiseres Röcheln drang daraus hervor. Joan verharrte. Was sollte sie tun? Sich einem verletzten Gorilla zu nähern, war extrem gefährlich. Aber sie konnte Sam nicht einfach in dem Gebüsch verenden lassen!

Vorsichtig bog sie einige große Farnwedel beiseite. Dahinter erstreckte sich eine breite Spur niedergedrückter Pflanzen und abgebrochener Bambusstauden bis zu einem großen Busch, dessen Blattwerk eine natürliche Höhle formte. Darin hockte Onkel Sam, nur etwa ein Dutzend Meter entfernt. Seine Augen waren geweitet. Um die schwarzen Pupillen waren rötlich-weiße Ränder zu erkennen. In seiner Hand hielt er etwas, das wie ein welkes Bananenblatt aussah. Nein, es war ein Stück Stoff – vielleicht ein Kleidungsfetzen von einem der Mörder. Der Gorilla bleckte die Zähne und ließ ein kehliges Knurren ertönen, verhielt sich ansonsten aber ganz ruhig.

Langsam näherte Joan sich dem Tier bis auf etwa acht Meter, wobei sie leise, beruhigende Worte murmelte. Auch Sams Fell war blutverklebt, aber sie konnte nicht erkennen, wie schwer seine Verletzungen waren. Offene Fleischwunden waren nicht zu sehen.

Plötzlich sprang er auf, stieß ein durchdringendes Brüllen aus und rannte auf Joan zu.

Einen Moment war sie zu erschrocken, um zu reagieren.

Das Tier konnte nicht sehr schwer verletzt sein, denn es bewegte sich behände und ohne erkennbare Beeinträchtigung. Ihr wurde klar, dass es völlig verstört sein musste. Gorillas waren eigentlich sehr friedliche Lebewesen, aber das Vertrauen, das Joan mit der Gruppe über viele Monate aufgebaut hatte, war sicher durch die Wilderer zerstört worden. Der Gorilla musste sie für einen grausamen Feind halten.

Sie wusste, sie würde gegen das Tier, das mehr als doppelt so schwer war wie sie und über messerscharfe Reißzähne verfügte, keine Chance haben. Onkel Sam würde sie töten.

Ein Schuss fiel.

Sam hielt mitten in seinem Angriff inne und starrte sie verwundert an. Joan wurde erst nach einer Sekunde klar, dass sie selbst vor Schreck in die Luft geschossen hatte.

Sie wartete nicht, bis der Gorilla sich von seinem Schock erholt hatte, sondern drehte sich um und rannte den Abhang hinab. Hinter sich hörte sie das Brechen von Zweigen und das Keuchen und Knurren des wütenden Tieres. Erneut schoss sie in die Luft, aber diesmal ließ sich der Gorilla nicht aufhalten. Er stieß nur einen langgezogenen Wutschrei aus. Er war jetzt so nah, dass Joan glaubte, seinen Atem im Nacken zu spüren.

Sie stolperte, schlug hin, rappelte sich auf. Sie hatte keine Chance, Onkel Sam zu entkommen, der sich in seiner vertrauten Umgebung viel schneller und sicherer bewegen konnte. Aber sie würde lieber sterben, als ihren Revolver gegen den letzten Überlebenden der Gruppe 5 zu richten und selbst zur Mörderin an einem dieser großartigen Geschöpfe zu werden.

Plötzlich gab der Boden unter ihr nach. Hinter einer Wand aus hohen Farnen fiel der Hang steil ab. Sie stürzte, überschlug sich ein paar Mal. Der Revolver glitt ihr aus der

Hand. Sie rollte seitwärts den Abhang hinunter und schlug schließlich mit dem Kopf hart gegen einen großen Brocken aus verwittertem Basalt, der aus den Farnen aufragte. Sie hörte einen triumphierenden Schrei hoch über sich. Dann wurde es dunkel um sie.

1.

Das neue Projekt begann mit einem Chaos. Als Marie Escher pünktlich um halb sieben am Flughafen Berlin-Tegel eintraf, wurde ihr sorgfältig geplanter Tagesablauf über den Haufen geworfen. Ein Systemabsturz in Frankfurt hatte dafür gesorgt, dass die Anzeigetafeln in leuchtendem Gelb massenhaft Verspätungen und Flugausfälle verkündeten. Der Flughafen war überfüllt mit Geschäftsleuten in dunklen Anzügen, die mit ihren Reisetrolleys im Schlepp ratlos durch die Gänge irrten oder in langen Schlangen vor den Informationsschaltern ausharrten.

Na schön. Marie hätte nicht kurz davor gestanden, als erste Frau zum Partner der Unternehmensberatung Copeland & Company gewählt zu werden, wenn sie nicht in der Lage gewesen wäre, mit solchen Schwierigkeiten umzugehen. Der Termin mit ihrem neuen Klienten Daniel Borlandt, dem Vorstandschef der Oppenheim Pharma AG in Frankfurt, war erst um 14.00 Uhr.

Sie ging in die überfüllte »Senator Lounge« für besonders gute Lufthansa-Kunden, um sich dort über die Situation zu informieren. Die Frau am Empfang hatte dieselben schulterlangen, pechschwarzen Haare wie Marie, jedoch nicht ihren sehr hellen Teint, der ihr als Kind den Spitznamen »Schneewittchen« eingetragen hatte. Mit einem professionellen Lächeln verkündete sie, die Maschine habe etwa eine Stunde Verspätung.

Marie wog ihre Alternativen ab. Wie sie die Lufthansa kannte, konnten aus der einen Stunde Verspätung leicht zwei oder drei werden, oder die Maschine wurde ganz gestrichen. Besser, sie setzte auf Sicherheit und nahm den ICE.

Auch der Zug hatte fast eine Stunde Verspätung, und so kam sie erst knapp vor dem Treffen in Frankfurt an. Ihr Teamkollege Konstantin Stavras empfing sie am Haupteingang der Firmenzentrale. Er war hochgewachsen und sehr schlank, mit buschigen Augenbrauen und stark abstehenden Ohren. Er hatte ein warmes, freundliches Lächeln aufgesetzt.

Auch Marie freute sich, ihn zu sehen. Sie hatte bisher noch kein gemeinsames Projekt mit ihm gehabt, aber Konstantin galt als brillanter Analytiker und sehr gewissenhafter Berater. Er war mit dem Auto aus Düsseldorf gekommen und hatte nicht mehr als den einkalkulierten einstündigen Stau auf der A3 bei Köln erlebt, sodass er als einziges Teammitglied pünktlich um 10.00 Uhr eingetroffen war.

»Will kann nicht kommen«, sagte Konstantin. »Alle Flüge von London nach Frankfurt sind gestrichen worden.«

Will Bittner war der für den Kunden Oppenheim AG verantwortliche Partner bei Copeland und auf diesem Projekt Maries Vorgesetzter. Normalerweise hätte er also das Gespräch mit Borlandt geführt. Nun musste Marie diesen Part übernehmen, aber sie hatte bereits mit dieser Möglichkeit gerechnet und sich auf der Zugfahrt darauf vorbereitet.

»Was ist mit Rico Kemper?«, fragte sie.

»Der ist vor einer Viertelstunde gelandet und sitzt im Taxi. Müsste gleich da sein.«

Konstantin führte sie in einen Konferenzraum auf der Vorstandsetage im vierten Stock des schmucklosen Verwaltungsbaus, den man ihnen für den Tag zur Verfügung gestellt hatte. Aus dem Fenster sah man mehrere zweistöckige Gebäude mit Labors und Büros sowie zwei langgezogene Hallen, in denen vermutlich Produktionsanlagen und Lagerräume untergebracht waren. Trotz einiger Bäume und Grünstreifen wirkte die ganze Anlage grau und unansehnlich. Ein undefinierbarer, leicht unangenehmer Geruch wehte von draußen herein. Marie war sich nicht sicher, ob er vom Werk der Oppenheim AG oder den benachbarten Industrieanlagen herrührte.

»Ich hab uns schon mal Kaffee organisiert«, sagte Konstantin und schenkte ihr auf ihr Nicken hin eine Tasse ein.

In diesem Moment betrat Rico den Teamraum. Er hatte ein fein geschnittenes, sonnengebräuntes Gesicht und sorgfältig manikürte Hände. Marie kannte ihn von einem gemeinsamen Training und war von seiner leicht arroganten Ausstrahlung irritiert gewesen. Aber er hatte einen guten Ruf in der Firma, da er bereits zwei Folgeprojekte akquiriert hatte, und stand kurz vor der Beförderung zum Projektleiter.

Er knallte seinen Aktenkoffer auf einen der Arbeitstische. »Sorry, Leute. So ein Chaos habe ich noch nie erlebt!«

»Ja, ich weiß«, sagte Marie. »Ich bin auch erst seit einer Viertelstunde hier.«

»Worum geht's hier eigentlich?«, fragte Rico. »Ich hatte noch nicht die Zeit, in die Unterlagen zu schauen.«

Marie fragte sich, was er wohl während der Wartezeit am Flughafen gemacht hatte. Wahrscheinlich hatte er sich die ganze Zeit mit irgendwelchen überforderten Mitarbeiterinnen der Lufthansa herumgestritten.

»Die Oppenheim AG steckt in ziemlichen Schwierigkeiten«, erklärte sie. »Die Patentfristen der beiden wichtigsten Produkte laufen demnächst aus, und die Firma hat in der Vergangenheit viel zu wenig Forschung betrieben. Die haben sich anscheinend auf den Erfolgen der Vergangenheit ausgeruht und stehen jetzt kurz vor einem Umsatzeinbruch. Die Börse weiß das natürlich, und der Kurs ist entsprechend gefallen. Oppenheim gilt als Übernahmekandidat.«

»Na toll. Ein echter Saustall!«, kommentierte Rico. »Da haben wir ja alle Hände voll zu tun!«

»Stimmt es, dass Borlandt früher Projektleiter bei Copeland war?«, fragte Konstantin.

Marie nickte. »Ich glaube, Will und er haben damals gleichzeitig angefangen. Er hat dann irgendwann ein Projekt bei Merck gehabt, ist dort als Vertriebsdirektor abgeworben worden und später Vertriebsvorstand geworden. Oppenheim hat ihn vor ein paar Monaten als Vorstandschef geholt, damit er die Firma wieder in die Profitabilität führt. Aber das wird nicht einfach.« Sie sah auf die Uhr. »Wir müssen los!«

Zu dritt legten sie den kurzen Weg bis zu Daniel Borlandts Büro zurück.

Borlandt begrüßte sie mit einem breiten Lächeln und einem festen Händedruck. Er hatte sehr kurzes Haar und eine leicht schiefe Nase, was ihm ein verwegenes, aber nicht unsympathisches Äußeres verlieh. Seine hellgrünen Augen blickten aufmerksam in die Runde.

»Will Bittner lässt sich entschuldigen«, sagte Marie. »Leider wurden sämtliche Flüge von London nach Frankfurt gestrichen.«

»Ja, ich hab von dem Chaos am Flughafen gehört«, sagte Borlandt, während sie sich an den Besprechungstisch in seinem großzügigen, holzgetäfelten Büro setzten. »Wir hatten heute Morgen auch einen Computerausfall. Wahrscheinlich irgendein Virus, der mal wieder das halbe Internet lahmlegt.«

Sie begannen das Meeting mit einer kurzen Vorstellungsrunde. Borlandt erzählte, wie er Will kennengelernt hatte. Marie hätte fast gegrinst, als sie erfuhr, dass er sich auf seinem ersten Projekt einen peinlichen Rechenfehler geleistet hatte, der erst in der Vorstandspräsentation aufgefallen war. Mit seinem Charme und seiner Redegewandtheit hatte sich Will damals aus der Affäre gezogen.

»Ich hätte nie geglaubt, dass der mal Partner wird«, sagte Borlandt mit einem verschmitzten Lächeln. »Nun ja, das ist lange her. Heute sitzen wir auf verschiedenen Seiten des Tisches, und ich muss zugeben, ich kann die Unterstützung von Copeland gut gebrauchen. Ich nehme an, Sie haben sich die Unterlagen angesehen, die ich Will geschickt hatte?«

Marie nickte. Sie erläuterte kurz ihre Eindrücke.

»Sie haben sehr schnell verstanden, worum es hier geht«, sagte Borlandt. »Die Oppenheim AG steht mit dem Rücken zur Wand. Sollte es uns nicht gelingen, den Aktienkurs in den nächsten Monaten mindestens zu stabilisieren, sind wir reif wie Fallobst für eine feindliche Übernahme. Das Problem ist: Unsere Kosten sind viel zu hoch. Andererseits haben wir einen ziemlich mächtigen Betriebsrat. Es wird nicht einfach, einen Personalabbau durchzusetzen.«

»Sollen wir eine OOP machen?«, fragte Marie. Die Abkürzung stand für »Optimierung der operativen Prozesse« – eine schöne Umschreibung für ein Kostensenkungsprogramm.

Borlandt schüttelte den Kopf. »Nein. Wir wissen auch so, dass wir einen viel zu großen Verwaltungsapparat haben. Wir brauchen einen kurzfristigen Befreiungsschlag, der frisches Geld in die Kasse bringt, damit unsere mittelfristigen Maßnahmen greifen können. Wir haben da eine Tochtergesellschaft, die nicht wirklich zu unserem Kerngeschäft passt. Ich möchte, dass Sie sich diese Firma genau anschauen und mir sagen, welches Zukunftspotenzial sie hat und ob es Sinn macht, sich jetzt von ihr zu trennen.«

»Um welche Tochtergesellschaft geht es?«, fragte Marie. »Croptec? Biokinetics? Olfana?«

»Croptec bewegt sich in einem hart umkämpften Markt, aber die haben wenigstens ein paar brauchbare Produkte und machen Gewinn. Biokinetics ist unser einziger echter Hoffnungsträger – wenn wir den verkaufen, glaubt niemand mehr an die Zukunft der Oppenheim AG. Der naheliegendste Verkaufskandidat ist aus meiner Sicht Olfana.«

»Was genau machen die denn?«, fragte Rico.

»Natürliche Schädlingsbekämpfung. Angesichts der ganzen Umweltdiskussion ist das wahrscheinlich ein Wachstumsmarkt. Problematisch ist, dass die Firma bisher kaum marktreife Produkte hat und eine Menge Geld in die Forschung investiert, sodass sie hohe Verluste einfährt. Ich möchte, dass Sie herausfinden, wie groß ihr Zukunftspotenzial ist und was ein realistischer Verkaufspreis wäre. Ich habe den Geschäftsführer Dr. Scorpa schon über Ihren Besuch in Kenntnis gesetzt. Er ist nicht unbedingt begeistert, dass ihm jemand auf die Finger schauen wird, also gehen Sie bitte behutsam mit ihm um!«

»Das werden wir«, sagte Marie.

»Wir werden Ihnen in etwa zwei Wochen einen Zwischenbericht vorlegen«, sagte Rico.

Marie warf ihm einen finsteren Blick zu. Es war ihre Aufgabe als Projektleiterin, das Vorgehen abzustimmen, nicht seine.

Borlandt nickte. »Eine gute Idee. Meine Assistentin wird Ihnen einen Termin nennen. Ich wünsche viel Erfolg!«

Das Firmengebäude von Olfana in Dreieich, etwa zwanzig Minuten vom Sitz der Oppenheim AG entfernt, war ein zweistöckiger grauer Zweckbau auf dem Gelände eines stillgelegten Werkes. Außerdem waren hier eine Spedition, ein Reifenhandel, ein Baumarkt und mehrere Handwerksunternehmen untergebracht. Das Firmenschild neben dem Hauseingang war so klein, dass sie es fast übersehen hätten.

Dr. José Scorpa, ein elegant gekleideter, dunkelhäutiger Mann Mitte fünfzig, begrüßte sie knapp mit leicht südländischem Akzent und einem charmanten Lächeln, das besonders Marie galt. Sein Aftershave war etwas zu großzügig aufgetragen.

Scorpas Büro wirkte in dem tristen Bau überraschend modern und elegant. An den Wänden hingen abstrakte Ölgemälde, auf dem exquisiten Schreibtisch stand ein teurer Designcomputer. Eine hübsche Sekretärin fragte nach ihren Getränkewünschen. Marie bestellte ein Mineralwasser, Rico einen Latte macchiato und Konstantin eine Cola.

»Herr Borlandt hat gesagt, Sie seien hier, um unser Zukunftspotenzial zu bewerten«, sagte Scorpa, während sie sich an den großzügigen Konferenztisch setzten. Seine dunklen Augen musterten sie aufmerksam. »Was genau kann ich denn für Sie tun?«

»Vielleicht erklären Sie uns zuerst, was Olfana eigentlich macht«, sagte Rico, bevor Marie dazu kam, die Frage zu beantworten. Er hatte sich in seinem Stuhl zurückgelehnt und die Arme vor der Brust verschränkt.

»Olfana entwickelt Methoden zur biologischen Schädlingsbekämpfung.«

»Aha. Und was genau sind das für Methoden?«

»Wir verwenden Geruchsstoffe. Es ist seit Langem bekannt, dass sich Tiere mit bestimmten Gerüchen fernhalten lassen. Denken Sie an Anti-Mücken-Kerzen. Mäuse und Ratten beispielsweise verabscheuen den Geruch von Katzenurin. Menschen leider auch. Deshalb arbeiten wir hier zum Beispiel daran, die Moleküle zu isolieren, die von Nagetieren wahrgenommen werden, von Menschen jedoch nicht. So könnte man auf den Einsatz von Rattengift weitgehend verzichten.«

»Und das funktioniert?«, fragte Rico mit unverhohlener Skepsis.

»Die meisten Menschen haben leider vergessen, wie wichtig der olfaktorische Sinn für unser Leben ist«, sagte Scorpa in herablassendem, beinahe mitleidigem Tonfall. »Vielleicht kennen Sie das: Ein bestimmter Duft steigt Ihnen in die Nase, und plötzlich haben Sie eine Szene klar vor Augen, die Jahre oder Jahrzehnte zurückliegt. Gerüche prägen sich in unserem Gedächtnis viel tiefer und länger ein als irgendeine andere Sinneswahrnehmung. Und sie beeinflussen uns auch stärker, als wir wahrhaben wollen. Nicht umsonst sagt man: ›Den kann ich nicht riechen.‹«

»Was ist denn der Vorteil Ihrer Methode?«, fragte Marie.

»Es gibt viele Vorteile. Geruchsstoffe sind zum Beispiel vollkommen umweltverträglich und schädigen keine Lebewesen.«

»Aber ist das nicht auch recht aufwendig und teuer?«, fragte Rico.

Scorpa schüttelte den Kopf. »Nicht unbedingt. Gerüche bestehen aus einer Mischung ganz bestimmter Moleküle. Wenn man einmal weiß, wie sie chemisch aufgebaut sind, ist es meist relativ leicht, sie zu synthetisieren. Ein Nachteil von Duftstoffen gegenüber Gift ist, dass sie flüchtig sind und ihre Abschreckungswirkung allmählich verlieren. Aber wir arbeiten hier an speziellen Trägermaterialien, mit denen wir das Problem lösen.«

»Warum macht Ihre Firma dann Verluste?«

Marie seufzte innerlich. Wenn Rico Diplomat geworden wäre, hätte es vermutlich längst einen dritten Weltkrieg gegeben.

Scorpa versteifte sich. »Ich habe mir gleich gedacht, dass Sie nicht gekommen sind, um etwas über Olfana zu lernen«, sagte er. »Sie wollen lediglich Ihre Vorurteile bestätigt bekommen. Sie glauben, wir versenken hier Geld in sinnloser Forschung an Nischenprodukten, für die es nie einen großen Markt geben wird. Wahrscheinlich hat unser neuer

Vorstandsvorsitzender längst vor, Olfana zu schließen, und braucht nur noch jemanden, der ihm diese Entscheidung mit Zahlen untermauert.« Er beugte sich vor und senkte die Stimme. »Aber eins sage ich Ihnen: Ich werde um diese Firma kämpfen. Sollten Sie Ihre Absicht, Olfana zu schließen, weiterverfolgen, werde ich Ihnen und Ihrem Auftraggeber die Hölle heiß machen!«

»Dr. Scorpa, es ist nicht unsere Absicht ...«, begann Marie, doch Rico fiel ihr wieder mal ins Wort.

»Wir lassen uns nicht einschüchtern«, sagte er, lauter als nötig. »Copeland & Partner hat den Auftrag bekommen, diese Firma auf ihr Potenzial hin zu untersuchen, und das werden wir auch tun!«

Scorpa verschränkte die Arme vor der Brust. »Glauben Sie, der Name Copeland & Partner beeindruckt mich? Ich weiß sehr wohl, dass Berater wie Sie über Leichen gehen, dass Ihnen das Schicksal der Mitarbeiter, die sie wegrationalisieren, völlig egal ist. Deshalb hat mein alter Freund Franz Wullenweber von der Gewerkschaft auch ein ziemlich finsteres Gesicht gemacht, als er erfuhr, dass Sie hier im Haus sind. Wir lassen uns nicht so einfach auf dem Altar der Börse opfern!«

Marie erschrak. Wullenweber war der Vorsitzende des Gesamtbetriebsrats. Wenn Scorpa ihn gegen das Projekt aufhetzte, würde es verdammt ungemütlich werden. »Dr. Scorpa, bitte verzeihen Sie, wenn hier der Eindruck entstanden ist, wir hätten bereits ein Urteil über Olfana gefällt«, sagte sie und bedachte Rico mit einem eisigen Blick. »Das ist selbstverständlich nicht der Fall. Unser Auftrag ist es, das Zukunftspotenzial Ihrer Firma objektiv zu bewerten.«

»Gut, dann tun Sie das«, sagte Scorpa. Er holte einen Ordner aus einem Aktenschrank und knallte ihn auf den Konferenztisch. »Hier, das sind die Bilanzen und Gewinn-

und Verlustrechnungen der letzten fünf Jahre. Und jetzt lassen Sie mich bitte meine Arbeit machen.« Er öffnete die Tür und rief nach seiner Assistentin. »Judith, würden Sie den Herrschaften bitte ihren Raum zeigen.«

Marie fühlte, wie der Zorn ihr die Röte ins Gesicht trieb. Sie bedankte sich bei Scorpa und folgte ihren beiden Teammitgliedern aus dem Raum.

2.

Judith Meerbusch, Scorpas Sekretärin, führte sie zu einem Büro am Ende des Flurs. Es bot ihnen drei Schreibtische und einen kleinen Besprechungstisch, auf dem ein Tablett mit einer Kaffeekanne und einer Glaskaraffe Mineralwasser sowie Tassen und Gläsern bereitstand. »Wie gewünscht haben wir Ihnen auch einen Internetzugang eingerichtet«, sagte sie. »Ich hoffe, es ist alles zu Ihrer Zufriedenheit?«

»Ja, vielen Dank, Frau Meerbusch!« Marie war froh, endlich die Tür hinter der Sekretärin zu schließen. Sie musste unbedingt ein ernstes Wort mit Rico sprechen. Doch sie war noch viel zu zornig, um die Ruhe und Professionalität auszustrahlen, die sie als Projektleiterin brauchte.

»Sag mal, was war denn gerade mit dir los?«, fragte stattdessen Konstantin. »Was du da eben abgezogen hast, war hochgradig unprofessionell! Voll auf Konfrontationskurs zu gehen! Wir können froh sein, wenn es uns gelingt, wieder eine Arbeitsbeziehung zu Scorpa aufzubauen.«

Marie verspürte eine grimmige Genugtuung darüber, dass er aussprach, was sie dachte. Doch sie bereute das Gefühl augenblicklich. Sie durfte sich nicht von ihren Emotionen kontrollieren lassen.

»Ich bin auf Konfrontationskurs gegangen? Das sehe ich aber anders!«, rief Rico. »Na gut, ich war vielleicht nicht besonders einfühlsam. Aber ich habe lediglich die Wahrheit gesagt und mich von diesem Scorpa nicht einschüchtern lassen. Den Konfrontationskurs hat er eingeschlagen, nicht ich! Der wusste doch von Anfang an genau, warum wir da sind. ›Mein Freund Wullenweber‹. Das war doch alles sorgfältig vorbereitet. Und ihr seid auf seine Beleidigte-Leberwurst-Masche reingefallen! Ich sage euch, wenn wir es bei dem mit Freundlichkeit versuchen, beißen wir auf Granit!«

»Vielleicht hast du recht, und Scorpa wollte von Anfang an auf eine Konfrontation hinaus«, entgegnete Konstantin. »Dann ist es umso dümmer, ihm dafür ausreichend Anlass zu bieten! Er hat uns aus seinem Büro geworfen und hatte reichlich Grund dazu. Es wird verdammt schwierig werden, ihn dazu zu bewegen, uns die nötigen Informationen zu geben.«

»Bewegen? Den kannst du höchstens zur Kooperation zwingen! Unsere einzige Chance ist, uns Rückendeckung von Borlandt zu holen und mit Härte gegen diesen Typen vorzugehen!«

Für Marie war es nun an der Zeit einzugreifen. Sie durfte nicht zulassen, dass die beiden sich in einen ernsthaften Streit hineinsteigerten. »Schluss jetzt! Dass wir gleich wieder zu Borlandt laufen, kommt überhaupt nicht in Frage. Die Kommunikation mit Scorpa übernehme ab sofort ich allein.« Sie war immer noch wütend, aber ihre Stimme blieb ruhig und bestimmt. Eine Projektleiterin konnte sich ihre Teammitglieder nicht immer aussuchen. Wenn sie Partnerin werden wollte, musste sie auch in einer so schwierigen Lage souverän bleiben und ihre Autorität wahren.

Sie beschloss, sich Rico später noch einmal in Ruhe vorzunehmen und ihm klarzumachen, dass er mit seinem Verhalten nicht nur ihre, sondern auch seine Zukunft bei Copeland aufs Spiel setzte. Jeder Projektleiter erstellte regelmäßig Leistungsbeurteilungen, sogenannte Project Performance Assessments, für seine Berater. Diese Bewertungen bildeten einen wichtigen Bestandteil bei der Festlegung der Jahresboni und der zukünftigen Aufstiegschancen. Marie hasste es, dieses Instrument als Druckmittel zu benutzen, aber in Ricos Fall würde ihr wohl nicht viel anderes übrig bleiben.

Sie bauten ihre Laptops auf und beschäftigten sich den Rest des Tages mit den Bilanzen und Gewinn- und Verlustrechnungen der Firma. Dabei fanden sie heraus, dass Olfana eine Forschungsstation irgendwo in Afrika unterhielt, die beträchtliche Kosten verursachte. Allein die Reisekosten des Managements lagen im sechsstelligen Bereich. Sie würden sich die Sache auf jeden Fall noch genauer ansehen müssen, ob Scorpa das wollte oder nicht.

Gegen halb acht sah Marie auf die Uhr. »Ich glaube, wir machen für heute Feierabend.«

»Einverstanden«, sagte Konstantin.

»Geht ruhig schon ins Hotel, ich bleibe noch ein bisschen«, sagte Rico. »Ich will noch mal die Veränderung der Eigenkapitalquote in den letzten Jahren durchrechnen. Ich nehme mir später ein Taxi.«

Marie zuckte mit den Schultern. Es war nicht unüblich, dass Copeland-Beraterteams bis abends um zehn oder elf Uhr arbeiteten. Sie hatte von dieser Praxis nie viel gehalten. Irgendwann ließ die Arbeitsproduktivität stark nach, und man begann, Fehler zu machen. Ein bisschen Entspannung am Abend als Ausgleich war mittelfristig wesentlich wirksamer als das Arbeiten bis zur totalen Erschöpfung. Gerade heute fühlte sie sich nicht danach, noch länger zu bleiben. Außerdem wusste sie, dass Ricos übertriebener Einsatz nur seine Art war, sich gegen ihre Autorität aufzulehnen. Jetzt nicht zu gehen, hätte er ihr wiederum als Schwäche ausgelegt.

»Viel Spaß noch«, sagte Konstantin grinsend, als sie den Teamraum verließen.

Das Hotel, eine alte Villa mit nur wenigen, dafür aber exklusiven Gästezimmern, lag etwas außerhalb der Stadt am Rand eines Wäldchens. Marie achtete bei der Auswahl ihrer Unterkunft immer darauf, dass sich in der Nähe eine

Gelegenheit zum Joggen befand. Unternehmensberater stiegen in der Regel in den besten Hotels ab. Diese Praxis wurde von Betriebsräten oft als unnötiger Luxus kritisiert, doch der Lebensstil eines Beraters war alles andere als luxuriös. Ständig unterwegs zu sein, jeden Werktag in einem Hotelzimmer aufzuwachen, war kein Vergnügen. Eine Unterbringung in einem guten Hotel machte die Sache zumindest etwas erträglicher.

Das Zimmer war geräumig, in warmen Farben gestaltet und behaglich eingerichtet. Trotzdem strahlte es die neutrale Leere eines Raumes aus, in dem niemand wirklich lebte. Marie stellte eine Tüte Milch, einen plastikverpackten Fertigsalat und eine Laugenbrezel, die sie unterwegs in einem Supermarkt gekauft hatte, auf den Tisch. Sie hatte es sich angewöhnt, abends nach dem Joggen auf dem Zimmer nur eine Kleinigkeit zu essen.

Sie zog ihr Sportzeug an und verließ das Hotel. Die Herbstluft war angenehm frisch. Wie immer dauerte es nicht lange, bis der Rhythmus des Laufens sie entspannte und ihren Kopf leerte. Sie dachte an ihre Wut auf Rico und suchte in ihrem Inneren nach der Ruhe und Kraft, die ihr auch früher schon geholfen hatten, ihre Emotionen zu unterdrücken. Sie durfte sich nicht gehen lassen, niemals die Kontrolle über sich verlieren. Sie durfte auf keinen Fall so werden wie ihre Mutter.

Ihre Gedanken glitten unfreiwillig zurück zu jenem Tag, als sie zum ersten Mal gespürt hatte, dass etwas nicht stimmte. Sie war fünf Jahre alt gewesen. Die nette Psychologin hatte sie später gebeten, die Szene so zu erzählen, als sei sie einem fremden Kind zugestoßen:

Das kleine Mädchen läuft in die Küche. Die Mutter steht am Herd. Sie hat eine rot-weiß karierte Schürze umgebunden. Sie lächelt.

»Guck mal, Mama!«, ruft das kleine Mädchen und schwenkt ein Blatt Papier in der Hand. »Hab ich für dich gemalt!«

Die Mutter nimmt das Bild in die Hand. Es ist eine krakelige Kinderzeichnung, ein Strichmännchen mit einem viel zu großen Kopf. Die Augen sind unregelmäßig, wie Kartoffeln, der Mund nur ein schmaler Strich. Ein paar Zacken auf dem Kopf sind die Haare. Eckige Ohren stehen von den Seiten ab.

Die Mutter lächelt nicht mehr. Ihre Augen sind groß. Sie starrt das kleine Mädchen an. »Wo … wo hast du das gesehen?«, fragt sie leise.

Das Mädchen versteht die Frage nicht. Es weiß nicht, warum seine Mutter sich nicht freut, warum ihr Tonfall so seltsam ist.

»Wo hast du diesen Mann gesehen?« Die Stimme ihrer Mutter ist schrill, vorwurfsvoll.

Das Mädchen fängt an zu weinen. Es spürt, dass es etwas Schlimmes gemacht hat, aber es weiß nicht, was. »Das … das ist kein Mann«, stammelt es. »Das bist du, Mama!«

Die Mutter schüttelt den Kopf. Tränen laufen über ihre Wangen. »Nein, das bin nicht ich«, flüstert sie. Und dann, lauter, wütend: »Das bin nicht ich!« Sie zerknüllt das Bild und wirft es in den Mülleimer.

Das kleine Mädchen läuft weinend aus der Küche. Es wird kein Bild mehr malen, weder für seine Mutter noch für irgendjemanden sonst. Nie wieder.

Marie wusste noch, dass ihre Mutter später zu ihr gekommen war und sich entschuldigt hatte, aber sie konnte sich nicht mehr genau daran erinnern. Sie wusste nur, dass dieses schreckliche Gefühl, etwas Schlimmes getan zu haben, irgendwie schuld zu sein an allem, was danach geschehen war, sie nie mehr losgelassen hatte.

Sie merkte, dass sie vor Erregung zu schnell gelaufen war, und verringerte ihr Tempo. Keuchend erreichte sie das Hotel. Als sie ihr Zimmer betrat, hatte sich ihr Puls wieder normalisiert. Sie schaltete einen Nachrichtensender ein. Während sie den Salat aß, verfolgte sie ohne großes Interesse einen Bericht über die bevorstehende Gipfelkonferenz in Saudi-Arabien, die den jahrzehntelangen Palästina-Konflikt endgültig beilegen sollte. Neben den USA und Israel würde die gesamte Arabische Liga einschließlich Syrien, Iran und natürlich der Palästinenser daran teilnehmen. Hinzu kamen Afghanistan, Pakistan, Indien, China und Russland. Die Konferenz fand unter der Schirmherrschaft der Vereinten Nationen auf Einladung des Saudischen Königshauses statt. Doch der Kommentator erklärte, ihr Zustandekommen sei in erster Linie den unermüdlichen Bemühungen des neuen US-Präsidenten Zinger zu verdanken.

Zwar glaubte kaum ein politischer Beobachter, bei der Konferenz könne tatsächlich ein Durchbruch erzielt werden. Aber allein die Tatsache, dass zum ersten Mal wirklich alle direkt und indirekt beteiligten Parteien an einem Tisch sitzen würden, war ein großartiger Erfolg und weckte neue Zuversicht, einen der schwierigsten und gefährlichsten Konflikte der Welt vielleicht eines Tages doch noch friedlich beilegen zu können.

Der hoffnungsvolle Tonfall des Berichts konnte Maries trübe Stimmung nicht aufhellen. Sie schaltete den Fernseher aus, duschte und ging ins Bett.

Dunkle Träume suchten sie in der Nacht heim. Träume, in denen Rico sie auslachte, sie dann packte, festhielt, an sich presste. Im Traum war sie plötzlich schwach wie ihre Mutter. Sie versuchte, sich gegen Ricos starke Arme zu wehren, doch es ging nicht. Sie weinte an seiner Brust, während er ihr Haar streichelte, und es fühlte sich schrecklich gut an.

Am nächsten Morgen wachte sie verspannt und mit Kopfschmerzen auf. Sie nahm eine Tablette, zog sich an und ging in den kleinen Frühstücksraum. Konstantin saß schon dort und begrüßte sie freundlich. Rico frühstückte offenbar lieber allein auf dem Zimmer.

Gegen Viertel nach acht saßen sie zu dritt im Teamraum. Während die Laptops hochfuhren, sagte Marie: »Rico, ich würde dich gern unter vier Augen sprechen.«

»Wieso, was ist denn?«

»Ich geh' mir einen Kaffee holen«, sagte Konstantin. »Wie lange braucht ihr?«

»Fünf Minuten.«

Konstantin nickte und verließ den Raum.

»Also, was ist?« Ricos Tonfall war bewusst gelangweilt.

»Du weißt genau, was ist.« Maries Stimme war ruhig. »Ich erwarte, dass du dich in das Team einordnest und Disziplin zeigst. Keine unabgestimmten Einwürfe in Gesprächen, keine Attacken gegen das Management. Wenn ich das Gespräch führe, hältst du dich zurück. Ist das klar?«

»Du verbietest mir den Mund?«

Marie registrierte zufrieden, dass Rico nicht wie sonst herablassend, sondern vorsichtig klang.

»Ja, das tue ich, bis ich die nötige Sorgfalt in deinem Umgang mit Klientenmitarbeitern erkenne, insbesondere mit solchen, auf deren Mitarbeit und Unterstützung wir angewiesen sind.«

»Marie, ich sage dir noch mal, dieser Dr. Scorpa …«

Marie hatte schon als kleines Mädchen gelernt, wie unhöflich es war, jemanden zu unterbrechen. Deshalb tat sie es nur selten. Doch Rico musste verstehen, dass sie keinen Spaß verstand. »Ich will keine Widerrede hören«, sagte sie scharf. »Du tust, was ich dir sage, verstanden?«

Rico verschränkte die Arme vor der Brust. »Sonst?« Seine Mundwinkel zuckten spöttisch.

»Sonst bist du draußen!«

Marie wusste nicht so genau, ob sie die Drohung im Ernstfall würde umsetzen können. Es stand einer Projektleiterin nicht zu, über den Einsatz ihrer Mitarbeiter zu bestimmen – dafür war die zentrale Personaleinsatzplanung, das sogenannte »Staffing«, zuständig. Doch sie konnte sich an Will Bittner wenden und ihn bitten, zu veranlassen, dass Rico aus dem Team genommen wurde. Selbst wenn das nicht geschah, vielleicht, weil niemand sonst verfügbar war, würde es zumindest sein Ansehen bei Copeland erheblich beeinträchtigen und seine Karrierechancen reduzieren.

Rico sagte einen Moment lang nichts, musterte sie nur mit ausdrucksloser Miene. Dann nickte er langsam und wandte sich seinem Laptop zu.

Marie nahm sich wieder den Aktenordner vor, den Scorpa ihr gegeben hatte. Doch es gab nicht viel, was sie aus den Zahlen ablesen konnte, außer, dass die Firma Verluste machte und kein klarer Trend in Richtung Gewinnzone erkennbar war. Ohne Informationen darüber, woran Olfana gerade forschte und welche neuen Produkte wann auf den Markt kommen würden, konnte sie ihren Auftrag nicht erfüllen.

Sie beschloss, Scorpa noch einmal um ein Gespräch zu bitten. Frau Meerbusch informierte sie, dass ihr Chef auf Geschäftsreise und erst am Montag wieder im Hause sei. Sie ließ sich einen Termin für elf Uhr geben und nutzte den Rest des Tages, um im Internet Informationen über geruchsbasierte Schädlingsbekämpfung zu recherchieren.

3.

»Hier also ist es passiert.« Lieutenant Bob Harrisburg sah das Misstrauen in den Augen des Sergeants, der ihm kaum bis zum Kinn reichte. Die Vorbehalte, die kaum verhohlene Abneigung waren deutlich zu spüren. Der Soldat fragte sich offensichtlich, warum man statt eines forensischen Spezialisten der Militärpolizei so einen tumben Riesen von der Army Intelligence, dem Militärischen Aufklärungsdienst der US-Streitkräfte, geschickt hatte.

»Das sieht man ja wohl.« Der Sergeant wirkte ungeduldig, nervös. Er wollte hier nicht sein.

Harrisburg nickte. Die groben, ockerfarbenen Wände des Raums waren voller Einschusslöcher. Tische und Stühle waren umgeworfen und zersplittert, aber man konnte noch ihre frühere Anordnung erkennen – drei Reihen mit drei Tischen, an denen je zwei Kinder gesessen hatten. An der Wand hing eine große Tafel, in der Mitte zerborsten. Arabische Schriftzeichen waren in weißer Kreide darauf gemalt.

Das Blut war zu dunkelbraunen Flecken eingetrocknet. Sie waren überall: auf dem Boden, an den Wänden, auf Tischen und Stühlen. Als habe jemand damit begonnen, den Raum dunkel anzustreichen, sei aber nicht fertig geworden.

Harrisburg schloss die Augen. Er versenkte sich einen Moment in sich selbst, blendete die Geräusche der Stadt aus, den Geruch des Todes, der immer noch über diesem Raum lag. Stattdessen hörte er die Schreie der Kinder, sah, wie sie in Panik durcheinander liefen, sich unter den niedrigen Holztischen zu verstecken versuchten, wie sie sich weinend zusammenkauerten und nach ihren Müttern riefen. Er sah in die entsetzten Augen der Lehrerin, die später in der Ecke des Raums gefunden worden war, durchsiebt von vierzehn Kugeln aus amerikanischen Schnellfeuerwaffen.

Er sah den Raum aus der Sicht der Soldaten, die hier eingedrungen waren. Es mochte sein, dass sie geglaubt hatten, einen Terroristen zu verfolgen. Aber es war unmöglich, dass sie nicht gewusst hatten, was sie taten, als sie das Feuer eröffneten.

Vierzehn Kinder, zwischen acht und zehn Jahren alt, und die Lehrerin waren gestorben. Nur drei Schüler, die durch die gegenüberliegende Tür aus dem Raum geflohen waren, hatten überlebt, einer davon mit einer Kugel im Rücken.

Was hier geschehen war, blieb einfach unfassbar. Unvorstellbar. Unmöglich.

»Hören Sie, wir sollten uns hier nicht so lange aufhalten«, sagte der Sergeant. »Sie wissen, die Bevölkerung ist noch immer aufgebracht. Das Gebäude ist gesichert, aber ...«

Aufgebracht? Was für ein seltsames Wort. Der Vorfall war wie eine Schockwelle durch Bagdad gelaufen, durch das ganze Land und weit darüber hinaus. Amerikaner hatten unschuldige Kinder niedergemetzelt! Die Informationsabteilung des Pentagon hatte alles getan, um es so darzustellen, als hätten Islamisten die Kinder als Schutzschild benutzt. Dennoch hatte es überall auf der Welt tagelange Massendemonstrationen gegen die US-Truppen gegeben. Ein Autobombenanschlag, bei dem eine Militärstreife verletzt wurde, war von der Bevölkerung bejubelt worden. Die irakische Regierung hatte eine offizielle Protestnote verfasst.

Teile der arabischen Welt waren in Aufruhr. All die Aufbauarbeit der letzten Jahre, das mühsam erarbeitete Vertrauen der Menschen waren in Sekunden zerstört worden.

Dass drei der vier an dem Vorfall beteiligten Soldaten ebenfalls in diesem Raum gestorben waren, getötet von ihren eigenen Kameraden, milderte den Zorn der Massen kein bisschen. Und doch war gerade das für Harrisburg das größte Rätsel – und der Grund, warum man ihn, einen Offizier der Abteilung für psychologische Aufklärung, zur Untersuchung des Vorfalls hierher geschickt hatte.

Dies war kein gewöhnlicher Fall eines Übergriffs von Soldaten auf die Zivilbevölkerung, wie er in jeder Besatzungsarmee immer wieder vorkam. Harrisburg wusste, dass der Stress permanenter Todesangst Menschen zu Gewaltexzessen treiben konnte. Angst war ein noch grausameres Motiv als Rache. Aber ein solches Blutbad gegen unschuldige, unbewaffnete Kinder war beispiellos. Und warum hatten sich die Soldaten gegenseitig attackiert?

Man hätte es vielleicht noch erklären können, wenn einer der Soldaten durchgedreht und dann von seinen Kameraden getötet worden wäre. Doch die Untersuchung der Waffen und Kugeln hatte eindeutig ergeben, dass alle vier Waffen des Trupps leer gefeuert worden waren, und zwar anscheinend wahllos sowohl auf die Kinder als auch auf die eigenen Kameraden. Einen solchen Vorfall hatte es in der Geschichte des US-Militärs noch nicht gegeben.

»Können wir jetzt bitte endlich gehen?«

Harrisburg betrachtete den Sergeant, Afroamerikaner wie er selbst, mit dünnem Oberlippenbart und Tapferkeitsabzeichen auf der Uniform. Der Mann hatte keine Angst vor den Iraki. Er fürchtete sich vor dem, was hier geschehen war.

Harrisburg nickte stumm und folgte ihm zurück zu dem gepanzerten Militärfahrzeug, das auf dem Schulhof wartete.

»Was ist Ihre Meinung, Sir?«, fragte der Sergeant, als sie durch die Straßen Bagdads zurück zum Hauptquartier rollten.

Harrisburg schwieg.

»Sir?«

Wie die meisten Menschen war der Sergeant zu ungeduldig, um auf eine wohlüberlegte Antwort zu warten. Die Leute, mit denen Harrisburg zu tun hatte, hielten ihn anfangs für zu dumm, um schnell zu antworten. Später dann, nachdem sie ihn etwas näher kennengelernt hatten, glaubten sie, er sei einfach unhöflich. Nur wenige kannten ihn gut genug, um zu wissen, dass er niemals eine Antwort gab, ohne ihr die Zeit zur Reife zu geben.

»Etwas sehr Ungewöhnliches ist hier vorgefallen«, sagte er, als der Sergeant längst jede Hoffnung auf eine Antwort aufgegeben hatte und geradeaus auf die nun wieder feindlichen Straßen starrte.

Der Sergeant reagierte nicht. Für ihn musste diese Antwort trivial klingen. Aber sie war es nicht.

»Ich möchte noch einmal mit Reeves sprechen«, sagte Harrisburg, als sie die Kaserne erreicht hatten. Früher waren hier Saddam Husseins Truppen stationiert gewesen. Es gab einen ausgedehnten Gefängniskomplex, in dem man Jordan Reeves, den einzigen amerikanischen Überlebenden des Vorfalls, untergebracht hatte – isoliert von den anderen Soldaten, die wegen Trunkenheit im Dienst oder anderer vergleichsweise harmloser Delikte einsaßen.

Reeves sah nicht auf, als Harrisburg die Zelle betrat. Er saß mit angezogenen Knien auf seiner Pritsche, die Arme um die Schienbeine geschlungen. Er war hochgewachsen, fast so groß wie Harrisburg, aber weniger muskulös, eher drahtig, wie ein Marathonläufer, und seine Haut war etwas heller.

»First Private Reeves?«

Reeves drehte den Kopf, sah jedoch Harrisburg nicht an, sondern starrte an die Wand neben ihm. Seine Augen wirkten abwesend, als sei er in einem Tagtraum gefangen.

»Wie viele Kinder waren in dem Klassenraum, als sie eintraten?« Er kannte natürlich die Antwort. Die Frage sollte nur bewirken, dass sich Reeves auf das Geschehen in dem Schulgebäude konzentrierte. Eine Faktenfrage half ihm dabei, die Situation mit einer gewissen Distanz zu betrachten.

»Siebzehn, Sir.« Seine Stimme war leise, fast flüsternd.

»Woher wissen Sie das? Haben Sie die Kinder gezählt, als Sie eintraten?«

»Nein, Sir. Ich habe es erst später erfahren. Wir ... wir haben vierzehn Kinder getötet. Nur drei haben überlebt.« Er sagte das tonlos, ohne erkennbare Emotion.

»Waren Erwachsene im Raum?«

»Ja, Sir. Die Lehrerin. Wir haben sie ebenfalls erschossen. Vierzehn Kugeln, Sir, soweit ich weiß.«

»Sonst niemand? Keine Männer?«

»Nein, Sir.«

»Wer hat zuerst geschossen?«

»Ich weiß es nicht, Sir.«

»First Private Reeves, sehen Sie mich bitte an!«

»Sir, ich bin nicht mehr First Private Reeves, Sir. Nur noch Reeves.«

»Jordan, sehen Sie mich an!«

Es schien Reeves Mühe zu machen, seinen Gesprächspartner zu fokussieren. Seine Augen zitterten hin und her, fast, als sei er blind. Er stand immer noch unter Schock.

»Was ist passiert, Jordan?«

»Wir haben einen Attentäter verfolgt, Sir. Er hatte eine Schnellfeuerwaffe und gab Schüsse auf unsere Patrouille ab. Er floh in die Schule. Wir folgten ihm, und dann waren wir in dem Klassenraum.« Wieder diese tonlose, neutrale Stimme, als berichte er darüber, was er in einem Film gesehen oder irgendwo gelesen hatte.

»War der Verdächtige noch im Klassenraum, als Sie eintraten?«

»Nein, Sir. Er muss durch die gegenüberliegende Tür entkommen sein.«

»Warum haben Sie ihn nicht weiter verfolgt? Warum sind Sie in dem Raum geblieben und haben um sich geschossen?«

Reeves' Augen waren geweitet. Plötzlich brach seine Stimme. Es klang, als weine er, aber es flossen keine Tränen. »Ich weiß es nicht, Sir. Verdammt, ich weiß es nicht. Ich kann mich nicht daran erinnern. Wir sind gerannt, die Treppen hinauf. Corporal Miller war vor mir. Er ist plötzlich stehen geblieben. Und dann …« Reeves umschlang seine Beine noch fester, als könne er sich dahinter verstecken. Er wippte langsam vor und zurück.

Harrisburg ließ ihm Zeit.

Nach einer Minute des Schweigens fuhr Reeves unvermittelt fort: »… und dann war plötzlich alles rot.«

»Sie meinen, alles war voller Blut?«

»Nein, Sir. Es war, als sei die Welt plötzlich rot. Etwas war in mir. Wut. Zorn. Es gibt kein passendes Wort dafür.« Er schüttelte langsam den Kopf.

So weit waren sie bisher noch nicht gekommen. Behutsam fasste Harrisburg nach. »Zorn? Sie meinen, Sie waren wütend auf die Kinder?«

»Nein … das heißt, ja, ich glaube, ich war schrecklich wütend, aber nicht auf die Kinder …«

»Auf was dann?«

»Auf alles, Sir. Ich war … einfach wütend auf alles. Es … es war, als ob …«

Harrisburg wartete.

»… als ob etwas in mir wäre. Als ob ich nicht mehr ich selbst wäre.«

»Sie meinen, eine Art Dämon oder so?«

»Ja, Sir. Ein Dämon. Das ist es, was ich meinte.«

»Jordan, es gibt keine Dämonen.«

»Ja, Sir. Ich weiß das. Aber so war es. Als ob ein Dämon in mir wäre.«

»Jordan, glauben Sie, dass der Dämon auch ihre Kameraden befallen hat?«

Reeves überlegte einen Moment. Dann nickte er. »Ja, Sir. Ich glaube, das könnte man sagen.«

4.

Marie öffnete die Tür zu ihrem Apartment am Prenzlauer Berg in Berlin. Sie unterdrückte den Impuls, »Hallo« zu rufen, zog den nassen Trenchcoat aus und stellte die Laptoptasche und den kleinen Reisekoffer ab. Der Regen prasselte gegen die schrägen Studiofenster, die bei besserem Wetter einen schönen Blick über die umliegenden Straßen freigaben.

Der Anrufbeantworter blinkte nicht. Sie öffnete den Kühlschrank. Gina, das portugiesische Mädchen, das hier sauber machte, hatte alles besorgt, was Marie ihr aufgetragen hatte, nur hatte sie statt der bestellten halbfetten Milch wieder mal Vollmilch gekauft. Pummelig und lieb, wie Gina war, hatte sie es vermutlich absichtlich getan – Marie war in ihren Augen dürr wie eine Bohnenstange und musste dringend aufgepäppelt werden. Dabei lag sie nur knapp unter ihrem Idealgewicht.

Sie ging in die kleine Küche und goss sich ein Glas Cola light ein. Dann betrat sie das geräumige, in eleganter Schlichtheit eingerichtete Wohnzimmer, das von einem Steinway-Flügel vor den bodentiefen Fenstern beherrscht wurde. Sie ignorierte das Instrument und setzte sich mit ein paar aus dem Internet ausgedruckten Unterlagen in den Sessel vor dem Fernseher. Er war in den letzten vier Wochen nicht mehr eingeschaltet worden. Vielleicht sollte sie sich mal wieder ein Fußballspiel ansehen, überlegte sie. Hertha spielte morgen gegen Stuttgart. Früher hatte sie sich immer für Fußball begeistern können – eine Leidenschaft, die sie mit ihrem Vater teilte. Doch seit geraumer Zeit war sie einfach nicht mehr dazu gekommen.

Warum nur kam ihr das Apartment plötzlich so kalt und leer vor, beinahe fremd? Sie hatte doch auch vorher schon alleine hier gelebt.

Es riecht anders, fiel ihr plötzlich auf. Sie hatte es schon beim Aufschließen der Tür gemerkt. Arnes Geruch fehlte.

Ein Stich ging durch ihre Brust, und eine Sekunde spielte sie mit dem Gedanken, ihn anzurufen. Nach dem Ärger der letzten Tage hätte sie seinen einfühlsamen Trost und seine Unbekümmertheit gut gebrauchen können. Aber das wäre ihm gegenüber unfair gewesen. Schließlich hatte sie mit ihm Schluss gemacht. In einem kleinen Café am Hackeschen Markt hatte sie ihre Beziehung beendet, klar und sachlich, wie man einen Mietvertrag kündigt.

Er war natürlich aus allen Wolken gefallen, hatte versucht, sie umzustimmen, sie bekniet, ihrer Liebe noch eine Chance zu geben. Was denn der Grund sei, was er falsch gemacht habe, hatte er wissen wollen.

Gar nichts hatte er falsch gemacht. Sie waren nur nicht füreinander bestimmt, das war alles. Er wünschte sich nichts mehr als eine Familie, Kinder, eine fürsorgliche Mutter, das hatte er oft genug angedeutet. Es war etwas, das sie ihm nicht geben konnte. Also hatte sie die Konsequenz gezogen. Sie wollte nicht warten, bis das Thema bei ihnen zu ernsthaften Konflikten führte, bis sie beide immer frustrierter wurden, immer mehr Opfer füreinander bringen mussten, nur um dann doch am Ende im Streit auseinanderzugehen.

Er hatte natürlich protestiert. Er habe sie nie unter Druck gesetzt, habe immer gewartet, bis sie soweit sei. Er sei auch bereit, für sie auf seine Wünsche ganz zu verzichten.

Aber genau das war es, was sie nicht wollte. Sie sollten beide auf ihre Art glücklich werden können. Wenn dafür eine Trennung notwendig war, dann war das schmerzhaft, aber der einzig richtige Weg. Wie eine Spritze, die man sich geben ließ, um Schlimmeres zu verhüten.

Er war über die kaltblütige Logik ihrer Argumentation zuerst verblüfft, dann verärgert gewesen. Schließlich war er aus dem Café gestürmt. Sie hatte mit Anrufen gerechnet, mit unangemeldeten Besuchen zu Hause oder dem Versuch, sie am Flughafen abzufangen. Doch nichts dergleichen war geschehen. Arne hatte seit jenem Nachmittag vor vier Wochen kein Wort mehr mit ihr gesprochen.

Sie stand auf und wischte sich die Tränen mit einem Küchentuch ab, verärgert über sich selbst. Sie setzte sich wieder und versuchte, sich auf die Unterlagen zu konzentrieren.

Nach einer Weile schreckte sie hoch, lauschte. Ehe sie sich daran hindern konnte, rief sie: »Arne?« Nur Stille und das leise Trommeln des Regens gegen die schrägen Dachfenster antworteten ihr.

Ihr Herz pochte. Sie versuchte die Panik niederzukämpfen, die in ihr aufkeimte. Da war nichts. Sie hatte nichts gehört. Höchstens ein Geräusch von der alten Frau Hettwig in der Wohnung unter ihr. Es gab keinen Grund, Angst zu haben. Was immer es war, das sie beunruhigte, es existierte nur in ihrer Fantasie.

Der Drang nachzusehen war übermächtig. Aufzustehen, alle Türen und Schränke zu öffnen und ganz sicher zu gehen, dass dort niemand auf sie lauerte. Doch sie durfte dem Drängen nicht nachgeben, die Schleusen nicht öffnen.

Sie schloss die Augen, um die Tränen zurückzuhalten. Ihr wurde plötzlich bewusst, wie sehr ihr Arne fehlte. In seiner Gegenwart hatte sie sich sicher gefühlt. Sie hatte ihn mehr gebraucht, als sie sich eingestanden hatte.

Eben, schalt sie sich selbst. Du hast ihn nur benutzt, um deine idiotische irrationale Angst zu unterdrücken. Das ist keine Basis für eine Beziehung. Was du brauchst, ist nicht Arne. Was du brauchst, ist ein Psychiater.

Doch die Ärzte hatten ihr schon als Kind nicht helfen können. Genauso wenig wie ihrer Mutter.

Mit zitternden Händen griff sie nach ihrem Glas Cola, nahm einen Schluck. Sie dachte sich eine achtstellige Zahl aus und zerlegte sie im Kopf in ihre Primfaktoren. Allmählich verlangsamte sich ihr Puls.

Sie versuchte, sich wieder mit den Unterlagen zu beschäftigen, doch sie konnte sich nicht konzentrieren. Schließlich gab sie auf, schminkte sich ab und legte sich in das viel zu große Bett. Sie lag lange wach, bis das rhythmische Getrommel des Dauerregens sie schließlich in den Schlaf lullte.

Nach einem leichten Frühstück am nächsten Morgen rief sie ihren Vater an, der mit seiner zweiten Frau in einer Villa am Wannsee wohnte. Sie hatte Glück: Er war gerade nicht auf Konzertreise.

»Hallo Papa.«

»Hallo, Kleines! Ist schon eine Weile her, dass du angerufen hast!« Es lag kein Vorwurf in seiner Stimme, nur Neugier.

»Ich hatte ein bisschen Stress in letzter Zeit.«

»Hast du Probleme? Kann ich helfen?«

»Nein, nein, ich hab alles im Griff.«

Er kannte sie zu gut. »Du klingst nicht so. Warum kommst du nicht mit Arne heute Nachmittag mal vorbei, und wir reden über alles?«

»Ich bin nicht mehr mit Arne zusammen.«

»Das ist es also!«

»Nein, das ist es nicht. Eigentlich ist es gar nichts, jedenfalls nichts, bei dem du mir helfen kannst. Aber ich komme gern vorbei. Passt dir drei Uhr?«

»Perfekt. Ich freue mich auf dich. Bis nachher!«

Maries Vater lächelte breit, als er seiner Tochter die Tür öffnete. Wie immer trug er dunkle Kleidung, die einen starken Kontrast zu seiner schlohweißen Mähne bildete. Seine langen Arme umfingen sie, als wolle er sie nicht mehr loslassen.

Auch Irene lächelte und umarmte Marie. Sie war gut einen Kopf kleiner als ihr Mann und hatte im Gegensatz zu ihm eine eher rundliche Figur, was jedoch ihrer Schönheit keinen Abbruch tat. Mit ihren fast fünfzig Jahren war sie immer noch eine stattliche Erscheinung, und ihre Stimme war noch fast genau so kräftig und melodisch wie zu den Zeiten, als sie umjubelt auf den Bühnen der Welt gestanden hatte.

»Wie geht es dir?«, fragte ihr Vater. »Siehst ein bisschen blass aus um die Nase!« Dieser Spruch war ein altes Ritual zwischen ihnen: Ihr Vater wusste so gut wie sie, dass ihr blasser Hauttyp angeboren war und nichts mit mangelnder Frischluft zu tun hatte, aber er zog sie immer noch gern damit auf.

Sie grinste. Es war schön, so herzlich empfangen zu werden. Sie ließ sich von Irene in den Wintergarten führen, wo eine riesige Platte mit erlesenen Torten und Kuchenstücken auf sie wartete. Die Menge hätte bequem gereicht, um das gesamte Orchester ihres Vaters zu versorgen. Es war seine Art, ihr zu zeigen, wie sehr er sich über ihren Besuch freute.

Der Duft frisch gebrühten Kaffees gab Marie das Gefühl, zu Hause zu sein, auch wenn ihr letzter Besuch schon ein paar Monate zurücklag. Begeistert nahm sie sich ein großes Stück Fruchttorte und lud einen ordentlichen Schlag Sahne darauf. Jemand, der sie nicht näher kannte, hätte bei ihrer Erscheinung kaum vermutet, dass sie Süßes liebte. Aber sie hatte sich eben gut im Griff und konnte genießen, ohne zu übertreiben. Hin und wieder eine kalkulierte Sünde machte das Leben erst lebenswert und war ohnehin viel sinnvoller als das ewige Auf und Ab zwischen maßlosen Fressorgien und qualvoller Diät, das so viele ihrer Geschlechtsgenossinnen durchlitten. Alles, was man dazu brauchte, war ein bisschen Selbstdisziplin.

Die Torte schmeckte herrlich, ebenso wie der Kaffee, den Irene mit der Cafetière gemacht hatte. Die Anspannung der letzten Tage fiel allmählich von Marie ab. Sie erzählte, dass sie kurz vor der Partnerwahl stand und alles vom Erfolg des jüngsten Projektes bei Olfana abhing.

»So ein Affenheini!«, rief ihr Vater, als sie ihm von Ricos Verhalten erzählte. Irene brachte schnell die Kaffeekanne in Sicherheit, bevor er sie mit seinen ausladenden Gesten umwerfen konnte. Als Dirigent war er es gewohnt, mit den Armen zu »sprechen«. Er konnte sie mit äußerster Präzision bewegen, aber wenn er erregt war, neigte er zu heftigen, unkontrollierten Schwüngen.

Marie seufzte. »Mach dir keine Gedanken. Mit dem werde ich schon fertig.«

Ihr Vater nickte. »Ja, das wirst du bestimmt. Du warst schon immer enorm zäh und hast dich nicht unterkriegen lassen.«

Sie schwiegen beide einen Moment, in Erinnerungen versunken. Auch wenn sie sich eine Weile nicht gesehen hatten, waren sie sich immer noch so nah, wie es nur zwei Menschen sein können, die gemeinsam großes Leid ertragen haben. Seine Worte taten gut, und Marie spürte, wie der unbeugsame Optimismus, der ihren Vater antrieb, auf sie übergriff. Seine Impulsivität und Kreativität hatte sie zwar nicht geerbt, dafür aber seine Begabung für Harmonie und Rhythmus und seinen analytischen Verstand. Musik ist Mathematik, und Mathematik ist Musik, sagte er immer. Im Grunde sind es nur zwei verschiedene Ausdrucksformen desselben Prinzips.

Marie hatte natürlich eine erstklassige musikalische Ausbildung genossen und im Alter von vierzehn Jahren einen Jugend-Musikwettbewerb in der Kategorie Klavier gewonnen. Doch sie spielte nur noch selten auf dem Steinway, den ihr Vater ihr zum achtzehnten Geburtstag geschenkt hatte. Der logische Aufbau der Kompositionen hatte sie stets noch mehr fasziniert als ihr Klang.

Nach einem exzellenten Abitur hatte sie begonnen, Mathematik zu studieren, war jedoch nach vier Semestern auf Anraten ihres Vaters auf Betriebswirtschaft umgeschwenkt. »Von der Theorie kann niemand leben«, hatte er gesagt, und sie hatte es eingesehen. Das BWL-Studium war qualvoll langweilig gewesen. Die Vorlesungen über lineare Optimierung, statistische Verfahren oder Spieltheorie, die ihren Kommilitonen den Schweiß auf die Stirn trieben, waren ihr trivial vorgekommen. Doch die Verbindung zwischen der reinen Schönheit mathematischer Modelle und ihrer Anwendung in der Praxis, die das Betriebswirtschaftsstudium durchzog, hatte sich als interessant und hilfreich erwiesen. In ihrem Beruf als Unternehmensberaterin konnte sie diese Verbindung nutzbringend anwenden.

»Wollen wir ein wenig spazieren gehen?«, fragte ihr Vater, als Marie das zweite Stück Obsttorte verputzt hatte.

Sie nickte. Etwas Bewegung würde ihr nach der Schlemmerei gut tun. Ein Besuch im Fitnesscenter am späteren Abend würde ein Übriges dazu beitragen, die überschüssigen Kalorien wieder loszuwerden.

»Was haltet ihr davon, mal wieder in den Zoo zu gehen?«, schlug Irene vor.

»Hast du Lust?«, fragte ihr Vater.

Marie war seit Ewigkeiten nicht mehr dort gewesen. Als Kind hatte sie Zoobesuche geliebt. Sie hatte sich immer vorgestellt, wie es wäre, in die fernen Länder zu reisen, in denen Krokodile, Leoparden und Kängurus lebten, und den Tieren dort in ihrem natürlichen Lebensraum zu begegnen – für sie damals ein verlockender, aber auch irgendwie unheimlicher Gedanke. Bei der Erinnerung musste sie jetzt lächeln. »Okay, warum nicht?«

Am Samstagnachmittag war der Zoo natürlich nicht eben leer, zumal die Sonne immer wieder die Wolkendecke durchbrach. Vor dem Eisbärgehege hatte sich eine riesige Menschenmenge versammelt, um ein Jungtier zu bewundern, dessen Bild in der letzten Zeit die Titelseiten nicht nur der Boulevardmedien geschmückt hatte und das so etwas wie das Maskottchen der Stadt geworden war. Vielleicht lag auch ein wenig Sentimentalität in dem Interesse der Menschen angesichts der immer häufigeren Meldungen über die globale Erwärmung, das Abschmelzen der Polkappen und das damit verbundene Verschwinden der letzten Eisbären. Marie versuchte erst gar nicht, zum Rand des Geheges vorzudringen, um einen Blick auf das Objekt der Neugier zu werfen.

Die Käfige und Gehege erschienen ihr kleiner, als sie sie in Erinnerung hatte – kleiner und irgendwie trauriger. Zwar hatten sich die Gestalter des Zoos alle Mühe gegeben, den Eindruck natürlicher Lebensräume zu erwecken, aber die allgegenwärtigen Zäune und Glasscheiben ließen den Betrachter niemals vergessen, dass die Tiere hier in Gefangenschaft lebten.

Dieser Eindruck verstärkte sich noch, als sie das Affenhaus erreichten. Die Schimpansen machten einen durchaus lebhaften, vergnügten Eindruck, und doch taten sie Marie leid. Als Kind hatte sie oft vor den Käfigen gestanden und sich daran erfreut, wie die Tiere mit halsbrecherischer Geschwindigkeit über Äste und Kletterstangen tobten. Heute erschienen ihr die hektischen Bewegungen wie vereitelte Fluchtversuche.

Neben den Schimpansen gab es eine Gruppe Gorillas. Den Sommer über konnten sie ein recht großzügiges Freigehege nutzen, doch jetzt, im Oktober, waren die Tiere in die engen Innenräume gesperrt. Ein mächtiges Tier mit silbergrauem Rücken war ganz offensichtlich der Anführer. Ein halbes Dutzend etwas kleinerer Artgenossen umlagerte ihn. Einer von ihnen, offensichtlich ein Weibchen, hielt ein Gorillababy auf dem Arm. Sie streichelte es sanft, während das Kleine mit ihren langen, schwarzen Körperhaaren spielte. Es war verblüffend, wie menschlich ihre Fürsorge wirkte.

Die Gorillamutter drehte den Kopf und sah Marie durch die dicke Glasscheibe mit tiefschwarzen Augen an, in denen so etwas wie Stolz zu liegen schien. Marie spürte ein seltsames Gefühl in ihrer Brust. Sie musste an Arne und seinen Wunsch nach einer Familie denken, und für einen Moment bereute sie es beinahe, sich für eine Karriere und gegen Kinder entschieden zu haben. Doch sie verdrängte den Gedanken schnell. Mit Einunddreißig war sie immer noch jung genug, um diese Entscheidung später revidieren zu können. Zumindest die Hürde der Partnerwahl bei Copeland wollte sie noch nehmen, dann würde sie weitersehen.

Wenn dich dann noch jemand haben will, flüsterte eine kleine, leise Stimme irgendwo hinten in ihrem Kopf.

Sie verdrängte den Gedanken und konzentrierte ihre Aufmerksamkeit wieder auf das Gorillababy. Der Kleine würde die Heimat seiner Eltern niemals kennenlernen. Ein trauriger Gedanke, dass seine Chance, eines natürlichen Todes zu sterben, hier in Gefangenschaft größer war als in den wenigen Gebieten, in denen Gorillas noch in Freiheit lebten.

Ihr Vater schien ihre Gedanken zu erahnen. »Bedauernswerte Geschöpfe«, sagte er. »Wenn du mal Kinder hast und sie in deinem jetzigen Alter sind, wird es wahrscheinlich keine freilebenden Gorillas mehr geben.«

Marie blickte auf das Gedränge vor der Glasscheibe. »Vielleicht ist das der Sinn von Zoos: den Menschen zu zeigen, was für großartige Geschöpfe es auf dieser Welt gibt, damit wir nicht ganz vergessen, was uns verloren geht.«

»Oder was wir schon verloren haben«, sagte Irene.

Sie setzten den Rundgang nachdenklich und meist schweigsam fort. Am Ausgang verabschiedete sich Marie von Irene und ihrem Vater und bedankte sich noch einmal für den schönen Nachmittag.

Als sie in ihr Apartment zurückkehrte, fühlte sie sich ein wenig deprimiert, aber auch gestärkt. Wenigstens hatte ihr der Tag heute gezeigt, dass ihre eigenen Probleme vergleichsweise unbedeutend waren. Es gab Wichtigeres auf der Welt, als Partnerin bei Copeland & Company zu werden.

5.

»Hallo Frau Escher, schön, Sie wiederzusehen!« Scorpa kam mit breitem Lächeln und ausgestreckter Hand auf Marie zu, die verdutzt in der Tür stehen geblieben war. Mit einem so freundlichen Empfang hatte sie nicht gerechnet. Sein Händedruck war angenehm fest. Er führte sie zu dem kleinen Konferenztisch, an dem sie vor wenigen Tagen gesessen hatten.

»Dr. Scorpa, ich … es tut mir leid, dass unser Gespräch am Donnerstag …«, begann Marie, während sie sich setzte.

Er winkte ab. »Ich bin es, der sich entschuldigen sollte. Ich war nicht sehr nett zu Ihnen.« Er lächelte. »Wir hatten da letzte Woche einen kleinen experimentellen Rückschlag, und ich war einfach, wie sagt man heute, nicht gut drauf. Ich bin Spanier, wissen Sie, und habe eben manchmal etwas zu viel Temperament. Ich habe mich unangemessen verhalten.«

»Nein, nein, wir waren es, die Ihnen gegenüber nicht den nötigen Respekt gezeigt haben«, entgegnete Marie.

Scorpa grinste. »Einigen wir uns einfach darauf, dass wir einen schlechten Start hatten. Jetzt sind Sie jedenfalls hier, und wir müssen sehen, dass wir das Beste aus Ihrem Auftrag machen, nicht wahr? Wenn ich Herrn Borlandt richtig verstanden habe, dann sollen Sie das große Potenzial, das in Olfana steckt, bewerten und richtig darstellen, damit auch die Börse es endlich versteht, richtig?«

Marie hielt es für besser, dieser Darstellung nicht zu widersprechen. Sie nickte.

»Judith, ich meine Frau Meerbusch, hat Ihnen ja bereits einen Raum zur Verfügung gestellt. Ist alles zu Ihrer Zufriedenheit?«

»Ja, alles perfekt, vielen Dank!« Marie war Scorpas fast überschwängliche Freundlichkeit irgendwie suspekt. Es war offensichtlich, dass der Geschäftsführer die Berater, wenn er sie schon nicht loswerden konnte, für sich einnehmen wollte.

»Also, wie werden Sie vorgehen?«, fragte er.

Marie sah auf ihren Zettel, auf dem sie sich ein paar Fragen und benötigte Unterlagen notiert hatte. Sie hatte am Sonntag noch ein wenig im Internet recherchiert und dabei einiges über Scorpa herausgefunden, der an der Universität von Barcelona über die chemischen Prozesse im Geruchssinn von Ratten promoviert hatte. Danach hatte er eine Weile an der Universität doziert. Sein Name tauchte im Zusammenhang mit Forschungsprojekten für die französische Kosmetikindustrie auf. Vor sieben Jahren hatte er dann als Leiter Forschung und Entwicklung bei Olfana angefangen. Als die Firma von der Oppenheim AG übernommen wurde und der Gründer das Unternehmen verließ, war er zum Geschäftsführer berufen worden.

»Wir würden uns zuerst gern einen Überblick über die Firma verschaffen. Wir brauchen detaillierte Zahlen über Mitarbeiter und Kostenstrukturen. Vor allem aber würde ich gern verstehen, an welchen neuen Produkten Sie arbeiten. Wenn ich es richtig sehe, investieren Sie etwa zwanzig Prozent Ihres Umsatzes in Forschung und Entwicklung. Was genau entwickeln Sie denn eigentlich?«

Scorpa erhob sich. »Kommen Sie mit, ich zeige es Ihnen!«

Er führte sie durch einen tristen Flur und eine Treppe hinab bis in einen großen, langgestreckten Raum ohne Fenster. Ein intensiver Tiergeruch schlug ihnen entgegen. An den Wänden waren endlose Reihen mit Käfigen und Terrarien angebracht. Darin befanden sich Ratten und Mäuse, aber vor allem Käfer und Fluginsekten in allen möglichen bizarren Formen. Eine junge Frau mit Pferdeschwanz stand vor einem der Käfige und machte sich Notizen auf einem Klemmbrett.

Marie beschlich bei diesem Anblick ein unangenehmes Gefühl. Es war klar, dass man, um Schädlingsbekämpfungsmittel zu entwickeln, Experimente mit Schädlingen durchführen musste. Trotzdem war ihr, als betrete sie eine Folterkammer. Wenigstens gab es keine Hunde, Katzen oder Affen in den Käfigen, wie sie die Plakate der Tierschützer auf den Einkaufsstraßen Berlins zeigten.

»Selbstverständlich werden alle Tiere artgerecht gehalten«, sagte Scorpa, als habe er ihre Gedanken erraten. »Wir tun ihnen nichts an. Wir testen lediglich ihre Reaktionen auf bestimmte olfaktorische Reize. Das ist für sie nicht schlimmer, als wenn Sie in einer Parfümerie an verschiedenen Fläschchen riechen.«

»Aber Sie arbeiten doch an Mitteln, mit denen Sie diese Tiere in der Natur bekämpfen wollen.«

»Ja, natürlich. Aber wir gehen eben auf eine sanfte Art gegen sie vor. Wir verwenden kein Gift, wir tun den Tieren nicht einmal weh.«

Er führte Marie zu einem großen Glaskasten, in dem ein schwarzes Gewimmel herrschte: Hunderte winzige Ameisen drängten sich auf einem großen Haufen, aus dem ein nackter Schwanz herausragte. Offenbar eine tote Maus.

»Passen Sie mal auf!«, sagte Scorpa. Seine Augen glänzten vor Stolz. Er nahm eines von mehreren kleinen Glasfläschchen mit computerbedruckten Etiketten, die neben dem Terrarium standen, stieß kurz eine Pipette hinein, öffnete den Deckel des Glaskastens und ließ einen kleinen Tropfen auf den Kadaver fallen. Sofort stoben die Ameisen in alle Richtungen auseinander. Der blutige Mauskörper blieb zurück.

Marie wandte ihren Blick ab. Offenbar ging man hier

doch nicht immer so pfleglich mit Versuchstieren um, wie Scorpa behauptet hatte.

»Wie Sie sehen, haben wir einen recht wirksamen Geruchsstoff zur Abschreckung von Ameisen entwickelt. Er ist für den Menschen kaum wahrnehmbar.«

Marie sah noch nicht so recht, wie man damit Geld verdienen konnte. »Ich habe immer gedacht, Ameisen seien nützlich.«

»Sind sie auch, jedenfalls hier bei uns im Wald. Aber in Südamerika gibt es Treiberameisen, Völker aus Millionen Individuen, die sich wie eine schwarze Woge durch den Dschungel wälzen und alles vernichten, was nicht schnell genug flieht. Sie können sogar größere Säugetiere töten.«

Marie kribbelte es bei der Vorstellung am ganzen Körper.

»Außerdem hoffen wir, dass wir den Stoff mit leichten Veränderungen auch gegen Termiten einsetzen können«, fuhr Scorpa fort. »Sie haben ja keine Ahnung, welches Unheil Termiten in den Ländern am Äquator anrichten. Wir Menschen halten uns für die dominante Lebensform auf diesem Planeten. Aber das ist lächerlich. Von uns gibt es gerade mal sechseinhalb Milliarden Exemplare, das entspricht kaum der Zahl der Insekten auf einem Quadratkilometer freier Natur. Ihre gesamte Biomasse ist um mindestens den Faktor fünftausend größer als die der Menschen. Kein jemals von Menschen konstruiertes Gebilde erreicht auch nur annähernd die Perfektion, Komplexität und Energieeffizienz einer Stechmücke. Insekten können unter härtesten Bedingungen überleben, sind resistent gegen ultraviolette und kosmische Strahlung und gegen viele Umweltgifte.«

Marie konnte Scorpas Begeisterung für Insekten nicht wirklich teilen, doch sie hörte ihm fasziniert zu.

»Im Unterschied zur landläufigen Meinung waren es nicht Amphibien, die als erste Tiere vom Wasser aus das Land besiedelten, sondern Tausendfüßer und Skorpione.

Wenn wir Menschen längst Geschichte sind, wenn es nicht einmal mehr Säugetiere gibt, werden die Insekten immer noch da sein. Sie haben Städte gebaut, lange bevor unsere Vorfahren von den Bäumen herabgeklettert sind. Es ist durchaus denkbar, dass sich aus ihrer primitiven Schwarmintelligenz eines Tages so etwas wie echtes Denken entwickelt. Schon heute verlieren wir den Kampf gegen sie häufiger, als wir ihn gewinnen. Denken Sie nur an die Hungersnöte durch die nordafrikanische Wanderheuschrecke, an die Anopheles-Mücke oder die Tse-Tse-Fliege.«

Er machte eine Geste, die das Labor umfasste. »Was wir hier machen, ist der Versuch, die mächtigste Lebensform unseres Planeten zu beherrschen. Bevor sie uns beherrscht.«

Gegen ihren Willen war Marie beeindruckt. Sie hatte Scorpa für einen kühlen, von sich selbst eingenommenen Manager gehalten, doch tief in ihm brannte offensichtlich die Leidenschaft eines Wissenschaftlers, der an einer großen Aufgabe arbeitet. Mit seinem beinahe verklärten Gesichtsausdruck und den glänzenden Augen strahlte er eine Energie aus, die sie in seinen Bann zog.

»Das hier ist natürlich nur ein Teil unserer Forschungen«, fuhr er fort. »In unserem Feldlabor in Afrika arbeiten wir daran, wie wir die Wirkstoffe, die wir hier entwickeln, in der freien Natur einsetzen können. Das ist nämlich der wirklich schwierige Teil.«

»Warum machen Sie das in Afrika und nicht hier?«

Scorpa lächelte. »Waren Sie mal in Afrika?«

»Nein.«

»Alle Welt redet heute über Asien. China und Indien sind angeblich die großen Wirtschaftsmächte der Zukunft. Aber ich sage Ihnen, die Zukunft liegt in Afrika. Es ist so groß wie Nordamerika und Europa zusammen und besitzt mehr Bodenschätze als jeder andere Kontinent. Zudem ist

Zentralafrika eine der artenreichsten Regionen der Welt. Im Dschungel des Kongo gibt es noch jede Menge genetische Schätze zu entdecken. Aber Afrika ist natürlich auch ein geschundener Kontinent mit einem Riesenhaufen an Problemen. Eines davon ist die große Armut, die Schwierigkeit, all die Menschen dort mit Nahrung zu versorgen. Wir von Olfana wollen dabei helfen, diese Probleme zu lösen. Deshalb sind wir dort präsent, übrigens als einziges deutsches Unternehmen unserer Branche mit einem eigenen Labor.«

Marie rümpfte die Nase. Scorpa als Retter der Armen, das erschien ihr doch etwas unglaubwürdig.

Er lächelte, als errate er ihre Gedanken. »Natürlich wollen wir damit auch Geld verdienen. Glauben Sie mir, da steckt eine Menge Geld drin! Die Europäische Union investiert Hunderte von Millionen in Entwicklungshilfe und Ernährungsprogramme. Davon wollen wir profitieren. Außerdem können wir viele Techniken, die wir später in Europa und anderswo einsetzen, dort kostengünstig in der Fläche erproben.«

Natürlich. In Afrika waren die Umweltauflagen sicher bei weitem nicht so streng wie in Europa, wenn es überhaupt welche gab. Auch Arbeitskräfte waren wesentlich billiger. Und wenn mal ein Experiment danebenging, kümmerte das vermutlich auch niemanden.

»Ich sehe Sie noch nicht überzeugt.« Scorpa setzte sein charmantestes Lächeln auf. »Ich mache Ihnen einen Vorschlag. Wir beide gehen heute Abend zusammen essen, und ich erkläre Ihnen die Zukunftsstrategie der Firma. Was halten Sie davon?« Er musterte Marie mit dunklen Augen.

Sein intensiver Blick war ihr ein wenig unangenehm. Gleichzeitig fühlte sie sich gegen ihren Willen von seinem Charme und seiner Aufmerksamkeit geschmeichelt. Sie wusste nicht, wie sie reagieren sollte. Scorpas Freundlichkeit war mehr, als sie zu hoffen gewagt hatte. Doch eine Einladung zum Abendessen erschien ihr zuviel des Guten. Andererseits wollte sie ihn nicht gleich wieder vor den Kopf stoßen. Sie war immer noch auf seine Unterstützung und Mitarbeit angewiesen.

Er bemerkte ihr Zögern. »Ich sehe, ich habe Sie damit überfallen. Selbstverständlich sollen Sie sich nicht verpflichtet fühlen. Ich habe nur gedacht, bei einem Abendessen könnten wir uns vielleicht ein bisschen besser kennenlernen, um eine positivere Arbeitsatmosphäre zu schaffen. Aber ich war vielleicht wieder mal ein bisschen vorschnell.«

»Nein, nein«, sagte Marie rasch. »Das wäre nett. Ich werde meine Kollegen …«

Scorpa schüttelte den Kopf. »Ich würde es vorziehen, wenn nur wir beide essen gehen. Wegen der Vertraulichkeit, Sie verstehen?«

Marie sah Scorpa fragend an. Was hatte der Mann vor? Wollte er ihr irgendetwas Wichtiges mitteilen, das er nicht vor Zeugen auszusprechen wagte? Oder lag es einfach daran, dass er Rico nicht mochte? »Dr. Scorpa, Sie können sicher sein, dass alle Informationen, die Sie uns geben, absolut vertraulich behandelt werden!«

Scorpa nickte. »Natürlich. Aber manches lässt sich doch besser unter vier Augen besprechen.« Er lächelte, als er ihren skeptischen Blick sah. »Sie haben doch nicht etwa Zweifel an meinen Absichten? Ich gebe zu, ein Mann wie ich könnte in Gegenwart einer schönen Frau wie Ihnen auf Gedanken kommen, die nicht unbedingt professionell sind.« Er machte eine kurze Pause. »Aber ich versichere Ihnen, mir geht es lediglich um eine gute Zusammenarbeit.«

Marie räusperte sich. Scorpa machte sie zunehmend nervös. War es das, was er beabsichtigte? Wollte er sie durch seine überfreundliche, fast schon aufdringliche Art verunsichern? Sie nahm sich zusammen und setzte ein professionelles Lächeln auf. »Selbstverständlich. Ich freue mich darauf.«

Scorpa grinste jetzt noch breiter. »Ja, ich auch.« Er sah auf die Uhr. »Ich habe leider noch einen Termin. Ich hole Sie um halb acht ab, einverstanden?«

Marie nickte. Sie warf einen letzten Blick auf die Glaskästen. Mit einem mulmigen Gefühl ging sie zurück in den Teamraum.

6.

Der Raum war stickig, fensterlos, abhörsicher. Außer Harrisburg saßen vier Menschen um den großen Konferenztisch: Jack Corline, der Sicherheitsberater des Präsidenten, General Tom Kilmer, der das Oberkommando über die Einsatztruppen im Nahen Osten hatte, Miroslav Panicek, Leiter der Abteilung für Psychologische Aufklärung der US Army Intelligence, und Jenny Weissmann, im Heimatschutzministerium für Gefahrenfrüherkennung zuständig.

Corline kratzte sich am Schädel, von dem nur noch ein paar Fransen seines roten Haares herabhingen. Er blickte Harrisburg mit wässrig-blauen Augen an. »Sie sind also der Meinung, es war kein Terroranschlag?«

»Das habe ich nicht gesagt, Sir. Ich habe lediglich festgestellt, dass ich keine Hinweise auf Fremdeinwirkung gefunden habe.«

»Können wir vielleicht mal die Haarspalterei sein lassen?« General Kilmers von der Wüstensonne verbranntes Gesicht war tief zerfurcht. »Entweder es war ein Terroranschlag, oder es war keiner. Auf jeden Fall ist seit dem Vorfall die Hölle los. Unsere Jungs können sich kaum noch auf die Straße trauen. Und das kurz vor dem Friedensgipfel in Riad!«

»Wenn es ein Anschlag war, wie hätte er ausgeführt werden können?« Mit ihren langen blonden Haaren und den zarten Gesichtszügen hätte man Jenny Weissmann eher für ein in die Jahre gekommenes Fotomodell halten können als für eine Regierungsbeamtin. Doch von allen hier im Raum schien sie als einzige in der Lage, die richtigen Fragen zu stellen.

Harrisburg legte sich eine Antwort zurecht. Die anderen warteten geduldig. Sie kannten ihn. Nur der General sah demonstrativ auf die Uhr.

»Ich weiß es nicht«, sagte Harrisburg. Der General stöhnte leise, als könne er nicht begreifen, wieso er so lange auf diese Antwort hatte warten müssen. Aber Harrisburg war noch nicht fertig. »Die Fakten sind eindeutig: Es war kein feindlicher Kämpfer im Raum, als das Blutbad begann. Das hat Private Reeves ebenso bestätigt wie die überlebenden Kinder. Die Schüler saßen an ihren Plätzen, die Lehrerin war gerade dabei, Koran-Verse zu erklären. Das geht aus der Schrift an der Tafel hervor. Es gab nicht das geringste Anzeichen einer Bedrohung. Und doch sind unsere Männer nicht einfach durch den Raum hindurchgelaufen, um den Flüchtigen zu verfolgen, der durch die zweite Tür verschwunden ist. Sie sind stehen geblieben und haben angefangen, wild um sich zu schießen. Als seien sie plötzlich verrückt geworden.«

»Haben Sie die psychologischen Profile der Männer überprüft?«, fragte Miroslav Panicek, Harrisburgs Chef. Er kannte natürlich die Antwort und wollte Harrisburg lediglich eine Vorlage geben.

»Selbstverständlich. Es gibt keinerlei Auffälligkeiten. Die Männer stammen aus geordneten, meist kleinbürgerlichen Verhältnissen. Ich habe mit Reeves eine Reihe von Tests durchgeführt. Es gibt keinen Hinweis auf eine psychologische Instabilität. Im Gegenteil, er macht relativ gute Fortschritte, das Geschehen zu verarbeiten. Er kann sich nicht erklären, warum er durchgedreht ist. Und ich kann es leider auch nicht.«

»Gas?«, fragte der General. »Könnte es ein Nervengas gewesen sein, das die Männer dazu gebracht hat, auszurasten? Oder irgendwelche Strahlen? Es gab doch damals angeblich diese Experimente in Kamtschatka ...«

»Wir haben das überprüft. Wenn es eine chemische Substanz war, dann keine, die wir kennen«, sagte Panicek. »Strahlen scheiden ebenfalls aus. Kamtschatka hat nach Meinung unserer Fachleute nie irgendwelche anwendbaren Ergebnisse produziert. Und selbst wenn, hätte man in dem Klassenraum oder in unmittelbarer Nähe eine komplizierte Apparatur installieren müssen. Darauf gibt es nicht den geringsten Hinweis.«

»Drogen? Jemand könnte den Jungs was ins Essen gemischt haben.«

»Sowohl das Blut der getöteten Soldaten als auch das von Reeves wurden untersucht. Wir haben lediglich stark erhöhte Adrenalinwerte gefunden, wie sie für eine extreme Stresssituation typisch sind.«

»Na toll«, sagte der General. »Wir haben keine Ahnung, was passiert ist, aber der Vorfall hat unsere gesamte Nahoststrategie über den Haufen geworfen. Vier Männer, allesamt vorbildliche Soldaten, die sich nie etwas haben zuschulden kommen lassen, ballern einfach so in einem Klassenraum voller irakischer Kinder um sich. Und das kurz vor dem entscheidenden Durchbruch in den Nahostfriedensgesprächen. Ich glaube einfach nicht, dass das Zufall ist. Und was, wenn es wieder passiert?«

»Es tut mir leid, Sir, aber ich kann Ihnen nicht mehr sagen als das, was ich weiß.«

»Im Protokoll steht, dieser Soldat, Reeves, hätte ausgesagt, er habe das Gefühl gehabt, von einem Dämon besessen zu sein«, warf Corline ein. »Wäre es nicht denkbar, dass das stimmt?«

Alle sahen ihn verblüfft an. Jeder wusste, dass Corline den ultrakonservativen religiösen Rechten nahe stand, aber dass es so schlimm war, hatten sie nicht geahnt. Jenny Weissmann hatte als erste den Mut, auszusprechen, was alle dachten. »Bei allem Respekt, Sir, das meinen Sie doch nicht ernst!«

»Ich habe bisher noch keine bessere Erklärung gehört«, sagte Corline mit leicht beleidigtem Unterton. »Immerhin fand der Vorfall in Afrika statt, wo es immer noch Voodoopriester gibt. In den siebziger Jahren hat man Experimente ...«

»Sir, der Vorfall hat nicht in Afrika stattgefunden. Der Irak liegt in Asien.«

Corline warf Weissmann einen ärgerlichen Blick zu. Er mochte es nicht, zurechtgewiesen zu werden. »Von mir aus. Aber fest steht, dass es Dinge auf der Welt gibt, die wir nicht erklären können. Also können wir auch nicht ausschließen, dass der Vorfall eine übernatürliche Ursache hatte. Vielleicht haben die Männer irgendwelche satanischen Rituale zelebriert.«

»Sir!« General Kilmers Stimme wurde laut. »Meine Jungs riskieren da unten ihren Arsch, damit wir weiterhin an unser geliebtes Öl kommen. Ich lasse mir von niemandem erzählen, dass sie gottlose Dinge tun! Auch von Ihnen nicht!«

»Regen Sie sich ab, General. Der Krieg hat die Menschen schon zu ganz anderen Grausamkeiten getrieben.«

»Was verstehen Sie schon vom Krieg, Corline! Sie haben doch noch nie ein Schlachtfeld aus der Nähe ...«

»Gentlemen, bitte beruhigen Sie sich«, sagte Panicek. Er strich sich nervös durch sein zerzaustes dunkelbraunes Haar. »Mr. Corline hat eine berechtigte Frage gestellt. Es wäre tatsächlich denkbar, dass die Soldaten einem satanischen Kult angehörten. Es hat solche Fälle schon gegeben, und mit übernatürlichen Vorkommnissen hat das nicht das Geringste zu tun. Aber wir haben auch diese Möglichkeit geprüft und in der Vorgeschichte der Soldaten keinerlei Hinweise darauf gefunden. Im Gegenteil: Charlie Smith, einer der drei getöteten Soldaten, ist erst zwei Tage zuvor in die Einheit gekommen und hatte die anderen nach allem, was wir wissen, vorher noch nie getroffen. Aus seiner Waffe wurden 14 Schüsse abgefeuert, bevor er starb. Extrem unwahrscheinlich, dass sich die Männer zu dieser Bluttat verabredet haben.«

Jenny Weissmann hob beschwichtigend die Hände. »Ich halte fest, Lieutenant Harrisburg hat die Situation vor Ort geprüft und keinen Hinweis darauf gefunden, warum das Ereignis eingetreten ist. Wir wissen nicht, ob es eine Fremdeinwirkung gab, und wenn ja, wie das geschehen sein könnte. Und wir wissen nicht, ob so etwas noch einmal vorkommen kann. Korrekt?«

Harrisburg nickte.

»Also, was machen wir jetzt?«

Alle sahen sie schweigend an.

7.

»Und du willst ernsthaft heute Abend mit ihm essen gehen?«, fragte Rico. Auch Konstantin machte eine skeptische Miene, nachdem Marie ihnen von ihrem Rundgang erzählt hatte.

»Warum denn nicht? Ich bin mir durchaus bewusst, dass er versucht, uns für sich einzunehmen. Aber das ist ja sein gutes Recht. Und wenn es dazu führt, dass er uns unterstützt und uns Zugang zu allen Unterlagen gewährt, dann werde ich auch ein Abendessen mit ihm ertragen.«

»Ich traue ihm nicht«, sagte Rico.

»Diese Sache mit dem Feldlabor in Afrika kommt mir komisch vor«, meinte Konstantin. »Die haben allein im letzten Jahr fast 400000 Euro für Reisekosten ausgegeben.«

»Na ja, ist doch klar, Flüge nach Afrika sind eben nicht billig«, sagte Marie.

»Mag sein. Aber ich verstehe nicht, warum Olfana ausgerechnet irgendwo im afrikanischen Urwald so eine Forschungsstation betreibt. Wenn sie Genforschung machen würden, vielleicht in irgendwelchen exotischen Pflanzen nach medizinischen Wirkstoffen suchen, dann würde das Sinn ergeben. Aber Duftstoffe? Die kann man doch auch im Labor testen. Du hast ja selbst gesagt, dass sie da jede Menge exotische Insekten hatten.«

»Vielleicht finanziert sich Scorpa auf diese Weise seine persönlichen Lustreisen«, sagte Rico.

»Er hat gesagt, sie testen dort die großflächige Ausbringung in freier Natur«, entgegnete Marie. »Wahrscheinlich stellen die dort unten einfach weniger Fragen. Wenn du hier ein Freilandexperiment machen willst, hast du doch gleich irgendwelche Umweltaktivisten am Hals.«

»Ich denke, Olfana entwickelt umweltfreundliche Schädlingsbekämpfungsmittel?«, warf Rico ein.

»Ja, schon, aber trotzdem. Du weißt doch, wie die deutschen Behörden sind. Außerdem sagte Scorpa etwas von EU-Fördergeldern, die er dort besser anzapfen könne.«

Konstantin nickte nachdenklich. »Hmm. Könnte sein. Aber ich finde doch, dass wir uns die Sache mal genauer ansehen sollten.«

»Na schön«, sagte Marie. »Ich rufe ihn gleich an und lasse mir entsprechende Unterlagen geben.«

Scorpa hatte einen Termin. Sie erreichte ihn erst nach dem Mittagessen, das Marie mit Rico und Konstantin im Restaurant eines Möbelhauses in der Nähe einnahm.

»Sie haben Glück«, sagte er am Telefon. »Dr. Borg ist gerade in Deutschland. Er leitet das Feldlabor. Ich weiß allerdings nicht, ob er Zeit hat. Er reist morgen wieder ab.«

»Es wäre uns sehr wichtig, wenigstens eine Stunde mit ihm zu sprechen«, sagte Marie.

»Ich verstehe. Ich werde sehen, was ich für Sie tun kann, Frau Escher.«

Gegen fünf Uhr nachmittags betrat Scorpa den Raum in Begleitung eines Mannes, den Marie als unscheinbar bezeichnet hätte. Er war nicht sehr groß, Anfang dreißig, mit nervösen Augen hinter einer großen Brille. Dafür, dass er in Afrika arbeitete, war er sehr blass. »Dr. Andreas Borg«, stellte Scorpa ihn vor. »Dr. Borg, das Copeland-Team möchte gern wissen, was wir in unserem Feldlabor in Uganda so treiben. Ich bitte Sie, Frau Escher und ihren Assistenten alle Fragen zu beantworten.« Damit ließ er sie allein.

Borg stand einen Moment unschlüssig im Raum, als wisse er nicht so genau, was er hier zu suchen habe.

»Setzen Sie sich doch«, sagte Marie und deutete auf den kleinen Konferenztisch. Möchten Sie einen Kaffee?«

»Nein, vielen Dank.« Seine Stimme war ungewöhnlich hoch und so dünn wie sein blondes, kurzes Haar. »Ich habe leider nicht viel Zeit. Ich fliege bereits morgen zurück. Ich muss Sie also bitten, sich kurzzufassen.«

Konstantin und Rico kamen ebenfalls an den Konferenztisch dazu. Marie wäre es lieber gewesen, sie wären an ihren Arbeitsplätzen geblieben, von wo aus sie dem Gespräch ebenso gut hätten folgen können. So entstand eine Drei-zu-Eins-Situation, die Borg sichtlich Unbehagen bereitete.

Marie warf Rico schnell noch einen warnenden Blick zu und setzte dann ihr wärmstes Lächeln auf. »Vielen Dank, dass Sie sich die Zeit für uns nehmen, Dr. Borg. Wir haben den Auftrag, das Zukunftspotenzial von Olfana zu bewerten, und ich bin sicher, Ihr Feldlabor spielt dabei eine wichtige Rolle. Es wäre also hilfreich, wenn Sie uns kurz beschrieben, woran genau Sie dort arbeiten.«

»Nun, äh, wir testen Geruchsstoffe für die Schädlingsbekämpfung«, sagte Borg.

»Das wissen wir schon«, sagte Rico. »Aber warum brauchen Sie dafür ein Labor in Afrika? Man kann doch Ihre Duftstoffe ebenso gut an Versuchstieren hier in Deutschland testen.«

Borg schwieg einen Moment. Marie holte tief Luft. »Dr. Borg, was uns interessiert, ist der Mehrwert Ihres Feldlabors für Olfana. Ist es die Artenvielfalt der Region? Sind es die besseren Möglichkeiten, Freilandversuche zu machen?«

Borg nickte. »Ja. Das stimmt.«

»Also beides?«, hakte Konstantin nach.

Borg nickte wieder. Sie würden nicht viel aus ihm heraus bekommen, wenn sie ihn weiter ins Kreuzverhör nahmen.

Andererseits konnte Marie Konstantin und Rico jetzt schlecht aus dem Raum schicken.

»Wie viele Mitarbeiter arbeiten in dem Labor?«, fragte Rico. Es war eine gute Idee, konkrete Fragen zu stellen, die einfach zu beantworten waren. So würde Borg vielleicht seine Scheu verlieren.

»Nur ich und meine beiden Assistenten, Krüger und Willems. Und natürlich unsere einheimischen Hilfskräfte.«

»Wie viele sind das?«

»Je nachdem. Zwei arbeiten fest in der Station, aber wenn wir einen Freilandversuch machen, dann engagieren wir manchmal weitere Arbeiter.«

»Wie funktioniert das genau, so ein Freilandversuch?«, wollte Konstantin wissen.

»Wir bekommen die Basis dafür aus Deutschland geliefert. Den Duftstoff und eine erste Version des Trägermaterials. Dann bringen wir das in der Fläche aus und messen die Wirkung auf die betreffende Spezies.« Borgs Angewohnheit, den Blicken seiner Gesprächspartner auszuweichen, irritierte Marie zunehmend. Es weckte in ihr eine Mischung aus Mitleid und Abneigung.

»Wie genau messen Sie denn das?«, fragte Rico. »Beobachten Sie die Käfer mit der versteckten Kamera?«

Der Forscher schien wenig Sinn für Humor zu haben. In dem Blick, den er Rico zuwarf, lag Verachtung. »Natürlich nicht.«

»Wie denn dann?«

»Wir zählen sie. Wir vergleichen einfach die Zahl der Schädlinge vor und nach Ausbringen des Wirkstoffs, damit haben wir ein Maß. Dann erstellen wir Zeitreihen, um zu sehen, wie schnell die Wirkung nachlässt.«

Marie nickte. Was Borg sagte, leuchtete ihr ein. Er nutzte die Gesetze der Statistik, um die Wirkung der Geruchsstoffe zu messen. Die einzig vernünftige Vorgehensweise.

»Und wenn Sie das Ergebnis haben? Was passiert dann?«, fragte Konstantin.

»Dann machen wir weitere Testreihen mit verschiedenen Varianten der Formel und unterschiedlichen Trägersubstanzen, bis wir eine optimale Zusammensetzung finden.«

»Wie lange dauert das?«

Borg betrachtete seine Fingerspitzen, die er aneinandergepresst hielt. »Das kommt darauf an«, sagte er. »Meistens einige Monate. Manchmal mehrere Jahre.«

»Seit wann gibt es das Labor?«, fragte Marie.

»Seit etwa vier Jahren.«

»Haben Sie denn dort überhaupt schon marktreife Produkte entwickelt?«, wollte Rico wissen.

Borg sah auf die Uhr. »Hören Sie, es ist schon spät, und ich muss noch einiges erledigen.«

»Würden Sie bitte die Frage beantworten!«, sagte Rico. Sein Tonfall war ruhig, aber die unterschwellige Drohung unüberhörbar. So sehr Marie sich bisher über seine aggressive und voreingenommene Art geärgert hatte, in diesem Moment war es richtig, nachzubohren.

Borg warf ihm einen kurzen Blick zu. Seine Lippen waren zusammengekniffen, und er schien noch eine Spur blasser geworden zu sein. »Wir entwickeln da keine Produkte. Das tun unsere Kollegen hier in Deutschland. Wir testen nur und verbessern weiter. Ich weiß, dass Sie das nicht verstehen wollen. Aber was wir bei Olfana betreiben, ist eine Schlüsseltechnologie, um die Nahrungsversorgung der Menschheit im 21. Jahrhundert zu sichern und einige tödliche Krankheiten zu besiegen. Wir stehen bei der Bekämpfung der Anopheles-Mücke kurz vor einem entscheidenden Durchbruch. Wissen Sie, was das bedeutet?«

»Dr. Borg, niemand zieht die Bedeutung Ihrer Arbeit in Zweifel«, beschwichtigte Marie.

Der Wissenschaftler sah sie feindselig an. »Halten Sie mich nicht für dumm. Ich weiß genau, weshalb Sie hier sind. Die Firma ist nicht profitabel, also müssen die Kosten gesenkt werden. Und so ein Feldlabor in Afrika kommt da schnell auf die Streichliste. Dabei ist es einer der wenigen echten Wettbewerbsvorteile, die wir haben!«

»War das Dr. Scorpas Idee mit dem Labor, oder Ihre?«, fragte Rico.

Borg blickte ihn einen Moment an. Dann stand er auf. »Ich habe es nicht nötig, mich vor Ihnen zu rechtfertigen«, sagte er. »Ich habe zu tun. Auf Wiedersehen!«

Marie erhob sich ebenfalls. »Dr. Borg, bitte, wir …«

Doch er war schon aus dem Raum verschwunden.

»Na toll!«, sagte Konstantin. »Das hast du wirklich wieder mal sauber hingekriegt!«

Rico sah ihn an. Seine Augen funkelten. »Was willst du damit sagen?«

»Damit will ich sagen, dass du ein dämlicher Idiot bist«, erwiderte Konstantin ruhig. »Du ruinierst mit deiner aggressiven Art das ganze Projekt!«

Ricos Kopf lief rot an. Er sprang auf. »Pass bloß auf, was du sagst!«

Konstantin stand jetzt dicht vor ihm. »Glaubst du etwa, ich habe Angst vor dir?«

»Konstantin, Rico, würdet ihr euch bitte wieder hinsetzen und euch beruhigen!«

Konstantin setzte sich sofort. Rico blieb noch einen Moment stehen und starrte seinen Kollegen finster an. Dann folgte auch er Maries Anweisung.

Sie setzte sich ebenfalls. »Es hat wirklich keinen Sinn, dass wir uns zanken!«

»Willst du dir etwa von diesem Typen dein Projekt ruinieren lassen?«, fragte Konstantin. Er vermied es, Rico anzusehen.

»Es ist nicht mein Projekt, es ist unser Projekt«, entgegnete Marie.

»Umso schlimmer!«

»Dieser Borg hat etwas zu verbergen«, sagte Rico. »Das ist doch offensichtlich. Wenn ich ihn nicht provoziert hätte …«

»Der Typ ist Wissenschaftler, Mann! Er will respektiert und ernst genommen werden. Aus seiner Sicht sind wir überhebliche Ignoranten, die kein Wort von dem verstehen, was er sagt, und nur blindes Costcutting betreiben. Und du hast ihn in seiner Meinung noch bestärkt! Kein Wunder, dass er wütend rausläuft.«

»Du kannst ja seinem Beispiel gern folgen, wenn du ihn so gut verstehst. Im Übrigen bleibe ich dabei: Der Typ hat was zu verbergen. Mit Friede, Freude, Eierkuchen kommen wir bei dem nicht weiter. Ich wäre dafür, Borlandt anzurufen und den Druck zu erhöhen.«

»Du spinnst total!«, rief Konstantin.

»Schluss jetzt!«, ging Marie dazwischen. »Ich werde Borlandt nicht anrufen. Ich gehe nachher mit Scorpa essen und will versuchen, noch etwas mehr über Borgs Arbeit zu erfahren. Dann sehen wir weiter. Und jetzt will ich, dass sich jeder auf seine Arbeit konzentriert und dieses Hickhack zwischen euch aufhört, ist das klar?«

Die beiden sahen Marie überrascht an. Jetzt erst bemerkte sie selbst, dass sie ungewöhnlich laut geworden war.

Konstantin nickte. »Okay, du hast recht. Tut mir leid.«

Selbst Rico enthielt sich einer schnippischen Bemerkung. »Ich schau mir die Kostenstruktur noch mal an. Könnte mir vorstellen, dass Borg die wahren Kosten des Feldlabors verschleiert, indem er bestimmte Positionen in anderen Kostenblöcken versteckt.«

»Tu das«, sagte Marie. »Und du, Konstantin, mach bitte weiter mit der Aufstellung der Wirkstoffe, an denen hier gearbeitet wird, und informier dich auch über ihren jeweiligen Realisierungsstand.«

Froh, dass zumindest vorübergehend Ruhe eingekehrt war, setzte sich Marie wieder an ihren Platz. Scorpas Sekretärin hatte am Vormittag drei Ordner mit Unterlagen zu den diversen Forschungsprojekten hereingereicht. Sie nahm sich einen davon vor und las nun Forschungsanträge, Sitzungsprotokolle und Zwischenberichte, die von biologischen Fachbegriffen nur so strotzten. Es ging ihr nicht darum, im Einzelnen zu verstehen, woran Olfana arbeitete. Sie wollte einfach ein Gefühl für die Arbeitsweise insgesamt bekommen.

Ihr erster Eindruck war, dass die Firma recht systematisch vorging und eine Menge Fachkompetenz vorhanden war. Aber es war auch zu spüren, dass viele Projekte noch sehr weit von einer Marktreife entfernt waren.

Zwanzig nach sieben betrat Scorpa den Teamraum. »Ich sehe, Sie sind noch beschäftigt«, sagte er. »Darf ich Sie trotzdem an unsere Verabredung erinnern?«

»Selbstverständlich!« Marie fuhr ihren Laptop herunter. Sie war ein wenig verunsichert, fast wie ein Schulmädchen, das zum ersten Mal von einem Verehrer ausgeführt wird. Rico warf ihr einen kurzen Blick zu, in dem so etwas wie Spott zu liegen schien, sagte aber nichts.

Scorpa führte sie zu seinem Wagen, einem schwarzen Porsche 911. Er öffnete ihr die Tür. Seine offensichtliche Erfahrung im Umgang mit Frauen und seine Selbstsicherheit machten Marie nur noch nervöser.

»Ich kenne einen kleinen, aber feinen Landgasthof in der Nähe. Ist Ihnen das recht?«

»Ja, natürlich, gern.«

Er lenkte den Wagen vom Firmenparkplatz und beschleunigte, sodass Marie in den bequemen Ledersitz gepresst wurde. Der Ledergeruch mischte sich mit seinem markanten, aber nicht unangenehmen Duft. »Hat Ihnen Dr. Borg helfen können?«, fragte er, als sie mit deutlich überhöhter Geschwindigkeit über die Landstraße jagten.

»Nun, er war … etwas nervös, denke ich.«

»Ja, Borg ist ein bisschen eigenwillig. Eben der klassische Forscher. Man muss ihn behutsam anfassen. Aber er ist brillant, glauben Sie mir. Eine wichtige Stütze unserer Firma.«

»Natürlich.«

Scorpa sah ihr direkt ins Gesicht. Es wäre Marie lieber gewesen, er hätte seinen Blick auf der Straße behalten. »Frau Escher, Ihr Mitarbeiter, der neulich in dem Gespräch dabei war …«

»Sie meinen Herrn Kemper?«

Scorpa sah wieder nach vorn und musste stark bremsen, um nicht in einen LKW zu rasen, der hinter einer Kurve aufgetaucht war.

»Ja, genau. Ich möchte nicht, dass er mir die Mannschaft verunsichert, verstehen Sie? Ich kenne diese Typen. Wenn eine schöne Frau wie Sie in der Nähe ist, meinen die, sie müssen sich produzieren. Aber ich kann nicht dulden, dass sich jemand aufspielt und wie ein Elefant im Porzellanladen durch die Firma trampelt. Die Stimmung ist ohnehin angespannt, denn jeder weiß, dass wir Verluste machen und dass es der Oppenheim AG nicht gut geht.«

Marie spürte, wie sie rot anlief. War es denkbar, dass Rico sich wegen ihr so aufführte? »Selbstverständlich«, sagte sie. »Ich werde dafür sorgen, dass er sich in Zukunft rücksichtsvoller verhält.«

Scorpa gab Gas und überholte den LKW. Er lächelte. »Ich kann ihn ja fast verstehen. Sie sind eine bemerkenswerte Frau! Aber ich bin sicher, das haben Ihnen schon viele Männer gesagt.«

Marie wusste darauf keine Antwort. Scorpas Komplimente verursachten ein leichtes Unwohlsein.

Doch im Laufe des Abends ließ die Unsicherheit allmählich nach und wich einer entspannteren, fröhlichen Stimmung, wie sie sie schon lange nicht mehr gespürt hatte. Das Essen in dem idyllischen Gasthof war hervorragend und Scorpa ein charmanter Gastgeber, dem es immer wieder gelang, sie zum Lachen zu bringen. Er war ein Kavalier der alten Schule, aber er hatte auch einen trockenen Humor. Er erzählte Geschichten aus seiner Heimat Andalusien und Anekdoten aus seiner Zeit an der Universität.

Nach einer exzellenten Creme Brulée zum Dessert merkte Marie, dass sie den ganzen Abend kein Wort über Olfana und das Feldlabor verloren hatten. Außerdem war ihr ein wenig schwindelig. Als aufmerksamer Tischherr hatte ihr Scorpa immer wieder Rotwein nachgefüllt. Sie war normalerweise sehr zurückhaltend mit Alkohol, doch heute hatte sie mehr getrunken als üblich.

Scorpa ließ sich die Rechnung geben und führte sie zum Wagen. Sie war etwas wackelig auf den Beinen. Er bemerkte ihre Unsicherheit und stützte sie galant.

»Das war ein wunderschöner Abend«, sagte Marie, als der Wagen über das Kopfsteinpflaster vor dem Gasthof rollte. »Vielen Dank!«

»Ich habe zu danken, Frau Escher. Ich glaube, es ist schon lange her, dass ich einen Abend in so charmanter Begleitung verbringen durfte.«

Er beschleunigte und jagte über die dunkle Landstraße. Marie sah ihn von der Seite an. Plötzlich wurde ihr bewusst, wie attraktiv er war – trotz oder vielleicht sogar wegen seines Alters. Seine Erfahrung, seine Umgangsformen, seine Gelassenheit gaben ihr ein Gefühl der Geborgenheit.

Sie versuchte, diesen Gedanken zu verdrängen. Sie konnte es sich nicht leisten, dass ihre Urteilskraft von unprofessionellen Gefühlen beeinträchtigt wurde.

8.

Die Fahrt war überraschend schnell zu Ende, obwohl sie kein Wort mehr gesprochen hatten. Scorpa stieg aus, lief um den Wagen und öffnete ihr die Tür. Marie hatte Schwierigkeiten, aus dem niedrigen, schalenförmigen Ledersitz hochzukommen. Er ergriff ihren Arm sanft, aber fest und half ihr empor. Ihre Knie fühlten sich weich an, und so war sie froh, als er sie stützte.

Scorpa führte sie zur Rezeption. Sie nannte ihre Zimmernummer und nahm die Chipkarte in Empfang. Die geräumige Lobby begann sich um Marie zu drehen, und ein Gefühl der Übelkeit überkam sie. Jetzt bloß nicht hier in die Lobby kotzen!

Scorpa führte sie zum Fahrstuhl. Unter dem süßlichen Duft seines Aftershaves nahm Marie das dezente, salzige Aroma seines Körpers wahr, das Kraft und Männlichkeit vermittelte. Ohne sich dessen voll bewusst zu werden, lehnte sie sich etwas enger an ihn.

Als sie ihr Zimmer erreichten, hatte Marie trotz ihres angetrunkenen Zustands das Gefühl, buchstäblich an einer Schwelle zu stehen. Scorpa betrachtete sie mit seinen dunklen Augen, in denen Selbstbewusstsein und Stärke lagen. Ein warmes Drängen breitete sich in ihrem Bauch aus, und ihr wurde plötzlich bewusst, dass sie schon seit Wochen keinen Sex mehr gehabt hatte. Sie hatte noch nie mit jemandem in Scorpas Alter geschlafen. Er wäre sicher ein hervorragender, erfahrener Liebhaber. Er …

»Marie«, sagte Scorpa. »Ich weiß, ich sollte das nicht sagen. Sie müssen Ihre professionelle Distanz wahren. Aber dieser Abend … Sie haben irgendetwas mit mir angestellt …« Er beugte sich vor. Sie spürte seinen Atem an ihrem Hals, roch das Aroma des Rotweins, das sich mit seiner männlichen Aura vermischte.

Ihr ganzer Körper sehnte sich nach seiner Berührung. Sie konnte sich ihm hingeben, hier und jetzt. Niemand würde davon erfahren. Sie wollte es. Sie brauchte es.

Nein! Panik keimte in ihr auf und verjagte die Lust. Sie durfte nicht die Kontrolle verlieren! Auf keinen Fall die Kontrolle verlieren! Niemals!

Das kleine Mädchen schreckt aus dem Schlaf. Im blassgrünen Schein des Nachtlichts sieht sie eine Gestalt in ihrem Zimmer stehen, bleich wie ein Gespenst. Ihr langes, dunkles Haar ist zerzaust, ihre Augen sind groß. Sie trägt ein langes Nachthemd.

Das kleine, pochende Herz beruhigt sich allmählich. »Mami! Ist es denn schon Zeit zum Aufstehen?«

Die Mutter antwortet nicht. Sie steht nur da, im Halbdunkel, und starrt das Mädchen an. Jetzt sieht es, dass seine Mutter zittert. »Was … was hast du denn, Mami?«

Die Mutter antwortet nicht. Sie kommt näher. Möchte sie kuscheln? Sie kniet sich hin, aber sie klettert nicht ins Bett zu dem Mädchen, um es in den Arm zu nehmen. Sie legt sich ganz flach auf den Bauch, und dann schiebt sie sich unter das Bett.

Das Mädchen beobachtet sie, bis sie ganz verschwunden ist. Ist das ein neues Spiel? Aber ihre Mutter spielt sehr selten mit ihr, und noch nie hat sie so etwas mitten in der Nacht gemacht.

»Mami?«

Sie hört ein Schluchzen. Jetzt bekommt sie wieder Angst. »Mami? Was hast du denn, Mami?«

»Er … er darf mich nicht finden«, flüstert sie. Es klingt merkwürdig, als bekäme sie nicht richtig Luft.

»Wer denn?«

»Papi«, flüstert die Mutter. »Du darfst ihm nicht sagen, dass ich hier bin, hörst du? Versprich es mir!«

Das Mädchen verspricht es.

Die Tür geht auf. Das Mädchen erschrickt. Schnell schließt sie die Augen.

Jemand kommt herein. Sie hört die leisen Schritte, und sie nimmt einen vertrauten Geruch wahr.

»Marie?«, flüstert ihr Vater.

Sie kneift die Augen ganz fest zu. Er darf mich nicht finden, hat ihre Mutter gesagt. Sie möchte weinen, aber sie hat Angst, zu verraten, dass sie wach ist. Wenn ihr Vater sie fragt, wird sie ihn nicht anlügen können.

Sie möchte nicht, dass ihre Mutter da unter dem Bett liegt. So etwas tun Erwachsene nicht. Und sie möchte auch nicht, dass ihr Vater hier ist. Vor allem will sie nicht, dass die beiden sich schon wieder streiten. Nicht jetzt, nicht hier in ihrem Zimmer. Sie möchte am liebsten allein sein.

Ihr Vater geht wieder hinaus. Das Mädchen wartet darauf, dass seine Mutter unter dem Bett hervorkriecht. Sie wartet sehr lange. Irgendwann ist sie eingeschlafen.

Als sie am nächsten Morgen erwacht, ist ihre Mutter fort.

»Nein!« Marie stieß Scorpa heftig gegen die Brust.

Er taumelte rückwärts und sah sie überrascht an. »Marie, ich … ich dachte …«

Ihr Herz pochte wild. »Verschwinden Sie!«, rief sie. Panisch hantierte sie mit der elektronischen Schlüsselkarte am Schloss herum. Endlich ertönte der Piepton, und die Tür ging auf.

Scorpa machte einen Schritt auf sie zu. »Marie, bitte verzeihen Sie, wenn ich …«

Sie stürzte ins Zimmer und schlug ihm die Tür vor der Nase zu. Zitternd stand sie da, mit dem Rücken gegen die

Tür gelehnt. Ihr ganzer Körper war angespannt. Schweiß perlte auf ihrer Stirn.

Nur langsam ging die Panikattacke vorüber. Einen solchen Ausbruch hatte sie seit Jahren nicht mehr gehabt. Scorpa musste sie für vollkommen hysterisch halten.

Sie hatte geglaubt, sich unter Kontrolle zu haben. Der Stress der letzten Zeit musste dazu geführt haben, dass ihre Selbstbeherrschung brüchig geworden war. Und dann noch der Alkohol …

Sie war wütend auf Scorpa, der sie in diese Lage gebracht hatte, obwohl sie genau wusste, dass es nicht seine Schuld war. Noch wütender war sie auf sich selbst, auf ihre Schwäche. Sie hatte sich von der Angst überwältigen lassen, obwohl sie sich geschworen hatte, dass das nie wieder geschehen würde.

Sie ging ins Bett. Noch lange lag sie da, den Kopf voll düsterer Gedanken von Scham und Schuld. Irgendwann erlöste sie ein tiefer, traumloser Schlaf.

Sie erwachte mit Kopfschmerzen und einem pelzigen Geschmack im Mund. Vorsichtig setzte sie sich auf, um das Pulsieren in ihrem Schädel nicht noch zu verstärken. Schlagartig kehrte die Erinnerung zurück und mit ihr das Gefühl der Scham. Wie hatte ein so schöner Abend in einer derartigen Katastrophe enden können?

Übelkeit stieg in ihr auf. Sie schwankte ins Bad und übergab sich. Danach wurde ihr Kopf etwas klarer, aber ihr unmögliches Benehmen trat ihr dafür umso stärker ins Bewusstsein. Sie wusste nicht, wie sie Scorpa je wieder unter die Augen treten sollte.

Sie sah auf die Uhr. Halb elf. Verdammt! Sie sollte längst bei ihren Kollegen sein. Sie duschte kurz, zog sich frische Kleidung an und versuchte, Müdigkeit und Verzweiflung aus ihrem Gesicht zu schminken.

Sie nahm ein Taxi zum Firmengelände. Sie spürte ein leichtes Zittern, als sie den Flur betrat, an dessen Ende der Teamraum lag – nicht weit von Scorpas Büro. Ihr wurde schwindelig, und sie musste sich gegen eine Wand lehnen. Sie schwor sich, nie wieder mehr als ein Glas Wein zu trinken.

Eine Bürotür wurde geöffnet, und Judith Meerbusch, Scorpas Sekretärin, kam heraus, einen Stapel Papier in der Hand. Als sie Marie sah, machte sie ein besorgtes Gesicht. »Oh, hallo Frau Escher. Ist Ihnen nicht gut?«

»Schon okay, geht wieder.« Sie versuchte zu lächeln, aber ihre Gesichtsmuskeln waren genauso übermüdet wie sie selbst. »Ist … ist Dr. Scorpa da?«

Meerbusch schüttelte den Kopf. »Leider nicht. Er hat einen Termin in Frankfurt. Soll ich versuchen, ihn auf dem Handy zu erreichen?«

Marie verkniff sich ein erleichtertes Ausatmen. Sie schüttelte den Kopf. »Nein, nein, nicht nötig.«

Meerbusch wandte sich ab, als plötzlich laute Stimmen vom Ende des Flurs zu hören waren. Es klang, als sei im Teamraum ein heftiger Streit im Gange.

»Was ist denn da los?«, fragte die Sekretärin.

Marie antwortete nicht. Sie ging mit raschen Schritten den Flur entlang. Meerbusch blieb in der Tür ihres Büros stehen und sah ihr nach.

Auf halbem Weg hörte sie erneut ein wütendes Brüllen. Ein weiterer Schrei, dann ein dumpfes Poltern.

»Mein Gott!«, rief Meerbusch. »Was machen die denn da!« Marie hörte das Trippeln ihrer Schuhe hinter sich.

Sie öffnete die Tür zum Teamraum und blieb abrupt stehen. Ihr noch immer etwas verzögert funktionierender Verstand brauchte einige Sekunden, um zu verarbeiten, was sie sah: Konstantin stand in der Mitte des Raums neben Ricos Arbeitstisch. Er hielt eine leere Glaskaraffe in der

Hand, die rot beschmiert war. Seine Augen waren weit aufgerissen, und seine Brust hob und senkte sich schnell, als habe er einen Sprint hinter sich.

Neben ihm lag Rico mit dem Oberkörper auf dem Schreibtisch. Sein Haar war blutverklebt. Ein dickes, rotes Rinnsal lief ihm über Stirn und Wange und tropfte auf die Tastatur.

»O Gott!«, rief Meerbusch. »O mein Gott!«

Konstantin wandte sich zur Tür um. Seine geweiteten Augen blickten verständnislos.

Endlich löste sich Marie aus ihrer Starre. »Was hast du getan!«, rief sie.

Konstantin sah auf das blutige Glasgefäß in seiner Hand. Er ließ es auf den Teppichboden fallen, wo es zersplitterte.

Marie stürzte zu Rico. Eine hässliche Wunde klaffte an seinem Schädel, am Haaransatz über der Stirn. Er war bewusstlos, atmete aber noch. Sie wandte sich an Meerbusch. »Rufen Sie einen Krankenwagen, schnell!«

Die Sekretärin, die erschrocken in der Tür stehen geblieben war, rannte den Flur entlang.

Konstantin schien unter Schock zu stehen. Er setzte sich auf einen Stuhl, barg sein Gesicht in den Händen und sagte kein Wort.

Marie wusste nicht, was sie machen sollte. Sie hatte vor langer Zeit einen Erste-Hilfe-Kurs mitgemacht, aber dort hatte man ihr nichts darüber beigebracht, wie man mit einer klaffenden Schädelwunde umging. Sie zog ihr Jackett aus, faltete es zweimal und legte es auf den Boden. Als sie sich über Ricos leblosen Körper beugte, nahm sie den schwachen, leicht süßlichen Geruch seines Aftershaves wahr, wie von einem exotischen Gewürz. Sie griff ihm behutsam unter die Arme, zog ihn von seinem Stuhl und brachte ihn in die stabile Seitenlage. Seinen verletzten Kopf bettete sie vorsichtig auf das Jackett. Dann sprach sie ihn an, wie sie es in dem Kurs gelernt hatte: »Rico! Rico, kannst du mich hören?«

Er reagierte nicht.

Sie unterdrückte den Impuls, ihn an der Schulter zu rütteln. Stattdessen beugte sie sich über ihn und umfasste sein Handgelenk. Der Puls war regelmäßig, sein Atem schwach, aber wahrnehmbar. Ein dünnes Rinnsal tropfte von der Wunde an seiner Stirn herunter, aber es war kein lebensbedrohlicher Blutverlust.

Mehr konnte sie nicht tun. Sie richtete sich auf und wandte sich zu Konstantin um, der die ganze Zeit wie erstarrt dagesessen hatte und sie noch immer verständnislos ansah.

»Was ist passiert?«, rief sie, obwohl das mehr als offensichtlich war. Rico und Konstantin mochten sich nicht, das war von Anfang an klar gewesen. Aber dass der Streit zu einer solch blutigen Auseinandersetzung eskalieren würde, hätte sie nicht für möglich gehalten. Dass ausgerechnet Konstantin Rico so brutal niedergestreckt haben sollte, war ihr unbegreiflich.

Konstantin nahm die Hände vom Gesicht, schüttelte jetzt langsam den Kopf. »Ich … ich …«, begann er.

Marie spürte Panik in sich aufkeimen. Was sollte sie nur tun? Sie schloss kurz die Augen und atmete mehrmals tief ein und aus. Ruhig bleiben. Nur nicht die Kontrolle verlieren. Niemals die Kontrolle verlieren.

Sie schlug die Augen wieder auf und sah einen braunen Umschlag auf Ricos Schreibtisch liegen. Er war wohl erst heute Morgen abgegeben worden. Dann ging die Tür auf, und Meerbusch stürzte mit zwei Männern herein, offenbar Angestellte von Olfana. Der eine trug einen weißen Kittel und hatte einen Verbandskasten in der Hand. Die dunkle Uniform des anderen wies ihn als Mitarbeiter des Werkschutzes aus.

Der Mann im Kittel beugte sich über Rico und fühlte dessen Puls mit professioneller Miene.

»Wie schlimm ist es?« Marie war erleichtert, dass ihr jemand die Verantwortung für Ricos Zustand abnahm.

»Kann ich noch nicht genau sagen. Ein Krankenwagen wird gleich hier sein. Der Schädel muss geröntgt werden, um zu sehen, ob ein Bruch vorliegt. Aber sein Zustand scheint einigermaßen stabil zu sein. Was ist eigentlich passiert?«

»Ich ... ich habe ihn ... geschlagen«, sagte Konstantin. Er klang verwundert.

»Bleiben Sie, wo Sie sind«, befahl der Mann vom Werkschutz. Er war nicht bewaffnet, hatte aber eine sehr kräftige Statur, die keinen Zweifel daran ließ, dass er Konstantin notfalls überwältigen konnte. »Die Polizei wird gleich hier sein.«

9.

»Kann ich Sie einen Moment sprechen?«

Harrisburg sah von seinem Computerbildschirm auf, der eine Website mit neusten Erkenntnissen der Aggressionsforschung zeigte. Panicek stand in der Tür zu dem engen Büro. Das einzige Fenster gab den Blick auf den ausgedehnten Gebäudekomplex des Hauptquartiers des INSCOM, des Intelligence and Security Commands der US Army in Fort Belvoir, Virginia frei.

Paniceks Abteilung für Psychologische Aufklärung war eigentlich dafür zuständig, Persönlichkeitsprofile der gegnerischen Kommandeure zu erstellen. So konnten sie im Ernstfall den eigenen Soldaten einen Vorteil verschaffen, indem die Aktionen des Feindes zumindest ein Stück weit vorhersehbar wurden. Gelegentlich wurden sie auch in Fragen der psychologischen Kriegsführung und bei Problemen innerhalb der eigenen Truppe zu Rate gezogen. Doch der aktuelle Fall ging weit über die gewöhnliche Routine der Abteilung hinaus und hatte eine viel größere konkrete Bedeutung.

Entsprechend nervös war Harrisburgs Chef. Sein Hemd hing ihm wieder mal halb aus der schlecht gebügelten Hose, und er hatte sich beim Mittagessen in der Cafeteria einen Soßenfleck am Ärmel eingehandelt. Natürlich musste er nicht um Erlaubnis fragen, wenn er mit seinem Mitarbeiter sprechen wollte. Dass er es trotzdem tat, zeigte, wie wichtig ihm das Gespräch war. Dass er sich persönlich aus dem dritten Stock hier herunter bemüht hatte, statt anzurufen oder eine E-Mail zu schicken, ebenfalls.

»Natürlich.«

Panicek schloss die Tür. »Ich mache mir Sorgen.«

»Ja, Sir. Ich auch.«

»Sind Sie weitergekommen?«

»Nein. Jedenfalls nicht wesentlich. Ich habe eine Menge Möglichkeiten ausgeschlossen: Krankheiten, neuartige Drogen, Hypnose, elektromagnetische Strahlung. Es gibt nichts, was eine Fremdeinwirkung erklären könnte. Andererseits: Es sind zwar genügend Fälle von stressbedingtem Amoklauf bekannt. Aber es gibt in der Literatur keinen einzigen Fall, bei dem mehrere Leute gleichzeitig durchgedreht wären. Mit einer Ausnahme. Aber die kann für diesen Fall nicht relevant sein.«

»Was für eine Ausnahme?«

»Manchmal verlieren Menschen in einer Schlacht sämtliche Hemmungen und schlagen oder schießen wild um sich, ohne Rücksicht auf das eigene Leben, manchmal sogar ohne Unterschied zwischen Freund und Feind. Man nennt das Blutrausch. Das Phänomen ist seit dem Mittelalter bekannt. Denken Sie an die Berserker – nordische Krieger, denen nachgesagt wurde, in der Schlacht jede Furcht und Schmerzempfindlichkeit zu verlieren und in blinde Raserei zu verfallen.«

»Klingt wie eine passende Erklärung. Aber Sie sagten, ein Blutrausch könne in diesem Fall nicht die Erklärung sein. Warum nicht?«

»Er ist bisher immer nur in gewaltsamen Auseinandersetzungen beobachtet worden – mitten im Schlachtgetümmel. Die genauen Ursachen sind noch nicht erforscht, aber es lag immer eine konkrete Lebensbedrohung vor, und vermutlich waren auch enthemmende Substanzen wie Alkohol oder Drogen im Spiel. Es ist kein Fall dokumentiert, bei dem Soldaten einfach so in Raserei verfallen sind.«

»Aber es gibt doch viele Beispiele von Massakern an Zivilisten. Menschen steigern sich gegenseitig in eine Orgie der Gewalt hinein. Sie verlieren die Beherrschung, ihre Hemmungen, ihre Menschlichkeit.«

»Das stimmt leider. Aber dann schießen sie nicht wahllos um sich, schon gar nicht auf ihre Kameraden. Massaker laufen immer nach dem gleichen Muster ab: Zunächst überzeugen sich die Täter gegenseitig, dass ihre Opfer keine vollwertigen Menschen sind – zum Beispiel, weil sie einer anderen Rasse oder einer anderen Religion angehören. Damit überwinden sie das Mordtabu. Sie treffen eine Art Abkommen, eine Verschwörung, sprechen sich schon vorher gegenseitig von jeder Schuld frei. Und dann gehen sie sehr systematisch vor. Sie unterscheiden sorgsam zwischen Opfern und Tätern. Hinterher wissen sie noch genau, was sie getan haben, und versuchen, ihre Tat zu rechtfertigen. Solche Massaker geschehen selten spontan. Es braucht immer eine gewisse Phase des gegenseitigen Aufschaukelns, und, wie bei einem gewöhnlichen Mord, auch ein Motiv, zum Beispiel Rache. Im konkreten Fall haben wir dafür nicht den geringsten Hinweis – im Gegenteil. Die beteiligten Soldaten galten bei Kameraden und Vorgesetzten als besonnen, pflichtbewusst und hilfsbereit. Collins, der Truppführer, hatte selbst eine schulpflichtige Tochter.«

»Es gibt also weiterhin keine Erklärung für das, was geschehen ist?«

Harrisburg schwieg einen Moment, bevor er antwortete. »Ich bin davon überzeugt, dass es eine Erklärung gibt. Aber ich habe sie noch nicht gefunden.«

»Hören Sie, Bob. Diese Sache gefällt mir überhaupt nicht. In zwei Wochen ist die Friedenskonferenz in Riad. Der Präsident hat seit Beginn seiner Amtszeit daran gearbeitet, die verfeindeten Parteien an einen Tisch zu bringen. Wegen des Vorfalls wäre die ganze Sache beinahe geplatzt. Nur, weil er so spontan reagiert hat und sofort nach Bagdad geflogen ist, um sich bei den Eltern der Kinder persönlich zu entschuldigen, haben Syrien und Iran am Ende doch nicht abgesagt. Man kann sagen, was man will, aber der Mann hat Mut!«

»Glauben Sie, es gibt einen Zusammenhang zwischen der Konferenz und dem Vorfall?«

»Das weiß ich ebenso wenig wie Sie. Aber wir können es nicht ausschließen, oder?«

»Nein, das können wir nicht.«

»Nehmen wir mal an, es wäre so: Jemand hat irgendwie unsere Soldaten dazu gebracht, durchzudrehen, um damit den Friedensprozess zu torpedieren. Dann hat er sein Ziel noch nicht erreicht. Und das bedeutet, er wird es wieder versuchen.«

»Was können wir Ihrer Meinung nach tun?« Harrisburg ahnte die Antwort.

»Ich möchte, dass Sie nach Riad fliegen«, bestätigte Panicek seine Vermutung. »Sehen Sie sich vor Ort um. Vielleicht finden Sie dort einen Hinweis. Ich habe einfach ein Scheißgefühl bei der Sache. Diese Konferenz ist für Terroristen so anziehend wie ein Misthaufen für Fliegen.«

»Sir, die CIA ist für die Sicherheit der Konferenz zuständig. Sollten wir sie nicht offiziell über Ihre Sorge informieren?«

»Das hab ich schon gemacht. Ich habe denen Ihren Bericht geschickt. Aber Sie wissen ja, wie das ist: Die nehmen uns nicht ernst, und es gibt eine Menge Rivalitäten zwischen ihnen und der Army. Wenn wir ihnen einen Tipp geben, denken sie, wir wollen sie reinlegen oder uns in Sachen einmischen, die uns nichts angehen.«

»Wenn das so ist, kann ich vor Ort erst recht nichts ausrichten.«

»Ich habe mit Jenny Weissmann gesprochen. Sie hat dafür gesorgt, dass Sie die Befugnisse eines Sonderermittlers im Sicherheitsstab des Präsidenten bekommen. Damit dürfen Sie überall hin und müssen sich von niemandem etwas sagen lassen. Befehle erteilen können Sie allerdings auch nicht.«

Harrisburg dachte einen Moment nach. »Sir, ich teile Ihre Sorge. Aber ich bezweifle sehr, dass ich einen Anschlag verhindern kann, wenn tatsächlich einer geplant ist. Dazu fehlen uns einfach die Anhaltspunkte«

Panicek grinste schief. »Sie sind mein bester Mann, Bob. Im Unterschied zu den Wichtigtuern von der CIA denken Sie nach, bevor Sie etwas sagen. Sie sind Psychologe, und Sie wissen besser als die meisten, wie Terroristen denken. Sie sehen vielleicht Zusammenhänge, die den anderen verborgen bleiben. Und selbst, wenn Sie am Ende nichts ausrichten können – ich will mir jedenfalls hinterher nicht vorwerfen lassen, wir hätten es nicht wenigstens versucht!«

10.

Die Europazentrale von Copeland & Company befand sich in einem eleganten Glasturm in der Londoner City. Als Marie Will Bittners Büro betrat, stand er mit dem Rücken zu ihr am Fenster und sah hinaus auf die Themse, als überlege er, sich im nächsten Moment dort hinunterzustürzen. Sie hätte sich natürlich auch in Berlin mit ihm treffen können – dort gab es immerhin ein paar Büro- und Konferenzräume, die die Firma für solche Zwecke angemietet hatte, und eine Sekretärin für die Terminkoordination. Aber alle wesentlichen Entscheidungen wurden in London getroffen, und Will verbrachte hier so viel Zeit wie möglich.

Er wandte sich zu ihr um. »Hallo, Marie. Setz dich bitte!« Er deutete auf den Besucherstuhl vor dem Schreibtisch. Mit seinem runden, pausbäckigen Gesicht und den hellbraunen Locken wirkte er jünger, als er war. Normalerweise umspielte stets ein charmantes Lächeln seine Lippen, jedenfalls, wenn Kunden in der Nähe waren. Jetzt jedoch blieb seine Miene eisig.

Er ließ sich in seinen ledernen Chefsessel fallen. »Der Vorfall in Dreieich ist die größte Katastrophe, die Copeland & Company je passiert ist«, sagte er.

Marie zuckte zusammen. »Ich … ich verstehe ja auch nicht, wie das geschehen konnte!«

»Was gibt es da zu verstehen?« Wills Stimme war ruhig, beinahe mitleidig, als spreche er mit einem uneinsichtigen Kind. »Rico und Konstantin mochten sich nicht und haben sich mehrfach gestritten, das hast du selbst gesagt. Dann ist der Streit eskaliert. *Und du warst nicht da!*« Die letzten

Worte sagte er mit leicht erhobener Stimme, wie ein Staatsanwalt kurz vor dem Plädoyer.

Marie konnte nur mit Mühe die Tränen zurückhalten. Sie lief nervös auf und ab, unfähig, in dieser Situation auf einem Stuhl zu sitzen. Sie war immer noch kaum fähig, das Ausmaß des Desasters zu begreifen, das über sie hereingebrochen war. Rico mit einer – zum Glück nur leichten – Schädelfraktur im Krankenhaus, Konstantin wegen gefährlicher Körperverletzung angeklagt und von Copeland fristlos entlassen, sie selbst weit davon entfernt, jemals Partnerin zu werden.

»Ich weiß«, sagte sie. »Ich übernehme die volle Verantwortung für das, was da passiert ist.«

»Ach ja?« Will erhob sich. Offenbar hielt er es ebenfalls nicht auf seinem Stuhl aus. »Du übernimmst die Verantwortung? So einfach geht das leider nicht! Die Verantwortung für den Kunden Oppenheim AG und alles, was damit zusammenhängt, habe nämlich ich! Und was, bitte, soll ich Bob Copeland sagen? Wie soll ich ihm erklären, dass die Projektleiterin, die ich eingesetzt habe, sich nicht um ihr Team gekümmert hat und im entscheidenden Moment nicht da war, um die Katastrophe zu verhindern? Was genau war noch mal der Grund, weshalb du nicht pünktlich zur Arbeit erschienen bist?«

Marie schluckte. Er wusste es natürlich bereits. »Ich ... ich hatte verschlafen. Ich war am Abend zuvor mit Dr. Scorpa essen und habe wohl zu viel Wein getrunken, und ...«

»Na, das ist doch mal eine wirklich stichhaltige Begründung! Tut mir leid, Bob, aber meine Projektleiterin hat abends zuvor mit dem Geschäftsführer des Klienten einen über den Durst getrunken und musste erstmal ihren Rausch ausschlafen!« Will warf die Arme in die Luft. »Himmel, jetzt fang nicht auch noch an zu heulen! Du bist Projektleiterin bei Copeland & Company, verdammt!«

Marie konnte ihre Tränen nicht zurückhalten. »Ich kann es doch auch nicht mehr ändern!«, rief sie mit zitternder Stimme. »Es ist nun mal geschehen. Sag mir, was ich machen soll. Von mir aus schmeiß mich raus. Aber mach mir keine Vorwürfe, das kann ich schon alleine!«

Will sah sie einen Moment lang stumm an. Dann nickte er. »Tut mir leid. Du hast recht. Wir müssen uns auf die Lösung konzentrieren.«

»Hast … hast du schon mit Borlandt gesprochen?«

Will nickte. »Er war außer sich.«

Marie atmete tief ein und aus. »Das Projekt ist beendet, oder?«

»Er will noch mal mit uns reden. Morgen früh. Er will wissen, was passiert ist und warum. Ich habe wirklich keine Ahnung, was ich ihm sagen soll.«

Marie fühlte sich plötzlich seltsam leicht. Ihre Knie wurden weich. Sie stützte sich an einer Stuhllehne ab.

»Mach du mir jetzt nicht auch noch schlapp, Mädchen«, sagte Will, aber sein Tonfall war nicht verletzend, sondern sorgenvoll. Er schenkte ihr ein Glas Mineralwasser ein.

Marie setzte sich und trank einen Schluck.

Will nahm sich ebenfalls einen Stuhl. »Wir haben ein verdammt riesiges Problem«, sagte er. »Ein Problem, wie es bei Copeland & Company noch nie vorgekommen ist. Aber wir werden es lösen!«

Daniel Borlandt empfing sie mit ernstem Gesicht, aber er war höflich und begrüßte Marie mit einem festen Händedruck. »Wie geht es Ihnen, Frau Escher?« An seiner Stimme war zu erkennen, dass die Frage nicht nur als Begrüßungsfloskel gemeint war.

»Es … ich bin okay«, sagte Marie, die mit so einer Frage nicht gerechnet hatte. »Herr Borlandt, es tut mir schrecklich leid. Ich … ich weiß wirklich nicht …«

»Setzen Sie sich erst mal, und erzählen Sie mir ganz in Ruhe, was passiert ist.«

Obwohl es nicht viel gab, was Marie erzählen konnte, hörte der Oppenheim-Vorstandschef ihr aufmerksam zu. Sie verschwieg nicht, dass sie verschlafen hatte und zu spät in die Firma gekommen war. Als sie geendet hatte, sah er sie eine Weile nachdenklich an. »Das ist eine sehr bedauerliche Angelegenheit.«

»Wenn du es möchtest, brechen wir das Projekt natürlich ab«, sagte Will. »Copeland & Partner wird die bisherige Arbeit in jedem Fall nicht berechnen.«

Borlandt schüttelte langsam den Kopf. »Nein. So leicht will ich es unserem Freund Scorpa nicht machen. Es ist wirklich Pech, dass die Geschichte mit der Prügelei ausgerechnet jetzt passiert ist. Aber das ändert nichts daran, dass ich wissen will, was genau bei Olfana eigentlich los ist. Will, ihr könnt sicher kurzfristig ein neues Team unter der Leitung von Frau Escher zusammenstellen?«

Marie war überrascht. Sie hatte fest damit gerechnet, Borlandt würde das Projekt für beendet erklären. Dass er Will nun ausdrücklich nach einem Team unter ihrer Leitung fragte, bedeutete, dass er ihr eine zweite Chance gab. Sie war sich nicht sicher, womit sie die verdient hatte, aber sie würde versuchen, das Beste daraus zu machen.

»Selbstverständlich«, sagte Will. »Ich kann kurzfristig einen Mitarbeiter zur Verfügung stellen, ein weiterer wird leider erst in einem Monat frei.«

Borlandt nickte. »Gut. Das muss vorerst reichen. Irgendwie habe ich bei Olfana ein komisches Gefühl. Frau Escher, wenn Sie irgendetwas finden, eine Unregelmäßigkeit, verdächtige Posten in den Bilanzen, dann sagen Sie es mir sofort, ja?«

»Selbstverständlich.«

»Gut. Und wenn Sie irgendeine Unterstützung brauchen, oder wenn Scorpa mauert, kommen Sie ebenfalls zu mir.« Er lächelte aufmunternd.

Marie und Will bedankten sich und fuhren mit dem Taxi nach Dreieich.

»Ich brauche jemand Erfahrenen, der mir hier hilft«, sagte Marie. »Peter kann Bilanzen lesen wie kein anderer. Oder Jochen vielleicht, der hat immerhin eine Menge Ahnung von der Pharmaindustrie.«

»Marie, du kennst unsere derzeitige Auslastungssituation selbst gut genug«, sagte Will. »Ich hab schon mit der Personalabteilung gesprochen. Es ist nur ein Mitarbeiter verfügbar. Rafael Grendel. Auf seinem bisherigen Projekt wurde er … nun ja, er ist noch nicht lange dabei und jetzt jedenfalls frei.«

Die Firma war in den letzten Jahren so stark gewachsen, dass Marie auch die deutschen Berater nicht mehr alle persönlich kannte, besonders nicht die jüngeren unter ihnen. »Was heißt das genau, ›noch nicht lange dabei‹? Weniger als ein Jahr?«

»Zwei Monate«, sagte Will. »Beinahe.«

»Du willst mir doch in dieser Situation nicht einen Rookie schicken!« Rookie war der Beraterjargon für »Grünschnabel«.

»Es tut mir leid, Marie, aber einen anderen haben wir nicht.«

»Können wir nicht diesen Rafael auf ein anderes Projekt schicken und hier einen erfahrenen Mann einsetzen? Immerhin ist es eine absolut kritische Situation, und …«

»Marie, du weißt doch, wie das läuft. Auch unter uns Partnern herrscht Wettbewerb. Die anderen geben ihre besten Leute nicht freiwillig her.«

»Und wenn du Bob Copeland anrufst? Er muss doch ein Interesse daran haben, dass die Situation hier bereinigt wird!«

»Das hat er, glaub mir. Aber wir müssen das selber schaffen. Ich helfe dir. Ich kann einen Tag pro Woche hier sein.«

Marie seufzte. Es schien, als sei wirklich nichts an diesem Projekt einfach. »Also schön. Wann kann dieser Rafael anfangen?«

»Er ist gerade in London. Ich rufe gleich mal an. Wenn er den Mittagsflieger bekommt, müsste er gegen 15.00 Uhr hier sein.«

Judith Meerbusch machte große Augen, als Marie sie um den Schlüssel zum Teamraum bat. »Sie? Dr. Scorpa ... ich meine, ich hatte gedacht, Sie wären ...«

»Herr Borlandt hat mich gebeten, mit dem Projekt fortzufahren«, sagte Marie. »Im Laufe des Tages kommt noch ein neuer Kollege hinzu.«

Meerbusch nickte. Sie druckste herum. »Der Raum ... wir haben saubergemacht, aber ... Jedenfalls haben wir nichts anderes frei.«

»Kein Problem«, sagte Marie. Doch sie hatte einen dicken Kloß im Hals, als sie sich der Tür am Ende des Ganges näherte. Zu deutlich stand ihr vor Augen, wie Rico dort auf dem Tisch gelegen hatte, das Haar blutverschmiert. Und dieser verständnislose, gehetzte Gesichtsausdruck in Konstantins Augen ...

Das Ganze war ihr immer noch unbegreiflich. Nie im Leben hätte sie Konstantin für gewalttätig gehalten. Doch sie kannte ja Ricos Talent, andere bis zur Weißglut zu reizen. Und gerade ruhige Menschen konnten unter extremem Druck unberechenbar reagieren. Stille Wasser waren nun mal tief.

Sie sprach mit Will noch einmal das weitere Vorgehen durch, dann verabschiedete er sich, um zu einem Kundentermin nach Karlsruhe zu fahren. Zum Mittag aß sie ein pappiges Sandwich, das sie morgens für unverschämt viel Geld am Flughafen gekauft hatte. Nachmittags vertiefte sie sich in die Zahlen, um sich von ihren düsteren Gedanken abzulenken.

Rafael Grendel kam erst gegen halb sieben abends an. Mit seinen braun gewellten, fast schulterlangen Haaren und der Nickelbrille sah er nicht wie ein typischer Berater aus. Seine Krawatte saß schief, und seine Anzughose schlabberte ihm um die Beine, als sei sie zwei Nummern zu groß.

»Ich bin Rafael. Tut mir leid, dass ich zu spät bin, aber ich habe erst ganz kurzfristig erfahren, dass ich herkommen sollte. Da hab ich es nicht rechtzeitig zum Flieger geschafft. Ich hab ja noch keinen Vielfliegerstatus, also bin ich auf der Warteliste der nächsten Maschine auch ziemlich weit hinten gewesen. Wir können von Glück sagen, dass ich überhaupt hier bin.«

Marie sah missmutig auf die Plastiktüte, die er neben seiner Laptoptasche und einem nagelneuen Trolley mit sich schleppte. Sie war sich nicht sicher, ob man wirklich von Glück sprechen konnte, dass er jetzt hier war. Sie lächelte trotzdem und ergriff seine ausgestreckte Hand. »Marie Escher.«

»Hab ich mir gedacht.« Er grinste. »Worum geht es hier eigentlich?«

»Hat Will dir keine Unterlagen gegeben?«

Rafael legte die Plastiktüte auf den Tisch. »Doch, aber ich bin noch nicht dazu gekommen, reinzugucken.« Er öffnete seine Laptoptasche, die von zerknickten, teilweise kaffeebefleckten Papieren überquoll. Er kramte einen karierten Block und einen Kugelschreiber heraus. »Also«, sagte er. »Warum bin ich hier?«

Marie hatte gehofft, Will hätte ihm wenigstens ein bisschen über die Hintergründe des Projekts erzählt. Andererseits war es vielleicht auch besser, wenn er nicht allzu viel wusste. »Du bist hier, weil … es gab einen … Unfall. Die beiden bisherigen Teammitglieder, Rico Kemper und Konstantin Stavras, sind ausgefallen. Wir …«

»Ich kenne Konstantin«, unterbrach Rafael sie. »Er hat mit mir zusammen in Köln studiert, wenn auch ein paar Semester über mir. Guter Typ. Was ist denn passiert?«

»Das tut jetzt nichts zur Sache«, sagte Marie und ärgerte sich, dass die Aussage nicht wirklich beiläufig klang.

Er runzelte die Stirn. »Wenn du meinst …«

»Also, wir sind hier, um das Zukunftspotenzial dieser Firma zu bewerten«, sagte Marie.

»Und die Firma heißt noch mal wie?«

Marie seufzte. »Olfana. Die Firma heißt Olfana.«

»Interessanter Name.«

»Das kommt von ›olfaktorisches System‹, dem Fachausdruck für den Geruchssinn.«

»Aha. Machen die hier Parfüm, oder was?«

Marie seufzte erneut. Sie erzählte, was sie bisher in Erfahrung gebracht hatten. Das Abendessen mit Scorpa erwähnte sie nicht.

Rafael machte sich kaum Notizen. Stattdessen kritzelte er auf seinem Block herum. Er blickte sie zwischendurch immer wieder an und lächelte, aber er schien sich doch weniger für ihre Worte zu interessieren als für das Wesen, das langsam am Rand des Blattes Gestalt annahm: ein deformierter, halb menschlicher Kopf, spitze Ohren und scharfe Eckzähne, die aus dem schiefen Mund ragten – irgendein Ungeheuer aus einer albernen Fantasygeschichte. Marie musste sich eingestehen, dass die Zeichnung sehr gut war, was ihre Irritation nur noch steigerte. »Würdest du mir bitte zuhören!«

Er blickte auf und lächelte entwaffnend. «Ich höre dir doch zu! Du sagtest gerade, dieser Dr. Borg sei wieder nach Afrika geflogen. Vielleicht sollten wir uns das Feldlabor mal anschauen. Ich war noch nie in Afrika.«

Marie sah ihn entgeistert an. »Du bist hier doch nicht im Urlaub!«

Rafael war nicht im Mindesten irritiert. »Schon klar. Aber deshalb darf man ja trotzdem unterwegs aus dem Fenster gucken, oder? Das ist doch der Grund, weshalb ich bei Copeland angefangen habe: Ich will neue Dinge kennenlernen!«

Ihr fiel ein, dass Will erwähnt hatte, Rafael sei vorzeitig von seinem letzten Projekt freigestellt worden. Sie konnte sich nicht mehr an seine genauen Worte erinnern, aber ein bisschen hatte es so geklungen, als habe Rafael seine Aufgabe dort nicht bewältigt. Allmählich wurde ihr bewusst, warum: Er war einfach noch nicht erwachsen. Er sah Unternehmensberatung offenbar als großes Spiel an, oder als eine Art Bildungsurlaub. Und ausgerechnet so jemanden schickten sie ihr als Unterstützung für ein absolut kritisches Projekt. Das war einfach unprofessionell!

Marie zählte innerlich bis zehn, bis ihre Zornaufwallung soweit abgeklungen war, dass sie wieder ruhig sprechen konnte. »Rafael, wir sind hier, weil wir einen Auftrag zu erledigen haben!«

Er sah sie unschuldig an. »Ich hatte auch nicht vor, zum Vergnügen nach Afrika zu fliegen. Wenn ich deine bisherigen Ausführungen richtig verstanden habe, dann liegt der Schlüssel zum Zukunftspotenzial von Olfana in Afrika.«

Marie runzelte die Stirn. »Ich habe nichts dergleichen gesagt.«

»Nein, aber es ist logisch.«

»Wieso?«

»Weil wir nicht wissen, was in Afrika wirklich passiert.«

Marie musste abermals ihre Irritation bekämpfen. »Was hat das damit zu tun?«

»Ganz einfach. Wenn ich es richtig sehe, ist dieses Feldlabor ganz schön teuer. Warum leistet sich so eine Firma wie Olfana das? Dafür gibt es zwei mögliche Gründe: Entweder brauchen sie es wirklich, dann ist es für das Zukunftspotenzial der Firma von elementarer Bedeutung. Oder sie brauchen es nicht wirklich. Dann verschwenden sie dort ihr Geld, und die Firma hat höchstwahrscheinlich überhaupt keine Zukunft. Aber irgendwie glaube ich das nicht.«

»Rafael! Wir sind keine Priester! Wir werden nicht dafür bezahlt, Dinge zu glauben. Es zählt nur, was wir wissen!«

»Ja, ich weiß. Trotzdem. Warum sollte jemand ein Labor in Afrika betreiben, wenn er es nicht wirklich braucht?«

Marie hatte bereits länger darüber nachgedacht. »Als Ablenkungsmanöver vielleicht. Afrika ist weit weg. Es ist schwer, nachzuprüfen, was dort vor sich geht. Scorpa kann immer behaupten, dass die dort unten kurz vor einem Durchbruch stehen.«

»Sagtest du nicht auch etwas von EU-Subventionen?«

»Die hat Scorpa erwähnt, ja. Aber ich habe in den Unterlagen keine Hinweise darauf gefunden, dass tatsächlich jemals EU-Gelder geflossen sind.«

»Das muss ja nicht heißen, dass da nicht trotzdem etwas dran ist. Du weißt doch, wie langsam die Eurokraten in Brüssel sind.«

»Also gut. Die erste Aufgabe, die du erledigen wirst, ist, herauszufinden, welche EU-Förderprogramme es gibt und inwiefern Olfana davon profitieren könnte.«

»Alles klar!« Rafael stand auf und packte seine Sachen zusammen.

Marie sah ihn verwundert an. »Was tust du?«

»Es ist gleich acht. Ich habe heute schon drei Überstunden gemacht. Ich finde, das reicht.«

Sie glaubte, sich verhört zu haben. Überstunden? Ein solches Wort gab es in der Beratersprache eigentlich nicht. Aber sie sparte es sich, ihm das zu erklären. War nicht sie selbst es gewesen, die sich erst vor Kurzem über Ricos übertriebenen Arbeitseinsatz mokiert hatte? Außerdem hatte sie auch keine große Lust mehr, heute noch lange weiterzumachen. Erst einmal musste sie verdauen, dass sie als neues Teammitglied einen absoluten Anfänger bekommen hatte, der noch dazu mehr als hemdsärmelig an die Arbeit ging.

Nach dem Joggen machte Marie noch ein paar Entspannungsübungen, doch die innere Unruhe wollte nicht weichen. Kein Wunder nach den traumatischen Erlebnissen der letzten Tage. Wie sehr hätte sie jetzt Arnes beschwichtigende Worte gebraucht, seine Ruhe und Gelassenheit. Zum wiederholten Mal fragte sie sich, ob sie ihn nicht anrufen sollte. Aber es erschien ihr einfach nicht fair, ihn so zu benutzen. Sie musste allein mit der Situation klarkommen.

Endlich fiel sie in unruhigen Schlaf. Sie träumte von seltsamen, haarigen Kreaturen mit schiefen Mäulern und spitzen Zähnen, die über sie herfielen.

11.

Mitten in der Nacht schreckte Marie aus dem Schlaf. Einen Moment lang wusste sie nicht genau, wo sie war. Während ihre Orientierung langsam zurückkehrte, verblasste die Erinnerung daran, weshalb sie aufgewacht war. Es hatte mit Rico zu tun und mit ihrer Arbeit. Etwas war ihr seltsam vorgekommen, als sie heute in den Teamraum zurückgekehrt war. Doch so sehr sie sich anstrengte, ihr fiel nicht mehr ein, was es gewesen sein könnte.

Am Morgen fühlte sie sich unausgeschlafen und hatte Kopfschmerzen. Rafaels gute Laune beim Frühstück ging ihr auf die Nerven. Er plauderte fröhlich über das Buch, das er gerade las – irgendein Quatsch über ein Computersystem mit eigenem Willen, das die Menschheit bedrohte. Es passte zu ihm, dass er Science-Fiction-Romane las, statt sich mit dem Hier und Jetzt zu beschäftigen.

»Was ist eigentlich los mit dir? Hast du schlecht geschlafen?«

Marie verzog das Gesicht. Offenbar besaß Rafael dasselbe diplomatische Geschick wie Rico. »Ja, hab ich.«

»Entschuldige. Ich gehe dir auf den Geist mit meinem Geplapper, stimmt's?«

»Nein, nein. Ich habe nur Kopfschmerzen.«

»Du kannst ruhig ehrlich zu mir sein.«

»Also gut, du gehst mir auf den Geist mit deinem Geplapper. Zufrieden?«

Rafael grinste breit. »Na bitte! Ich wusste doch, du kannst aus dir herauskommen, wenn du willst!«

Marie starrte ihn an. Was sollte das denn bedeuten? Hielt er sie etwa für verstockt? Sie erwiderte nichts und wandte sich wieder ihrem Früchtemüsli zu. Den Rest des Frühstücks verbrachten sie schweigend.

Auf dem Flur zum Teamraum begegneten sie Scorpa.

Marie erstarrte, als sie ihn aus seinem Büro kommen sah. »Gu… guten Morgen, Dr. Scorpa«, brachte sie hervor.

Sein Gesicht verfinsterte sich. »Wie ich sehe, ist Herr Borlandt der Meinung, dass Sie trotz einiger Vorfälle in den letzten Tagen Ihre Arbeit hier fortsetzen sollen«, sagte er trocken. »Ich will Sie dabei nicht aufhalten.«

Marie spürte, wie sie errötete. Am liebsten hätte sie die Flucht ergriffen.

Rafael streckte die Hand aus. »Ich bin Rafael Grendel. Freut mich, Sie kennenzulernen, Dr. Scorpa.«

Scorpa ignorierte die Hand. »Ganz meinerseits«, sagte er in einem Tonfall, der seine Worte Lügen strafte.

»Frau Escher erwähnte, Sie würden Fördergelder von der EU beziehen. Könnte ich bitte die entsprechenden Unterlagen einsehen?«

Scorpa zögerte einen Augenblick. »Frau Escher hat Sie falsch informiert. Ich habe lediglich gesagt, dass die EU in Afrika investiert und wir die Möglichkeit haben, von diesen Fördergeldern zu profitieren. Ich habe nicht behauptet, dass dies bereits geschieht. Sie können sich auf den verschiedenen Websites des Europarats über die bestehenden Förderprogramme informieren.«

»Verstehe. Vielen Dank!«

»Ich habe jetzt einen Termin. Wenn Sie mich bitte entschuldigen.«

»Selbstverständlich. Einen schönen Tag noch, Dr. Scorpa!«

Scorpa verließ das Gebäude ohne ein weiteres Wort.

»Was ist denn das für ein Stinkstiefel?«, meinte Rafael, als sie im Teamraum waren.

Marie wandte den Blick ab. Eine peinliche Stille entstand, bis Rafael ohne ein Anzeichen von Verwunderung das Schweigen brach. »Wer ist eigentlich dieser Borlandt?«

Marie rollte mit den Augen. »Das ist der Vorstandschef der Oppenheim AG. Unser Auftraggeber. Liest du eigentlich nie Zeitung? Er will, dass wir rausfinden, was mit Olfana nicht stimmt.«

»Ich dachte, wir sollten das Zukunftspotenzial der Firma abschätzen?«

»Hab ich das nicht gerade gesagt?«

»Nein. Du hast gesagt, wir sollen herausbekommen, was mit Olfana nicht stimmt. Das klingt für mich so, als sollten wir hier irgendwelche unsauberen Machenschaften aufdecken. Offenbar bist du bereits überzeugt davon, dass Olfana gar keine Zukunft hat. Hast du mir irgendetwas noch nicht erzählt, das ich wissen sollte?«

Marie zögerte. Rafael hatte Recht: Warum war sie sich eigentlich plötzlich so sicher, dass mit Olfana etwas nicht in Ordnung war? Bloß weil Scorpa vorhin unterkühlt gewirkt hatte? Sie durfte sich von ihren Gefühlen nicht den Verstand vernebeln lassen. Nach dem, was passiert war, hatte er allen Grund, sauer zu sein. Sie hatte sich hysterisch benommen und wahrscheinlich seine männliche Eitelkeit verletzt, und dann war Konstantin durchgedreht. Sie hätte sich bei ihm entschuldigen müssen. Sie nahm sich vor, das nachzuholen, wenn er von seinem Termin zurück war.

Rafael wartete noch immer auf eine Antwort.

»Stell jetzt bitte die Liste der EU-Förderprogramme zusammen! Mit allen Förderbedingungen. Ich will wissen, ob es tatsächlich irgendeinen EU-Topf gibt, den man nur dann anzapfen kann, wenn man ein Feldlabor in Afrika unterhält.«

»Und du meinst, das führt uns weiter? Hast du eine Ahnung, wie kompliziert die Richtlinien für EU-Förderprogramme sind?«

»Tu, was ich sage, zum Kuckuck!«

»Ja, ja, schon gut, musst dich ja nicht gleich aufregen!«

Marie erschrak. Sie hatte die Beherrschung verloren! Der Stress der letzten Tage setzte ihr offensichtlich mehr zu, als sie wahrhaben wollte. Sie durfte sich nicht so gehen lassen. Niemals …

Das kleine Mädchen hört Schreie. Sie kommen aus der Küche. Ihre Eltern streiten schon wieder. Eine Weile versucht sie, nicht hinzuhören. Sorgfältig kämmt sie das lange, golden glänzende Haar der kleinen Prinzessin in ihrer Hand. Sie muss doch heute Abend auf dem Ball schön sein, wenn der Prinz sie zum ersten Mal sieht.

Schlimme Worte stören ihr Spiel. Sie lässt die Puppe fallen und presst sich die Hände an die Ohren, aber die Worte sind irgendwie immer noch da: »Komm nicht näher, oder ich bringe dich um!«

Plötzlich ist es ganz leise. Sie nimmt die Hände von den Ohren. Aus der Küche dringt kein Laut mehr.

Das Mädchen bekommt Angst. Sie läuft zur Küche und bleibt erschrocken in der halb geöffneten Tür stehen.

Ihre Mutter steht neben der Spüle. Sie hat das lange Brotmesser mit der gewellten Klinge in der Hand. Sie hält es mit beiden Händen. Sie zittert. Tränen laufen über ihre Wangen.

Ihr Vater steht zwei Schritte von ihr entfernt. Er hat die Hände erhoben. »Liebling, bitte beruhige dich«, sagt er leise. »Ich will dir doch nur helfen!«

Keiner der beiden bemerkt das Mädchen, das die Lippen aufeinanderpresst.

Das Gesicht der Mutter verzerrt sich zu einer schrecklichen Fratze. Sie sieht plötzlich genau so aus wie die böse Hexe. »Komm mir bloß nicht zu nahe!«, sagt sie mit zitternder Stimme. »Du steckst mit ihnen unter einer Decke, das weiß ich genau!«

»Bitte gib mir das Messer!« Die Stimme des Vaters ist sanft, so sanft, wie er immer mit dem kleinen Mädchen spricht, wenn sie weint. »Bitte, Liebling!«

Die Mutter steht stumm da. Sie zittert noch mehr.

Plötzlich macht der Vater einen schnellen Schritt vor und packt ihre Handgelenke. Sie schreit auf. Er entwindet ihr das Messer und wirft es in die Spüle. Dann umklammert er sie mit beiden Armen und presst sie an sich.

Einen Moment kämpft sie gegen ihn an, doch dann erlahmt ihre Gegenwehr. Nun macht die Mutter seltsame stöhnende Geräusche. Ihr ganzer Körper zittert in den Armen des Vaters. Sie schluchzt ganz laut.

Eine ganze Weile stehen die drei so da, der Vater, die Mutter in seinen Armen und das Mädchen, stumme Zeugin einer Szene, die sie nicht verstehen kann.

Endlich wird das Schluchzen leiser, verstummt schließlich. Die Mutter hebt den Kopf. Ihre Augen werden ganz groß. »Marie!«

Der Vater dreht den Kopf zu ihr. »O mein Gott!«

Tränen schießen in die Augen des kleinen Mädchens. Es weiß: Es sollte nicht sehen, was es gesehen hat.

»Kleines!«, sagt ihr Vater. »Wir … wir haben nur Spaß gemacht, Mami und ich. Wir haben nur gespielt!«

Das Mädchen nickt. Sie dreht sich um und geht zurück ins Wohnzimmer. Sie ist noch zu klein, um die Erwachsenen zu verstehen. Aber sie ist nicht zu klein, den Unterschied zwischen Spiel und Ernst zu erkennen.

»Marie?« Rafael machte ein besorgtes Gesicht.

»Entschuldige, Rafael. Ich …« Schlagartig wurde ihr bewusst, dass sie an genau derselben Stelle stand, an der Konstantin die blutbefleckte Karaffe hatte fallen lassen. Es war, als läge ein Fluch über diesem Ort, eine mystische Macht, die Zorn und Aggressivität heraufbeschwor.

»Was ist hier eigentlich los?«, wollte Rafael wissen.

Marie antwortete nicht. Ihr Blick fiel auf den leeren Schreibtisch, auf dem Ricos blutender Kopf gelegen hatte, und plötzlich wusste sie, weswegen sie in der Nacht aufgeschreckt war. »Der Umschlag!«, sagte sie.

»Was?«

»Da war ein brauner Umschlag. Hast du ihn weggenommen?«

Rafael blinzelte irritiert. »Ich ... nein, ich glaube nicht.« Er begann, den Stapel von Papieren auf seinem Schreibtisch zu durchsuchen.

Marie sah sich um. Sie erinnerte sich ganz genau, dass der Umschlag dort gelegen hatte. »An die Copeland-Berater« hatte in krakeliger Handschrift darauf gestanden. Doch der Umschlag war nirgends zu sehen. Jetzt war sie sich sicher, dass er schon gestern, als sie den Teamraum erneut betreten hatte, nicht mehr da gewesen war.

Sie rief Scorpas Sekretärin an. »Frau Meerbusch, am Dienstag lag ein brauner Umschlag auf dem Tisch, an dem mein Kollege gearbeitet hat, bevor er ... Sie sagten doch, der Teamraum sei gründlich gereinigt worden. Kann es sein, dass jemand den Umschlag weggenommen hat?«

Meerbusch beteuerte, alle Unterlagen seien unangetastet geblieben und nichts sei aus dem Raum entfernt worden. Sie selbst habe bei der Reinigung mitgeholfen. Sie könne sich allerdings nicht erinnern, ob dort ein brauner Umschlag gelegen habe. »Was war denn drin?«

»Ich weiß es nicht. Ich habe den Inhalt nicht gesehen. Vielleicht war es nicht wichtig. Adressiert war er jedenfalls ›An die Copeland-Berater‹.«

»Hmm. Seltsam. Von mir war er nicht und von Dr. Scorpa sicher auch nicht, das wüsste ich. Tut mir leid, aber ich kann Ihnen da nicht weiterhelfen.«

»Schon gut, vielen Dank. Auf Wiederhören.«

Rafael sah sie ernst an, und Marie stellte überrascht fest, dass seine braunen Augen eine fast schon beängstigende Intensität besitzen konnten. »Würdest du mir vielleicht endlich mal verraten, was hier los ist?«

»Also schön. Es gab einen Streit. Konstantin hat Rico Kemper angegriffen und schwer verletzt.«

»Konstantin Stavras? Das glaube ich nicht!«

»Ich habe es auch nicht geglaubt. Aber es war so.«

»Warst du dabei?«

»Nein. Aber ich habe den Streit gehört. Als ich in den Raum kam, lag Rico bewusstlos und mit einer Platzwunde am Kopf dort über dem Tisch. Konstantin stand hier drüben und hielt eine blutige Glaskaraffe in der Hand.«

»Hat er die Tat zugegeben?«

»Ja.«

»Und du sagst, hier war ein Umschlag, der verschwunden ist?«

»Ja, da war ein Umschlag. Aber ich weiß nicht, was drin war.« Sie überlegte einen Moment. »Vielleicht hat die Polizei ihn mitgenommen, als Beweismaterial.«

»Hast du Konstantin danach gefragt?«

»Nein, bisher nicht. Ist vielleicht eine gute Idee. Ich rufe ihn gleich mal an.« Sie ließ sich von der Copeland-Personalabteilung Konstantins Privatnummer geben.

»Stavras?«

»Hier ist Marie.«

»Oh. Hallo.«

»Wie geht es dir?«

»Das kannst du dir ja wohl denken. Ich war heute bei Rico im Krankenhaus. Es geht ihm besser, aber er wird noch eine Weile dort bleiben müssen.« Konstantin machte eine kurze Pause. »Marie, ich … ich weiß nicht, wie das geschehen konnte. Ich bin … irgendwie einfach ausgerastet. So was ist mir noch nie passiert.«

»Was hat Rico denn getan, dass er dich so in Rage gebracht hat?«

»Ich … ich kann mich nicht genau erinnern. Wir haben uns gestritten, aber es war eigentlich so wie immer. Und dann, plötzlich … Ich habe mir die ganze Zeit das Hirn zermartert, aber ich kann mich wirklich nicht erinnern, wie das genau passiert ist. Ich weiß nur noch, wie ich plötzlich da stehe, mit … mit der Karaffe in der Hand, und Rico … o Gott, es war schrecklich. Das Schlimmste, was ich je erlebt habe! Und jetzt bin ich meinen Job los und bekomme eine Vorstrafe wegen gefährlicher Körperverletzung. Vielleicht sperren sie mich sogar ein.« Die Verzweiflung in seiner Stimme war deutlich zu hören. »Mein ganzes Leben ist ruiniert, wegen zehn Sekunden, in denen ich die Kontrolle verloren habe!«

Marie wusste nicht, was sie sagen sollte. »Konstantin, wenn ich irgendetwas tun kann, um dir zu helfen …«

»Das ist nett von dir, aber du kannst nichts tun. Niemand kann mich hier wieder rausholen. Ich muss irgendwie lernen, mit dieser Situation fertig zu werden. Ich habe nur noch keine Ahnung, wie.«

Marie traten plötzlich Tränen in die Augen. Konstantin war der Zuverlässige im Team gewesen. Der Ruhige, der Belastbare. Es erschien ihr irgendwie nicht fair, dass er für diesen kurzen Ausraster so hart bestraft wurde. Andererseits hatte er Rico wirklich übel verletzt.

»Danke jedenfalls, dass du angerufen hast, Marie. Ich weiß das zu schätzen.«

Sie fühlte sich schuldig. Sie hatte ja eigentlich aus einem anderen Grund angerufen. »Eine Frage noch. Als ich vorgestern in den Raum kam, lag neben Rico so ein brauner Umschlag. Der ist nicht mehr da. Hast du ihn mitgenommen?«

»Du bist noch in Dreieich? Ich hatte gedacht, Borlandt hätte das Projekt abgebrochen.«

»Hat er nicht. Er will immer noch wissen, was mit Olfana los ist.«

Konstantin überlegte einen Moment. »Ein Umschlag … Ja, da war ein Umschlag. Ich erinnere mich. ›An die Copeland-Berater‹, stand drauf. Rico hat ihn auf einem Stapel Unterlagen gefunden, glaube ich. Das war kurz, bevor …« Er verstummte.

»Was war in dem Umschlag?«

»Ich … erinnere mich nicht genau. Ich glaube, irgendein Zettel … Ja, genau, jetzt weiß ich's wieder. Rico hat etwas gesagt, sowas wie ›Was soll das denn?‹, und dann hat er sich umgedreht und …« Er sprach nicht weiter.

»Konstantin? Was ist?«

»Jetzt erinnere ich mich wieder. Ich sehe es genau vor mir. Er hat das Blatt herausgezogen. Ich bin zu ihm rübergegangen. ›Was soll das denn?‹, hat er gesagt. Und dann … dann hat er sich umgedreht und mich mit einem seltsamen Blick angesehen. Dann fing er an, mich zu beschimpfen. Ziemlich üble Sachen. Und da … da bin ich ausgerastet.«

»Mehr nicht? Er hat dich beschimpft, und du hast diese Karaffe genommen und ihm auf den Schädel geschlagen?«

»Ich … ja, ich glaube, so war es. Ich verstehe es ja selbst nicht.«

Das ergab alles irgendwie keinen Sinn. Was konnte es mit dem ominösen Umschlag auf sich haben?

»Hat die Polizei den Umschlag mitgenommen?«

»Weiß ich nicht. Aber sie haben ihn während des Verhörs nicht erwähnt.«

»Okay. Danke. Ich wünsche dir viel Glück. Halt die Ohren steif!«

»Ich bemühe mich«, sagte Konstantin tapfer. »Bist du jetzt eigentlich ganz allein?«

»Nein. Rafael Grendel ist hier.«

»Ah, Rafael. Das ist ein Guter. Ein bisschen unkonventionell, aber er hat was auf dem Kasten. Grüß ihn von mir.«

»Das mach ich. Alles Gute, Konstantin.«

»Alles Gute, Marie.«

12.

Während der nächsten Tage stürzte sich Marie mit einer Vehemenz in die Arbeit, die ihre ohnehin außerordentliche Einsatzbereitschaft noch übertraf. Sie arbeitete das Wochenende durch, analysierte Zahlenreihen, rechnete Tabellen nach, verglich Kostenpositionen, stellte Plausibilitätskontrollen an. Sie wusste, dass sie damit das Geschehene nicht wettmachen konnte, aber es war alles, was ihr noch blieb.

Entgegen ihrem ursprünglichen Vorsatz, sich zu entschuldigen, ging sie Scorpa aus dem Weg, und auch er schien kein Interesse an einem Kontakt mit dem Team zu haben. Er war viel unterwegs und ließ sich kaum in der Firma blicken. Wenn jemals eine Hoffnung bestanden hatte, dass es zwischen ihr und ihm zu einem konstruktiven Arbeitsverhältnis kommen würde, so war sie an jenem Abend durch ihr dummes Verhalten zerstört worden. Aber vielleicht war das auch besser so, denn Maries Analysen zeigten ein immer klareres Bild: Olfana würde auch in den nächsten Jahren hohe Verluste einfahren. Das Zukunftspotenzial der Firma war gering.

Rafael hatte inzwischen mit verschiedenen Mitarbeitern gesprochen und begonnen, sich für die Forschungsprojekte der Firma zu begeistern. In diesem Punkt war er Konstantin ähnlich: Er sah zuerst die Chancen der Technologie. Im Unterschied zu Konstantin fehlte ihm jedoch die analytische Methodik, um auch die Risiken einzuschätzen und sich ein insgesamt objektives Bild zu machen.

Einmal kam er mit leuchtenden Augen von einem Meeting mit einem der Wissenschaftler zurück. »Das ist fantastisch«, sagte er. »Die haben da ein Zeug zusammengemixt, das Heuschrecken so sehr hassen, dass sie lieber verhungern, als sich einem Futter zu nähern, das danach riecht. Stell dir mal vor, was es bedeutet, wenn man das großflächig einsetzt. Seit zehntausend Jahren sind Heuschrecken eine der schlimmsten Plagen, die über die Menschen in Afrika hereinbrechen. Kein Gift hat je dagegen geholfen. Jetzt gibt es bald ein Mittel dagegen! Das Zeug stinkt zwar erbärmlich und ist noch etwas instabil, aber Dr. Bergmann sagt, sie seien kurz davor, diese Probleme zu lösen.«

Marie unterdrückte ein Augenrollen. »Hast du die Analyse der EU-Förderprogramme fertig?«

»Das ist doch jetzt nicht so wichtig. Ich sage dir, die stehen hier kurz vor einem Durchbruch, der die Nahrungsversorgung der Menschheit entscheidend verbessern wird!«

»Du redest von Projekt L3, richtig?«

»Ja, genau. Dr. Bergmann meint ...«

»Ich habe das Protokoll des letzten Abstimmungsmeetings gelesen«, unterbrach Marie. »Projekt L3 hat einen Riesenhaufen Probleme. Die Trägersubstanz ist sehr flüchtig, und keiner weiß, wie man das in den Griff bekommen soll. Dass das Zeug hier im Labor in einem kleinen Glaskasten wirkt, bedeutet noch lange nicht, dass es auch dort funktioniert, wo es gebraucht wird. Nach dem jetzigen Entwicklungsstand müsste man so ein Getreidefeld unter der Sonne Afrikas zehn Mal am Tag mit dem Duftstoff besprühen, damit er tatsächlich Heuschrecken davon abhält, die Ernte zu vernichten.«

Rafael winkte ab. »Das sind Details. Die lösen die schon noch. Außerdem beweist das, was du gerade gesagt hast, doch nur, dass Olfana auf jeden Fall ein Labor in Afrika braucht.«

Marie unterdrückte den aufkommenden Zorn. »Rafael,

solche ›Details‹ haben schon wesentlich größere Firmen in den Ruin getrieben. Und solange das Problem der Flüchtigkeit nicht mal ansatzweise gelöst ist, braucht man auch keinen Großflächentest in Afrika. Ich finde, du solltest deine Technikbegeisterung ein wenig zügeln und die Sache realistischer betrachten. Vor allem aber kann ich es nicht dulden, wenn du dafür deine Aufgaben vernachlässigst. Ich erwarte, dass du mir heute Nachmittag, 17.00 Uhr, eine vollständige Liste der EU-Förderprogramme mit ihren Teilnahmebedingungen vorlegst.«

»Weißt du, was dein Problem ist, Marie? Du hast einfach keine Fantasie!«

»Kann sein. Aber du hast eindeutig zu viel davon!«

Am nächsten Tag hatten sie ein Abstimmungsmeeting mit Borlandt. Marie rechnete damit, dass er nur einen kurzen Zwischenbericht, noch keine abschließende Bewertung haben wollte. Trotzdem hatte sie einige Powerpointcharts vorbereitet, die ein ziemlich klares Bild der hoffnungslosen Situation von Olfana zeigten.

Als sie Borlandts Büro betrat, blieb sie so abrupt in der Tür stehen, dass Rafael sie von hinten anrempelte und fast den Laptop fallen ließ. An dem kleinen Besprechungstisch saß Scorpa. Seine Miene zeigte keine Regung, als sich ihre Blicke trafen.

Maries Pulsfrequenz stieg rasch. Sie hatte damit gerechnet, Borlandt allein anzutreffen. Wenn sie in Scorpas Beisein ihre Analysen zeigte, würde es höchstwahrscheinlich zum Eklat kommen. Doch jetzt gab es kein Zurück mehr.

Borlandt kam mit ausgestreckter Hand auf sie zu. »Hallo, Frau Escher. Und Sie müssen Herr Grendel sein. Herzlich willkommen!«

Scorpa machte keine Anstalten, sie zu begrüßen.

Sie setzten sich. »Dr. Scorpa hat darum gebeten, bei dem

Meeting heute dabei sein zu dürfen, damit er eventuelle Fragen sofort beantworten kann«, erklärte Borlandt. »Sie haben doch nichts dagegen, Frau Escher?«

Marie zögerte keinen Augenblick. »Selbstverständlich nicht. Im Gegenteil – ich bin gespannt, was Dr. Scorpa zu unseren Schlussfolgerungen zu sagen hat.«

Seinem Gesichtsausdruck nach zu urteilen, ahnte Scorpa schon, wie ihr Urteil aussah. Wahrscheinlich hatte er von dem Termin heute schon länger gewusst, Borlandt aber erst kurzfristig gebeten, dabei sein zu dürfen, damit dieser keine Chance mehr hatte, Marie vorzuwarnen.

Sie startete die Powerpointpräsentation und platzierte ihren Laptop für Borlandt und Scorpa gut sichtbar auf dem Tisch. »Unsere Aufgabe ist es, das Zukunftspotenzial von Olfana zu bewerten«, begann sie. »Unser erster Eindruck ist leider, dass dieses Potenzial nicht sehr groß ist.«

Scorpas Gesicht wurde steinern. Auch Rafael versteifte sich.

Borlandt blickte nachdenklich. »Fahren Sie fort.«

Marie rief das erste Schaubild auf. »Wie Sie sehen, hat sich der Gesamtmarkt für biologische Schädlingsbekämpfung zuletzt verhalten positiv entwickelt, während der Olfana-Umsatz gesunken ist. Das bedeutet, die Firma hat Marktanteile an die Konkurrenz verloren.«

Scorpa machte eine wegwerfende Handbewegung. »Das ist doch nichts Neues! Außerdem ist es eine rückwärtsgewandte Betrachtungsweise. Die Vergangenheit sagt uns nichts über die zukünftige Entwicklung des Umsatzes!«

»Da haben Sie natürlich recht«, fuhr Marie fort. »Ich wollte auch lediglich darstellen, dass in der jetzigen Situation eine Veränderung dringend notwendig ist. Wir haben uns auch mit dem Zukunftspotenzial der in Entwicklung befindlichen Produkte beschäftigt. Zwar gibt es einige vielversprechende Entwicklungslinien, aber die jeweiligen Produkte sind nach unserer Einschätzung noch weit von der Marktreife entfernt. Das einzige eingeführte Produkt ist Lobelisol, doch leider befindet es sich in einem umkämpften Markt mit sinkenden Margen. Insgesamt halten wir daher das Produktportfolio von Olfana für sehr schwach.«

»Das ist Unsinn!«, rief Scorpa. »Lobelisol leidet nur unter einer vorübergehenden Vertriebsschwäche aufgrund der Dumpingpreise unserer Wettbewerber. Das kriegen wir in den Griff. Es dauert vielleicht noch etwas, bis unsere neuen Produkte marktreif sind. Aber Sie vergessen dabei, dass wir mit unserer Entwicklung dem Markt in vielerlei Hinsicht weit voraus sind!«

»Das kann ich bestätigen!«, warf Rafael ein. »Nach meinem Eindruck ist Olfana tatsächlich führend in der Entwicklung geruchsbasierter Schädlingsbekämpfung.«

Marie warf ihm einen eisigen Blick zu. »Mag sein, dass Sie in der Grundlagenforschung führend sind. Doch das Kernproblem von Olfana ist, dass kein Geld da ist, um die vorhandenen Forschungsprojekte bis zur Marktreife zu entwickeln und erfolgreich in den Handel zu bringen. Lobelisol wird in den nächsten Jahren immer weniger Ertrag bringen. Es wird nach unserer Einschätzung noch mindestens fünf Jahre dauern, bis eines der neuen Produkte genug Umsatz macht. Das bedeutet, die Firma wird noch auf lange Sicht hohe Verluste machen. Nach einer ersten Überschlagsrechnung müssten Sie noch mindestens zehn Millionen Euro in die Firma investieren.«

Borlandt nickte ernst. Rafael blickte betreten auf den Tisch. Wenigstens quatschte er nicht wieder dazwischen.

Scorpa warf Marie einen langen Blick zu. »Das ist eine scharfsinnige Analyse«, sagte er ruhig. »Aber sie greift zu kurz. Es ist richtig, dass wir noch weiteres Kapital brauchen, um unsere Produkte erfolgreich am Markt zu positionieren. Es ist ebenfalls richtig, dass wir in den nächsten

Jahren weiter Verluste schreiben werden.« Seine Stimme wurde schneidend. »Es ist jedoch nicht richtig, dass die Firma keine Zukunft hat! Die Produkte, die wir entwickeln, haben mittelfristig das Potenzial, die Welt zu verändern!« Seine Augen wurden glänzend. »Lobelisol ist nur ein kümmerlicher Anfang, ein erstes Produkt, das zeigt, wie das Prinzip funktioniert. Mit unseren Produkten werden wir in Zukunft Hungersnöte bekämpfen, Ungeziefer ausrotten, sogar Krankheiten besiegen. Die olfaktorische Schädlingsbekämpfung wird eine der Schlüsseltechnologien des 21. Jahrhunderts sein!«

In seinen Worten schwang eine tiefe Überzeugung mit, die Marie einen Moment das Gefühl gab, kleingeistig und engstirnig argumentiert zu haben. Rafael schien ähnlich zu empfinden. »Aus meiner Sicht muss man Olfana wie ein Internet-Startup sehen. Denken Sie zum Beispiel an Youtube: Die Firma machte gerade mal ein paar Millionen Umsatz und schrieb immer noch hohe Verluste, als sie für 1,6 Milliarden Dollar von Google übernommen wurde.«

Marie wurde blass vor Zorn. Mit seiner Disziplinlosigkeit war Rafael dabei, Borlandts Vertrauen in das Team endgültig zu zerstören. »Das kann man nicht vergleichen!«

»Vielleicht nicht«, sagte Rafael. »Aber das Beispiel zeigt auf jeden Fall, dass der Wert einer Firma nicht immer an ihrem Umsatz und Gewinn ablesbar ist.«

Ein Lächeln umspielte Scorpas Lippen. Er wähnte sich kurz vor einem Triumph – ein Sieg, den er allein diesem Riesenidioten Rafael zu verdanken haben würde.

Marie sagte einen Moment lang nichts. Dann rief sie das nächste Schaubild auf. »Hier sehen wir die Kostenstruktur von Olfana, aufgeteilt auf die verschiedenen Phasen des Produktlebenszyklus'. Der weitaus größte Teil des Budgets fließt in Marketing und Vertrieb für Lobelisol. Das heißt, die vergleichsweise gute Marktposition wird teuer erkauft.

Ein weiterer großer Kostenblock sind die Feldtests in Afrika. Gemessen an der Tatsache, dass nur ein einziges Produkt überhaupt in einem Stadium ist, in dem Feldtests sinnvoll sind, ist dieser Aufwand unangemessen hoch.« Sie bedachte Rafael mit einem warnenden Blick. »Unsere Empfehlung lautet, die Kosten durch die Kürzung des Marketingbudgets für Lobelisol und die Schließung des Feldlabors in Afrika deutlich zu senken. Wenn es gelänge, die Kosten um vierzig Prozent zu reduzieren, wäre Olfana profitabel und könnte in den nächsten Jahren in Ruhe daran arbeiten, neue Produkte auf den Markt zu bringen. Ob das Zukunftspotenzial dieser Ansätze wirklich so groß ist, wird man dann sehen. Auf jeden Fall müsste die Oppenheim AG nicht weiterhin viel Geld ... investieren.« Beinahe hätte sie »versenken« gesagt.

Scorpa sprang auf. »Da mache ich nicht mit!«, rief er. »Ich lasse mir die Firma nicht kaputt sparen! Das Marketingbudget für Lobelisol zusammenzustreichen, würde bedeuten, den Markt kampflos der Konkurrenz zu überlassen und in der Bedeutungslosigkeit zu versinken. Außerdem brauchen wir das Feldlabor in Afrika, um EU-Fördertöpfe anzapfen zu können, das habe ich Ihnen schon deutlich gesagt!«

»Dr. Scorpa, wir haben uns die Fördermittel der EU und ihre Vergaberichtlinien angesehen. Wir haben nirgendwo einen Hinweis darauf gefunden, dass die Existenz eines Feldlabors in Afrika die Vergabe von Subventionen an Olfana direkt oder indirekt begünstigen würde. Oder, Rafael?«

Rafael schüttelte betreten den Kopf.

»Ich höre mir das nicht länger an!«, rief Scorpa. »Da Sie ja ohnehin schon den Stab über Olfana gebrochen haben, bin ich hier wohl überflüssig. Aber glauben Sie nicht, wir werden kampflos zusehen, wie das, was wir in den letzten Jahren aufgebaut haben, zerstört wird!«

Er stand auf und verließ wütend den Raum.

Borlandt erlaubte sich ein leichtes Schmunzeln, als die Tür laut ins Schloss fiel. »Respekt, Frau Escher«, sagte er. »Sie haben ihn ganz schön aus der Fassung gebracht.« Er nickte anerkennend zu Rafael. »Die Idee, in diesem Meeting ›Good guy, bad guy‹ zu spielen, war auch nicht schlecht.«

Rafael blinzelte verwirrt. »Ich bin wirklich der Meinung ...«, begann er, brach aber ab, als er Maries bohrenden Blick bemerkte.

»Trotzdem muss ich Sie warnen«, sagte Borlandt. »Man darf Scorpa nicht unterschätzen. Er ist ein respektierter Wissenschaftler, und sein Temperament kennen Sie ja. Ich kann keinen Arbeitskampf gebrauchen, und einen weiteren Skandal erst recht nicht. Ich möchte Sie bitten, nicht weiter auf Konfrontationskurs zu ihm zu gehen, Frau Escher.«

»Ich habe nur unsere Sicht der Dinge dargestellt«, entgegnete Marie. »Sie kennen ja die Copeland-Prinzipien.«

»Schon richtig«, sagte Borlandt. »Aber vergessen Sie nicht: Selbst wenn Olfana keine Zukunft hat – wir müssen immer noch einen Käufer für die Firma finden. Es ist sicher sinnvoll, die Kosten zu senken, um die Zahlen aufzubessern. Aber wir dürfen die Firma nicht kaputt reden, sonst können wir sie gleich dichtmachen.«

Marie verkniff sich die Bemerkung, dass das vielleicht die beste Lösung wäre. »Was sind aus Ihrer Sicht die nächsten Schritte?«

Borlandt dachte einen Moment nach. »Ich folge Ihren Überlegungen«, sagte er. »Ich habe schon länger den Verdacht, dass die in Afrika nur Geld versenken. Aber ich zögere noch, den Schnitt zu machen und das Feldlabor zu schließen. Ich meine, zumindest nach außen hin sieht es doch so aus, als hätte Olfana dadurch einen Vorsprung vor der Konkurrenz.«

»Wir können ja hinfahren und uns die Sache einmal vor Ort ansehen«, sagte Rafael.

Borlandt und Marie sahen ihn überrascht an. »Das bringt doch nichts«, wandte Marie ein. »Wir bräuchten mindestens eine Woche, und …«

»Das ist vielleicht keine schlechte Idee«, unterbrach sie Borlandt. »Fliegen Sie nach Uganda und nehmen Sie das Labor unter die Lupe. Betrachten Sie es mit den Augen eines potenziellen Käufers. Finden Sie heraus, was die da eigentlich machen, und sagen Sie mir, ob das Labor den Wert der Firma erhöht – zumindest in der Außenwirkung. Dann sehen wir weiter.«

»Sag mal, spinnst du?« Marie gab sich keine Mühe, ihren Zorn zurückzuhalten, während sie den Mietwagen durch den Frankfurter Stadtverkehr in Richtung Süden lenkte. »Was fällt dir ein, mir in einem Meeting mit Borlandt in den Rücken zu fallen!«

Rafael reagierte erschrocken, so als sei er sich erst jetzt bewusst geworden, was er angerichtet hatte. »Aber ich habe doch nur …«

»Du hättest beinahe nicht nur das Meeting, sondern das ganze Projekt ruiniert! Scorpa hat sich schon ins Fäustchen gelacht. Wir haben ein Riesenglück gehabt, dass Borlandt dachte, deine Einwürfe seien Taktik gewesen. Good guy, bad guy, dass ich nicht lache!«

»Als ich eingestellt wurde, hat Bob Copeland gesagt, ›Wahrheit geht vor Politik‹«, erwiderte Rafael mit beleidigtem Tonfall.

»Mir hat Bob gesagt, ›Das Wichtigste ist, im Team zusammenzuhalten!‹«

»Okay, du hast recht. Ich war vorlaut. Tut mir leid, ehrlich.«

Das nahm Marie den Wind aus den Segeln. Einen Moment lang wusste sie nicht, wie sie reagieren sollte. »Schon gut«, sagte sie schließlich. »Aber so was will ich nicht noch mal erleben, klar?«

»Ist klar«, sagte er. »Jedenfalls haben wir Scorpa jetzt gegen uns. Er wird alles tun, um unsere Arbeit zu behindern.«

»Das kann er ja mal versuchen. Sobald er auch nur die kleinste Zahl zurückhält, rufe ich Borlandt an.«

»Borlandt hat doch gesagt, wir sollten nicht weiter auf Konfrontation mit Scorpa gehen. Er braucht ihn noch, und ich glaube, da hat er recht. Ich würde sagen, wir sollten uns bei ihm entschuldigen.«

»Entschuldigen? Dafür, dass wir die Fakten auf den Tisch gelegt haben?«

»Dafür, dass wir uns nicht mit ihm abgestimmt haben, bevor wir den Stab über seine Firma gebrochen haben. Ich meine, wir hätten ihm wenigstens Gelegenheit geben sollen, seine Meinung dazu zu sagen, bevor wir seinem Chef berichten.«

Marie wusste, wie recht er hatte. In ihrem blinden Arbeitseifer hatte sie nicht berücksichtigt, dass die Arbeit eines Beraters nicht nur aus Analysen bestand. Wenn man eine Firma verändern wollte, musste man die Menschen für die Veränderung gewinnen. In dieser Hinsicht hatte sie einen lausigen Job gemacht. Sie hatte sich nicht einmal mit Rafael abgestimmt, sondern war in dem naiven Glauben, schon alles zu wissen, in das Meeting mit Borlandt gelaufen. Sie hatte dieses Projekt bisher sehr schlecht geführt. Ihre Leistung war einer Projektleiterin unwürdig – von einer Partnerin ganz zu schweigen.

Im Teamraum begann Marie damit, ihre Reise nach Uganda vorzubereiten. Sie hatte nicht die geringste Lust, nach Afrika zu fliegen, und hielt die ganze Sache für Zeitverschwendung. Aber Borlandts Anweisung war eindeutig gewesen. Auf jeden Fall wollte sie die Sache möglichst schnell hinter sich bringen.

Das Labor lag im äußersten Südwesten des zentralafrikanischen Landes, nahe der Kleinstadt Kisoro. Warum man eine Forschungsstation an einem so entlegenen Ort einrichtete, war ihr unklar. Man brauchte zwei Tage, um dort hinzukommen: mit einem Linienflug nach Nairobi, von dort aus nach Entebbe und dann weiter mit einer kleinen Chartermaschine nach Kisoro. Zwei Tage Hinflug, zwei Tage vor Ort, zwei Tage Rückflug – eine ganze Arbeitswoche ging dabei drauf.

Rafael sah ihr über die Schulter, während sie eine E-Mail an den Copeland-Reisebuchungsdienst schrieb. »Buchst du für mich mit?«

Marie sah auf. »Ich fliege allein«, sagte sie.

Er machte ein enttäuschtes Gesicht. »Warum das denn? Ich meine, es war immerhin meine Idee!«

»Das kostet eine ganze Mannwoche«, sagte Marie, »und die Reisekosten sind auch nicht von Pappe. Ich verspreche mir von der ganzen Aktion null Erkenntnisgewinn. Also sollten wir so wenig Zeit wie möglich vergeuden!«

»Ich bin sicher, dass das keine vergeudete Zeit ist. Meine Intuition sagt mir, das Feldlabor ist wichtig für die Firma. Irgendwas ist da im Busch, und ich habe das Gefühl, wenn wir nicht rausfinden, was, wird Scorpa uns im nächsten Meeting mit Borlandt an die Wand nageln!«

Intuition! Gefühl! Rafael war wirklich nicht für den Job als Berater geeignet. Marie würde das in seiner Beurteilung deutlich zum Ausdruck bringen müssen. Das würde ihm eine Karriere bei Copeland unmöglich machen. Aber es war besser für die Firma und wahrscheinlich auch besser für ihn.

»Rafael, mit Intuition kommen wir hier nicht weiter. Das Einzige, was zählt, sind Fakten.«

Er ließ jedoch nicht locker. »Bitte, Marie, lass mich mitkommen. Vier Augen sehen mehr als zwei. Außerdem habe ich mich intensiv mit den verschiedenen Forschungsprojekten beschäftigt und mit vielen Leuten hier geredet. Ich glaube, ich kann besser als du einschätzen, woran dieser Borg dort arbeitet.«

Seine Argumente kamen Marie vorgeschoben vor. Sicher wollte er nur aus purer Abenteuerlust mitkommen. Er sei zu Copeland gekommen, um neue Dinge kennenzulernen, hatte er gesagt. Man dürfe ja wohl unterwegs aus dem Fenster schauen. Er sei noch nie in Afrika gewesen.

Sie dachte daran, was in seinem Beurteilungsbogen stehen würde. Seine Karriere bei Copeland war nur von kurzer Dauer. Vielleicht war es nur fair, wenn sie ihm zum Ausgleich seinen Wunsch erfüllte. Die Reisekosten würde ja Olfana tragen. Außerdem war es vielleicht besser, wenn sie Rafael nicht hier mit Scorpa allein ließ. Er war naiv und leicht manipulierbar, und Scorpa würde es möglicherweise schaffen, ihn zu einer Dummheit zu verleiten.

»Also schön«, sagte sie.

»Danke, Marie!«

13.

Die Mittagssonne brannte auf die hellbraunen Bahnen des geräumigen Zeltes und machte die Luft stickig. Draußen war es ruhig; nur das leise Brummen des Dieselgenerators, der das Lager mit Strom versorgte, war zu hören.

Nariv Ondomar schaltete die Fernsehübertragung auf seinem Laptop ab. CNN langweilte ihn: die aufgeregten Stimmen der Moderatoren, wenn sie aus jedem kleinen Ereignis eine Sensation machten, die martialische Musik, die dramatischen Bilder von weinenden Menschen, wenn der Sender das Elend der Welt gegen Werbegeld verkaufte. CNN war das Sinnbild des Landes, dessen Stimme es war: laut, von sich selbst eingenommen und ohne jede Moral.

Er rief die Website der CIA auf und klickte zu den steckbrieflich gesuchten Terroristen. Mit einem Lächeln betrachtete er das Bild mit seinem Namen darunter. Es war mehr als zehn Jahre alt, das Foto aus seinem pakistanischen Führerschein. Damals hatte er noch einen Vollbart getragen, der sein fein geschnittenes Gesicht wild und verwegen erscheinen ließ. Er sah auf dem Foto genau so aus, wie sich der Durchschnittsamerikaner einen Terroristen vorstellte.

Im Unterschied zu vielen seiner Gesinnungsgenossen hielt Ondomar Amerika weder für verweichlicht noch für dekadent und erst recht nicht für schwach. Das mochte an der Oberfläche so aussehen, doch der Hunger der amerikanischen Konzerne nach den Reichtümern der Welt war noch lange nicht gestillt, und ihre Methoden waren viel subtiler und effektiver als die ihrer politischen Führung. Amerikanisches Geld floss wie ein stinkender Strom der Korruption hinaus in die Welt und vergiftete das Leben rechtschaffener Menschen. Doch es war nicht nur amerikanisches Geld. Europäer, Japaner, neuerdings auch Russen und Chinesen – sie alle wollten einen möglichst großen Teil der wertvollen Bodenschätze an sich reißen, die sie brauchten, um ihre überflüssigen Luxusgüter herzustellen und die Umwelt zu verpesten.

Die Kolonialzeit war offiziell vorüber, doch die Staaten der Dritten Welt waren abhängiger von den Industrienationen als je zuvor. Es gab keinen Sklavenhandel mehr, aber Kinder mussten in Fabriken in Afrika und Asien schuften, damit ihre Altersgenossen im Westen noch mehr Spielzeug kaufen konnten. Was Entwicklungshilfe genannt wurde, diente in Wahrheit dazu, korrupte Regimes zu fördern und die Eigenständigkeit der armen Nationen möglichst gering zu halten. Die Dritte Welt war von der vermeintlichen Großzügigkeit der reichen Länder wie benebelt und merkte nicht, wie ihr das überwiesene Geld durch die Lieferung von Waffen und albernen Konsumgütern wieder aus der Tasche gezogen wurde. Die westlichen Politiker gaben im Fernsehen die Friedensapostel und sorgten doch gleichzeitig dafür, dass in so gut wie jeder Region, nach der sie ihre gierigen Finger ausstreckten, Bürgerkriege ausbrachen und unbeschreibliches Elend über die Bevölkerung kam. Dann konnten sie wieder medienwirksame Hilfslieferungen und so genannte »Schutztruppen« in die Krisenregionen schicken. Und CNN war die Bühne für dieses gigantische Theaterspiel.

Ondomar war kein Idiot, kein verblendeter Weltverbesserer. Er wusste, dass die Welt nicht gerecht war und es auch nie sein würde. Zu einem abgekarteten Spiel gehörten immer zwei Parteien. Die Menschen in der Dritten Welt waren mit ihrer Anfälligkeit für Korruption, ihrer Leichtgläubigkeit und ihrer Gier nach Wohlstand und Luxus zum großen Teil selbst an ihrer Misere schuld. So wie vor langer

Zeit die afrikanischen Häuptlinge ihre eigenen Stammesbrüder an Sklavenhändler verkauft hatten, verschleuderten nun egomanische Machthaber die Zukunft ihres Landes für ein paar hingeworfene Dollar.

Aber wenn man das perfide Treiben der Industrienationen einmal durchschaut hatte, konnte man nicht tatenlos zusehen. Jemand musste den Menschen die Augen öffnen – sowohl den unterdrückten Völkern in der Dritten Welt als auch den aufgeklärten, hilfsbereiten Menschen in den westlichen Nationen, denn auch die gab es durchaus.

Ondomar war nicht besonders religiös. Wenn es Allah wirklich gab, dann hatte er zumindest einen sehr merkwürdigen Humor. Doch Religion war ein machtvolles Mittel, um Männer bis zur Selbstaufopferung zu motivieren, deshalb wahrte er nach außen hin den Anschein. Er hielt sich nicht für auserwählt kraft göttlicher Fügung. Doch das Schicksal hatte ihm das Mittel in die Hand gespielt, die Welt sehend zu machen, um dem Raubtierkapitalismus der Industrienationen die grinsende Maske herunterzureißen. Es war Ondomars Pflicht, diese Chance zu nutzen.

Er stand von seinem Schreibtisch auf und streckte sich. Er würde eine Runde durch das Lager machen, ein wenig mit den Männern plaudern, ein paar Witze reißen, hier und da Lob und Tadel verteilen. Nichts war für eine Kampftruppe so nervtötend wie das Herumsitzen und Warten auf den nächsten Einsatz.

Das Satellitentelefon auf seinem Schreibtisch piepte. Es gab nicht viele Menschen, die diese Nummer kannten. Und es gab nicht viele Gründe, sie zu wählen.

Es war der Deutsche, natürlich. Und wie erwartet gab es wieder mal Probleme.

14.

Es war kalt, und es regnete. So hatte sich Marie Afrika nicht vorgestellt. Mit weichen Knien stolperte sie aus der einmotorigen Chartermaschine, die sie nach Kisoro gebracht hatte, dankbar, dass sie den Flug überlebt hatte. Den schlammigen Acker, in dem ihre eleganten Schuhe einsanken, als Flugplatz zu bezeichnen, war die Übertreibung des Jahrhunderts. Es gab ein paar rot-weiß lackierte Blechtonnen, die das Flugfeld begrenzten, und einen flachen Bau, der gleichzeitig als Kontrollzentrum, Abfertigungshalle und Wartesaal fungierte – sonst nichts.

Beim Anflug durch dichte Wolken waren sie herumgeworfen worden, als spielten Riesen mit ihnen Tennis. Die Luftlöcher, in denen die Maschine immer wieder heruntersackte, waren so tief gewesen, dass sie ein paar Mal vom Sitz abgehoben und für eine Sekunde echte Schwerelosigkeit empfunden hatten. Einige Leute hätten für diese Erfahrung vielleicht viel Geld bezahlt, Marie jedoch konnte in Zukunft gut darauf verzichten. Selbst Rafael, der auf den beiden Flügen zuvor noch fröhlich und abenteuerlustig gewirkt hatte, war zuletzt verstummt und hatte eine grünliche Gesichtsfarbe angenommen.

»Welcome to Kisoro Airport«, sagte ein Mann mit blauschwarzer Haut in buntem Freizeithemd, als sie das Gebäude betraten. Er saß hinter einem einfachen Tisch und lächelte sie an. »Hope you had good flight. Your passports, please.«

Marie reichte ihm ihre Papiere. Er runzelte die Stirn, blätterte durch den Pass und gab ihn ihr zurück. »Not good. Passport not valid for Kisoro«, sagte er.

»Wie bitte?« Marie betrachtete erschrocken ihren Pass. Warum sollte er nicht gültig sein? Sicherheitshalber sah sie noch einmal nach, obwohl sie das Ablaufdatum in der ihr eigenen Gründlichkeit vor dem Reisestart überprüft hatte. Das Dokument war ohne Zweifel gültig.

»Yes, my passport is valid!«, sagte sie.

Der Zollbeamte oder was immer er war schüttelte den Kopf. »I am an official of the Ministry for Foreign Affairs of Uganda Republic«, sagte er. »I say this passport not good for Kisoro!«

Rafael reichte ihm seinen Ausweis. »Maybe this is better«, sagte er.

Der Beamte klappte ihn auf und nahm den 50-Dollar-Schein heraus, den Rafael zwischen die Seiten gesteckt hatte. Er grinste. »Yes, this passport valid.«

Marie bekam einen roten Kopf. Sie hatte wirklich keine Lust, sich auf diese Weise erpressen zu lassen. Aber schließlich seufzte sie nur, holte ihr Portemonnaie hervor und steckte ebenfalls eine 50-Dollar-Note in den Pass. Der Beamte nahm das Geld, nickte und winkte sie durch. Marie fragte sich, wie sie das Geld auf ihrer Reisekostenabrechnung deklarieren sollte.

Vor dem Flughafengebäude empfing sie ein Afrikaner mit einem Pappschild, auf dem in krakeliger Schrift »Olfana« stand. Er lud Maries und Rafaels Koffer in einen klapprigen Jeep.

Kisoro war eine Kleinstadt aus flachen, schmucklosen Gebäuden, die von Satellitenschüsseln bedeckt waren. In dem trüben Wetter und der kühlen Luft wirkte sie eher wie eine osteuropäische Vorstadt – jedenfalls nicht wie das romantische afrikanische Dörfchen, das sich Marie vorgestellt hatte. Sie hatte auf dem Weg hierher in einem Reiseführer gelesen und erfahren, dass Kisoro in fast 2000 Meter Höhe lag. Uganda war also so etwas wie die afrikanische

Schweiz – am tiefsten Punkt immer noch fast 1000 Meter über dem Meeresspiegel. Ganz in der Nähe ragten die Vulkane des Virunga-Massivs empor, die es ohne Weiteres mit den höchsten Gipfeln der Alpen aufnehmen konnten. Im Regen wirkten sie dunkel und bedrohlich.

Nach kurzer Zeit verließen sie Kisoro und fuhren über eine holprige, gewundene Landstraße durch eine Hügellandschaft von üppigem Grün. Kleine Lehmhütten und flache Häuser lagen zwischen terrassenartig angelegten Streifen, auf denen Kaffee, Mais und Tabak angebaut wurden.

Ihr Fahrer bog von der Hauptstraße ab und folgte einem Lehmweg, der sich durch dichtere Vegetation in Serpentinen in die Höhe wand. Es war später Nachmittag, und Marie hatte telefonisch mit Dr. Borg vereinbart, dass sie die Forschungsstation erst am nächsten Tag besuchen würden. Der Reiseservice hatte sie in einem Touristenhotel etwas außerhalb Kisoros an einem See untergebracht. Es sei das Beste, was man in der Gegend bekommen könne, hatte man ihr versichert.

Nach dem bisherigen Verlauf der Tour hatte Marie allerdings große Zweifel, was den Komfort ihrer Unterbringung betraf. Seit sie in Frankfurt das Flugzeug bestiegen hatten, war die Reisequalität kontinuierlich gesunken. In Nairobi hatten sie in einem durchaus noch als erträglich zu wertenden Hotel einer amerikanischen Kette übernachtet. Heute Morgen jedoch hatten sie über drei Stunden in einem völlig überfüllten Flughafengebäude auf den verspäteten Start ihrer Turboprop-Maschine nach Entebbe warten müssen. Dort waren sie weitere zwei Stunden damit beschäftigt gewesen, den Piloten der Chartermaschine ausfindig zu machen, der sie nach Kisoro bringen sollte. Als Marie nach einem längeren Marsch über das Rollfeld das Flugzeug gesehen hatte, wäre sie am liebsten wieder umgedreht. Doch der Pilot hatte gelächelt und ihr in holprigem

Englisch versichert, dass er die Maschine nun seit dreiundzwanzig Jahren fliege und sie ihn in dieser Zeit noch nie im Stich gelassen habe.

Der Wagen erreichte schließlich den flachen Kamm eines Hügels, von dem aus man einen freien Blick über ein weites Tal bekam. Der Regen hatte inzwischen aufgehört, und die Wolkendecke war an einigen Stellen aufgerissen, sodass die Sonne grelle Flecken in die Landschaft warf, die langsam durch das Tal wanderten.

Der Anblick war atemberaubend schön. Ein langgestreckter See lag glitzernd vor ihnen, durchsetzt von zahlreichen kleinen Inseln, die im Sonnenlicht aufglühten wie Smaragde. Die mächtigen Gipfel des Virunga-Massivs am anderen Ufer waren von Wolken verhüllt, die sie umso majestätischer erscheinen ließen.

»Wow!«, sagte Rafael.

Ohne die Fahrt zu verlangsamen, drehte der Fahrer sich zu ihnen um. »This Lake Mutanda«, erklärte er. »Very beautiful!« Marie konnte ihm nur zustimmen.

Das Hotel lag sehr idyllisch am Ufer des Sees. Es bestand aus einem Steinhaus, das Rezeption und Restaurant beherbergte, sowie mehreren großen Zelten, die überraschend komfortabel eingerichtet waren und sogar eigene Bäder mit Dusche besaßen.

In dem Glauben, sie seien ein Paar, hatte man Marie und Rafael ein gemeinsames Zelt zugewiesen. Rafael bekam einen roten Kopf, als er das erfuhr. Marie unterdrückte ein Grinsen. Sie hatte noch nie zuvor erlebt, dass ihm etwas peinlich gewesen war. Da aber das Hotel jetzt, am Ende der Regenzeit, noch nicht ausgebucht war, konnten sie ein weiteres Zelt bekommen.

Marie duschte, dann aßen sie gemeinsam zu Abend. Marie wählte ein Gericht namens Oluwombo – Hackfleisch mit Gemüsebananen in einer pikanten Erdnuss-Tomatensoße, gedünstet in Bananenblättern. Das Essen war kräftig gewürzt und schmeckte ungewohnt, aber sehr gut. Sie spürte, wie die Strapazen der Anreise von ihr abfielen. Es war hier tatsächlich ein wenig wie im Urlaub. Für einen Moment gestattete sie sich zu vergessen, dass sie nicht zum Spaß hier waren.

Nach dem Essen verzogen sich die Wolken, und die Vulkangipfel glühten im Licht der untergehenden Sonne. Marie und Rafael standen eine Weile zusammen auf der hölzernen Veranda vor ihren Zelten und blickten hinaus auf den See. Schweigend sahen sie zu, wie der orangefarbene Glanz rasch verblasste und die ersten Sterne sich am Himmel zeigten. Die Luft war erfüllt vom Zirpen der Grillen, den fremdartigen Rufen unbekannter Tiere und dem erdigen Duft der feuchten Vegetation.

»Danke, dass du mich hast mitfahren lassen«, sagte Rafael, ohne sich zu ihr umzudrehen.

Marie hatte plötzlich ein schlechtes Gewissen. »Rafael, ich …«

»Schon gut«, sagte er. »Ich weiß, dass ich nicht zu Copeland passe. Ich glaube, das wusste ich schon nach einer Woche. Ich habe es mir aufregend vorgestellt, immer neue Unternehmen kennenzulernen und ihnen zu helfen, ihre Probleme zu lösen. Aber ich bin wohl einfach nicht systematisch und ordentlich genug dafür.«

»Jeder Mensch hat Stärken und Schwächen«, sagte Marie. »Du bist ein heller Kopf, und ich glaube, du bist sehr kreativ. Du musst nur lernen, strukturierter vorzugehen, dann wirst du irgendwann auch Copeland-Partner!«

Er drehte sich zu ihr um. In der Dämmerung war sein Gesichtsausdruck nur undeutlich zu erkennen. »Glaubst du das wirklich?«

Eigentlich hatte sie es nur gesagt, um nett zu sein, aber in diesem Moment wusste sie, dass es stimmte. In Rafael steckte mehr, als auf den ersten Blick zu erkennen war. Sie blieb ihm die Antwort schuldig.

Er sah sie eine Weile an. Das letzte Licht des Tages spiegelte sich in seinen Augen, die einen melancholischen Zug angenommen hatten. Dann wurde sein Blick ernst. »Marie, ich habe gehört, was in der Firma über dich erzählt wird. Ich weiß, wie wichtig dieses Projekt für dich ist.«

Sie sah ihn überrascht an. »Was ... was erzählt man denn über mich?«

»Dass du wahrscheinlich bald Partnerin wirst. Dass du eine brillante Analytikerin bist. Und ein bisschen zickig!«

Die Kinnlade klappte ihr herunter. Dann lachte er, und sie lachte mit. »Du Idiot! Ich glaube, das Erste, was ich dir beibringen muss, ist ein wenig mehr Respekt vor deiner Projektleiterin!«

»Das, fürchte ich, kannst du gleich aufgeben!«

Eine Pause entstand, zog sich in die Länge. Marie sah auf die Uhr, obwohl sie in der Dunkelheit die Zeiger gar nicht erkennen konnte. »Ich denke, ich gehe jetzt besser schlafen. Morgen haben wir eine Menge vor.«

»Du hast recht. Gute Nacht!«

Sie lag noch eine Weile wach und dachte über das Gespräch auf der Veranda nach. Sie mochte Rafael, hatte ihn von Anfang an gemocht, das war ihr jetzt klar. Er war chaotisch und undiszipliniert, aber seine freundliche, unbekümmerte Art gefiel ihr. Er war so anders als Machotypen wie Rico oder Scorpa. Und er war ganz anders als sie. Vielleicht konnten sie sich ja irgendwie ergänzen und doch noch ein gutes Team werden.

Eigentlich hatten sie erwartet, am nächsten Morgen von Dr. Borg oder einem seiner Mitarbeiter abgeholt zu werden, doch niemand erschien. Marie rief im Feldlabor an, erfuhr jedoch nur, Dr. Borg habe keine Zeit, und auch sonst sei niemand verfügbar. Also ließ sie ein Taxi aus Kisoro kommen.

Sie war überrascht und ein wenig erschrocken, als ein uralter eierschalenfarbener Mercedes Diesel mit einem gelben Taxischild auf dem Dach vor dem Hotel hielt, eine kleine schwarze Rauchwolke hinter sich herziehend. Fast jeder hier fuhr einen Land Rover oder ein anderes geländegängiges Fahrzeug, was angesichts des Zustands der Straßen nur vernünftig war. Doch der Taxifahrer schien überzeugt davon, ein richtiges Taxi habe hellbeige zu sein und müsse einen Dieselmotor sowie einen Stern auf der Kühlerhaube haben. Er trug sogar eine lederne Schirmmütze.

»Sie haben bestellt Taxi?«, fragte er auf Deutsch.

»Ja«, sagte Marie verblüfft.

»Ich viel gewesen in Deutschland«, erklärte er, während er ihnen die Türen zum Fond öffnete. »Gelernt Taxifahren, in Hamburg. Schöne Stadt, Hamburg. Viele, viele Straßen! Ich kenne alle: Jungfernstieg, Ballindamm, Mönckebergstraße, Steindamm, Wandsbeker Chaussee …«

Bevor der Mann das gesamte Hamburger Straßenverzeichnis aufsagte, nannte Marie ihm die Adresse des Feldlabors.

»Oh«, sagte er.

Marie sah ihn fragend an. »Oh? Warum oh?«

»Nicht einfach, Weg dahin. Viel Kurven, viel Hügel. Viel Schlamm.«

»Dann rufen Sie doch am besten einen Kollegen mit einem Land Rover«, schlug Rafael vor.

Der Taxifahrer ließ seine strahlend weißen Zähne aufblitzen. »Nein, nein! Ich guter Fahrer! Komme überall hin! Muss nur richtige Fahrtechnik machen!«

Wie diese Fahrtechnik aussah, erfuhren sie kurz darauf. Ihr Chauffeur versicherte in fröhlichem Plauderton, es sei alles nur eine Frage der Geschwindigkeit. Wenn man schnell genug sei, könne man Schlammpfützen und Schlaglöcher viel besser überwinden.

Tatsächlich schien er sein Fahrzeug sehr gut zu beherrschen, denn die Geschwindigkeit, mit der er durch die engen schlammigen Kurven jagte, hätte nach Maries Eindruck manch professionellem Ralleyfahrer den Schweiß auf die Stirn getrieben. Mehr als einmal brach das Heck aus, und sie glitten seitwärts, statt geradeaus zu fahren, doch der Fahrer schaffte es immer wieder, den Wagen zurück in die Spur zu lenken. Sie fuhren über einen engen Lehmweg, der sich steile Hügel hinaufwand. Links von ihnen fiel das Gelände jäh ab. Marie beschloss, einfach nicht mehr aus dem Seitenfenster zu sehen.

Ihr Fahrer schien nicht im Mindesten beunruhigt und schwatzte fröhlich vor sich hin. Sie erfuhren, dass er Nathan Gombali hieß und in Hamburg auf der Reeperbahn die Liebe seines Lebens kennengelernt hatte, dass sein Asylantrag abgelehnt worden war und das Mädchen aus Deutschland sich geweigert hatte, ihm in seine Heimat zu folgen. In einer besonders engen Kurve nahm er eine Hand vom Lenkrad, drehte sich zu ihnen um und zeigte ihnen ein Herz, das er sich auf den rechten Unterarm hatte tätowieren lassen, zur Erinnerung an sie. Nach kurzer Zeit sehnte sich Marie in die einmotorige Propellermaschine zurück, die sie nach Kisoro gebracht hatte.

Vor besonders unübersichtlichen Kurven hupte Nathan mehrfach. Marie vermutete, dass er damit eventuell entgegenkommende Fahrzeuge warnen wollte, doch Gombali erklärte ihnen, es sei wegen der Büffel.

»Büffel sehr dumm, wenn Auto kommt, gehen nicht aus Weg. Und Büffel sehr böse. Wenn wütend, machen Auto kaputt. Besser, hupen!«

Glücklicherweise begegneten sie keinem.

15.

Nach einer Zeit, die Marie wie ein Jahr ihres Lebens vorkam, erreichten sie die Station. Sie lag am Hang eines kleineren Berges, der von den gewaltigen Kegeln der Virunga-Vulkane überragt wurde. Ein schmuckloser flacher Holzbau mit einem Wellblechdach, auf dem eine Satellitenschüssel thronte, und einem separaten Schuppen wurde von der üppigen Vegetation fast verschlungen. Ein geparkter Range Rover war das einzige Zeichen dafür, dass jemand hier war.

Marie bezahlte den Taxifahrer, der ihr eine Visitenkarte in die Hand drückte. »Wenn Taxi brauchen, nur müssen anrufen, ich komme schnell!«, sagte er und ließ seine weißen Zähne aufblitzen. Dann stieg er wieder in den klapprigen Mercedes und brachte das Kunststück fertig, auf dem engen Platz vor der Station zu wenden, ohne den Range Rover zu rammen.

Neben der Tür hing ein Metallschild mit dem Olfana-Logo und der Aufschrift »Gisozi Field Laboratory«. Einen Klingelknopf gab es nicht. Aus dem Hintergrund war das Brummen eines Dieselaggregats zu hören.

Marie öffnete die Tür und betrat einen langen Gang, der zeigte, dass das Gebäude größer war, als es von außen wirkte.

»Hallo?«, rief sie. »Dr. Borg?«

Eine Tür öffnete sich, und eine gut aussehende junge Afrikanerin in einem engen blauen Kleid trat heraus.

»Oh!«, sagte sie nur.

»Guten Tag«, sprach Marie sie auf Englisch an. »Mein Name ist Marie Escher von der Copeland Unternehmensberatung. Wir möchten gern mit Dr. Borg sprechen.«

Die Frau nickte und verschwand in einem anderen Zimmer. Kurz darauf kam sie mit Dr. Borg zurück. Er trug einen weißen Kittel und hatte Schweißperlen auf der Stirn.

»Guten Tag, Dr. Borg«, sagte Marie. »Das hier ist mein Kollege Rafael Grendel.«

Borg warf ihr einen missmutigen Blick zu. Er reichte ihnen nicht die Hand. Es schien, als läge ihm ein abweisender Kommentar auf der Zunge, doch dann besann er sich eines Besseren und versuchte sich an einem dünnen Lächeln. »Nett, dass Sie sich auf den weiten Weg hierher gemacht haben. Nur weiß ich wirklich nicht, was Sie hier wollen. Es gibt wenig, das ich Ihnen zeigen kann. Außerdem habe ich zu tun.«

»Wir sind hier, um zu verstehen, welchen Beitrag diese Station zum Unternehmenserfolg von Olfana liefert«, sagte Marie. »Ich denke, es ist auch in Ihrem Interesse, dass wir diese Frage beantworten können.«

Borgs Gesicht verfinsterte sich. »Wie wollen Sie das denn beurteilen? Sie sind doch keine Biochemiker, oder?«

Bevor Marie darauf etwas erwidern konnte, meldete sich Rafael zu Wort. »Vielleicht führen Sie uns erst einmal durch die Station, damit wir einen Eindruck bekommen.«

Borg sah demonstrativ auf die Uhr. »Also schön. Kommen Sie!«

Der Rundgang dauerte nicht länger als eine Viertelstunde. Das Feldlabor besaß nur sechs Räume. Zwei davon waren Labors, in denen eine Menge komplizierter Apparaturen aus Glas herumstanden, dazwischen Kühlschränke und elektrische Geräte, die mal wie Mikrowellenherde, mal wie komplizierte Kaffeemaschinen aussahen und deren Sinn Marie nicht ergründen konnte. Auf Rafaels entsprechende Fragen antwortete Borg einsilbig und benutzte Fachausdrücke und Abkürzungen, die ihr nichts sagten.

Ein Raum war mit Käfigen vollgestellt, in denen sich

Insekten, Ratten und auch ein paar Vögel drängten. Insgesamt wirkten die drei Arbeitszimmer wie etwas primitivere und kleinere Kopien der Labors in Dreieich. Der vierte Raum beherbergte zwei Schreibtische mit PCs und einem Laserdrucker, die auf dem neusten technischen Stand zu sein schienen. An einem der Tische saß die junge Afrikanerin. Sie lächelte schüchtern. »Meine Assistentin, Frau Bemba«, stellte Borg sie vor.

Der fünfte Raum schien eine Mischung aus Küche, Konferenz- und Aufenthaltszimmer zu sein. Um einen großen Tisch standen acht einfache Holzstühle. Der sechste Raum war mit Regalen gefüllt, in denen Kisten und Pappkartons standen. Viele trugen Adressaufkleber mit dem Olfana-Logo.

»Tja, ich fürchte, das war schon alles«, sagte Dr. Borg. »Ich hoffe, Sie sind nicht enttäuscht.«

Enttäuscht war nicht das richtige Wort für das, was Marie empfand. Eher verwirrt. Irgendwie passte das, was sie sah, nicht zu dem Bild, das sie erwartet hatte, ohne dass sie genau wusste, warum.

»Was genau tun Sie hier eigentlich?«, fragte Rafael.

»Feldtests«, sagte Dr. Borg. »Wir testen die Geruchsstoffe, die in Deutschland synthetisiert wurden. Dann werten wir die Ergebnisse aus und schicken sie zurück.«

Rafael nickte. »Aber wozu dann die Labors? Wozu die Gensequenzer und Molekularsynthesizer? Sie sind hier viel zu gut ausgestattet, um das alles nur zu testen, was aus Deutschland kommt.«

Das war es! Rafael hatte ausgesprochen, was Marie nicht hatte in Worte fassen können.

Borg warf ihm einen Blick zu, in dem so etwas wie misstrauische Anerkennung lag. »Sie sind ein guter Beobachter. In der Tat testen wir nicht nur, was die Kollegen aus Dreieich uns schicken – wir entwickeln es auch weiter. Wir würden zu viel Zeit verlieren, wenn wir die Erkenntnisse aus den Freilandtests nicht hier vor Ort direkt in Verbesserungen umsetzen könnten.«

Rafael nickte. »Verstehe.«

»Wo sind denn die übrigen Mitarbeiter?«, fragte Marie. »Sie sprachen in Dreieich von mehreren Hilfskräften und Ihren beiden deutschen Assistenten.«

»Dr. Krüger macht gerade Urlaub in Deutschland. Herr Willems ist in Kampala und erledigt Behördenkram. Und unsere Hilfskräfte sind hier in der Nähe auf einer Plantage und …«

Er wurde von einem Afrikaner unterbrochen, der in diesem Moment durch die Eingangstür gestürzt kam. Er trug ein fleckiges T-Shirt und kurze Hosen. Auf seiner Haut glänzte Schweiß. Er rief etwas in einer fremden Sprache, von der Marie vermutete, dass es sich um Suaheli handelte. Er schien sehr aufgeregt.

Borg warf dem Mann einen missbilligenden Blick zu und erwiderte etwas in scharfem Tonfall in derselben Sprache.

Der Afrikaner schien zu erschrecken. Er sagte etwas, das wie eine Entschuldigung klang. Dann stieß er einen langen Schwall fremder Worte aus und gestikulierte mit den Armen.

Borg sagte einige Sätze in einem herablassenden Befehlston, der Marie nicht gefiel. Der Mann nickte und rannte wieder hinaus.

»Was ist denn los?«, fragte Rafael.

»Büffel«, sagte Borg.

»Büffel?«

»Die gibt es hier überall. Sie leben in den Wäldern oben an den Vulkanhängen, aber sie kommen immer wieder herunter und trampeln durch die Plantagen der Bauern.«

»War das eben ein Bauer?« Rafael war seine Skepsis deutlich anzuhören.

»Natürlich nicht. Das war einer unserer Hilfsarbeiter. Wir machen gerade einen Feldversuch auf einer Tabakplantage in der Nähe. Offenbar sind dort ein paar Büffel eingedrungen. Der Plantagenbesitzer hat sie vertrieben, aber dabei ist wohl so viel durcheinandergeraten, dass wir die Testreihe noch mal von vorn beginnen müssen.« Er zuckte mit den Schultern. »So was erleben wir hier dauernd. Wir sind eben in Afrika!«

»Können wir den Feldversuch mal sehen?«

»Ich weiß wirklich nicht, was Ihnen das bringen sollte. Da hängen ein paar gelbe Duftstoffstreifen in den Tabakpflanzen – mehr gibt es nicht zu sehen. Aber ich will Sie nicht hindern. Die Plantage liegt etwa eine Dreiviertelstunde entfernt. Zu Fuß. Mit dem Auto dauert es länger, weil es von hier keinen direkten Weg dorthin gibt.«

Marie wollte gerade einwerfen, dass eine Besichtigung nicht nötig sei, doch Rafael war schneller. »Wir würden die Plantage gern sehen. Wie kommen wir dorthin?«

»Ohne Führer? Gar nicht. Sie würden sich nur im Wald verirren, und das ist nicht ungefährlich, hauptsächlich wegen der Büffel, aber es gibt hier auch Leoparden und Giftschlangen. Sie müssen bis morgen warten. Dann können Sie mit einem der Feldarbeiter gehen, wenn Sie unbedingt wollen.«

»Könnten Sie uns nicht vielleicht …«, begann Rafael, doch Marie unterbrach ihn.

»Das ist nicht nötig. Wir würden gern ein wenig arbeiten. Haben Sie vielleicht einen Schreibtisch für uns übrig?«

»Sie haben ja schon gesehen, wie wenig Platz wir hier haben. Sie können sich in den Aufenthaltsraum setzen. Mehr kann ich Ihnen nicht bieten.«

»Das ist perfekt. Vielen Dank.«

»Gut. Ich muss jetzt weiterarbeiten. Wenn Sie noch Fragen haben, kommen Sie zu mir.« Er führte sie in den kleinen Raum und ließ sie allein. Ein großes Fenster gab den Blick auf eine dichte Wand aus Pflanzen frei. Außer dem großen Tisch gab es eine Küchenzeile mit Kaffeemaschine, Waschbecken und Kochplatte.

Sie setzten sich und klappten die Laptops auf.

»Und was machen wir jetzt?«, fragte Rafael.

»Ich denke, viel können wir hier nicht tun«, erwiderte Marie. Sie verkniff sich den Kommentar, dass sie es von Anfang an für Zeitverschwendung gehalten hatte, hierher zu kommen. Es war offensichtlich: Ihr Besuch würde ihnen keine zusätzlichen Erkenntnisse bringen. Als Nicht-Biologen war es ihnen kaum möglich, Sinn oder Unsinn des Feldlabors zu beurteilen. »Vielleicht können wir einen früheren Rückflug bekommen.«

Rafael sah sie entgeistert an. »Du willst wieder zurück? Merkst du denn nicht, dass hier etwas oberfaul ist?«

»Was soll hier denn faul sein? Borg ist vielleicht ein bisschen unwirsch, aber so sind Wissenschaftler nun mal.«

Rafael schüttelte den Kopf. »Dieses Labor ist viel zu gut ausgestattet. Die Geräte, die hier rumstehen, kosten mindestens zwei, drei Millionen!«

»Borg hat doch gesagt, sie würden hier die Formeln aus Dreieich weiter entwickeln.«

»Das glaube ich nicht. Ich vermute mal, der arbeitet hier an etwas Geheimem. Etwas, das er in Afrika macht, damit in Deutschland niemand etwas davon mitbekommt!«

Nun war es an Marie, ihn ungläubig anzusehen. »Rafael, das meinst du doch nicht ernst! Wir haben nicht den geringsten Anhaltspunkt dafür, dass hier irgendetwas Derartiges vorgeht!«

Doch er beharrte auf seiner Meinung. »Mein Gefühl sagt mir, mit diesem Labor stimmt etwas nicht. Etwas, dem wir auf den Grund gehen sollten!«

Marie bemühte sich, Geduld zu wahren. »Mein Lieber,

du solltest dich mit solchen voreiligen Bauchgefühlen besser zurückhalten. Verschwörungstheorien bringen uns überhaupt nicht weiter. Wir arbeiten mit Fakten, nicht mit Gefühlen.«

»Und das ist vielleicht genau das Problem«, sagte Rafael. »Manchmal helfen die Fakten eben nicht weiter. Manchmal weiß man einfach nicht genug. Aber das menschliche Gehirn ist in der Lage, Zusammenhänge zu erkennen, auch wenn die Fakten noch nicht klar sind. Das nennt man Mustererkennung. Bei der Entwicklung der künstlichen Intelligenz stellt genau diese Fähigkeit die Forscher vor große Herausforderungen. Über neunzig Prozent der menschlichen Entscheidungen werden aufgrund solcher ›Bauchgefühle‹, wie du es nennst, getroffen.«

»Genau deshalb braucht man Unternehmensberater«, konterte Marie. »Damit dieser Unsinn aufhört!«

»Das ist kein Unsinn! Ich habe ein paar Semester Psychologie studiert, bevor ich auf BWL umgeschwenkt bin. Glaub mir, den menschlichen Geist auf abstraktes, logisches Denken reduzieren zu wollen, wird der Komplexität der Materie bei Weitem nicht gerecht!«

»Kann sein. Aber das Problem ist doch, dass man mit seinen Bauchgefühlen oft genug kilometerweit daneben liegt. Nimm zum Beispiel die Sterne.«

»Sterne? Was haben die damit zu tun?«

»Die Menschen haben schon immer in den Himmel geguckt und dort Muster erkannt, wo gar keine sind. Sie haben alle möglichen hanebüchenen Schlussfolgerungen daraus gezogen und tun es noch heute. Das ist es, wohin uns deine Mustererkennung bringt: Aberglaube und Paranoia.«

»Woher willst du wissen, dass nicht doch was dran ist an den Mustern in den Sternen? Klar, die heutigen Astrologen übertreiben da ziemlich. Aber die Sterne hatten für die Menschen früher sehr wohl eine konkrete, praktische Bedeutung. Sie wurden zur Orientierung benutzt und zur Vorausberechnung der idealen Erntezeit. Denk nur an Stonehenge.«

»Stonehenge ist eine astronomisch ausgerichtete Kultstätte. Sie wurde nach exakten mathematischen Prinzipien konstruiert. Mit Bauchgefühlen hat das nicht das Geringste zu tun. Meiner Meinung nach unterscheidet uns erst unsere Fähigkeit, logisch zu denken und unsere Instinkte und Gefühle zu beherrschen, von den Tieren. Mathematik und Logik sind die ureigensten menschlichen Fähigkeiten.«

Rafael redete sich in Rage. »Und wohin haben sie uns gebracht, diese menschlichen Fähigkeiten? Jeden Tag verschwinden Dutzende Tierarten für immer von der Erde, und wir tun alles, um diesen Planeten in eine Wüste zu verwandeln. Ist es das, was du mit Mathematik und Logik meinst?«

»So ein Schwachsinn! Gier, Misstrauen und Egoismus haben uns an den Rand der Selbstzerstörung gebracht, nicht Mathematik und Logik. Unser Problem ist, dass wir nicht genug darauf achten, was uns Mathematik und Logik klar und deutlich sagen. Im Übrigen werden wir nicht dafür bezahlt, erkenntnistheoretische Grundsatzdiskussionen zu führen. Wir sollen das ökonomische Potenzial von Olfana berechnen. Und ich habe bisher noch keinen Anhaltspunkt dafür gefunden, dass dieses Labor am Ende der Welt irgendetwas Positives zu diesem ökonomischen Potenzial beisteuert.«

»Wir sind hier nicht am Ende der Welt, wir sind hier am Anfang«, sagte Rafael. »Die Wiege der Menschheit steht gar nicht weit von hier. Wahrscheinlich sind unsere Vorfahren im Rift Valley zum ersten Mal von den Bäumen geklettert, und die Virunga-Vulkane bilden den südlichen Ausgangspunkt dieser geologischen Verwerfung. Im Übrigen bleibe ich dabei: Wir haben immer noch keine Ahnung, was hier wirklich vorgeht. Solange wir das nicht wissen, können wir auch keine Aussage darüber treffen, welchen Beitrag das Feldlabor zur Zukunft von Olfana leisten kann. Du kannst ja wieder zurückfliegen und dich in Dreieich mit Zahlen aus der Buchhaltung amüsieren. Ich bleibe lieber noch hier und gehe der Sache auf den Grund.«

»Jetzt reicht es aber, Rafael! Hör auf mit diesem Unsinn! Konzentrier dich endlich auf die Fakten! Und wenn ich sage, wir fliegen zurück, dann tun wir das, und damit basta!«

Rafael sprang von seinem Stuhl auf. »Wenn man als Berater sein Gehirn abschalten muss, dann verzichte ich lieber darauf! Du bist diejenige, die Scheuklappen trägt, nicht ich!«

Die Tür ging auf, und Borg steckte seinen Kopf herein. »Können Sie vielleicht etwas leiser sein? Ich muss mich konzentrieren und kann Herumbrüllen nicht gebrauchen!«

Marie spürte, wie sie knallrot anlief. »Entschuldigung, Dr. Borg. Wir … ich meine, ich werde dafür sorgen, dass Sie nicht mehr gestört werden!«

»Gut«, sagte Borg und schloss die Tür.

Rafael setzte sich wieder. Zumindest machte er einen hinreichend zerknirschten Eindruck. »Tut mir leid, dass ich laut geworden bin. Aber ich denke trotzdem, dass …«

»Schluss jetzt«, sagte Marie. »Kein Wort mehr. Du schreibst bitte ein Protokoll darüber, was uns Borg vorhin erzählt hat. Füge auch eine Layoutskizze der Station bei. Ich frage mal, ob wir eine Aufstellung der Geräte bekommen können.«

»Okay«, sagte Rafael nur und wandte sich seinem Laptop zu.

Marie ging zu dem Büroraum am Ende des Ganges. Borgs Assistentin lächelte scheu.

»Können wir vielleicht eine Liste der technischen Ausstattung bekommen, die sich hier befindet?«, fragte sie auf Englisch. »Und wo gibt es hier eine Toilette?«

»Toilette ist draußen«, gab Frau Bemba zurück. »Kleiner Schuppen. Nicht sehr schön, leider, hier gibt es kein fließendes Wasser. Wegen der Liste frage ich Dr. Borg.«

Marie bedankte sich und verließ das Gebäude. Im Inneren des kleinen Schuppens war es heiß, und es stank erbärmlich. Die Toilette bestand aus einem einfachen Holzgestell über einem Loch im Boden. Überall waren Fliegen.

Marie überwand ihren Ekel. Wenigstens gab es einen kleinen Waschtisch mit einem Wasserkanister und eine Flasche mit Desinfektionslösung. Sie mochte sich gar nicht vorstellen, welche Krankheitskeime hier lauerten. Ein Grund mehr, vorzeitig nach Deutschland zurückzukehren.

Sie trat ins Freie und nahm einen tiefen Zug von der feuchten, frischen Luft. Sie wollte gerade zurück ins Labor gehen, als ihr ein paar abgeknickte Blätter und Zweige nicht weit von dem Schuppen auffielen. Jemand war hier vor kurzem in den Wald gegangen.

Sie schob einige große Farnblätter beiseite und entdeckte einen schmalen Pfad im dichten Unterholz. Ehe sie richtig wusste, was sie tat, drang sie in das Dickicht ein und folgte dem Weg, der sich zwischen Bambus und Farnen hindurchwand. Nach ein paar Dutzend Metern blieb sie stehen. Was tat sie hier? Borg hatte doch davon gesprochen, die Kaffeeplantage wäre von hier aus am besten zu Fuß zu erreichen. Er hatte auch gesagt, dass es gefährlich sei, allein im Wald herumzuirren, und sie zweifelte nicht an der Richtigkeit dieser Aussage.

Gerade, als sie umkehren wollte, hörte sie zwischen den fremdartigen Rufen der Vögel und dem fernen Trompeten eines Elefanten den Gesang einer menschlichen Stimme. Eine Frau sang ein Lied. Es hatte eine einfache, einprägsame Melodie, sanft und beruhigend wie ein Kinderlied.

Die Stimme kam aus einiger Entfernung und klang gedämpft.

Neugierig folgte Marie dem Klang. Nach einigen weiteren Windungen erreichte sie eine kleine Lichtung mit einer Holzhütte, vielleicht fünf Meter lang und ebenso breit. Sie schien noch nicht lange dort zu stehen, denn statt von üppiger Vegetation war sie von aufgewühltem Erdreich umgeben, und das unbehandelte Holz war noch hell.

Der Gesang kam eindeutig aus der Hütte. Wahrscheinlich wohnte dort eine afrikanische Familie. Sie konnte sich allerdings nicht erklären, warum jemand hier mitten im Wald hausen wollte. Vielleicht Hilfsarbeiter der Feldstation?

Um den Gesang nicht zu stören, trat sie leise näher und kam sich dabei wie ein Eindringling vor. Ein fremdartiger, strenger Geruch ging von der Hütte aus, so als lebten dort nicht Menschen, sondern Tiere. Erfüllt von einer seltsamen Vorahnung warf sie einen Blick durch eines der Fenster.

16.

In der Mitte des quadratischen Innenraums stand ein großer Tisch, auf dem einige chemische Apparaturen und Glasgefäße aufgebaut waren. An den Wänden reihten sich große vergitterte Boxen. Was sich darin befand, konnte Marie in der trüben Beleuchtung nicht erkennen.

Auf einem Schemel neben dem Tisch saß eine Afrikanerin in einem blauen Kleid, bedruckt mit komplizierten geometrischen Mustern in Gelb und Orange. Sie hatte dem Fenster den Rücken zugewandt und wiegte sich leicht vor und zurück, während sie weiter ihre beruhigende, melancholisch klingende Melodie sang. Sie schien ein Baby im Arm zu halten.

Irritiert und auf seltsame Weise fasziniert beobachtete Marie die Frau. Die Hütte gehörte eindeutig zum Feldlabor. Dass die Frau ihr Kind ausgerechnet hier in den Schlaf wiegte, war merkwürdig.

Die Afrikanerin hörte auf zu singen, erhob sich und drehte sich um. Marie wollte sich wegducken – sie hatte wegen ihrer heimlichen Beobachtung ein schlechtes Gewissen. Doch in diesem Moment sah sie, dass es kein Baby war, das die Frau im Arm trug. Jedenfalls kein menschliches. Es war ein Affe. Ein Schimpanse vielleicht. Nein, das Tier hatte ein pechschwarzes Gesicht. Es musste ein Gorillajunges sein. Jetzt sah sie auch ein paar Augen in einer der Gitterboxen aufblitzen.

Marie lief ein eisiger Schauer über den Rücken. Hier waren Menschenaffen eingesperrt!

Die Afrikanerin riss die Augen auf. Sie legte das Baby rasch in eine der Boxen, verschloss die Tür und floh dann aus der Hütte, wobei sie einen langen Schwall Suaheli ausstieß. Für Marie klangen ihre Worte wie eine angstvolle Entschuldigung, so als befürchte sie eine schreckliche Strafe.

Marie rief ihr auf Englisch nach, sie solle bitte warten, sie brauche keine Angst zu haben, doch die Frau blieb nicht stehen und war rasch im Dickicht verschwunden.

Fassungslos betrat Marie die Hütte. Im Inneren stank es entsetzlich. Zwei ausgewachsene Gorillas saßen apathisch in ihren engen Käfigen und blickten sie aus leeren Augen an. Das Baby streckte ihr eine Hand durch die Gitterstäbe entgegen.

Marie traten Tränen in die Augen, gleichzeitig kochte heiße Wut in ihr hoch. Das also war es, was Olfana hier in Afrika trieb: Tierversuche an Menschenaffen! Noch dazu an den extrem bedrohten Berggorillas. Im Reiseführer hatte es geheißen, es gäbe davon nur noch ein paar Hundert in der Gegend der Virunga-Vulkane.

Rafael hatte recht gehabt.

Sie schloss die Tür und rannte zurück zum Labor. Erst kurz, bevor sie aus dem Dickicht stürzte, wurde ihr klar, dass sie vorsichtig sein musste. Was hier geschah, verstieß gegen sämtliche internationalen Vereinbarungen zum Artenschutz, gegen deutsches Recht und sicher auch gegen die Gesetze Ugandas.

Sie wartete einen Moment, bis sie wieder ruhiger atmete. Dann trat sie aus dem Gebüsch und schritt so ruhig wie möglich auf das Laborgebäude zu.

Gerade, als sie den Aufenthaltsraum betreten wollte, öffnete sich die gegenüberliegende Tür, und Borg kam heraus. Als er ihr Gesicht sah, wurde er sofort misstrauisch. »Frau Escher! Ist Ihnen nicht gut?«

Marie schluckte. »Ich … ich war … auf der Toilette«, sagte sie.

Borg nickte verständnisvoll. »Ja, das ist nicht sehr schön, wenn man es nicht gewohnt ist. Tut mir leid, aber wir haben hier leider nichts anderes. Möchten Sie ein Glas Wasser?«

»Es … es geht schon, danke.« Ehe Borg weitere Fragen stellen konnte, verschwand sie in dem Raum, der Rafael und ihr zur Verfügung gestellt worden war.

»Wie siehst du denn aus?«, fragte ihr junger Kollege. »Was ist passiert?«

Marie konnte kaum sprechen, so dick war der Kloß in ihrem Hals. »Es … es ist schrecklich! Dein Gefühl war richtig! Ich … ich …«

»Jetzt beruhige dich erst mal. Und dann noch mal ganz langsam: Was hast du gesehen?«

»Ich … ich war auf der Toilette. Und dann … da war ein Pfad in den Dschungel. Ich bin ihm gefolgt, und da habe ich Gesang gehört. Da war eine Hütte, und darin … sie machen hier Tierversuche, Rafael. Mit Berggorillas!«

»Was? Bist du sicher?«

Allmählich beruhigte sich Marie so weit, dass sie Rafael beschreiben konnte, was sie gesehen hatte.

»Zeig es mir«, sagte er.

»Ich weiß nicht, ob das eine gute Idee ist. Keine Ahnung, was Borg macht, wenn er herausfindet, dass wir die Gorillas entdeckt haben.«

Rafael nickte. »Dafür wandert der sicher ein paar Jahre in den Knast. Soweit ich weiß, nimmt die Ugandische Regierung den Gorillaschutz ziemlich ernst. Aber wir brauchen Beweise, wenn wir seinem Tun hier ein Ende setzen wollen.« Er wühlte in dem Chaos seiner Laptoptasche und förderte eine kleine, silberne Digitalkamera zutage. »Eigentlich hatte ich die für ein paar hübsche Landschaftsbilder eingepackt.«

Jetzt war Marie dankbar dafür, dass Rafael diese Reise offenbar immer noch als Freizeittrip ansah. »Okay. Komm!«

Sie lauschte an der Tür. Davor war es ruhig. Vorsichtig öffnete sie und spähte hinaus. Borg und seine Assistentin waren nicht zu sehen, die Türen zu den anderen Räumen verschlossen. Rasch verließen sie das Labor und verschwanden im Dickicht des Bergwaldes.

»Das gibt es doch nicht!« Rafael starrte fassungslos auf die Käfige, als sie wenig später in der Hütte standen. Sie waren so eng, dass sich die Tiere kaum darin ausstrecken konnten. Jetzt erst sah Marie, wie stabil sie gebaut waren. Innen waren sie mit Leder ausgekleidet, beinahe wie Gummizellen in einer Nervenklinik.

Rafael machte Fotos, bis der Speicherchip voll war. Sicherheitshalber entfernte er ihn gleich aus der Kamera und steckte ihn in seine Hemdtasche. »Was jetzt?«, fragte er.

»Die Polizei rufen, was sonst!« Natürlich hatte Maries Mobiltelefon in dieser Gegend keinen Empfang, sonst hätte sie es noch an Ort und Stelle versucht.

Rafael nickte. »Sollen wir die Gorillas befreien?«

»Ich weiß nicht. Die Käfige zu öffnen, könnte gefährlich werden.«

»Die Tiere sehen so aus, als seien sie betäubt oder stünden unter dem Einfluss von Beruhigungsmitteln.«

»Dann sind sie in Freiheit wahrscheinlich in Gefahr. Vielleicht brauchen sie einen Tierarzt. Besser, wir überlassen es der Polizei, sie hier rauszuholen.«

»Okay.«

Sie schlossen die Tür und schlichen zurück zum Labor. Sie hatten kaum ihren Arbeitsraum erreicht und sich wieder an ihre Laptops gesetzt, als Borg hereinkam.

»Herr Borlandt hat gerade angerufen. Er bittet Sie um Rückruf. Sie können das Satellitentelefon in meinem Büro benutzen, ein anderes haben wir nicht. Handys funktionieren hier draußen leider nicht.«

Mit klopfendem Herzen folgte Marie Borg in sein Büro.

Als sie endlich eine Verbindung hatte, teilte Borlandts Sekretärin ihr mit, dass ihr Chef sich jetzt schon wieder in einem Meeting befand. Sie vereinbarten einen Telefontermin für den Abend. Marie war sich sicher, Borlandt hatte keine Ahnung, was hier vor sich ging. Es war besser, vom Hotel aus mit ihm zu sprechen.

Sie bedankte sich schnell bei Borg und ging in den Raum, wo Rafael auf sie wartete.

»Hast du es ihm erzählt?«

»Er war nicht erreichbar. Außerdem stand Borg neben mir.«

»Von hier aus können wir nicht telefonieren. Wir sollten ins Hotel zurückfahren.«

»Wenn wir das jetzt machen, schöpft Borg Verdacht. Bis die Polizei hier ist, hat er alle Spuren beseitigt. Wahrscheinlich bringt er die Gorillas um. Dann wird es schwer, ihm etwas nachzuweisen.«

»Wir haben doch die Fotos.«

»Ich weiß nicht, ob das allein ausreicht. Fotos sind manipulierbar, und es ist schwer, nachzuweisen, dass er etwas mit der Sache zu tun hat.«

»Aber wir haben noch das hier.« Rafael hielt ein kleines Fläschchen hoch, in dem sich eine klare Flüssigkeit befand. »Charge 42/2« hatte jemand mit Filzstift auf das Etikett mit dem Olfana-Logo geschrieben.«

»Was ist das?«

»Keine Ahnung. Stand auf dem Tisch in der Hütte. Ich dachte mir, vielleicht brauchen wir auch einen körperlichen Beweis. Ich habe dafür gesorgt, dass das Fläschchen auf mehreren Fotos zu erkennen ist.«

Marie nickte anerkennend. »Gute Idee.«

»Und jetzt?«

»Jetzt arbeiten wir erst mal ganz normal weiter. Heute Abend fahren wir ins Hotel und lassen das Schwein hier hochgehen und seinen Boss in Dreieich gleich mit.«

»Okay.«

Sie versuchten, sich irgendwie sinnvoll zu beschäftigen, aber sie waren beide viel zu aufgewühlt, um sich auf die Arbeit zu konzentrieren. Gegen Mittag bot ihnen Borgs Assistentin eine Schale gekühlte Früchte und etwas Maisbrot an. Die Früchte schmeckten herrlich, doch Marie hatte überhaupt keinen Appetit.

Der Tag verging quälend langsam. Um den Eindruck konzentrierter Arbeit aufrecht zu erhalten, ließ sich Marie von Borg noch eine Liste der durchgeführten Projekte und Tests der letzten Monate geben. Sie hatte den Eindruck, der Leiter der Station war dabei noch verschlossener als zuvor. Hatte er Verdacht geschöpft? Es gab keine Möglichkeit, das herauszufinden.

Endlich wurde es später Nachmittag. Borg war in seinem Büro und arbeitete am Computer. Er sah auf, als Marie den Raum betrat.

»Dr. Borg, wir wären jetzt für heute hier fertig.« Sie versuchte, gelassen zu klingen.

Borg sah auf die Uhr. »Ich würde Sie ins Hotel bringen, aber ich habe hier ein Experiment, das noch nicht abgeschlossen ist.«

»Kein Problem. Wir lassen uns ein Taxi kommen.«

»Soll ich eins rufen?«

Marie wollte gerade darum bitten, als ihr Blick auf Borgs Schuhe fiel. Frischer dunkler Lehm klebte daran.

Ein eisiger Schrecken durchfuhr sie. Er war bei der Hütte gewesen! Hatte er ihre Spuren entdeckt? Äußerlich war er völlig ruhig, doch war nicht gerade das ein verdächtiges Zeichen? »Äh, nein, danke«, sagte sie. »Das mache ich schon selbst.«

»Wie Sie meinen.«

Sie kramte die Visitenkarte des Taxifahrers von heute Morgen hervor. Sie hatte wenig Lust auf eine weitere abenteuerliche Fahrt mit ihm, aber die Tatsache, dass sie den Fahrer kannte und dass er Deutsch sprach, gab ihr ein Gefühl der Sicherheit. Vielleicht konnte er über Taxifunk die Polizei informieren. Sie wählte die Nummer, und der Fahrer versprach, so schnell wie möglich herzukommen.

»Und? Haben Sie etwas gefunden?«, fragte Borg unvermittelt, als sie aufgelegt hatte. Er musterte aufmerksam ihr Gesicht, als wolle er ihre Reaktion testen.

Marie erschrak. »Gefunden? Was meinen Sie?«

»Na, Sie sind doch hergekommen, um nach den Zukunftspotenzialen zu suchen, die dieses Labor Olfana bietet. Haben Sie die gefunden?«

»Nun ja, äh ... wir haben noch kein abschließendes Bild ...«

»Wie lange haben Sie denn vor, noch hier zu sein?«

Marie fühlte sich wie eine Eistänzerin, die nach einem Sprungfehler verzweifelt versucht, einen Sturz zu verhindern. »Unser Rückflug geht übermorgen früh. Wir kommen morgen noch einmal wieder.«

Borgs Blick blieb bohrend. »Sie haben immer noch keine Ahnung, was wir hier eigentlich machen, oder?«

Nein, wollte sie sagen, um ihn zu beruhigen. Gerade noch rechtzeitig fiel ihr ein, dass ein Unternehmensberater so etwas niemals zugeben würde. Borg hatte ihr eine Falle gestellt!

Sie versuchte, pikiert dreinzublicken. »Dr. Borg, wir sind keine Biochemiker, aber wir sind durchaus in der Lage, den ökonomischen Wert von Forschung und Entwicklung einzuschätzen!«

Er nickte. »Verstehe. Nun gut, ich nehme an, Dr. Scorpa wird mir eine Kopie Ihres Berichts zur Verfügung stellen. Dann werden wir ja sehen, wie fundiert der ist.«

»Selbstverständlich. Auf Wiedersehen, Dr. Borg.«

»Auf Wiedersehen, Frau Escher. Kommen Sie gut zurück in Ihr Hotel!«

Ein lautes Hupen signalisierte ihnen schon bald, dass das Taxi bereitstand. Marie und Rafael verließen die Station, ohne sich noch einmal von Borg zu verabschieden.

Nathan Gombali grinste breit, als freue er sich über das Wiedersehen, aber wahrscheinlich freute er sich eher über die lukrative Tour. Das Fahrgeld, das Marie ihm heute Morgen gegeben hatte, war umgerechnet nicht viel mehr als drei Euro gewesen, aber für die Verhältnisse in Uganda war es vermutlich ein stattlicher Lohn.

»Rufen Sie bitte die Polizei an«, sagte Marie, als sie losgefahren waren.

Gombali sah sie überrascht an. »Polizei? Warum? Ist etwas gestohlen?«

»Nein. Wir müssen etwas melden.« Sie deutete auf das Funkgerät auf dem Armaturenbrett. »Bitte, können Sie über Ihre Zentrale nicht eine Funkverbindung herstellen?«

Gombali schüttelte den Kopf. »Funkgerät geht nicht hier. Zu weit weg. Funktioniert nur in Kisoro. Genau wie Handy.« Er grinste. »Aber kein Problem. Ich fahre ganz schnell zu Polizeistation!«

»Gut. Tun Sie das!«

Der alte Mercedes rumpelte in ebenso mörderischer Geschwindigkeit über den Hügelpfad wie auf dem Hinweg, doch diesmal war Marie für das Tempo dankbar. Je weiter sie die Forschungsstation hinter sich ließen, desto wohler fühlte sie sich.

»Kacke!«, rief Gombali plötzlich, gefolgt von einer Schimpftirade auf Suaheli. Hinter einer Kurve wurde der Weg von einem quer gestellten Jeep mit ockerfarbenem Tarnanstrich blockiert. Zwei Afrikaner standen davor. Einer von ihnen hob die Hand.

Gombali bremste hart, stabilisierte den schleudernden Mercedes, legte noch in der Vorwärtsbewegung den Rückwärtsgang ein, sodass das Getriebe laut aufschrie, und fuhr mit maximaler Geschwindigkeit rückwärts. »Maharami!«, rief er. »Banditen!«

Während Gombali den Wagen beschleunigte, sprangen die Afrikaner in ihren Jeep. Einer von ihnen hielt jetzt ein halbautomatisches Sturmgewehr in den Händen.

Das Taxi hatte bereits beträchtliche Fahrt aufgenommen. Sie waren nur noch ein paar Meter von der Kurve entfernt, hinter der sie aus dem Schussfeld kamen.

Es krachte zwei Mal. Die Frontscheibe zersplitterte. Gombali riss die Augen auf und fiel zur Seite. Der Wagen raste ungebremst rückwärts und schoss geradeaus über die Kurve hinaus.

Für einen Moment waren sie von dichtem Blattwerk umgeben, dann spürte Marie das Fahrzeug absacken.

»Raus hier!«, brüllte Rafael. Er riss seine Tür auf.

Marie war wie gelähmt. Das Heck des Wagens prallte auf den Hang, und er überschlug sich mehrmals der Länge nach. Nach kurzer Zeit wusste sie nicht mehr, wo oben und unten war. Sie schlug mit dem Kopf gegen das Wagendach, gegen die Seitenscheibe, gegen den Boden.

Endlich blieb das Fahrzeug liegen. Es stand fast senkrecht, sodass Marie ausgestreckt auf der Lehne der Rückbank lag. Nathan Gombali hing über ihr und starrte sie aus leeren Augen an. Blut tropfte aus seinem halb geöffneten Mund. Es wurde seltsam ruhig. Nur der Dieselmotor tuckerte weiter vor sich hin.

Marie spürte keinen Schmerz, fühlte sich nur seltsam leicht. Sie wandte den Kopf zur Seite. Rafael war nicht da.

Seltsam. Sie hätte nie erwartet, in Afrika zu sterben. Mit diesem Gedanken legte sich Dunkelheit über sie wie ein warmes, weiches Tuch.

17.

Die großzügige, mit kostbarem Marmor ausgekleidete Lobby war menschenleer. Hinter der breiten Empfangstheke saß eine Frau mittleren Alters mit heller Hautfarbe und fein geschnittenem Gesicht. Das Hotel wurde von einer amerikanischen Kette betrieben und hauptsächlich von ausländischen Geschäftsleuten genutzt, deshalb galten die strengen Bekleidungs- und Verhaltensregeln der Scharia hier nicht. Dennoch war ihr nussbraunes Haar von einem silbergrauen Kopftuch verhüllt, das einen stilvollen Kontrast zu ihrem schlichten dunklen Kleid bildete.

Ein goldenes Namensschild identifizierte sie als Nancy Singh, Director of Guest Service. Sie lächelte Harrisburg warmherzig an. »Willkommen im Hotel Al Mandhar. Was kann ich für Sie tun?« Ihrer Aussprache nach zu urteilen war sie New Yorkerin.

»Guten Tag. Mein Name ist Bob Harrisburg.« Er holte seinen Ausweis hervor. »Ich würde gerne Mr. Cricket sprechen.«

»Selbstverständlich, Mr. Harrisburg.« Sie sah auf das Computerdisplay hinter der Theke. »Wir haben ein Zimmer für Sie gebucht. Möchten Sie gleich einchecken?«

»Ja, gern. Aber bitte informieren Sie zuerst Mr. Cricket über meine Ankunft.«

»Natürlich.« Sie wählte eine Nummer. »Der Empfang, Nancy Singh. Ich habe hier Besuch für Mr. Cricket. Mr. Harrisburg. Ja, ist gut, ich sage es ihm. Auf Wiederhören.«

Sie legte auf. »Mr. Cricket ist momentan in einer Besprechung, aber eine Mitarbeiterin wird Sie gleich abholen. Soll ich Ihr Gepäck aufs Zimmer bringen lassen?« Sie deutete auf den kleinen Trolley aus strapazierfähigem schwarzen Nylon neben Harrisburg.

»Ja, bitte.«

»Wenn Sie dann noch hier unterschreiben würden.« Sie hielt ihm ein Anmeldeformular hin, das bereits alle Daten enthielt, inklusive Harrisburgs Geburtsdatum und Privatadresse.

»Darf ich Ihnen vielleicht einen Fruchtsaftcocktail bringen lassen, während Sie warten?«, fragte sie, als er ihr das unterschriebene Formular zurückschob.

»Nein danke.« Er wies auf ihr Namensschild. »Sie sind Angestellte des Hotels?«

Wieder zeigte sie ihr warmherziges Lächeln, das nicht professionell, sondern aufrichtig freundlich wirkte. »Ich bin die Leiterin des Gästeservices. Ich arbeite seit mehr als sieben Jahren hier.« In ihrer Stimme schwang Stolz mit. Das Al Mandhar galt als eines der besten Hotels im arabischen Raum. Es konnte vielleicht nicht ganz mit dem Burj al Arab in Dubai mithalten, aber es war doch eine Adresse von internationalem Rang.

»Ich nehme an, die meisten Ihrer Mitarbeiter wurden durch CIA-Agenten ausgetauscht?«

»Darüber kann ich Ihnen leider keine Auskunft geben. Vielleicht fragen Sie besser Mr. Cricket danach.«

Präsident Zinger war es irgendwie gelungen, die Araber davon zu überzeugen, dass allein die CIA für die Sicherheit der Konferenz garantieren würde – eine Organisation, die sicher viele der Teilnehmer fürchteten und hassten. Harrisburg konnte sich nur schwer vorstellen, welcher diplomatische Aufwand dafür notwendig gewesen war. Doch es war tatsächlich die einzig sinnvolle Lösung – zu groß war die Gefahr, dass der Saudi-Arabische Sicherheitsdienst von Islamisten unterwandert wurde. Andererseits wussten die Araber, dass das Ansehen der USA in der Welt schwer beschädigt werden würde, wenn etwas bei der Konferenz schiefging. Genau das aber machte die Konferenz für Terroristen zu einem umso attraktiveren Ziel.

Harrisburg versuchte, seiner Stimme jede Schärfe und Überheblichkeit zu nehmen. »Ich bin Mitarbeiter im Sicherheitsstab des Präsidenten der Vereinigten Staaten von Amerika. Sie dürfen mir Auskunft geben.«

Obwohl er sich bemüht hatte, freundlich zu sprechen, wirkte sie eingeschüchtert. »Sir, es tut mir sehr leid, aber Mr. Cricket hat gesagt, ich darf mit niemandem über das Hotelpersonal reden.«

Sie hielt sich an die Spielregeln. Das war gut. Er lächelte. »Schon gut. Ich spreche mit ihm.«

Ein melodischer Glockenton erklang, und eine der Fahrstuhltüren öffnete sich. Eine junge Frau mit kurzen blonden Haaren und einer etwas zu großen Nase kam auf Harrisburg zu. »Lieutenant Harrisburg? Ich bin Diana Michaelson. Bitte folgen Sie mir.«

Er betrat hinter ihr den Fahrstuhl. Harrisburg spürte, wie sich sein Gewicht aufgrund der Beschleunigung erhöhte, doch die Verzögerung wenige Sekunden später war sanft und kaum spürbar. Die Tür öffnete sich und gab den Blick auf ein beeindruckendes Panorama frei.

Sie befanden sich in etwa zweihundert Meter Höhe im Inneren einer riesigen Kugel aus dreieckigen Glasscheiben, die ein Luxusrestaurant beherbergte. Es erstreckte sich über drei Ebenen, die mit einer geschwungenen Holztreppe verbunden waren. Tief unter ihnen lag die Stadt mit ihren größtenteils flachen Gebäuden. Nur ein einziges Hochhaus überragte das Al Mandhar Hotel: das gut 300 Meter hohe Kingdom Centre. In der Ferne waren die kargen Hügel der Wüste zu erkennen. Harrisburg stellte sich unwillkürlich vor, wie dort, im Schatten eines Felsens, Terroristen eine Rakete in Stellung brachten.

Einige Männer waren gerade dabei, halbdurchsichtige Folien auf die dreieckigen Scheiben aufzutragen, die das Glas in helle und dunklere Zonen aufteilten. Man konnte bereits die Umrisse des südamerikanischen Kontinents erkennen.

»Eindrucksvoll, nicht wahr?«, fragte Michaelson. »Eine Weltkugel am Himmel über Arabien. Der Präsident hat ein gutes Gespür für dramatische Auftritte.«

Harrisburg ließ das unkommentiert. »Würden Sie mich jetzt bitte zu Mr. Cricket bringen?«

Die Agentin setzte ein professionelles Lächeln auf, das im Unterschied zu dem der Leiterin des Gästeservices keineswegs echt wirkte. »Mr. Cricket wird bald Zeit für Sie haben. Bitte nehmen Sie noch einen Moment Platz.« Sie deutete auf einen der freien Restauranttische.

Harrisburg setzte sich. Hier also würden in ein paar Tagen die mächtigsten Männer der Welt zusammensitzen und versuchen, den Gordischen Knoten des Palästinakonflikts ein für alle Mal zu zerschlagen. Es war ein kühner Plan. Doch wenn man von hier aus auf das geschäftige Treiben in den Straßen Riads hinabblickte, kam man sich tatsächlich so vor, als schwebe man über der Welt, dem Himmel nah. Vielleicht waren es am Ende doch solche dramatischen Gesten, die den Unterschied zwischen Erfolg und Misserfolg ausmachten. Die ganze Welt würde jedenfalls gebannt darauf starren, was in dieser Kugel geschah, obwohl natürlich Fernsehübertragungen aus dem Inneren des Gebäudes ausgeschlossen waren.

Er beobachtete die CIA-Mitarbeiter, die mit Gesichtern herumliefen, als träfen sie letzte Vorbereitungen für den dritten Weltkrieg. Manche saßen an Tischen und diskutierten, über Pläne des Gebäudes gebeugt. Andere sprachen mit wichtiger Miene in ihr Mobiltelefon. Wieder andere warfen ihm verstohlen misstrauische Blicke zu. Auch ohne seine Uniform wäre es unübersehbar gewesen, dass er nicht dazugehörte.

Eine junge Kellnerin offensichtlich amerikanischer Herkunft kam an seinen Tisch und fragte ihn nach einem Getränkewunsch. Nach kurzem Überlegen bestellte er einen Kaffee. Er war ziemlich robust, was Schlafmangel anging, aber heute spürte er die Auswirkungen der Zeitverschiebung und des langen Fluges. Trotz aller Bemühungen der Fluggesellschaften um bequeme Liegesitze in der Business Class konnte er mit seiner Körperlänge auf Transkontinentalflügen nicht gut schlafen. Außerdem ahnte er, dass Jim Cricket ihn noch eine Weile würde warten lassen.

»Die Grille«, wie alle ihn in Anspielung auf eine Figur aus einem Disney-Film nannten, genoss in den amerikanischen Regierungsbehörden einen legendären Ruf. Er hatte seine Karriere beim FBI begonnen, indem er im Alter von fünfundzwanzig einen seit Jahren gesuchten Serienmörder ausfindig gemacht und in einer spektakulären Aktion verhaftet hatte. Nach dem 11. September hatte ihn die CIA als Terroristenjäger abgeworben. Angeblich hatte er durch clevere Ermittlungen mehrere Terroranschläge in London, Kairo und Singapur vereitelt. Er war inzwischen zum Hauptabteilungsleiter für Terrorabwehr aufgestiegen. Harrisburg machte sich keine Illusionen, dass Cricket viel auf seine Meinung geben würde.

Dieser Eindruck wurde verstärkt, als sich die Wartezeit in die Länge zog. Harrisburg bestellte einen zweiten Kaffee. Nach einer Weile hielt er es nicht mehr aus und wanderte hinaus auf die Aussichtsplattform unter der Glaskugel. Er sah auf die Straßen hinab, betrachtete die zahllosen Flachdächer und versuchte, zu erahnen, von wo der Angriff kommen würde.

Das Gewirr der Straßen von Riad war ein ideales Versteck für Terroristen. Doch um die Konferenz ernsthaft zu gefährden, reichte es nicht aus, einen Selbstmordattentäter mit einem Sprengstoffgürtel oder eine Autobombe in die Nähe des Hotels zu bringen. Die Straßen würden während der Konferenz in weitem Umkreis gesperrt sein, sämtliche umliegenden Häuser geräumt. AWACS-Aufklärungsflugzeuge würden den Luftraum sichern. Der zivile Flugverkehr würde eingestellt. Ein versuchter Flugzeugangriff auf das Hotel würde lange bevor die Maschine auch nur in die Nähe der saudi-arabischen Hauptstadt käme vereitelt werden.

Um die Konferenzteilnehmer ernsthaft zu gefährden, brauchte man schwere Waffen – ein Artilleriegeschütz oder eine ferngelenkte Rakete. Doch diese waren sowohl innerhalb Riads als auch in der Wüste außerhalb der Stadt relativ leicht zu entdecken.

Oder man musste irgendwie in das Hotel gelangen.

Dies war sicher die größte Gefahr. Das Hotel würde in den nächsten Tagen zwar in eine Festung verwandelt werden. Aber jede Festung hatte ihren Schwachpunkt.

Harrisburg dachte kurz an die freundliche Angestellte in der Lobby. Sie gehörte auf jeden Fall zum ursprünglichen Personal des Hotels – er war sicher, dass es keine CIA-Agentin gab, die so warmherzig lächeln konnte. Crickets Leute hatten ihren Lebenslauf und ihre Zuverlässigkeit sicher überprüft. Die übrigen Angestellten waren wahrscheinlich bis auf wenige Ausnahmen ausgetauscht worden. Trotzdem gab es viele Menschen, die das Hotel in- und auswendig kannten, jede Kellertür, jede Abstellkammer. Harrisburg konnte nur hoffen, dass die CIA ihren Job gründlich machte.

Es dauerte über zwei Stunden, bis endlich jemand Notiz von ihm nahm.

»Lieutenant Harrisburg?« Die Stimme war tief und hatte einen deutlichen Südstaatenakzent.

Harrisburg wandte sich um und blickte in ein sonnengegerbtes, kantiges Gesicht, das von kurzen, blonden Haaren gerahmt wurde.

Der Mann streckte die Hand aus. »Jim Cricket. Sie sind von Miro Panicek geschickt worden, nicht wahr?«

Harrisburg ergriff die Hand. »Ja.«

Cricket grinste. »Ich weiß ja, die Army wartet nur darauf, dass wir diesen Job vermasseln. Aber ich verspreche Ihnen, das werden wir nicht. Trotzdem bin ich gern bereit, mir Ihre Vorschläge anzuhören. Falls Sie welche haben. Schließlich sind wir Kollegen, die für die gemeinsame Sache kämpfen, nicht wahr?« Der sarkastische Unterton war nicht zu überhören. »Aber setzen wir uns doch.« Er deutete auf einen der Restauranttische direkt an der Glasfront. »Tolle Aussicht, oder?«

Harrisburg sagte nichts.

»Ich habe schon davon gehört, dass Sie eher von der schweigsamen Sorte sind, Bob. Man erzählt sich, wenn Sie etwas sagen, dann lohnt es sich, zuzuhören.« Natürlich wusste die CIA über jeden Bescheid, der dieses Hotel betrat.

»Wie werden Sie das Gebäude gegen unbefugtes Eindringen sichern?«

Cricket lächelte schief. »Sie werden sicher Verständnis dafür haben, dass ich Ihnen nicht alle Details erzähle. Wir wollen ja potenziellen Angreifern nicht die Überraschung verderben.« Damit deutete Cricket an, dass er Geheiminformationen innerhalb der Army für nicht absolut sicher hielt. Eine unverschämte Unterstellung, die Panicek Zornesröte ins Gesicht getrieben hätte. Harrisburg jedoch ließen solche Sticheleien kalt.

»Ich nehme an, Sie haben während der Konferenz bewaffnete Agenten im Gebäude, für den unwahrscheinlichen Fall, dass es doch ein Attentäter an Ihren Abschirmungen vorbeischafft.«

»Für den *äußerst* unwahrscheinlichen Fall, das sehen Sie ganz richtig, Bob.«

»Sie haben mich nach meinen Vorschlägen gefragt«, sagte Harrisburg ruhig. »Sie lauten: Lassen Sie die Männer unbewaffnet. Nehmen Sie Nahkampfexperten, die einen bewaffneten Mann notfalls mit den Händen ausschalten können. Aber lassen Sie innerhalb des Gebäudes keine einzige Waffe zu, nicht mal ein Klappmesser. Sorgen Sie dafür, dass das Besteck stumpf ist. Und riegeln Sie während der Konferenz die einzelnen Stockwerke hermetisch ab.«

Cricket sah ihn einen Moment lang an. Dann legte er den Kopf in den Nacken und lachte. »Oh Mann, Bob, das nenne ich wirklich mal einen kreativen Vorschlag. Keine Waffen im Gebäude! Terroristen mit der Hand ausschalten! Fäuste gegen Maschinengewehre! Sicher eine großartige Rolle für Bruce Willis, hahaha!«

Er wurde ernst. »Ich weiß, worauf Sie hinauswollen: Jemand könnte die CIA infiltriert haben. Es ist das größte Risiko. Aber wir sind nicht blöd, und auch nicht so arrogant, wie Sie glauben. Wir haben diese Möglichkeit sehr sorgfältig erwogen. Glauben Sie mir, jeder einzelne Mann hier wurde vollständig durchleuchtet und auf Herz und Nieren geprüft. Außerdem arbeiten wir ausschließlich in Dreierteams. Leute, die sich noch nie zuvor im Leben gesehen haben. Sollte einer von denen tatsächlich ein feindlicher Agent sein, werden die anderen beiden ihn ohne Zögern ausschalten.«

»Ich habe weniger Sorge, dass Ihre Behörde infiltriert wurde«, sagte Harrisburg. »Meine Sorge ist, dass Ihre Leute irgendwie manipuliert werden könnten. Dass sie die Nerven verlieren und durchdrehen.«

Cricket nickte. »Sie meinen die Sache in Bagdad. Ich habe Ihr Dossier gelesen. Bob, was immer in Bagdad geschehen ist, es war ein Einzelfall. So was ist noch nie zuvor passiert. Sie haben selbst geschrieben, Sie hätten keinerlei Hinweise auf Fremdeinwirkung festgestellt.«

»Ich habe auch geschrieben, dass ich eine Fremdeinwirkung nicht mit Sicherheit ausschließen kann. Wie Sie gerade gesagt haben, gibt es für das Ereignis keinen Präzedenzfall. Wir wissen einfach nicht, was passiert ist.«

»Sie sind Psychologe, nicht wahr?«

»Ja.«

»Bob, ich verstehe, dass Sie der Sache auf den Grund gehen wollen. Sie können nicht akzeptieren, dass es Dinge im menschlichen Verstand gibt, die Sie nicht verstehen. Aber glauben Sie mir, ich habe Erfahrung mit Verrückten. Ich weiß, wir können vieles nicht erklären. Doch das heißt noch lange nicht, dass ein solcher Vorfall ein zweites Mal passieren wird, noch dazu in so kurzer Zeit. Wenn ich Ihrem Vorschlag folgen und meine Leute entwaffnen würde, wäre nicht nur das Risiko höher. Ich müsste auch eine Menge sehr ernster Fragen beantworten. Außerdem gibt es noch einen weiteren Unsicherheitsfaktor.«

»Sie meinen die Konferenzteilnehmer selbst. Die Regierungschefs der arabischen Länder.«

»Genau. Es gibt da ein paar Typen, für deren geistige Gesundheit ich meine Hand nicht ins Feuer legen würde. Außerdem haben die noch das eine oder andere Hühnchen miteinander zu rupfen. Wir haben zwar durchgesetzt, dass keiner von ihnen Begleiter mit in das Konferenzstockwerk nehmen darf, aber dennoch kann man nie wissen.«

Harrisburg versuchte, seine ganze Überzeugungskraft in die Stimme zu legen. »Mr. Cricket, ich weiß, meine Bitte ist sehr ungewöhnlich, und es sieht merkwürdig aus. Aber ich bitte Sie noch einmal: Lassen Sie keine Waffen im Gebäude zu. Zumindest nicht in den Stockwerken, die an diese Ebene hier angrenzen.«

Cricket sah ihn eine Weile schweigend an. »Es tut mir

leid, aber ich muss Ihre Bitte ablehnen. Es ist meine Verantwortung, für die Sicherheit der Konferenz zu sorgen. Wir werden einen guten Job machen, das verspreche ich Ihnen.« Er stand auf. »Ich muss jetzt weitermachen. Sehen Sie sich noch eine Weile um, wenn Sie wollen. Aber stören Sie meine Leute nicht bei der Arbeit. Wir sehen uns, Bob.«

Harrisburg blickte ihm nach, wie er mit schwungvollen Schritten die Treppe zur mittleren Restaurantebene nahm. Er hatte schon erwartet, dass die CIA nicht auf ihn hören würde. Nun war er auf sich allein gestellt. Er würde irgendwie verhindern müssen, dass das, was in Bagdad geschehen war, noch einmal geschah – wie auch immer es dazu gekommen sein mochte.

18.

»Marie!« Die Stimme schien aus großer Entfernung zu kommen. »Marie! Hörst du mich?«

Ein stechender Schmerz ging von ihrer Wange aus. Jemand hatte sie geohrfeigt! Empört schlug sie die Augen auf.

»Marie! Gott sei Dank!« Rafael hatte sich über sie gebeugt. Er machte ein besorgtes Gesicht. Aus einer großen Platzwunde an seiner Stirn lief Blut herab, aber er kümmerte sich nicht darum. »Sie werden gleich hier sein. Wir müssen weg!«

Sie? Wer waren sie? Warum lag sie hier unter einem Farnstrauch? Nur zäh kam die Erinnerung zurück. Marie setzte sich ruckartig auf. Augenblicklich begann sich alles um sie zu drehen, und ihr wurde übel. Sie übergab sich direkt neben Rafaels Knie.

»Du hast sicher eine Gehirnerschütterung«, stellte er fest. »Kannst du trotzdem aufstehen?«

Sie versuchte es. Ihre Beine waren wackelig, aber mit Rafaels Unterstützung konnte sie sich aufrecht halten. Sie warf einen kurzen Blick auf das Wrack des Taxis, das wenige Meter entfernt in die Luft ragte. Dann humpelten sie davon.

Maries Kopf pochte vor Schmerzen. Ihr war schwindelig, und sie wollte sich hinlegen und ausruhen, doch Rafael zog sie unbarmherzig weiter. Er führte sie ein Stück den Abhang hinauf durch dichtes Buschwerk.

Bald hörten sie Stimmen und hastige Schritte. Sie duckten sich hinter einen Busch, während die beiden Banditen an ihnen vorbei den Abhang hinunterkletterten. Sie erreichten das Wrack, das nur ein paar Dutzend Meter entfernt war. Marie konnte hören, wie sie diskutierten. Sie lauschte angstvoll, während die Banditen die Umgebung abzusuchen begannen.

Einer von ihnen näherte sich dem Gebüsch, in dessen Schutz sich Rafael und Marie gekauert hatten. Ihre Entdeckung war jetzt nur noch eine Frage von Sekunden. Der Kerl blieb genau vor dem Gebüsch stehen. Marie hielt den Atem an. Lauschte er?

Sie senkte den Blick und erstarrte. Genau neben ihrer Hand saß eine Spinne. Sie war schwarz, mit einem kugelförmigen Hinterteil von der Größe einer Kirsche und haarigen Beinen, jedes von ihnen so lang wie Maries Daumen.

Sie hatte eine Heidenangst vor Spinnen. Alles in ihr drängte, die Hand zurückzuziehen, aufzuspringen, zu schreien. Kalter Schweiß trat ihr auf die Stirn.

Reiß dich zusammen, dachte sie. Das Tier tut dir nichts. Deine Angst ist vollkommen irrational. Du darfst nicht die Kontrolle verlieren.

Wie aus purer Bosheit lief die Spinne auf ihre Hand zu, streckte eines ihrer Beine aus, betastete das ungewohnte Hindernis. Dann krabbelte sie vollends auf Maries Handrücken. Ihre langen Beine kitzelten auf der Haut. Marie biss sich auf die Lippe, um den Schrei zurückzuhalten.

Immer noch verharrte ihr Verfolger in kaum mehr als einem Meter Entfernung, getrennt von ihnen nur durch dichtes Blattwerk. Marie roch seine ungewaschene Haut, den Alkohol in seinem Atem. Worauf wartete er? Warum informierte er seinen Kameraden nicht, dass er die Flüchtigen gefunden hatte?

Plötzlich erklang ein rieselndes Geräusch, und der beißende Gestank von Urin erfüllte die Luft.

Die Spinne hatte inzwischen Maries Handrücken verlassen und sich tiefer in den Schatten des Gebüschs zurückgezogen. Ein heftiges Schwindelgefühl befiel Marie, und wieder stieg Übelkeit in ihr auf. Sie schluckte brennende Magensäure herunter.

Der andere Verfolger rief etwas. Sein Kamerad schloss die Hose, antwortete ihm und entfernte sich dann rasch. Sie hörten, wie die beiden den Abhang hinaufkletterten.

Erst, als sie außer Hörweite waren, erlaubte sich Marie ein Schluchzen.

»Sie werden wiederkommen«, sagte Rafael. »Wahrscheinlich bringen sie Verstärkung mit. Wir müssen hier verschwinden!«

»Oh mein Gott! Die wollten uns umbringen! Was … was sollen wir nur machen?«

Rafaels Stimme war erstaunlich ruhig, so als sei diese Situation nicht weiter ungewöhnlich. »Zunächst mal müssen wir hier weg. Sie werden erwarten, dass wir entweder weiter nach unten klettern und durch den Dschungel fliehen oder dass wir nach oben zurück zur Straße laufen und ihr zum nächsten Ort oder zur Station folgen. Also scheiden beide Wege aus.«

»Aber was sollen wir denn sonst machen?«

»Wir gehen nach oben zur Straße. Aber wir folgen ihr nicht, sondern klettern weiter den Hang hinauf. Wenn wir weit genug von der Straße entfernt sind, werden sie uns nicht finden.«

»Was … was ist mit dem Fahrer? Nathan Gombali?«

»Er ist tot. Wir können froh sein, dass wir noch leben.«

»Warum machen die das? Wir haben doch nichts, was sich zu stehlen lohnt, außer unseren Laptops vielleicht.« Marie fielen die in jüngster Zeit zahlreichen Fernsehberichte über Geiselnahmen in politisch instabilen Ländern ein. »Meinst du, sie wollen Lösegeld erpressen?«

»Vielleicht. Aber irgendwie glaube ich das nicht. Die wollten uns nicht fangen, die wollten uns beseitigen.«

»Aber warum?«

»Weil wir etwas wissen, das wir nicht wissen dürfen.«

»Du meinst, Borg hat sie uns auf den Hals gehetzt?« Marie schüttelte unwillkürlich den Kopf, bereute diese Bewegung aber augenblicklich.

»Es gibt zwei Möglichkeiten. Entweder waren das gewöhnliche Banditen, denen wir zufällig in die Falle gegangen sind, oder sie haben uns gezielt aufgelauert. Im ersten Fall hätten die beiden wohl nicht so intensiv nach uns gesucht. Wenn es ihnen nur darum gegangen wäre, uns auszurauben, hätten sie sich vielleicht noch das Auto vorgenommen, wären dann aber abgehauen. Wenn sie allerdings nicht zufällig hier waren, dann kann es nur Borg gewesen sein, der sie beauftragt hat.«

»Nur, weil wir die Gorillas entdeckt haben, will er uns umbringen lassen?«

»Es muss hier um mehr gehen als um illegale Tierversuche. Was immer die dort in diesem Feldlabor machen, es ist eine finstere Sache, da bin ich sicher. Und jetzt komm, wir müssen weiter.«

Marie versuchte, den steilen Abhang allein hinaufzuklettern, doch ohne Rafaels Unterstützung kam sie nicht weit. Ihre Beine waren immer noch wie Gummi, ihr Kopf schmerzte schrecklich, ihr war übel, und sie geriet schnell außer Atem.

Der Aufstieg war qualvoll langsam, mehr als einmal dachte sie, dass es vielleicht doch klüger gewesen wäre, den leichteren Weg zum Grund des Tals zu nehmen.

Als sie den Straßenrand erreichten, sahen sie den Jeep ihrer Verfolger in einiger Entfernung stehen. Einer der Männer saß im Fahrzeug und schien in ein Funkgerät zu sprechen.

Marie wusste, dass es überall in Zentralafrika bewaffnete Auseinandersetzungen zwischen Rebellen und Regierungstruppen gab. Vielleicht waren die beiden Kerle Teil einer solchen Rebellengruppe. Was Borg mit ihnen zu schaffen hatte, konnte sie sich nur vage vorstellen. Vielleicht ging es um Biowaffen. Sie erschauderte bei dem Gedanken.

»Komm!« Rafael führte sie durch das dichte Buschwerk am Rand der Straße, bis der Jeep hinter einer Biegung außer Sicht war.

»Jetzt, schnell!« Er zog sie aus dem Sichtschutz des Gebüschs. Marie warf einen kurzen, sehnsüchtigen Blick zur Straße, die sich den Hang entlang in Richtung Kisoro wand. Doch Rafael trieb sie unbarmherzig weiter bergauf.

Sie waren etwa hundert Meter geklettert, als sie das Geräusch von Fahrzeugen hörten. Hinter einen Busch gekauert beobachteten sie, wie zwei Militärlaster an der Stelle ihres Absturzes hielten. Ein Dutzend Männer in olivgrüner Kleidung kletterte den Hang hinab und schwärmte aus. Zwei von ihnen blieben bei den Fahrzeugen zurück. Doch keiner kam auf die Idee, den Hang oberhalb der Straße abzusuchen.

»Weiter!«, flüsterte Rafael.

Marie folgte ihm. Ihr Kopfschmerz hatte etwas nachgelassen, sodass sie jetzt allein klettern konnte. Sie schlichen weiter bergauf, wobei sie sorgfältig auf Sichtschutz von unten achteten. Einmal trat Marie einen Stein los, der den Abhang hinunterkollerte. Sie hielt den Atem an, doch nach ein paar Metern schlug der Stein gegen einen Baumstamm und blieb liegen.

Der Himmel verdunkelte sich, und bald fing es an zu regnen. Der kühle Regen war Marie willkommen, nicht nur, weil er ihre Geräusche übertönte und die Sicht minderte. Er schien auch einen Teil ihrer Übelkeit und Kopfschmerzen wegzuwaschen. Sie begann, Zuversicht zu schöpfen.

Sie betrachtete Rafael, der ihr vorauskletterte. Bis vor einer Stunde war er noch der unbeholfene Copeland-Anfänger gewesen und sie seine Vorgesetzte. Doch nun hatten sich ihre Rollen vertauscht. Er war es gewesen, der sie aus dem Fahrzeugwrack geborgen und in Sicherheit gebracht hatte. Er hatte gewusst, wie man den Soldaten entkam. Während sie von Verzweiflung und Panik gelähmt war, hatte er die Ruhe bewahrt. Dafür war sie dankbar. Dies war nicht ihre Welt. Logik und Verstand schienen hier nicht viel zu nützen.

Nach einer halben Stunde war sie bis auf die Knochen durchnässt und fror erbärmlich. Der Regen war jetzt kein Segen mehr, sondern eine permanente Belästigung. Das Licht wurde diffuser. Der Hang flachte etwas ab, und aus den niedrigen Bäumen und Büschen wurden mächtige Stämme, die mindestens zwanzig Meter in die Höhe ragten und mehr als eine Armspanne durchmaßen. Das immer dichtere Laub schirmte das trübe Licht des Abends ab, ohne jedoch den Regen davon abzuhalten, an den übersättigten Blättern abzugleiten und in dicken, kalten Tropfen auf sie herabzuprasseln.

Immerhin führte das schlechte Wetter offenbar dazu, dass die Soldaten ihre Suche abbrachen, denn aus der Ferne hörten sie, wie die Dieselmotoren angelassen wurden und sich bald darauf entfernten.

»Wollen wir nicht zur Straße zurück?«, fragte Marie. »Dann könnten wir viel schneller in die Stadt kommen und die Polizei informieren.«

Rafael schüttelte den Kopf. »Wenn ich der Kommandant dieser Typen wäre, würde ich einen Posten zurücklassen, der irgendwo am Wegrand lauert, um genau diesen Fall abzusichern. Nein, wir müssen uns heute Nacht hier verstecken. Morgen können wir versuchen, irgendwo am Rand des Waldes eine Farm oder ähnliches zu finden und von dort aus die Polizei zu verständ…«

Ein Brüllen zerriss die Stille, dunkel und urtümlich. Es hatte etwas Menschliches, konnte jedoch unmöglich von einem Menschen stammen. Kurz darauf erklang ein dumpfes Pock-Pock-Pock. Das Gebrüll wurde von Affen hoch oben in den Bäumen mit aufgeregtem Kreischen beantwortet.

Marie schrak zusammen. »Was war das?«

»Keine Ahnung.« Rafael zeigte auf einen der Bäume. In etwa zwei Meter Höhe hatte er einen fast waagerechten Ast, der mit Moos und Farnen bewachsen und so breit war, dass man gut darauf sitzen konnte. »Besser, wir suchen uns einen halbwegs sicheren Lagerplatz für die Nacht.«

Marie war nie eine große Kletterin gewesen, außerdem war sie erschöpft, und ihr Kopf schmerzte immer noch. Auch Rafael stellte sich nicht besonders geschickt an. Nur mit großer Mühe schafften sie es, sich an der nassen Rinde des Baums hochzuziehen. Der Ast war dann aber überraschend bequem. Wunderschöne weiße Orchideen wuchsen darauf und verströmten ein sanftes, einladendes Aroma. Das Polster aus Moos war wie eine Matratze, wenn auch klitschnass. Aber da Marie ohnehin bis auf die Haut durchweicht war, verschwendete sie keinen weiteren Gedanken daran. Ihr graues Kostüm und die eleganten Lederschuhe waren den Umständen so angemessen wie Gummistiefel in einer Vorstandspräsentation. Sie zitterte vor Kälte. Die ganze Situation erschien ihr absurd, unwirklich. Wieso war sie hier, gejagt, in einer fremdartigen, gefährlichen Welt voller handtellergroßer Spinnen und brüllender Raubtiere? Einen schrecklichen Moment lang hatte sie das Gefühl, es sei alles nur eine Wahnvorstellung, ein fiebriger Traum.

»Marie!«

Das kleine Mädchen lässt Schaufel und Backförmchen in die Sandkiste fallen und dreht sich zu seiner Mutter um, die in der Haustür steht und ihr winkt.

»Komm schnell, Marie!« Die Mutter klingt, als habe sie Angst.

Das Mädchen steht auf. Sorgfältig klopft es sein rot-grün kariertes Kleid ab. Die Mutter mag es nicht, wenn sie Sand ins Haus trägt.

»Marie!« Die Mutter kommt aus dem Haus gerannt. Sie packt das kleine Mädchen am Arm und zerrt es hinter sich her zum Hauseingang.

»Aua, Mami, du tust mir weh! Was ist denn?«

»Sie kommen!«, ruft die Mutter. Ihre Augen sind vor Angst geweitet. »Sie kommen!«

Das Mädchen fängt an zu weinen. Es spürt, dass eine schreckliche Gefahr droht.

Sie stürzen ins Haus, hasten die Treppe hinauf. Das kleine Mädchen stolpert, stößt sich das Knie. »Ich kann nicht so schnell, Mami!«

Die Mutter achtet nicht darauf. Sie zieht das weinende Kind hinter sich her wie einen schweren Koffer. Sie öffnet die Tür zu dem kleinen Wandschrank unter der Dachschräge. Ein paar Umzugskartons mit alten Kleidern sind darin. Ein muffiger Geruch schlägt dem Mädchen entgegen.

»Schnell, da rein!«, ruft die Mutter. »Und sei ganz still! Dann finden sie dich nicht!«

Ehe sie fragen kann, wer sie nicht finden darf, schubst ihre Mutter sie in den Wandschrank und schließt die Tür. Es wird dunkel. Das Mädchen hört, wie der Schlüssel des Wandschranks umgedreht wird. Dann hastige Schritte auf der Treppe. Stille.

Sie wagt kaum zu atmen, kann jedoch einen gelegentlichen Schluchzer nicht unterdrücken. Sie hält sich beide Hände vor den Mund, damit die bösen Männer es nicht hören. Ein winziger Lichtpunkt fällt durch das kleine Schlüsselloch. Sie versucht, hindurchzusehen, kann jedoch nichts erkennen außer einem kleinen Fleck der weißen Wand.

Sie lauscht in die Stille. Nichts ist zu hören. Wahrscheinlich hat sich auch ihre Mutter irgendwo versteckt. Mit klopfendem Herzen wartet das Mädchen auf Geräusche – das Öffnen der Haustür oder das Klappen eines Fensters, vielleicht das Bersten einer Scheibe. Schwere Schritte, dunkle Stimmen. Doch nichts ist zu hören außer dem Singen der Vögel und dem Lärm der Straße, die von weit her und gedämpft in das Versteck dringen.

Das Mädchen wartet. Es ist eng und unbequem in dem Wandschrank. Vielleicht hat sich die Mutter geirrt. Vielleicht kommen die bösen Männer doch nicht, nicht jetzt jedenfalls. Bestimmt wird sie bald aus ihrem Versteck befreit.

Doch die Mutter kommt nicht.

Ihre Beine beginnen zu schmerzen. Die Dunkelheit und Stille machen ihr Angst. Sie möchte bei ihrer Mutter sein. Warum darf sie sich nicht gemeinsam mit ihr verstecken? Sie möchte nach ihr rufen. Aber ihre Mutter hat ihr gesagt, dass sie kein Geräusch machen darf. Vielleicht sind die bösen Männer ja doch schon im Haus. Vielleicht können sie so leise schleichen, dass man sie nicht hört.

Sie zittert, muss weinen. So sehr sie auch ihre Hände vor den Mund presst, sie kann nicht verhindern, dass ihr bei jedem Schluchzer ein leises »Üff« entfährt. Doch niemand reißt die Schranktür auf.

Das Mädchen weiß noch nicht genau, was Zeit ist. Sie kennt sich noch nicht aus mit Stunden, Minuten und Sekunden. Aber sie weiß, dass sie jetzt schon sehr lange in diesem Wandschrank sitzt. Ihre Beine schmerzen schrecklich. Sie hat versucht, sich in eine bequemere Lage zu bringen, aber es ist einfach zu eng.

In ihr wächst eine neue Angst heran, eine Angst, die stärker ist als die Angst vor den bösen Männern. Es ist die Angst, nie mehr aus diesem Gefängnis herauszukommen. Sie wimmert, versucht jetzt nicht mehr, das Geräusch zu unterdrücken.

Schließlich hält sie es nicht mehr aus. Sie ruft nach ihrer Mutter. Leise erst, fast flüsternd, dann immer lauter. Schließlich trommelt sie mit den Fäusten gegen die Tür.

Doch ihre Mutter kommt nicht. Niemand hört sie. Im Haus herrscht nur schreckliche Stille.

Jetzt ist sie so verzweifelt, dass sie sich wünscht, die bösen Männer würden sie finden. Aber vielleicht wollen die bösen Männer sie gar nicht finden. Vielleicht stehen sie gerade jetzt draußen vor dem Schrank, hören sie um Hilfe schreien und lachen leise.

Die Fäuste des Mädchens tun weh vom verzweifelten Klopfen gegen die Schranktür. Sie hat keine Kraft mehr. Sie spürt ihre Beine nicht mehr. Sie zittert und schluchzt.

Die Dunkelheit vor ihren Augen beginnt zu flimmern. Gestalten scheinen sich daraus zu formen, Schatten, die noch schwärzer sind als Schwarz. Sie greifen mit langen Fingern nach ihr.

Sie schreit, schließt die Augen, doch die Schatten sind immer noch da. Sie sind in ihrem Kopf. Sie presst beide Hände an die Ohren und weint.

Irgendwann, nach langer, langer Zeit hört sie eine Stimme. »Liebling?«

Zuerst glaubt sie, die Gespenster in dem Wandschrank rufen nach ihr. Doch die Stimme ihres Vaters erklingt erneut. »Liebling? Marie? Wo sind denn meine beiden Goldstücke?«

Ein Schreck durchfährt sie. Wenn es die bösen Männer sind? Wenn sie die Stimme verstellen, damit es sich so anhört wie ihr Vater? Wenn sie sie locken wollen, damit sie ihr Versteck preisgibt, damit sie sie finden und mitnehmen können? Doch die Sehnsucht, endlich aus der Dunkelheit befreit zu werden, ist zu groß.

»Papi!«, ruft das Mädchen. Es erschrickt. Die Stimme klingt leise und seltsam, als wäre es gar nicht ihre. Panik erfüllt sie. Wenn sie nun niemand hört? Wenn sie nie wieder

jemand findet? »Papi!«, ruft sie, so laut sie kann. Diesmal klingt es ein bisschen kräftiger.

Sie hört Schritte auf der Treppe. »Marie?« Die Stimme ist jetzt schon viel näher.

Sie trommelt mit ihren Fäusten gegen die Tür. »Papi!«

Sie schluchzt das Wort mehr, als dass sie es ruft, doch er hat sie gehört. Der Schlüssel dreht sich, und dann überflutet sie Licht, das in den Augen weh tut.

»Marie! O mein Gott!« Ihr Vater hebt sie empor, presst sie an sich. Sein vertrauter Geruch umhüllt sie wie eine schützende Decke. Sie zittert am ganzen Körper.

»Mein armes, armes Schätzchen«, sagt ihr Vater und streichelt sanft ihren Kopf. »Mein armes, armes Schätzchen!« Und auch er muss jetzt weinen.

»Marie?« Rafael saß ihr gegenüber. Sie konnte sein Gesicht im Halbdunkel kaum noch erkennen. »Du zitterst ja!« Sie fragte sich, wie er das in der Dunkelheit erkennen konnte.

»Ich hätte nicht gedacht, dass man mitten in Afrika frieren kann«, sagte sie und bemühte sich um einen ironischen Tonfall.

»Wir sind hier über zweitausend Meter hoch.« Rafael zögerte einen Moment. »Es wäre vielleicht besser, wenn wir uns ein bisschen gegenseitig wärmen.« Es klang, als sei er sich nicht sicher, ob das eine gute Idee war.

Er stand auf, hielt sich an einem höher liegenden Ast fest und balancierte an ihr vorbei. Er setzte sich mit dem Rücken an den Stamm, spreizte die Beine und deutete vor sich auf den Ast. »Setz dich hierher, mit dem Rücken zu mir.«

Sie zögerte einen Moment, doch der Wunsch nach etwas Wärme war stärker als ihre anerzogene Zurückhaltung. Sie lehnte sich mit dem Rücken gegen seine Brust, und er legte seine Arme um sie.

Augenblicklich fühlte sie sich besser. Seine Körperwärme wirkte beruhigend, fast wie die Umarmung ihres Vaters vor so langer Zeit. Seine Arme und seine breite Brust, die sich hinter ihr langsam hob und senkte, vermittelten Geborgenheit. Langsam löste sich die Anspannung in ihren verkrampften Muskeln. Sie legte den Kopf zurück, sodass sie seinen Atem dicht neben ihrem linken Ohr spürte. Der Duft seiner feuchten Haut umhüllte sie, und plötzlich war seine Umarmung nicht mehr fremd und steif, sondern sanft und vertraut. Ein wohliger Seufzer entfuhr ihr.

»Das war eine gute Idee«, sagte sie leise.

Er antwortete nicht, hielt sie nur fest, wärmte sie und beschützte sie vor den Gefahren der Nacht.

19.

Jemand rüttelte Marie am Arm. Sie murrte. Arne sollte sie ruhig noch ein wenig schlafen lassen. Es war so warm, so kuschelig in ihrem Bett …

»Leise«, flüsterte eine Stimme dicht an ihrem Ohr. Es war nicht Arne. Die Wärme ging nicht von einer Daunendecke aus, sondern von einem männlichen Körper, der sie umarmte.

Die Erinnerung traf sie wie ein Hammerschlag. Sie riss die Augen auf, doch undurchdringlicher Morgennebel verhüllte alles, was weiter als zwei Meter entfernt war.

Maries Körper war steif, aber die Kopfschmerzen hatten sich aufgelöst, und sie hatte erstaunlich gut geschlafen. Sie wollte sich strecken, etwas sagen, doch Rafael hielt sie fest.

»Wir sind nicht allein«, flüsterte er.

Wie ein Blitz durchfuhr es sie. Die Verfolger mussten ihre Spur aufgenommen haben. Vielleicht hatten sie Hunde. Dann war alles vorbei.

Sie lauschte. Es war kein Gebell zu hören, dafür ein leises Schnauben und Grunzen. Äste wurden abgeknickt. Die Geräusche waren furchterregend nah – sie schienen direkt aus dem konturlosen Grau vor ihnen zu kommen. Ein starker, animalischer Geruch drang von dort herauf.

Der Nebel wurde dünner, schob sich langsam zur Seite wie ein seidener Vorhang und gab den Blick auf den Abhang über ihnen frei. Eine Gruppe dunkler Gestalten schlich gebückt durch das Dickicht. Doch sie machten nicht den Eindruck, als verfolgten sie jemanden. Sie ließen sich Zeit, untersuchten die Büsche, bogen hier einen Zweig herab, griffen dort nach einem höheren Ast oder saßen einfach entspannt auf dem Boden und kauten auf ein paar Blättern.

Ein Gefühl der Ehrfurcht erfüllte Marie. Berggorillas! Es waren acht oder neun Tiere, zwei von ihnen junge, angeführt von einem mächtigen Männchen mit silbergrauem Rücken und einem eindrucksvollen Kamm auf dem Kopf, so als trüge er einen schwarzen Helm.

»Sie wissen, dass wir hier sind«, flüsterte Rafael.

Wie um seine Worte zu bestätigen, drehte sich der Silberrücken um und sah sie direkt an. Er richtete sich auf und machte ein paar schnelle Schritte auf sie zu. Er war jetzt nur noch ein Dutzend Meter entfernt. Er trommelte mit den Fäusten gegen seine Brust, was das dumpfe, pochende Geräusch erzeugte, das sie am Abend zuvor gehört hatten.

Marie fühlte sich an alte King-Kong- und Tarzan-Filme erinnert. Sie hatte das Brustklopfen der Gorillas immer für eine Übertreibung Hollywoods gehalten. Doch es geschah wirklich, vor ihren Augen, und es war noch viel eindrucksvoller als im Film. Der Silberrücken war eine Ehrfurcht gebietende Erscheinung, ganz eindeutig der Herrscher in diesem Terrain. Er rupfte Zweige und Blätter von angrenzenden Büschen und warf sie in einer offensichtlichen Demonstration seiner Macht in die Luft. Dann wandte er ihnen den Rücken zu und trottete zurück zu seiner Sippe.

»Die Botschaft war eindeutig«, sagte Rafael. »Wir sollen ihnen nicht zu nah kommen.«

Die Nebelschwaden verflüchtigten sich allmählich, und die Morgensonne malte helle Flecken auf das dichte Unterholz. Etwa eine halbe Stunde lang beobachteten sie die Gruppe, die friedlich Blätter kaute und sich gegenseitig das Fell von Ungeziefer befreite. Die Tiere schienen sich an der Beobachtung durch die Menschen nicht zu stören. Im Gegenteil hatte Marie den Eindruck, dass sich die beiden Jungtiere vor ihnen produzierten, eine regelrechte Show abzogen. Sie balgten sich, tollten herum, rasten um die Wette über den Hang und wandten sich dabei immer wieder zu Marie und Rafael um, als wollten sie sichergehen, dass ihr Publikum auch zusah.

»Schade, ich hab meine Kamera verloren«, flüsterte Rafael. »Das hier glaubt mir zu Hause garantiert keiner!«

Marie fielen die Bilder aus dem Labor ein. Wut stieg in ihr auf, als sie daran dachte, wie Borg diese herrlichen Tiere für seine Versuche quälte. »Hast du noch den Speicherchip?«

»Ja. Und das hier auch.« Er hielt das kleine Fläschchen mit der Aufschrift »Charge 42/2« in die Höhe. Es grenzte an ein Wunder, dass es bei dem Unfall nicht zerbrochen war.

Einen Moment lang spielte Marie mit dem Gedanken, den Stopfen herauszuziehen, um an der Flüssigkeit zu riechen. Doch in diesem Augenblick wurde die Gorillagruppe unruhig. Der Silberrücken richtete sich auf und spähte in Richtung des Tals. Die Jungtiere liefen zu einem der Erwachsenen, der aufgeregte Rufe von sich gab. Dann flüchteten alle den Hang hinauf.

»Ich frage mich, was sie so erschreckt hat«, sagte Rafael.

Auf die Antwort brauchte er nicht lange zu warten. Sie hörten ein tiefes Brummen, das rasch näher kam und sich zum pulsierenden Knattern eines Hubschraubers steigerte, der dicht über die Baumkronen jagte und das Blätterdach mit dem Wind seines Rotors aufriss.

»Lass uns hier verschwinden«, sagte Rafael. Sie sprangen von ihrem Ast. Marie hatte nicht einmal Zeit, die steifen Glieder zu strecken. Sie folgten der Gorillagruppe den jetzt wieder steil ansteigenden Hang hinauf, ohne jedoch auch nur annähernd deren Geschwindigkeit zu erreichen. Sie stolperten mehr, als dass sie liefen, rutschten immer wieder auf dem nassen Untergrund aus, stießen sich Knie und Knöchel an scharfkantigen Steinen.

Der Nebel war nun vollständig verschwunden, und das Blätterdach der riesigen Bäume mit den breiten Ästen war bei Weitem nicht so dicht, wie Marie es sich in diesem Moment gewünscht hätte. Dafür war der Waldboden von riesigen Farnen und dichtem Unterholz überwuchert. Das erschwerte das Vorwärtskommen, doch es bot ihnen wenigstens einen gewissen Sichtschutz. Marie lauschte einen Moment auf Hundegebell oder die Rufe eventueller Verfolger von der Straße her, hörte jedoch nichts. Doch das bedeutete nicht, dass sie hier in Sicherheit waren.

»Komm, weiter«, rief Rafael.

Sie kletterten, so schnell sie konnten. Der Hubschrauber schien seine Kreise immer enger über dem Waldstück zu ziehen, in dem sie sich befanden.

Sie erreichten eine Lichtung, an der der Hang etwas abflachte. Auf der anderen Seite erhoben sich dichte Büsche. Dahinter ragte die gewaltige, nur karg bewachsene Flanke eines der Vulkane empor.

»Da, das Gebüsch!«, rief Rafael. »Da drin finden sie uns nicht so schnell!«

Der Helikopter war gerade nicht zu sehen, doch sein Knattern klang erschreckend nah. Wenn sie über die Lichtung liefen, bestand eine beträchtliche Gefahr, entdeckt zu werden. »Warte noch!«, rief Marie.

Genau in diesem Moment erschien der Hubschrauber über der Freifläche. Marie und Rafael schoben sich hinter einen dicken Baumstamm und spähten vorsichtig auf die Lichtung.

Der Helikopter verharrte einen Moment in der Luft wie ein lauernder Raubvogel. Deutlich konnte Marie zwei Männer erkennen. Einer davon hielt ein Maschinengewehr aus dem Seitenfenster.

Der Hubschrauber flog weiter, genau auf das Gebüsch zu, in dem Rafael sich hatte verstecken wollen. Der Wind des Rotors wirbelte die Zweige durcheinander. Plötzlich schien das Gebüsch zu explodieren. Eine brüllende, tobende Masse brauner Körper stob daraus hervor. Büffel! Sie hatten dunkelbraunes, zottiges Fell und ausladende schwarze Hörner. Ihre Schulterhöhe erreichte fast die eines Menschen. Sie mussten wohl mehrere Hundert Kilo auf die Waage bringen.

Einen Moment lang starrte Marie wie gelähmt auf die aufgeschreckten Tiere, die sich wie ein Tsunami aus Muskelmasse und Fell aus dem Gebüsch ergossen. Sie stürmten genau auf Marie und Rafael zu!

»Au verdammt!«, brüllte Rafael. »Bloß weg hier!« Sie rannten zurück, den Abhang hinunter, doch es war klar, dass sie nicht weit kommen würden, ehe die flüchtenden Büffel sie erreichten und zu Tode trampelten.

Sie kamen bis zu einem breitstämmigen Baum. Mit einem Hechtsprung, der seine Unbeholfenheit von gestern vergessen ließ, zog sich Rafael an einem der unteren Äste hoch. Marie ergriff seinen ausgestreckten Arm und ließ sich hinaufhelfen – keine Sekunde zu früh. Ein gewaltiges Horn streifte schmerzhaft ihre Wade, dann stürmte der Büffel unter dem Ast vorbei den Abhang hinunter, gefolgt vom Rest der Herde.

In Panik jagten die Tiere weiter. Es waren mindestens drei Dutzend. Ihr erschreckendes Gebrüll und das Donnern der Hufe ließen die Luft erzittern.

»Mein Gott!«, sagte Rafael, als die Tiere außer Sicht waren. »Das war knapp!«

Nach einer Weile drehte der Hubschrauber ab, und eine seltsame Stille legte sich über den Wald.

»Wir müssen weiter«, sagte Rafael.

»Wohin?«, fragte Marie.

»Keine Ahnung.« Er wies in Richtung des Berggipfels. »Dort im Süden, auf der anderen Seite der Vulkane, müsste

Ruanda liegen. Vielleicht können wir uns bis dahin durchschlagen. Wenn wir Glück haben, reicht Borgs Einfluss nicht über Ugandas Grenzen hinaus.«

»Meinst du, unsere Verfolger haben immer noch nicht aufgegeben?«

»Ich weiß es nicht. Ich bin auf jeden Fall nicht scharf darauf, es herauszufinden.«

»Aber wir haben nichts zu essen und keinerlei Ausrüstung! Was willst du tun, wenn wir wieder auf Büffel stoßen – oder auf Schlimmeres?« Sie dachte an Borgs Warnung vor Schlangen und Leoparden.

»Vielleicht finden wir Früchte oder sowas. Außerdem kommt der Mensch ziemlich lange ohne Essen aus, und verdursten werden wir auf keinen Fall. Was die Wildtiere angeht, müssen wir, glaube ich, keine Angst haben. Die haben hoffentlich mehr Angst vor uns als wir vor ihnen.«

»Den Eindruck hatte ich aber gerade nicht.«

»Na gut, zugegeben. Vor Büffeln müssen wir uns eben in Acht nehmen.«

Marie wunderte sich, woher Rafael seinen unbeugsamen Optimismus nahm. Sie waren kilometerweit von der nächsten menschlichen Siedlung entfernt, mitten im Urwald. Wenn ihnen etwas passierte, und sei es auch nur ein verstauchter Knöchel, waren sie aufgeschmissen. Und dann war da immer noch eine kleine Armee, die hinter ihnen her war.

Sie fragte sich, wie Borg es geschafft hatte, in so kurzer Zeit die Männer für ihre Verfolgung zu mobilisieren. Die einzige Erklärung dafür konnte doch nur sein, dass er an irgendwelchen Biowaffen arbeitete. Die Grenzen, die von den Europäern während der Kolonialzeit quer durch Afrika gezogen worden waren, hatten wenig mit den angestammten Gebieten der hier lebenden Völker zu tun. Die Folge war, dass es beinahe in jedem afrikanischen Land ethnische

Konflikte gab, die häufig in militärischen Auseinandersetzungen oder sogar in Völkermord eskalierten.

Sie hoffte, dass sie lange genug lebten, um Borlandt über Borgs finstere Machenschaften zu informieren. Afrika hatte weiß Gott genug Probleme und brauchte nicht auch noch den Ausbruch einer genetisch mutierten Krankheit, oder was immer es für ein Teufelszeug war, an dem der Mistkerl arbeitete.

Plötzlich fiel ihr ein, dass sie wahrscheinlich eine Probe dieses Teufelszeugs mit sich herumschleppten. Wenn es sich um eine ansteckende Krankheit handelte …

»Das Fläschchen«, sagte sie, während sie schnaufend einen besonders steilen Hang emporkrabbelte. »Schmeiß es weg!«

Rafael warf ihr einen überraschten Blick zu. »Warum das denn?«

»Wir wissen nicht, was da drin ist. Wenn Borg an Biowaffen arbeitet, könnte es sein, dass wir eine Katastrophe auslösen. Stell dir vor, in der Flüssigkeit sind genetisch veränderte Ebolaviren oder so was.«

»Quatsch«, entgegnete Rafael. »Um mit gefährlichen Krankheitserregern zu hantieren, bräuchte Borg ein Hochsicherheitslabor, mit diesen Raumanzügen und so.«

Er hatte recht. Wenn in dem Fläschchen wirklich ein gefährliches Virus wäre, hätte es wohl nicht einfach so auf einem Tisch herumgestanden. Borg mochte skrupellos sein, lebensmüde wirkte er nicht.

»Aber was ist es dann, das er dort macht? Es muss eine militärische Bedeutung haben. Anders ist der Aufwand, mit dem wir gejagt werden, nicht zu erklären.«

»Das stimmt wohl.« Rafael reichte ihr eine Hand und half ihr, einen glitschigen, mit Moos bewachsenen Felsen zu erklimmen. »Vielleicht arbeitet er an irgendwelchen Psychopharmaka. Die Gorillas in der Hütte wirkten apathisch, wie betäubt.«

»Du meinst so was wie K.-o.-Tropfen? Solches Zeug gibt es doch schon genug.«

»Oder irgendwelche Designerdrogen. Dann haben wir wahrscheinlich die ugandische Drogenmafia am Hals.«

»Drogen? Aber wozu dann die Tierversuche an Gorillas?«

»Auch wieder wahr. Hmm.« Rafael hockte sich auf einen umgestürzten Baumstamm und holte das Fläschchen hervor. Er hielt es gegen das Licht. »Olfana arbeitet doch an Duftstoffen zur Abschreckung von Schädlingen. Vielleicht ist das hier so eine Art Monsterstinkbombe.« Er hielt das Fläschchen an die Nase, konnte aber offenbar nichts riechen.

Trotz ihrer verzweifelten Lage musste Marie grinsen. »Nun hör aber auf! Dafür würden die doch nicht eine halbe Armee in Bewegung setzen!«

»Wer weiß? Stinktiere nutzen doch auch einen Duftstoff sehr effektiv zur Verteidigung. Vielleicht riecht das Zeug so schrecklich, dass man davon ohnmächtig oder kampfunfähig wird. Aber das können wir ja rausfinden.« Er machte Anstalten, das Fläschchen zu öffnen.

»Lass das bloß sein!«, rief Marie, schärfer als nötig. »Eine weitere Katastrophe können wir jetzt wirklich nicht gebrauchen.«

Rafael sah sie einen Moment lang herausfordernd, beinahe trotzig an.

20.

»I can’t get no … satisfaction …« Karim bin Abdul-Hamid bin Farid Al-Kalar, der Emir des winzigen Inselstaates Kalarein vor der Küste Saudi-Arabiens, sang aus voller Kehle. Der alte Stones-Song klang dumpf durch das Rauschen der Dusche. »But I try … I try …« Der Emir wusch den Schaum aus seinem dichten schwarzen Haar, drehte den Wasserhahn zu und trocknete sich ab, während Mick Jagger in ohrenbetäubender Lautstärke aus den versteckten Lautsprechern dröhnte. Er schaltete die Musik aus und zog einen schlichten, dunkelgrauen Armani-Anzug, dessen Hose ein wenig am Bund kniff, ein weißes Hemd und eine rosaweiß gestreifte Krawatte an. So ausstaffiert verließ er seine privaten Gemächer und ging ins Esszimmer, wo seine Mutter bereits mit dem Frühstück auf ihn wartete.

Sein Elternhaus als Palast zu bezeichnen, wäre vielleicht übertrieben gewesen – es besaß nur fünfzehn Zimmer und einige Nebenräume. Trotzdem war Karim sich bewusst, dass er in verschwenderischem Luxus lebte. Nun, ein paar Vorteile musste es ja haben, Emir zu sein. Und verglichen mit den anderen Scheichs führte er ein geradezu bescheidenes Leben. Neben dem Porsche und dem Bugatti besaß er nur einen einzigen Ferrari, und der hatte noch nicht mal eine Sonderlackierung.

Nicht, dass er zu wenig Geld hätte, um in ebensolchem Luxus zu schwelgen wie die anderen. Sein Vater war vor drei Jahren gestorben, als Karim gerade dreiundzwanzig geworden war. So war er der jüngste Emir der Welt, was immer dieser Titel wert war. Er hatte sein Studium des Internationalen Managements in Harvard abbrechen müssen, um zu Hause die Verantwortung für den kleinen Inselstaat zu übernehmen. Kalarein hatte gerade mal dreißigtausend Einwohner. Wenn er sich neuen Geschäftspartnern vorstellte, sahen diese ihn in der Regel verwundert an – von dem Emirat hatten sie noch nie etwas gehört. Karim war das ganz recht. Die Aufmerksamkeit der internationalen Politik durften sich gern andere teilen.

Kalarein war im Grunde nur ein karger, unfruchtbarer Steinhaufen im Persischen Golf. Es besaß keine Ölquelle und auch sonst wenig natürliche Ressourcen. Es hatte auf der Insel nur etwa ein Dutzend Palmen gegeben, bevor sein Großvater in der Mitte einen prächtigen Park angelegt hatte. Doch Kalarein lag im Zentrum der Ölstaaten, und Karims Familie hatte früh gelernt, aus dem Reichtum der anderen Scheichs Kapital zu schlagen.

Es hatte damit angefangen, dass sein Urgroßvater Ölpumpen aus Amerika importiert hatte. Später hatte er auf der Insel eine der ersten Raffinerien der Region errichtet und eine Flotte von Tankern betrieben. Aus dem kleinen Fischerdorf war ein Hafen geworden, an dem die größten Öltanker anlegen konnten. Als sich dann der Ölhandel soweit ausgeweitet hatte, dass die Konkurrenz zu groß wurde, war sein Vater umgeschwenkt und hatte begonnen, die Scheichs mit Dingen des täglichen Lebens wie getunten Porsches, Privathubschraubern und Luxusjachten zu versorgen. Irgendwann war auch dieses Geschäft nicht mehr lukrativ gewesen, und die Familie war dazu übergegangen, ihr Vermögen im Ausland zu verdienen. Karims Vater hatte zu den Kapitalgebern gehört, die über eine amerikanische Beteiligungsgesellschaft Netscape und später Google in den frühen Phasen vor dem Börsengang finanziert hatten.

Karim hatte diese Tradition fortgesetzt. Vor kurzem hatte er sich zum Beispiel an der Finanzierung einer kleinen

Softwarefirma aus Hamburg beteiligt, in die auch die wichtigsten Computerfirmen der Welt investiert hatten. Die Firmenbewertung war geradezu idiotisch hoch gewesen, aber der Name der Software hatte wie »Dinar« geklungen, was ihm als gutes Omen erschienen war. Was genau die Firma machte, wusste er nicht, aber es hatte irgendwas mit einer vollkommen neuartigen künstlichen Intelligenz zu tun. Wenn die übrigen Investoren mit ihren Einschätzungen recht hatten, konnte diese Firma bald Google aus der Portokasse übernehmen. Das Investment war riskant, aber in der Vergangenheit hatte Karim ein sehr gutes Gespür für gewinnbringende Geschäfte gehabt – eine Eigenschaft, die er zweifellos von seinem Vater geerbt hatte.

Wenn er richtig gerechnet hatte, dann war Kalarein inzwischen in Bezug auf das Vermögen pro Kopf auf Platz drei der reichsten Staaten der Welt.

Geld jedoch bedeutete Karim nur insofern etwas, als es ein Gradmesser für sein wirtschaftliches Geschick war. Er selbst besaß mehr, als er brauchte. Manchmal dachte er wehmütig an die Zeit in Harvard zurück, als er in einer kleinen Studentenbude gelebt hatte, ohne dass irgendjemand großes Aufheben um ihn gemacht hätte. Er hatte mit Freunden in eine Kneipe gehen können wie jeder andere. Niemand hatte ihn »Exzellenz« genannt oder sich vor ihm verbeugt.

Doch Lamentieren half nichts. Er trug nun einmal die Verantwortung für den Kleinstaat und seine Bürger, und er würde sich vor dieser Verantwortung nicht drücken.

Seine Mutter lächelte ihn an, als er den Frühstücksraum betrat. Sie war immer noch strahlend schön, eine früher berühmte Schauspielerin aus dem indischen »Bollywood«, die in zahlreichen knallbunten Liebesfilmen mitgewirkt hatte. »Guten Morgen, Karim.«

»Guten Morgen, Mutter.« Er setzte sich zu ihr und griff

nach einem der Croissants, die der Koch des Hauses nach original französischem Rezept mit aus Paris eingeflogenen Zutaten buk.

»Hast du dich schon auf die Konferenz in Riad vorbereitet?« Es war typisch, dass sich seine Mutter bereits beim Frühstück nach den Regierungsgeschäften erkundigte. Das hatte sie auch schon getan, als sein Vater noch lebte. Sie erteilte niemals Ratschläge, stellte nur Fragen. Aber es waren kluge Fragen, die seinen Vater oft auf neue Ideen gebracht oder seine Gedanken in die richtige Richtung gelenkt hatten.

Wenn Karim daran dachte, dass in den meisten arabischen Staaten die Klugheit der Frauen nicht nur ungenutzt blieb, sondern geradezu mit Füßen getreten wurde, stieg jedes Mal Wut in ihm auf. Es war unfassbar, dass die Machthaber mancher Staaten selbst die Annehmlichkeiten westlicher Technologie genossen, ihr Land aber in einem Zustand des finstersten Mittelalters hielten, dass Dieben dort immer noch die Hand abgehackt wurde und dass Frauen keine Bildung bekamen, ja sich nicht einmal ohne männliche Begleitung auf die Straße wagen durften.

»Es sind noch fast zwei Wochen. Ohnehin dürfte sich kaum jemand für meine Meinung interessieren. Ich bin viel zu jung, und in den Augen vieler unserer Nachbarn ein Ungläubiger. Außerdem spielt Kalarein in der Weltpolitik nun wirklich keine Rolle. Unser gesamtes jährliches Bruttosozialprodukt ist so groß wie das von Kuwait an drei Tagen. Wir sind unbedeutend. Ich weiß nicht mal, warum ich überhaupt zu dieser Konferenz eingeladen wurde.«

»Hältst du das für Zufall?«

»Nun ja, immerhin sind wir offizielles Mitglied der Arabischen Liga. Aber trotzdem – was kann ein so kleines Emirat wie unseres schon ausrichten, wenn die mächtigsten Männer der Welt an einem Tisch sitzen?«

Seine Mutter sah ihn mit ihren klugen Augen an. »Musst du denn etwas ausrichten?«

Karim zuckte mit den Schultern. »Keine Ahnung. Muss ich?«

Seine Mutter lächelte. »Du bist noch jung. Die Konferenz ist eine großartige Chance für dich zu lernen. Und wer weiß, vielleicht ergeben sich ja ganz neue Beziehungen. Immerhin hast du gegenüber den anderen Teilnehmern einen großen Vorteil.«

»Vorteil? Ich? Welchen denn?«

»Die Menschen, die dort zusammenkommen, sind untereinander verfeindet, nicht wahr?«

»Na, das kann man wohl sagen! Dass dieser neue US-Präsident es geschafft hat, Iran und Israel an einen Tisch zu bringen, ist schon wirklich eine erstaunliche Leistung!«

»Und welches sind unsere Feinde an diesem Tisch?« Seine Mutter sah ihn über den Rand ihrer Teetasse hinweg an.

Karim überlegte einen Moment. »Wir haben keine. Kalarein wurde seit dreihundert Jahren nicht mehr in einen Konflikt verwickelt. Nicht mal Saddam Hussein hat sich für uns interessiert.« Seine Miene erhellte sich. »Du hast recht! Wenn man es genau bedenkt, bin ich vielleicht das einzige Staatsoberhaupt dort, das mit niemandem verfeindet ist!« Er sah seine Mutter überrascht an. »Du meinst doch nicht etwa, dass ich so eine Art Vermittler sein soll, oder? Der Generalsekretär der Vereinten Nationen ist doch da, und …«

Sie lächelte. »Welche Rolle du spielen willst, kannst nur du selbst entscheiden.«

21.

»Gib mir das Fläschchen!« Marie streckte die Hand aus.

Rafaels Augen verengten sich. »Was soll das? Traust du mir nicht?«

»Das ist es nicht. Aber in deiner Brusttasche ist es nicht sicher. Es könnte herausfallen.«

»Und wo willst du es hintun? Du hast ja nicht mal eine Brusttasche!«

Marie lächelte nur leicht. Als Rafael ihr das Fläschchen gab, schob sie es einfach in ihren BH.

»Und du meinst, da findet es niemand, falls wir geschnappt werden?« Rafaels Stimme klang beleidigt. Er schien zu ahnen, dass sie ihm das Glasröhrchen abgenommen hatte, um zu verhindern, dass er in seinem Übermut eine Dummheit machte.

Marie zuckte nur mit den Schultern. »Lass uns weiter gehen.«

Sie kämpften sich durch das dichte Buschwerk den Hang hinauf. Nachdem der Hubschrauber abgedreht war, hatte Marie neuen Mut geschöpft. Doch der beschwerliche Aufstieg machte ihr immer deutlicher, wie hoffnungslos ihre Lage war. Mit viel Glück waren sie ihren Häschern vorerst entkommen, doch diese würden die Jagd wahrscheinlich so schnell nicht aufgeben. Vielleicht hatte man sie vom Hubschrauber aus gesehen, als sie vor den Büffeln geflohen waren. Vielleicht waren jetzt schon Männer mit Spürhunden unterwegs. Selbst, wenn sie keine Hunde hatten – ihre Verfolger kannten sich in dieser Gegend aus, sie hatten Ausrüstung und Proviant.

Der Gedanke erinnerte Marie daran, dass sie seit gestern

Mittag nichts mehr gegessen hatte. Ihre Füße schmerzten vom Klettern in ihren dafür völlig ungeeigneten Schuhen, ihre Beine waren von Dornen und Steinen zerkratzt, in ihrem Haar hatten sich Blätter und kleine Zweige verfangen. Wenigstens hatte es heute noch nicht geregnet; trotzdem war ihre Kleidung klamm von der hohen Feuchtigkeit der kühlen Bergluft und vom Tau auf den Blättern. Sie wünschte sich nichts mehr als eine heiße Dusche.

Vor ihr kraxelte Rafael unverdrossen weiter. Hin und wieder hielt er inne und wartete auf sie. Wenn er konnte, half er ihr über eine schwierige Stelle hinweg. Er klagte nicht, also wollte auch sie nicht klagen.

Marie hatte keine Ahnung wie spät es war, als Rafael abrupt stoppte. Er untersuchte einen Busch, an dem ein paar Zweige abgebrochen waren. Dann änderte er die Richtung: Statt weiter den Berg hinaufzuklettern, wandte er sich nach rechts und setzte den Weg quer zum Hang fort.

»Was machst du?«, fragte Marie. »Warum willst du nicht weiter bergauf?«

Er deutete auf den Busch. »Das waren Gorillas«, sagte er, als erkläre das seine spontane Richtungsänderung.

»Na und? Willst du jetzt etwa auch noch auf Gorillapirsch gehen?«

»Warum nicht? Touristen bezahlen eine Menge Geld dafür, diese Tiere einmal in ihrem Leben in freier Natur sehen zu können.« Er grinste.

Marie sah ihn entgeistert an. Dann begriff sie. »Du willst dich einer solchen Touristengruppe anschließen!«

Er nickte. »Wäre doch eine gute Tarnung. Vermutlich wissen unsere Verfolger nicht genau, wie wir aussehen. Vielleicht können wir so durch die Maschen schlüpfen.«

Marie nickte anerkennend. Wenn sie den Gorillas folgten, würden sie mit ein bisschen Glück früher oder später auf eine Touristengruppe stoßen, die von einem einheimischen Führer geleitet wurde. Es war eine echte Chance.

Wenn man einmal begriffen hatte, worauf man achten musste, hinterließen die Gorillas eine ziemlich deutliche Spur. Hin und wieder trafen sie auf den Kot der Tiere – Haufen aus kugelförmigen schwarzen Gebilden, Pferdeäpfeln nicht unähnlich – sowie auf Stellen mit platt gesessenem Gras und Büschen, an denen Äste abgebrochen waren oder Blätter fehlten.

Gegen Abend nahmen sie den intensiven Geruch der Menschenaffen wahr. Bald hörten sie auch die Grunzlaute und Rufe der Tiere. Sie hatten sich offenbar etwas oberhalb von ihnen auf einer Wiese niedergelassen. Der Wind wehte den Berg herab und trug Geruch und Geräusche mit sich.

»Lass uns noch etwas näher herangehen«, schlug Rafael vor.

»Warum? Wir wissen ja jetzt, wo die Gorillas sind. Wir können in ihrer Nähe übernachten und morgen versuchen, eine Touristengruppe zu finden.«

»Ja. Aber findest du es nicht auch aufregend, diese Tiere aus der Nähe zu sehen? Es gibt nur noch ein paar Hundert von ihnen. Vielleicht bekommen wir nie wieder so eine Chance!«

Marie hatte angesichts ihrer Situation nur wenig Verständnis für Rafaels Forscherdrang. Andererseits hatte er sich hier in der Wildnis als kompetenter Führer erwiesen und ihr das Leben gerettet. Sie verkniff sich also eine bissige Erwiderung und folgte ihm mit einem unguten Gefühl im Bauch.

Sie schlichen näher an die Gruppe heran, die jetzt nur noch durch ein paar Büsche vor ihren Blicken verborgen lag. Deutlich hörten sie das zufriedene Grunzen der Erwachsenen, während sie weideten oder sich gegenseitig das

Fell pflegten, und die aufgeregten Laute der Jungen, die sich balgten.

Rafael kniete hinter einem Busch. Vorsichtig schob er die Blätter auseinander. Er wandte sich zu Marie um und bedeutete ihr mit der Hand, näher zu kommen.

Sie blickte mit großen Augen durch die Lücke im Blattwerk. Unmittelbar vor ihr, höchstens drei Meter entfernt, kugelten zwei Jungtiere eng umschlungen im hohen Gras. Sie rauften und warfen sich übereinander. Einmal hätte Marie schwören können, dass einer der Affen den anderen am Bauch kitzelte. Es war eine Szene von solcher Unbekümmertheit und Fröhlichkeit, dass sie für einen Moment ihre missliche Lage vergaß und breit lächelte.

Eines der Gorillakinder wandte zufällig den Kopf in ihre Richtung. Es verharrte für einen Moment, als sei es nicht sicher, ob es etwas gesehen habe. Dann stieß es einen verängstigten Schrei aus und galoppierte auf allen vieren davon in Richtung der Erwachsenen. Sein Spielkamerad folgte ihm.

Ein schreckliches Gebrüll ertönte, das dumpfe Trommeln von Gorillafäusten auf der Brust. Dann knackten Zweige und Äste, und plötzlich schoss aus dem Gebüsch vor ihnen, nur ein Dutzend Meter entfernt, ein Silberrücken hervor. Seine Zähne waren gefletscht, und seine Augen starrten sie zornig an.

Marie wollte aufspringen und weglaufen, doch ihr Körper gehorchte ihr nicht. Der riesige Gorilla rannte in vollem Schwung auf sie zu. Sie war überzeugt, dass dies die letzten Bilder waren, die sie in ihrem Leben sehen würde.

Der Silberrücken stieß einen grausigen Schrei aus. Marie kauerte sich zusammen und hielt schützend die Hände über den Kopf. Jeden Moment rechnete sie damit, dass die mächtigen Pranken ihr das Rückgrat brechen, sich die langen Eckzähne in ihren Hals rammen würden.

Doch nichts dergleichen geschah. Das Tier hatte kurz vor ihnen seinen Lauf gestoppt und hockte nun in Griffweite.

Marie wagte, vorsichtig Luft zu holen. Der Gorilla schnaubte verächtlich. Dann spürte Marie plötzlich etwas in ihrem Haar. Er berührte sie! Nicht aggressiv, sondern sanft, tastend, neugierig.

Eine schwarze, ledrige Hand stupste gegen ihre Schulter.

Marie hob langsam den Kopf.

Der Gorilla zog seine Augenbrauen in einem so verblüffend menschlichen Ausdruck hoch, dass Marie beinahe gelacht hätte. Was bist du denn für ein seltsames Ding, schien er sagen zu wollen. Und was fällt dir ein, unsere Kinder zu erschrecken?

Marie kroch auf allen vieren rückwärts davon. Rafael tat es ihr gleich.

Der Gorilla stieß noch einmal ein Grunzen aus, dann verschwand er im Gebüsch.

Marie und Rafael sahen sich an.

»Mein Gott!«, sagte Rafael. »Ich glaube, ich habe mir in die Hosen gemacht.«

Marie antwortete nicht. Mit aufgerissenen Augen starrte sie auf die olivgrün gekleidete Gestalt, die unvermittelt vor ihnen aus dem Gebüsch aufgetaucht war.

22.

»What the hell are you doing here? Are you crazy? That silverback could have killed you!«

Im ersten Moment erschrak Marie vor der fremden Frau in Militärkleidung beinahe noch mehr als vor dem wütenden Gorilla. Doch sie war offensichtlich keine Soldatin. Sie hatte helle, sommersprossige Haut und dichtes rotes Haar, das unter einem breitkrempigen Hut hervorquoll.

»Wer sind Sie?«, fragte Marie auf Englisch.

Die Fremde machte ein finsteres Gesicht. »Mein Name ist Joan Ridley. Ich leite die Karisoke-Forschungsstation, und ich kann es überhaupt nicht leiden, wenn Touristen eigenmächtig durch das Naturschutzgebiet streifen. Sie haben nicht nur sich selbst in Lebensgefahr gebracht! Berggorillas sind sehr empfindlich und haben gegen viele menschliche Krankheiten keinen Immunschutz. Wenn hier jeder einfach so auf eigene Faust durch den Wald stiefelt, gibt es bald keine mehr! Außerdem ist das streng verboten. Ich werde Sie der Parkaufsicht melden, die ein empfindliches Bußgeld verhängen wird!«

»Es tut uns leid«, sagte Marie, als Ridley ihre Tirade beendete hatte. »Aber wir sind keine Touristen, und wir sind nicht freiwillig hier.«

»Das können Sie mir später erzählen. Jetzt kommen Sie erst mal mit!« Ridley drehte sich um und stapfte mit energischen Schritten los. Marie und Rafael hatten Schwierigkeiten, ihr zu folgen. Erst nach ein paar Hundert Metern hielt die Gorillaforscherin inne und wandte sich an die beiden. »Oh, Verzeihung. Ich habe vergessen, dass Sie das Gelände hier nicht gewohnt sind. Und Ihre Kleidung ist auch nicht gerade ideal für einen Waldausflug.« Sie wartete und legte dann ein langsameres Tempo vor.

Als sie die Station erreichten, hatte die Dämmerung bereits eingesetzt.

»Sie bleiben heute Nacht hier«, entschied Ridley. »Morgen früh wird einer der Ranger Sie zur Parkaufsicht begleiten. Wer ist eigentlich Ihr Gruppenführer?«

»Ich sagte doch schon, wir sind keine Touristen«, sagte Marie. »Wir sind Unternehmensberater aus Deutschland. Wir sind hergekommen, um das Feldlabor der Firma Olfana hier in der Nähe zu untersuchen. Doch wir wurden überfallen und mussten fliehen.«

»Überfallen? Von wem?«

»Wir wissen es nicht. Es könnten gewöhnliche Banditen gewesen sein. Oder ...«

»Oder was?«

»Wir haben in dem Labor gefangene Gorillas entdeckt. Wahrscheinlich wurden sie für Tierversuche benutzt.«

Ridleys sommersprossiges Gesicht lief dunkelrot an. »Was? Das ... das kann doch nicht wahr sein!«

»Es stimmt leider«, sagte Rafael.

»Und wo sind die Tiere jetzt?«

»Das wissen wir nicht«, sagte Marie. »Aber wenn der Angriff auf uns erfolgte, weil wir die Gorillas entdeckt haben, dann haben sie sie wahrscheinlich weggebracht, oder ...«

Ridley rang einen Moment um Worte. »Gibt es denn wirklich keine Grausamkeit, die der Mensch nicht begeht?«, rief sie schließlich. »Tierversuche, an den letzten Berggorillas! Das ist doch nicht zu fassen! Wie, sagten Sie, heißt diese Firma? Denen werde ich die Hölle heiß machen, das können Sie mir glauben!«

»Wir glauben nicht, dass das Management der Firma von den Versuchen weiß«, sagte Marie.

»Natürlich nicht.« Ridley schnaubte verächtlich. »Die Manager solcher Firmen wissen nie etwas von den Schweinereien, die in ihrem Auftrag von ihren Angestellten verübt werden!« Sie schüttelte den Kopf. »Mein Gott! Es ... es ist einfach nicht zu fassen! Wir kämpfen seit Jahren darum, den Bestand hier zu sichern, und dann kommt irgendsoein internationaler Großkonzern daher und zerstört alles, was wir aufgebaut haben. Für ein paar gottverdammte Tierversuche!« Sie schwieg, als müsse sie diese Ungeheuerlichkeit erst einmal verarbeiten.

»Der Helikopter vorhin, der war hinter Ihnen her?«, fragte sie nach einer Weile.

»Ja«, sagte Marie.

»Aber warum der ganze Aufwand? Nur, weil Sie denen auf die Schliche gekommen sind? Nicht, dass Tierversuche an Menschenaffen nicht verabscheuungswürdig wären, weiß Gott. Aber in diesem Land kümmern Gorillas die Leute nur wenig. Solange Touristen dafür bezahlen, sie zu sehen, werden sie geschützt, aber für ein paar Dollar drückt hier jeder gern ein Auge zu. Vor einigen Monaten haben Wilderer eine ganze Gruppe hingeschlachtet, und keiner hat was unternommen. Diese Mistkerle haben also eigentlich wenig zu befürchten. Es muss mehr hinter der Sache stecken! Was genau waren das für Versuche?«

»Das wissen wir nicht«, sagte Marie. Sie spürte den leichten Druck des Fläschchens an ihrer Brust, hielt es aber für klüger, Ridley nichts davon zu erzählen. Sie würde es den deutschen Behörden übergeben. Die sollten es dann in einem Labor untersuchen.

Der verlockende Duft von frisch gekochtem Essen stieg ihnen in die Nase. Vor Hunger bekam Marie weiche Knie. Sehnsüchtig sah sie zu dem Topf herüber, der auf einer geschützten Feuerstelle brodelte, während ein junger Afrikaner darin rührte. Ridley bemerkte ihren Blick.

»Sie müssen Hunger haben! Kommen Sie, wir essen erst mal was, danach sehe ich mir Ihre Verletzungen an.«

Der Kessel enthielt einen kräftigen Eintopf aus Gemüse und Hühnerfleisch. Marie war sich sicher, in ihrem Leben noch nie etwas so Köstliches gegessen zu haben.

Nach dem Essen behandelte Ridley ihre Kratzer und Rafaels Stirnwunde. Erst wollte Marie abwinken, weil sie die Behandlung der Hautabschürfungen für unnötig hielt. Die Gorillaforscherin machte ihr jedoch schnell klar, dass sich in Afrika auch kleinste Kratzer zu tödlichen Schwären entzünden konnten. Sie wies ihnen eine Hütte zu, die eigentlich für Gastforscher vorgesehen war. Es gab dort nur ein nicht besonders breites Bett, aber Marie und Rafael versicherten gleichzeitig, kein Problem damit zu haben. Nach der Nacht auf dem Baum war die Vorstellung, in einem richtigen Bett zu schlafen, einfach überwältigend – egal, wie eng es sein mochte.

Sie legten sich angezogen nebeneinander auf die schmale Liege und deckten sich mit einer von der immerwährenden Feuchtigkeit klammen Wolldecke zu. Obwohl sie todmüde war, lag Marie lange wach und lauschte Rafaels gleichmäßigem Atem. Ihr Herzschlag ging viel zu schnell. Die Nähe seines Körpers und die Wärme, die von ihm ausging, machten sie irgendwie nervös.

Ein seltsames Verhältnis war es, das sich zwischen ihnen entwickelt hatte. Er war ihr Schüler und gleichzeitig ihr Lehrmeister, ihr Schutzbefohlener und ihr Beschützer. Ohne ihn wäre sie nach dem Unfall hoffnungslos verloren gewesen. Er war jünger als sie, und er wirkte oft naiv und undiszipliniert, doch gleichzeitig besaß er ein natürliches Selbstbewusstsein, das so ganz anders war, als beispielsweise Ricos aufgesetztes Machogehabe, und das ihm eine Aura von Kraft und Willensstärke verlieh.

Ein wenig erinnerte Rafael sie an Arne – auch er war

sanft, einfühlsam und humorvoll. Aber Arne war auch immer ein bisschen langweilig gewesen, stets vorsichtig und zurückhaltend, vernünftig und risikoscheu. Rafael dagegen war impulsiv, chaotisch, unberechenbar – und gerade deshalb faszinierend. Außerdem, gestand sie sich widerstrebend ein, war er irgendwie süß mit seinen langen Haaren, den braunen Augen, seinem verschmitzten Lächeln und dem Dreitagebart, der sich mittlerweile auf seinen Wangen gebildet hatte.

Sie ertappte sich bei dem Gedanken, wie es wäre, durch dieses Haar zu streichen, ihm tief in die Augen zu sehen, seinen frechen Mund auf ihren Lippen zu spüren. Ein warmes Gefühl breitete sich in ihrem Körper aus, als ihr klar wurde, dass es nur einer leichten Drehung ihres Kopfes bedurfte, um diese Fantasie Wirklichkeit werden zu lassen. Mit aller Macht kämpfte sie die Regung nieder. Das war das Letzte, was sie jetzt brauchte: eine Affäre mit einem Kollegen! Sie schloss die Augen, doch ihr Herz schlug immer noch viel zu schnell, und die Schrecken der vergangenen vierundzwanzig Stunden taten ein Übriges, um sie wach zu halten.

Sie drehte sich auf die Seite, idiotischerweise wütend auf ihn.

»Kannst du auch nicht schlafen?«, fragte er leise.

Sie fuhr zusammen. Einen verrückten Moment lang glaubte sie, er habe ihre Gedanken irgendwie erraten. Sie tat so, als habe sie ihn nicht gehört und sich nur im Schlaf herumgewälzt.

Doch er ließ sich nicht täuschen. Er rückte näher an sie heran – näher! –, sodass sie mit ihrem Rücken gegen seine Brust gepresst lag, beinahe so, wie gestern Nacht auf dem Baum. Er legte einen Arm um sie, seine Hand berührte ihren Bauch. Sie wagte kaum zu atmen. Wenn er spürte, wie angespannt sie war, wie heftig ihr Herz pochte, ließ er es nicht erkennen.

Sie lag still, hin und her gerissen zwischen dem verzweifelten Wunsch, sich zu entspannen und endlich zu schlafen, und der Sehnsucht, seine Hand möge sich über ihre Brust legen und das Feuer in ihr weiter anheizen. Schon lange hatte sie nicht mehr eine solche Erregung verspürt.

Doch Rafael machte keine Anstalten, mehr zu tun, als sie mit der Nähe seines Körpers in die Verzweiflung zu treiben.

Marie war ihm dankbar. Sie hatte nie etwas von One-Night-Stands und erotischen Abenteuern gehalten und war immer stolz auf ihre Selbstbeherrschung gewesen.

Sie hatte sich damals bewusst für ihr Verhältnis zu Arne entschieden – das Ergebnis einer reiflichen Überlegung, keine spontane Aktion, die sie womöglich später bereut hätte. Ebenso bewusst hatte sie dem Ganzen ein Ende gesetzt, als ihr klar geworden war, dass sie keine gemeinsame Zukunft hatten.

Nie hatte sie die Selbstkontrolle verloren. Und doch war sie jetzt aus irgendeinem dummen Grund enttäuscht. Sie lag noch lange wach und versuchte, diesen seltsamen Widerspruch zu lösen.

Geweckt wurde sie von frischem Kaffeeduft. Rafael stand vor ihr, ein Tablett mit Früchten, Rührei mit Speckstreifen und Maisfladen sowie zwei Bechern Kaffee in der Hand. Er grinste. »Guten Morgen!«

In exakt der Sekunde, als er sich bückte, um das Tablett aufs Bett zu stellen, wurde Marie klar, dass sie sich bis über beide Ohren in Rafael Grendel verliebt hatte. Verknallt wie ein dummes Schulmädchen, in einen Kollegen, einen Mann, der dazu noch ein paar Jahre jünger war als sie! Schon rein statistisch war das ein Problem, denn bei den weitaus meisten Paaren war der Mann älter als die Frau. Mathematisch betrachtet war es also äußerst unwahrscheinlich, dass Rafael ihre Gefühle erwidern würde. Und selbst wenn – unter außergewöhnlichen Umständen entstandene Beziehungen waren selten von Dauer. Besser, sie schlug sich die Sache sofort aus dem Kopf.

Sie bemühte sich um ein verkrampftes Lächeln. »Guten Morgen!«

Das Frühstück verlief schweigend. Marie war es nur recht.

Danach stellte ihnen Joan Ridley einen Mann namens Kobeke vor, der als Ranger und Touristenführer im Park arbeitete und sie zur Polizeistation in Kisoro begleiten würde. Sein tiefschwarzes Gesicht war faltig, und sein gekräuseltes Haar zeigte Spuren von Grau, doch sein Körper war muskulös und drahtig. Er trug nur kakifarbene Bermudashorts und eine Machete an seinem Gürtel.

Sie bedankten sich bei Ridley für die Hilfe.

»Tun Sie mir nur den Gefallen und sorgen Sie dafür, dass der Mistkerl hinter Gitter kommt«, sagte Ridley. »Am liebsten würde ich selbst mitkommen und zusehen, wie das Schwein verhaftet wird. Aber nach all der Aufregung gestern ist es vielleicht besser, wenn ich hierbleibe und die Gorillas im Auge behalte, besonders Gruppe Vier, der Sie gestern begegnet sind. Die Tiere sind sicher nervös. Bitte informieren Sie mich über den Stand der Dinge. Hier in Afrika können solche Verfahren manchmal lange dauern und einen unerwarteten Verlauf nehmen.« Sie musste nicht weiter erklären, was sie damit meinte.

Marie versprach, sie per Funk von der Polizeistation aus zu benachrichtigen. Dann folgten sie Kobeke in den Wald.

Ihr Führer war schweigsam und wies sie nur gelegentlich in holprigem Englisch auf schwierige Stellen im Gelände hin. Auch Marie und Rafael redeten wenig. Kobeke bewegte sich leichtfüßig und gewandt über die steilen Hänge und musste immer wieder warten, bis Marie und Rafael keuchend hinter ihm her gestolpert kamen.

Einmal hörten sie das Knattern eines Hubschraubers in der Nähe und sahen sich angstvoll um, doch das Geräusch entfernte sich bald wieder. Kobeke warf ihnen nur einen merkwürdigen Blick zu und forderte sie auf, ihm zu folgen.

Nach etwa zwei Stunden erreichten sie eine Hütte am Fuß des Berges. Davor parkten ein rostzerfressener grauer Bus und ein dunkelgrüner Jeep.

Zwei Männer in Uniform stiegen aus dem Jeep. Sie trugen Pistolen und Handschellen an ihren Gürteln und das Staatswappen Ugandas auf der Brust – ein langer Schild mit Wasser, Sonne und Trommel, gesäumt von einer Gazelle und einem Kranich. Kobeke redete ein paar Worte in der Landessprache mit ihnen. Die beiden nickten.

Einer der Polizisten wandte sich an Marie. »In the name of the Government of the Republic of Uganda, you are arrested for violation of the law for wildlife protection.«

Marie hielt es zuerst für einen Scherz, dann erschrak sie. Verhaftet? Wegen Verletzung des Gesetzes zum Schutz der Wildtiere?

»This is a mistake!«, rief sie. Sie warf einen verzweifelten Blick zu Kobeke, der sie unverwandt ansah. »Please! We are here to report illegal experiments with animals! We've been ambushed by …«

Der Polizist hörte ihr nicht zu. Er riss ihr die Arme hinter den Rücken und legte ihr Handschellen an. Dann stieß er sie und Rafael auf die Rückbank des Jeeps.

23.

»So eine Scheiße!«, fluchte Marie, als sie durch Schlaglöcher und Pfützen in Richtung Kisoro rumpelten. »Kobeke muss da was falsch verstanden haben. Wenn wir auf der Polizeistation sind, rufen wir Joan Ridley an. Sie wird das Missverständnis aufklären können.«

Rafael aber schüttelte nur den Kopf. »Ich glaube nicht, dass das hier ein Missverständnis ist.«

Sie sah ihn erschrocken an. »Meinst du etwa, Borg steckt dahinter?«

»Keine Namen«, sagte Rafael. Aber seine Augen sprachen eine deutliche Sprache.

»Hey, you!« Der Beifahrer drehte sich zu ihnen um. »Shut up! No speaking!«

Sie fuhren schweigend weiter. Nach einer Viertelstunde erreichten sie eine etwas breitere Straße, die jedoch ebenfalls von Schlaglöchern übersät war. In Deutschland wäre sie als Feldweg durchgegangen, hier war sie so etwas wie eine Bundesstraße, die Kisoro mit den Städten im Norden verband.

Zu Maries Entsetzen bog der Jeep nicht in Richtung der Stadt ab, sondern folgte weiter der Hauptstraße. »Where are we going?«, rief sie. »Why are we not driving to the police station?«

Die beiden Männer ignorierten sie.

Nach einer Weile bog der Jeep in einen schmalen Weg, der in ein kleineres Waldstück führte. Marie fühlte Panik in sich aufsteigen. Hatte man sie nur aus dem Umfeld der Parkstation entfernt, um sie an einem abgelegenen Ort unauffällig zu beseitigen? Niemand würde in diesem gottverlassenen Land jemals ihre Leichen finden! Es würde heißen, sie seien bei dem Unfall mit dem Taxi ums Leben gekommen.

Trotz ihrer auf den Rücken gefesselten Hände versuchte sie verzweifelt, die Tür des Jeeps zu öffnen, doch die Griffe waren von den hinteren Innenseiten abmontiert worden. Sie warf einen Blick zu Rafael. Sein normalerweise unbekümmertes Gesicht war versteinert. Dass selbst er keine Hoffnung mehr hatte, zeigte ihr mehr als alle anderen Umstände, wie verloren sie waren.

Es gab auf einmal so viel, was Marie ihm sagen wollte. So viel, dass sie nicht wusste, wo sie anfangen sollte. Und so schwiegen sie beide, wie gelähmt von Todesangst und Verzweiflung.

Der Jeep hielt auf einer Lichtung neben einem Militärlaster ohne Hoheitszeichen. Zwei Männer erwarteten sie dort. Der eine hatte fast blauschwarze Haut und trug Militärkleidung. In der Hand hielt er lässig eine Maschinenpistole. Der andere hatte hellere Haut, eine markante, gebogene Nase und trug ein kariertes Kopftuch, das seine arabische Herkunft verriet.

Die Polizisten unterhielten sich kurz mit den beiden. Dann gab der Araber ein Kommando, und sie wurden aus dem Jeep gezerrt und auf die Ladefläche des LKW geworfen, die mit einer Plane abgedeckt war. Der Araber befestigte Ketten an ihren Handschellen sowie an den Eisenstreben, die die olivgrüne Abdeckung des LKW trugen. Sie hatten also keine Chance, während der Fahrt von der Ladefläche zu springen. Er betastete ihre Kleidung und nahm Rafaels Portemonnaie mit Ausweis und Geld an sich. Marie hatte ihre Brieftasche schon bei dem Unfall mit dem Taxi verloren. Als er sich über sie beugte, nahm sie seinen Geruch wahr, der auf unangenehme Weise an ranziges Fett erinnerte. Maries verzweifelte Fragen ignorierte er, ohne auch nur das Gesicht zu verziehen. Er betrachtete kurz Maries Cartier-Uhr, ließ sie ihr dann aber. Offenbar war er nur an ihren Ausweisdokumenten und Bargeld interessiert.

Dann stieg der Araber in die Fahrerkanzel. Die Ladefläche erzitterte, als der LKW startete. Beißender Dieselgestank drang Marie in die Nase.

»O mein Gott!«, schluchzte sie, während der Laster zurück auf die Hauptstraße rollte. »O mein Gott!«

»Immerhin, sie haben uns nicht umgebracht«, sagte Rafael. »Sie haben noch irgendwas mit uns vor.«

Marie konnte sich gut vorstellen, was das war. Die Nachrichten waren ja voll von solchen Fällen. »Das sind Terroristen, und wir ihre Geiseln. Sie werden irgendwelche absurden Forderungen stellen, und irgendwann bringen sie uns dann vor laufender Kamera um.«

»Cool«, sagte Rafael, der irgendwie seinen Sarkasmus wiedergefunden hatte. »So kommen wir vielleicht ins Fernsehen!«

Idiotischerweise musste Marie über diese Bemerkung lachen. Ihr ganzer Körper schüttelte sich in hysterischen Krämpfen, während ihre Tränen auf die raue Ladefläche tropften.

Das kleine Mädchen spielt in der Küche mit Hegi, seiner Puppe. Es duftet nach Hühnerbrühe. Die Mutter ist dabei, den Tisch zu decken. Es macht ein sorgenvolles Gesicht, als sei es sich nicht sicher, ob es etwas Verbotenes tut, indem es die Teller auf den Tisch stellt.

»Darf Hegi auch etwas von der Suppe haben?«, fragt das Mädchen. Sie weiß natürlich, dass Puppen nicht richtig essen können. Sie will nur so tun, als ob.

Ihre Mutter antwortet nicht. Sie lächelt auch nicht. Das Mädchen kann sich noch daran erinnern, dass die Mutter früher oft gelächelt hat. Das war schön.

Das Mädchen wendet sich wieder ihrer Puppe zu. »Natürlich bekommst du auch Suppe, Hegi«, sagt sie in ernstem Ton. »Aber du musst schön brav deinen Teller leer essen und dich gut benehmen. Sonst schimpft Mami mit dir!«

Ein Geräusch lässt sie aufblicken. Der Deckel auf dem Kochtopf klappert auf und ab. Sie ist verblüfft. Wieso hüpft der Deckel ganz von selbst auf dem Topf herum? Das sieht so lustig aus, dass sie lachen muss. Ihre Stimme schallt hell durch die Küche.

»Hör auf!«, fährt die Mutter sie an. »Hör sofort auf zu lachen!«

Aber der Deckel klappert einfach weiter. Sein Tanz wird sogar noch viel wilder, und das kleine Mädchen lacht noch lauter. Sie kann gar nicht mehr aufhören.

»Sei endlich still!« Der Schrei ihrer Mutter ist so schrill, dass es in den Ohren wehtut. Das Lachen bleibt dem Mädchen im Halse stecken. Tränen schießen in ihre Augen.

Die Mutter starrt sie an. »Ich weiß genau, warum du über mich lachst!«, sagt sie mit einer leisen, bösen Stimme, die nicht ihre zu sein scheint.

Das Mädchen versteht nicht, was die Mutter meint. Es hat doch nur über den Deckel gelacht, der immer noch fröhlich auf dem Topf tanzt.

»Ihr lacht alle über mich!«, sagt die Mutter, und plötzlich weint sie. »Ich weiß genau, warum ihr alle über mich lacht!«

»Nein, Mami!«, ruft das Mädchen und läuft zu ihr. Sie versucht ihr zu erklären, warum sie gelacht hat, doch ihre Mutter lässt sich nicht trösten. Sie sitzt schluchzend da, das Besteck für das Mittagessen noch in den Händen.

»Dummer Topf!«, ruft das Mädchen. »Dummer, dummer Topf!« Sie dreht an den Knöpfen des Herds, wie ihre Mutter es macht, und irgendwann hört der dumme Topf auf zu klappern. Doch ihre Mutter weint immer noch.

Da beschließt das kleine Mädchen, nie mehr zu lachen.

Aus Maries hysterischem Lachen waren längst Weinkrämpfe geworden. Rafael schob seinen Körper näher an sie heran. Er war an die gegenüberliegende Strebe gefesselt, sodass er sie nicht berühren konnte, aber sein Gesicht war dicht vor ihrem. Sie konnte seinen Atem spüren. »Marie«, sagte er. »Ich ... Wir beide kommen heil aus dieser Sache raus, das verspreche ich dir!«

Sie drehte den Kopf zur Seite. Sie wollte nicht getröstet werden. Sie wollte sich keine idiotischen Hoffnungen machen.

Die Fahrt dauerte etwa eine Stunde. Marie konnte über die Ladekante hinweg sehen, dass sie weiter der Hauptstraße nach Norden folgten. Irgendwann bogen sie wieder in einen Feldweg ein. Nach ein oder zwei Kilometern hielten sie an einer Wiese. Marie konnte zunächst den Grund für den Stopp nicht erkennen. Sie hörte Stimmen in einer kehligen, wie Arabisch klingenden Sprache. Dann erschien das Gesicht des Fahrers mit dem Kopftuch an der rückwärtigen Ladeklappe. Er löste die Kette, mit der sie an die Ladefläche gefesselt war. Ein weiterer Araber und ein Ostafrikaner zerrten sie vom Wagen. Niemand sprach ein Wort.

Jetzt sah sie einen großen Militärhubschrauber, der auf einem Acker neben der Straße gelandet war. Rafael und Marie wurden in den Helikopter gestoßen und dort auf den Boden geworfen. Zwei der Entführer hockten sich auf flache Bänke an den Seitenwänden und schnallten sich mit Gurten an. Sie sahen nicht so aus, als würden sie zögern, ihre Maschinenpistolen einzusetzen.

Der Motor des Hubschraubers begann zu dröhnen, und die ganze Maschine erbebte. Sie hoben ab. Da Marie nicht aus dem Fenster sehen konnte, hatte sie keine Ahnung, in welche Richtung es ging.

Der Flug zog sich hin, und das monotone Dröhnen des Helikopters wirkte trotz seiner ohrenbetäubenden Lautstärke einschläfernd. Marie fiel in einen Dämmerzustand. Ihr war, als säße Will Bittner neben ihr und rede auf sie ein: »Das ist ja wohl die größte Pleite, die ich je erlebt habe! Was seid ihr eigentlich für Amateure? Glaub mir, ich habe große Hoffnungen in dich gesetzt, dich immer besonders gefördert. Aber du kennst ja unsere Prinzipien. Total dedication to the client. Total integrity. Total quality. Es tut mir leid, aber ich kann nichts für dich tun, Marie. Nichts für dich tun, Marie. Nichts. Marie.«

»Marie?«

Sie schlug die Augen auf. Es war nicht Will, der ihren Namen rief. Es war Rafael. »Marie!«

Sie versuchte zu lächeln, doch ihre Lippen waren vertrocknet und ließen sich kaum bewegen. In ihrem Kopf pulsierte es schmerzhaft. Das Dröhnen der Rotoren wurde leiser und erstarb schließlich ganz. Ihre Bewacher zerrten sie aus dem Hubschrauber.

Marie sah sich um. Die Dämmerung hatte bereits eingesetzt, und der Himmel war nur noch im Westen fahlgrau. Zehntausend Sterne leuchteten durch die Baumkronen, doch sie hatte kaum einen Blick für diese Schönheit. Sie waren irgendwo in einer savannenartigen Landschaft. Einige große Zelte waren mit Tarnnetzen und Zweigen bedeckt, sodass sie aus der Luft schwer auszumachen sein würden. Männer in unordentlichen Felduniformen liefen umher und unterhielten sich gedämpft. Einige trugen Maschinenpistolen oder Gewehre. Es gab keine Lagerfeuer und nur wenige Lampen. Es sah aus, als befänden sie sich in einem Militärlager mitten in einer Kriegszone.

Marie hatte keine Ahnung, wo sie waren. Sie konnten Uganda ohne Weiteres bereits verlassen haben und irgendwo in einem der Nachbarländer sein. Welche Länder grenzten an Uganda? Ruanda und der Kongo, das wusste sie, weil es im Reiseführer zum Thema Gorillas gestanden hatte.

Aber der Landschaft nach zu urteilen, waren sie vielleicht eher in Kenia. Oder weiter im Norden? Was lag dort noch mal – der Sudan? Der Tschad? Äthiopien?

Gab es hier vielleicht einen regionalen Konflikt, in den sie hineingezogen worden waren? Sie konnte sich an keine entsprechende Nachrichtenmeldung erinnern, aber sie wusste, dass in Afrika ständig irgendwo bewaffnete Auseinandersetzungen ausbrachen. Oft genug waren es Bürgerkriege zwischen verfeindeten Volksstämmen oder zwischen der Regierung und irgendwelchen Rebellen.

Man brachte sie in ein kleines, quadratisches Zelt mit einer Kantenlänge von etwa drei Metern. Zwei Feldbetten und ein niedriger Klapptisch standen darin, darüber glomm eine Gaslampe. Auf dem Tisch standen Plastikflaschen mit Wasser und zwei Gläser, die Marie sehnsuchtsvoll anstarrte.

Zu ihrer Überraschung nahmen die Entführer ihnen jetzt sogar die Handschellen ab. »You stay here«, sagte der Araber nur und ließ sie allein.

Marie dachte nicht lange über diese unerwartete Wendung nach. Sie nahm eine Wasserflasche und trank in tiefen Zügen, ohne sich damit aufzuhalten, die kostbare Flüssigkeit erst in ein Glas zu füllen. Rafael tat es ihr gleich.

Doch die Freude über das Wasser klang rasch ab. Marie setzte sich neben Rafael auf eines der Feldbetten, auf dem ordentlich gefaltet eine saubere Decke lag. Ihr ganzer Körper schmerzte.

»Was soll das alles?«, fragte sie. »Warum haben die uns hierher verschleppt? Und warum haben sie uns die Handschellen abgenommen?«

»Ich glaube, sie wollen sich den Anstrich von Zivilisiertheit und Anstand geben. Die sehen sich hier als die ›Guten‹. Wahrscheinlich wollen sie das Land von irgendeinem Tyrannen befreien, wo immer wir auch sind. Ich bin sicher, sie werden uns nett behandeln, solange wir hierbleiben und tun, was sie wollen. Aber sie werden uns ohne Zögern erschießen, wenn wir versuchen zu fliehen.«

»Aber wenn es Rebellen sind, wozu brauchen sie uns dann?«

Rafael zuckte mit den Schultern. »Keine Ahnung. Vielleicht wollen sie einfach nur internationale Aufmerksamkeit erzeugen. Vielleicht wollen sie die Bundesregierung zwingen, ihre diplomatischen Beziehungen zu der Regierung dieses Landes abzubrechen, oder was auch immer. Wir werden es schon noch herausfinden.«

»Vielleicht wollen sie uns tatsächlich vor laufender Kamera erschießen«, sagte Marie. »Vielleicht ist es bei ihnen Brauch, zu Todgeweihten in den letzten Stunden besonders nett zu sein.«

Rafael lachte trocken. »Wenn das so ist, wo bleibt dann unsere Henkersmahlzeit?«

Wie auf Kommando teilte sich der Vorhang am Zelteingang, und ein Afrikaner stellte zwei Schüsseln mit einem dampfenden Reisgericht auf den Tisch. Er verschwand wortlos.

Marie und Rafael sahen sich an. Dann stürzten sie sich mit Heißhunger auf die Mahlzeit. Es gab kein Besteck, also löffelten sie den klebrigen Reis mit den Händen. Er enthielt Mais, Bohnen und irgendwelches Wurzelgemüse und war sehr scharf gewürzt, aber Marie schmeckte er vorzüglich, trotz oder vielleicht auch wegen der Umstände.

Nach dem Essen fühlte sie sich besser, aber das Gefühl, dass dies ihre letzte Mahlzeit gewesen sein könnte, blieb.

Rafael legte ihr eine Hand auf die Schulter. »Mach dir keine Sorgen. Wir kommen hier schon irgendwie wieder raus.«

Unbewusst schüttelte Marie seine Hand ab. Sie wollte kein Mitleid, und Rafaels blinder Optimismus erschien ihr naiv. Die trügerische Freiheit, die man ihnen hier ließ, machte nur noch deutlicher, dass keine Hoffnung auf Flucht bestand. Selbst wenn es ihnen irgendwie gelang, an den Wachen vorbei aus dem Lager zu entkommen, waren sie vermutlich irgendwo mitten in einer Wildnis, in der sie ohne Wasser und Ausrüstung nicht lange überleben würden. Ein sichereres Gefängnis konnte man sich kaum vorstellen.

Nach etwa einer halben Stunde öffnete sich der Zeltvorhang erneut, und ein hochgewachsener Mann in einem sauberen Tarnanzug erschien. Er hatte olivbraune Haut und fein geschnittene Gesichtszüge. Seinen Mund mit dem dünnen Oberlippenbart umspielte ein Lächeln. »Guten Tag«, sagte er auf Deutsch. »Mein Name ist Nariv Ondomar.«

24.

»Jedenfalls bist du dumm wie ein Elefant!«, schrie Peko.

Sein Bruder Ollo lachte. »Da sieht man, wie blöd du bist! Elefanten haben einen riesengroßen Kopf. Wie können sie da dumm sein?«

»Dann bist du eben so dumm wie eine Mücke!«

»Und du, du bist ein kleiner, hässlicher Zwerg! Ein kleiner, hässlicher Zwerg, der mit Puppen spielt wie ein Mädchen!« Ollo hielt die Figur hoch, die Peko geschnitzt hatte: Ihr Körper war zu lang, die Glieder viel zu kurz, aber er war trotzdem stolz darauf.

»Das ist keine Puppe, das ist ein Soldat! Ich habe ihn gemacht! Gib ihn sofort her!«

»Ein Soldat? Dass ich nicht lache! Was hat er denn da in der Hand, dein Soldat? Sieht aus wie ein Besen!«

»Das ist ein Maschinengewehr! Gib ihn her, oder …«

Ollo, der Peko um einen ganzen Kopf überragte, lachte hell auf. »Oder was, du hässlicher Zwerg?« Er warf die Soldatenfigur in den Staub vor der Hütte ihrer Eltern. »Guck mal, was ich mit deiner Mädchenpuppe mache!« Er trat auf die Figur, die mit einem hörbaren Knacks zerbrach.

»Nein!«, schrie Peko. Tränen liefen ihm über die Wangen. Er stürzte sich auf seinen Bruder und versuchte, ihm ins Gesicht zu schlagen, doch Ollo lachte nur. Er versetzte Peko einen kräftigen Stoß, so dass dieser mit dem Po im Sand landete.

»Du spielst nicht nur mit Puppen, du bist auch so schwach wie ein Mädchen!«

Außer sich vor Wut und Verzweiflung wollte Peko sich aufrichten. Die rechte Hand, mit der er sich abstützte, berührte einen länglichen Gegenstand: das Schnitzmesser. Ehe er begriff, was er tat, war er aufgesprungen und hatte sich erneut auf seinen Bruder gestürzt.

Ollo schrie auf. »Aaaagh! Was … was hast du …« Seine Augen waren weit aufgerissen. Er lachte nicht mehr höhnisch. In seinem Gesicht war nur noch Angst zu sehen. Das erschreckte Peko so sehr, dass er unwillkürlich zwei Schritte rückwärts machte.

Ollo umfasste seinen linken Oberschenkel. Das Schnitzmesser steckte darin. Ein rotes Rinnsal lief an dem dünnen Bein herab.

»Entschuldige, Ollo, das wollte ich nicht …«

Sein Bruder begann, aus Leibeskräften zu schreien. Er presste beide Hände auf das blutende Bein und humpelte in die Hütte.

Peko starrte ihm nach. Dann wandte er sich um und rannte. Rannte, wie er in seinem achtjährigen Leben noch nie gerannt war, die Dorfstraße entlang. Die Tränen liefen ihm Wangen und Hals hinab, bevor sie in der heißen Luft verdunsteten.

Er hielt erst an, als der Sandweg eine Biegung um den Hügel machte und er das Dorf nicht mehr sah.

Nur langsam drang das Ungeheuerliche in sein Bewusstsein. Er hatte seinen Bruder getötet! Er war vielleicht noch nicht gleich tot gewesen, aber wenn man jemandem ein Messer in den Körper rammte, dann starb derjenige, oder? Jedenfalls war das in all den aufregenden Geschichten von mutigen Kämpfern so, die Papa ihm immer erzählte.

Und selbst, wenn Ollo nicht sterben sollte, war klar, dass Peko eine schreckliche Sünde begangen hatte. Eine Todsünde. Die weiße Lehrerin mit dem dicken Bauch und dem komischen schwarz-weißen Kleid hatte ihm klargemacht, was passierte, wenn man eine Todsünde beging: Man kam in die Hölle.

So oder so konnte er nicht wieder zurück nach Hause. Nie wieder. Seine Eltern würden ihn schrecklich bestrafen. Sie würden mit ihm schimpfen und ihn dann in den kleinen Schuppen sperren, in dem sein Vater die Geräte aufbewahrte. So, wie sie es schon oft getan hatten, wenn er etwas ausgefressen hatte. Nur war seine Tat diesmal so schlimm, dass sie ihn bestimmt nie wieder aus dem Schuppen herauslassen würden. Er würde in der Dunkelheit verhungern. Oder sie würden ihn mit Steinwürfen aus dem Dorf jagen, bis er am ganzen Körper blutete, so wie Manasi, aber der hatte nur eine Ziege getötet, die ihm nicht gehörte.

Traurig ging er weiter. Er erinnerte sich noch, wie sie in dieses Dorf gekommen waren. Wie Papa zusammen mit ein paar anderen die Hütte gebaut hatte. Sie war viel schöner als das Gebilde aus Zweigen und Plastikplanen, in dem sie davor gelebt hatten, und sie gehörte ihnen ganz allein. Papa hatte gesagt, dass sie jetzt für immer hier bleiben dürften und nie mehr weglaufen müssten. Dass die bösen Männer nicht mehr kommen würden, um sie zu vertreiben.

Und jetzt hatte Peko all das kaputtgemacht. Jetzt musste er doch wieder weglaufen, vor seiner eigenen Familie. Und alles nur wegen einer blöden Holzfigur.

Vielleicht konnte er zum nächsten Dorf gehen, wo seine Tante Kamuna lebte. Sie war immer lieb zu ihm, und er mochte sie sehr. Dort konnte er sich verstecken, bis seine Eltern ihn vergessen hatten. Aber natürlich würde sein Vater mit dem Auto des Dorfältesten kommen und Kamuna sagen, was Peko getan hatte, und dann würde sie ihn fortschicken. Ebenso gut konnte er jetzt gleich fortgehen, in ein fernes Land. Vielleicht bis nach Deutschland, wo die dicke Lehrerin herkam. Dort waren die Leute angeblich alle so weiß wie sie. Es gab Häuser, die bis in den Himmel ragten, es regnete dreimal am Tag, und es gab Spielzeuge, die richtig lebendig waren und sprechen konnten. Das hatte ihm jedenfalls Ollo erzählt, der angeblich mit einem Jungen gesprochen hatte, dessen Onkel jemanden kannte, der schon mal in Deutschland gewesen war. Aber Ollo erzählte auch eine Menge Quatsch.

Deutschland war weit weg. Er würde bestimmt viele Tage gehen müssen, und er wusste ja nicht mal genau, in welcher Richtung es lag.

Er hörte entferntes Motorengeräusch. Sie suchten ihn schon! Rasch rannte er den Hang hinauf und legte sich hinter einem dornigen Busch flach auf den Boden.

Kurz darauf kam der Jeep des Dorfältesten die Straße entlang. Er fuhr langsam. Pekos Mutter saß auf dem Beifahrersitz und schaute suchend in die Gegend.

Pekos Kehle schnürte sich zusammen. Es drängte ihn, aufzustehen und zu seiner Mutter zu laufen, in ihre Arme zu flüchten, seinen Kopf an ihren Busen zu legen und zu weinen, während sie sein Kraushaar streichelte. Doch er wusste, dass sie ihn nicht in den Arm nehmen und streicheln würde. Sie würde schrecklich schreien und schimpfen. Also blieb er liegen und wartete, bis der Wagen außer Sichtweite war.

Er überlegte, was er tun sollte. Es war nicht ungefährlich, allein durch die Wildnis zu streifen. Es gab Hyänen und Wildhunde in der Gegend, und erst letzten Monat war sogar ein ausgehungerter Löwe gesehen worden.

Ihm fiel der verlassene Bau eines Erdferkels ein, nicht weit von hier. Er hatte dort einmal gespielt. Der Bau war groß genug, dass er sich hineinzwängen und darin verstecken konnte. Dort war er zumindest für die Nacht einigermaßen sicher.

Nach einer halben Stunde erreichte er die Stelle. Vorsichtig näherte er sich dem Loch im Boden. Man wusste nie, welches Tier vielleicht in der Zwischenzeit die schattige Höhle als Behausung gewählt hatte. Besonders Warzenschweine nutzten die Höhlen der Erdferkel gern als Versteck, und sie konnten ziemlich unangenehm werden, wenn sie sich bedroht fühlten. Peko schnupperte, konnte jedoch keinen Geruch feststellen. Er legte sich flach auf den Boden und spähte in die Dunkelheit. Dann warf er ein paar kleine Steinchen hinein, hörte jedoch kein Zischen oder Grunzen. Schließlich streckte er den Arm aus und tastete im Loch herum. Der Bau war leer.

Mit den Füßen voran schob er sich hinein. Er wusste, dass es tief im Inneren von Erdferkelbauten eine zentrale Höhle gab, die oft mehrere Schritt groß war und in der er sich bequem hätte ausstrecken können. Doch jetzt zog er es vor, hier in dem engen Gang zu bleiben – so konnte er wenigstens den Himmel sehen und die Höhle im Notfall schnell wieder verlassen.

Bald wurde es dunkel, und ein mit Sternen übersäter Himmel spannte sich über ihm auf. Die Sterne funkelten zornig, als wären es die grellen Augen der Götter. Sie hatten seine Tat gesehen. Und wenn er bis ans Ende der Welt lief – sie würden über ihn richten!

Peko lag zitternd in seinem Loch und überlegte, wie es sein konnte, dass sich sein Leben von einem Moment auf den anderen auf so schreckliche Weise hatte verändern können. Alles nur wegen eines dummen Streits mit Ollo. Nur, weil er einen kurzen Augenblick außer sich vor Wut gewesen war. Wenn er jemals wieder zu seiner Familie zurückkehrte, würde er sich nie wieder mit Ollo streiten, das schwor er sich. Er würde seinem Bruder hundert Holzfiguren schnitzen, die dieser alle zertreten durfte.

Die Sterne verschwommen in seinen Tränen, bis ihn endlich der Schlaf für ein paar Stunden von seinen Sorgen erlöste.

Als er erwachte, war der Himmel noch grau. Sein Körper schmerzte von dem langen Liegen in dem engen Loch, und ihm war kalt. Er kletterte heraus und streckte sich. Dann fragte er sich, wovon er aufgewacht war.

Er lauschte. Die Geräusche der Nacht waren noch da – das Zirpen der Zikaden, der Schrei eines Vogels, das glücklicherweise weit entfernte Lachen einer Hyäne. Die Stille des Tages, wenn die sengende Hitze die meisten Tiere in ihre Verstecke trieb, hatte noch nicht begonnen.

Ein dumpfes, kollerndes Grollen ertönte. Wie der Donner bei einem der seltenen Gewitter, wenn die Götter ihren Zorn über die Menschen hinausbrüllten. Doch dieses Donnern war regelmäßiger, rhythmischer, beinahe wie die Trommeln beim Fruchtbarkeitsfest.

Es wurde still. Auch die Tiere schienen für einen Moment den Atem anzuhalten und zu lauschen.

Wieder ertönte das Donnern, und plötzlich wurde Peko klar, was es bedeuten musste: Die bösen Männer waren gekommen.

25.

Marie starrte entgeistert auf die ausgestreckte Hand des Mannes. Sie war so verwirrt, dass ihr für einen Moment nicht mehr in den Sinn kam als der Gedanke, wie unhöflich es von ihm war, die schwarzen Lederhandschuhe zur Begrüßung nicht auszuziehen.

»Sie wundern sich vielleicht, warum ich Deutsch spreche«, sagte der Mann, der sich als Nariv Ondomar vorgestellt hatte. »Ich habe in Heidelberg studiert. Dort habe ich auch Andreas Borg kennengelernt.«

»Warum … haben Sie uns entführt?«, fragte Marie, als sie ihre Sprache wiedergefunden hatte.

Ondomar lächelte. »Es tut mir leid, dass die Umstände mich dazu gezwungen haben. Andreas hat mir erzählt, Sie hätten ein wenig zu genau nachgeforscht, was er in seinem Labor macht. Da mussten wir natürlich eingreifen. Ich kann doch nicht zulassen, dass mein alter Freund ins Gefängnis kommt!«

Marie spürte, wie ihr die Zornesröte ins Gesicht stieg. Doch bevor sie etwas sagen konnte, rief Rafael aufgebracht: »Borg macht Tierversuche an Menschenaffen!«

Ondomar nickte. »Ja, das ist bedauerlich. Aber manchmal muss man für ein größeres Ganzes schmerzhafte Opfer bringen.«

»Größeres Ganzes? Was für ein größeres Ganzes?«

»Gerechtigkeit«, sagte Ondomar. »Gerechtigkeit für die Völker Afrikas und Asiens, die seit Jahrzehnten vom Westen ausgebeutet und von korrupten, verweichlichten Regimes unterdrückt werden.«

»Und deshalb lassen Sie Borg Experimente an bedrohten

Tieren machen? Wozu? Ist es irgendein Gift, das er für Sie zusammenmischt, oder ein tödlicher Virus? Ist es das, was Sie mit Gerechtigkeit meinen – unschuldige Menschen umbringen?«

Ondomar fixierte sie mit seinem Blick. Das Lächeln verschwand für einen Moment von seinen Lippen, kehrte aber rasch wieder zurück. »Unschuldig? Sie halten die Menschen im Westen für unschuldig? Weil sie nicht selbst in den amerikanischen Bombern sitzen, die in Afghanistan Männer, Frauen und Kinder töten? Ihre ›unschuldigen Menschen‹ kaufen im Supermarkt Produkte, die nur deswegen billig sind, weil sie von pakistanischen Kindern unter unwürdigen Umständen hergestellt wurden. Sie rauben uns unser Öl und verpesten damit das Klima. Sie leben immer noch von den Reichtümern, die sie Afrika und Indien während der Kolonialzeit gestohlen haben oder die von afrikanischen Sklaven geschaffen wurden. Sie schimpfen über die angebliche Unterdrückung der Frauen im Iran und verschließen die Augen, wenn ›pro-westliche‹ Diktatoren in Afrika ihr eigenes Volk niedermetzeln. Meinen Sie das mit ›unschuldig‹?«

Seine Augen blitzten, und für einen Moment überkam Marie das erschreckende Gefühl, dass er recht haben könnte – dass nicht ihre Entführer, sondern Marie und Rafael auf irgendeine grauenhafte Weise im Unrecht waren.

»Ihr im Westen glaubt, ihr seid uns überlegen, weil ihr die bessere Technologie, die stärkere Wirtschaft habt«, fuhr er fort. »Doch eure Wirtschaft basiert auf dem Handel mit Diebesgut, und euer technischer Fortschritt ist in Wirklichkeit ein Spiel mit dem Feuer, das längst außer Kontrolle geraten ist. In eurer Gier und Überheblichkeit seid ihr drauf und dran, den ganzen Planeten unbewohnbar zu machen! Und da sprechen Sie von Unschuld?«

»Das ist doch Blödsinn!«, sagte Rafael. »Sicher ist während der Kolonialzeit viel Unrecht geschehen, aber das können Sie doch den heutigen Menschen in den westlichen Demokratien nicht anlasten. Jedes Jahr werden Milliarden an Entwicklungshilfe nach Afrika und Asien geschickt, mit dem Ziel, die Wirtschaft hier aufzubauen. Und wenn ich mich nicht irre, dann waren es die Araber, die in Zentralafrika Sklavenhandel betrieben, lange bevor die Europäer kamen. Wie auch immer, kein Gesetz dieser Welt, auch nicht der Islam, gibt Ihnen das Recht, einen wehrlosen Menschen zu töten!«

Ondomar verstummte. Sein Gesicht wurde ausdruckslos. Nur ein leichtes Zucken der Augenwinkel verriet seinen Zorn. Marie warf Rafael einen flehenden Blick zu. Sie spürte, wie gefährlich es war, diesen Mann zu provozieren.

»Was wissen Sie schon vom Islam!«, sagte Ondomar erstaunlich ruhig. »Aber Sie haben recht: Zivilisten zu töten ist nicht der richtige Weg. Außerdem geht es hier nicht um Religion. Ich bin kein Fanatiker, und ganz sicher werde ich meine Religion nicht missbrauchen, um junge Menschen in den Selbstmord zu treiben. Wir sind nicht die Barbaren, für die Sie uns halten. Wir kämpfen mit den Mitteln des Guerillakrieges gegen die Unterdrückung unseres Volkes durch fremde Mächte. Das ist unser gutes Recht!«

»Wenn das so ist, dann lassen Sie uns gehen«, sagte Marie. »Wir haben mit diesem Kampf nichts zu tun!«

Ondomar schüttelte den Kopf, und sein Gesicht schien aufrichtiges Bedauern auszudrücken. »Es tut mir leid, aber eine Weile werden Sie noch unsere Gäste bleiben müssen. Zum jetzigen Zeitpunkt kann ich es mir nicht leisten, dass Sie meinen Freund Andreas bei seiner Arbeit behindern. Er steht kurz vor einem wichtigen Durchbruch. Vor einem Durchbruch, der die Welt verändern wird!«

Ein eisiger Schauer lief über Maries Rücken.

»Ich verspreche Ihnen, solange Sie nicht versuchen zu

fliehen, werden wir Ihnen kein Haar krümmen«, fuhr Ondomar fort. »Ich hoffe, wir können Sie spätestens in ein paar Wochen freilassen. Ich werde persönlich dafür sorgen, dass Ihnen der Aufenthalt bis dahin so angenehm wie möglich gemacht wird. Gute Nacht!« Damit ließ er sie allein.

»Meinst du …«, begann Rafael, doch Marie legte die Finger auf die Lippen. Sie deutete unter das Bett. Womöglich waren hier Wanzen versteckt. Wenn Ondomar sie belauschte, konnte jedes falsche Wort ihr Todesurteil bedeuten.

Rafael nickte. »Meinst du wirklich, sie lassen uns irgendwann laufen?«, vollendete er seinen Satz.

Marie nickte ihm zu. »Keine Ahnung.« Sie hoffte, dass es natürlich klang. »Aber was sollen wir machen? Wir haben keine Chance, von hier zu entkommen.«

»Du hast recht. Na ja, ich bin jedenfalls müde. Ich denke, wir sollten etwas schlafen.«

Marie nickte erneut. Sie nahm zur Kenntnis, dass er sich auf das andere Feldbett legte. Dabei hätte sie etwas Nähe und Wärme jetzt gut gebrauchen können. Sie legte sich ebenfalls hin.

Am nächsten Morgen brachte ihnen ein Afrikaner ein Frühstück aus getrockneten Früchten und Fladenbrot. Nach den Strapazen ihrer Entführung hatte Marie erstaunlich gut geschlafen.

Nachdem sie gegessen hatten, öffnete Marie die Zelttür einen Spalt weit und lugte hinaus. Einige Männer beluden einen LKW mit länglichen Kisten – Waffen? Links und rechts neben dem Zelteingang saßen auf dem Boden zwei Männer, deren Köpfe mit hellen Tüchern verhüllt waren. Der rechte erhob sich, als Marie hinaustrat, doch er sagte nichts und machte auch keine Anstalten, sie aufzuhalten. Sie ging auf den offenen Platz hinaus. Der Mann folgte ihr, hielt jedoch einen Abstand von vier oder fünf Schritten, als wolle er nicht zu aufdringlich sein.

Sie beschloss, einen Erkundungsrundgang durch das Lager zu machen. Es war weitläufiger, als es auf den ersten Blick ausgesehen hatte. Mindestens hundert Zelte waren über ein großes Areal verstreut und boten schätzungsweise fünfhundert Menschen Platz. Dazwischen standen unter Tarnnetzen Jeeps, Laster, gepanzerte Fahrzeuge und zwei Helikopter. Ondomar hatte hier eine kleine Armee versammelt.

Das Lager wirkte auf den ersten Blick wie eine chaotische Ansammlung, ohne System und Ordnung. Doch Marie erkannte, dass dies nur der Tarnung diente. Die Zelte duckten sich in den Schatten von Akazien oder schmiegten sich an Buschwerk. Auch die getarnten Fahrzeuge standen in kleinen, scheinbar zufällig verteilten Gruppen. Aus der Luft leicht erkennbare gerade Linien oder symmetrische Strukturen waren bewusst vermieden worden.

Um das Lager herum erstreckte sich in alle Richtungen eine ausgedehnte, offenbar unbewohnte Savanne. Zähes, fast hüfthohes Gras wurde gelegentlich von Büschen und Bäumen unterbrochen. In der Ferne erkannte Marie eine große Herde Weidetiere. Ob es wild lebende oder domestizierte Tiere waren, konnte sie nicht sagen. Am Himmel, über den vereinzelte Wolken zogen, kreisten über einer Stelle große Vögel, Geier vermutlich.

Plötzlich ertönte ein durchdringender Alarmton. Ihr Bewacher packte sie am Arm. »Come«, rief er. »Go in tent! Now!« Er zerrte sie zurück zu ihrem Zelt, während die Männer den frisch beladenen LKW rasch in den Schatten eines Baums fuhren, ein Tarnnetz darüber warfen und dann in ihren Zelten verschwanden.

Es wurde still im Lager. Nur der durchdringende Alarmton war zu hören. Ihre beiden Bewacher verschlossen den

Zelteingang von innen und machten ihnen wortlos, aber unmissverständlich klar, dass sie das Zelt nicht verlassen durften.

»Was ist denn los?«, fragte Rafael, der auf seinem Feldbett gelegen hatte. »Werden wir angegriffen?«

»Keine Ahnung«, sagte Marie. Ihre Bewacher wirkten nicht sonderlich beunruhigt. Was immer den Alarmton auslöste, schien keine unmittelbare Gefahr darzustellen. Die Reaktion der Männer auf die Sirene hatte irgendwie routiniert gewirkt, wie etwas, das sie täglich erlebten.

Nach ein paar Minuten verstummte die Sirene wieder. Die beiden Araber öffneten wortlos die Zelttür und traten nach draußen, ohne sich noch einmal nach Marie und Rafael umzusehen. Marie sah auf ihre Armbanduhr. Es war elf Uhr fünfzehn.

Draußen kehrte das Lager zu seiner normalen Betriebsamkeit zurück, als sei nichts gewesen. Der LKW wurde weiter beladen und fuhr kurz darauf mit vier Männern davon.

Der Tag verging nur langsam. Es war drückend heiß in ihrem Zelt, aber immer noch besser als in der prallen Sonne. Marie und Rafael trauten sich nicht, sich zu unterhalten, aus Angst vor unbedachten Worten. Sie vertrieben sich die Zeit damit, mit Steinen und einem in den Sand gezeichneten Spielfeld Mühle und Dame zu spielen. Marie war in beiden Spielen schon als Kind sehr gut gewesen und schlug Rafael ohne Mühe, sodass sie beide bald den Spaß daran verloren.

Aber das Spiel hatte Marie auf eine Idee gebracht. Wenn sie Worte in den Sand ritzten, konnten sie unauffällig miteinander kommunizieren.

»Was jetzt?«, schrieb sie.

»Käsekästchen«, kritzelte Rafael.

Marie verzog das Gesicht. »Meinte ich nicht« schrieb sie.

Rafael sah sie an. »Flucht?«, schrieb er und wischte das Wort wieder aus.

Marie schüttelte den Kopf. »No Chance«, schrieb sie, während sie gleichzeitig laut sagte: »Es ist wirklich schön hier. Um uns herum nur endlos weite Steppe. Unter anderen Umständen könnte man sagen, wir sind auf einer Safari.«

»Ehrlich gesagt, fand ich solche Urlaube schon immer langweilig«, sagte Rafael. Er schrieb: »Jeep stehlen?«

Marie schüttelte den Kopf noch heftiger. »Sie würden uns töten«, schrieb sie in den Sand, während sie laut sagte: »Andere Leute bezahlen viel Geld für einen solchen Abenteuerurlaub.«

»Andere Leute vielleicht«, kam es abfällig von Rafael. Er schrieb: »Sie töten uns so oder so.«

Marie starrte die Schrift lange an. Ihr wurde plötzlich klar, wie recht er hatte. Sie wussten schon jetzt zu viel. Ihre Informationen über das Lager waren bestimmt wertvoll für die Anti-Terror-Behörden. Aber warum hatte Ondomar sie dann überhaupt hierher gebracht? Warum hatte er sie nicht schon längst erschießen lassen?

Die Hitze wurde immer drückender. Sie legten sich auf ihre Betten und dösten vor sich hin. Draußen unterhielten sich die beiden Araber leise. Manchmal lachten sie. Marie verspürte Sehnsucht nach Rafaels Nähe, aber sie traute sich nicht, sich zu ihm zu legen.

Gegen halb drei ertönte der Alarm erneut. Ihre beiden Bewacher kamen zu ihnen ins Zelt und warteten stumm, bis der Heulton vorbei war. Um Viertel vor sechs wiederholte sich die Prozedur. Maries mathematisch geschulter Verstand erkannte sofort den festen zeitlichen Abstand zwischen den Ereignissen. Sie brauchte nicht lange, um darauf zu kommen, was das bedeuten musste.

»Satellit«, kritzelte sie in den Sand, nachdem ihre Bewacher das Zelt wieder verlassen hatten.

Rafael nickte.

Gegen halb sieben bekam Marie Hunger. Zum Mittagessen hatten sie nichts bekommen außer ein paar Flaschen Wasser, die einer der Bewacher gebracht hatte. In der Hitze hatte Marie auch wenig Appetit verspürt, doch jetzt meldete sich ihr knurrender Magen.

Die Zelttür öffnete sich, doch es war nicht der Afrikaner, der ihnen heute Morgen das Frühstück gebracht hatte, sondern der Araber, der den Laster gefahren hatte. »My name is Kadin«, sagte er und deutete auf Marie. »You, come with me.«

Rafael machte Anstalten, ebenfalls aufzustehen und ihr zu folgen, doch Kadin schüttelte nur den Kopf. »Not you. General says, only woman.«

26.

Eine Panikattacke überfiel Marie. Sollten sie jetzt für immer getrennt werden? Doch was konnte sie tun? Es blieb ihr nichts anderes übrig, als Kadin zu folgen.

Er führte sie quer durch das Lager bis zu einem Zelt, das etwas größer war als die anderen, sich ansonsten aber äußerlich kaum unterschied. Dieser Eindruck änderte sich allerdings, als sie eintraten. Kunstvolle Teppiche bedeckten den Sandboden. Darauf standen ein Tisch aus dunklem Holz, der mit Schalen voller duftender Reisgerichte bedeckt war, und vier kunstvoll gedrechselte Stühle mit hohen Lehnen. Zwei Plätze waren mit Porzellan und Silberbesteck eingedeckt. Ein Nebenraum war durch einen transparenten Vorhang abgeteilt. Dort war auf dem Boden ein Nachtlager mit vielen seidenbezogenen Kissen ausgebreitet.

An der Seite des Raums stand ein großer Schreibtisch, der noch aus der Kolonialzeit stammen musste. Auf einem Stapel Papiere lag eine bunte Broschüre, deren Titelseite ein schlanker Wolkenkratzer zierte. Nariv Ondomar erhob sich von dem modernen, lederbezogenen Stuhl und schaltete seinen Laptop aus.

»Guten Abend, Frau Escher«, sagte er und streckte ihr seine behandschuhte Rechte entgegen. »Ich hoffe, Sie erweisen mir die Ehre, mit mir gemeinsam zu Abend zu essen.« Sein Lächeln war warm. Er sagte etwas auf Arabisch. Kadin verbeugte sich und ließ sie allein.

Marie ergriff verwirrt die Hand, die sich unter dem Leder seltsam steif anfühlte.

»Setzen Sie sich doch, bitte!«

Maries erster Impuls war, Ondomars falsche Freundlichkeit mit Verachtung zu erwidern. Doch ihr Verstand sagte ihr, dass es ihr wahrscheinlich mehr nützte, wenn sie seine Einladung annahm. Vielleicht konnte sie dadurch mehr Freiheit für sich und Rafael erreichen. Also setzte sie sich zögernd auf den ihr zugewiesenen Platz.

»Wir bekommen hier nicht oft Damenbesuch«, sagte Ondomar in lockerem Plauderton. »Erst recht nicht so charmanten! Der Krieg ist eben immer noch Männersache.«

Marie wusste nicht, was sie darauf erwidern sollte.

Er schenkte ihr ein Glas französischen Rotwein ein. »Sie fragen sich sicher immer noch, warum ich Sie beide in dieses Lager habe bringen lassen. Nun, ich gebe zu, dass das in erster Linie geschah, weil Sie mir als Geiseln nützlich sein könnten. Doch jetzt, wo ich Sie hier vor mir sehe, wird mir klar, dass ich Sie niemals benutzen könnte, um irgendwelche unerfüllbaren Forderungen zu stellen.«

»Soll das heißen, Sie lassen uns frei?«

Statt eine Antwort zu geben, hob Ondomar das Glas. »Auf Ihre Gesundheit«, sagte er und nahm einen Schluck.

Marie fand diesen Trinkspruch angesichts der Umstände ziemlich absurd, aber sie nippte ebenfalls an ihrem Glas. Der Wein war schwer und ölig auf ihrer Zunge, mit einem kräftigen, erdigen Aroma – ein erlesenes Getränk.

Ondomar setzte ein bedauerndes Lächeln auf. »Es tut mir leid, aber ich kann Sie noch nicht gehen lassen. Wie ich schon sagte, kann ich es nicht zulassen, dass Sie meinen alten Freund Andreas Borg hinter Gitter bringen. Er ist ein hervorragender Wissenschaftler, wissen Sie. Seine Arbeit ist von großer Bedeutung für unseren Kampf und für unser Volk. Aber greifen Sie doch bitte zu!« Er häufte sich selbst duftenden Reis und Hühnchenfleisch in orangeroter Soße auf den Teller.

Marie folgte seinem Beispiel. Das Essen schmeckte großartig.

»Ich bedaure, dass wir uns unter solchen für Sie unangenehmen Umständen kennenlernen müssen«, sagte Ondomar. »Aber wer weiß, vielleicht verstehen Sie eines Tages auch meine Sicht der Dinge etwas besser. Ich kann nicht hoffen, dass Sie meine Ansichten jemals teilen, aber zumindest sollte es mir gelingen, das Bild von den bösen arabischen Terroristen gerade zu rücken, das Ihre Medien in schönem Einklang mit dem amerikanischen Geheimdienst malen.«

Marie vergaß ihre Vorsicht. »Wollen Sie etwa behaupten, Terrorismus sei etwas Gutes? Wollen Sie die Zerstörung des World Trade Centers mit irgendeiner höheren Sache rechtfertigen? Ich weiß, dass den Völkern Afrikas und des Nahen Ostens in der Vergangenheit Unrecht angetan wurde. Aber ein Unrecht rechtfertigt nicht ein anderes!«

Ondomar reagierte nicht etwa wütend, sondern verständnisvoll. »Sie haben recht. Der Angriff vom elften September war eine stolze Tat, und stolze Taten sind meistens dumm. Statt Angst und Schrecken im Westen zu verbreiten, haben die Anschläge nur unsere Feinde geeint und ihnen einen exzellenten Grund geliefert, unsere Völker noch schlimmer zu unterdrücken. Einen solchen Fehler werde ich bestimmt nicht wiederholen.«

»Aber wenn Sie keine Terroranschläge verüben wollen, wozu brauchen Sie dann Borgs … Forschungsergebnisse?«

Ondomars Lippen verzogen sich zu einem dünnen Lächeln. »Spielen Sie Schach?«

Marie nickte.

»Dann fordere ich Sie zu einer Partie nach dem Essen heraus. Wenn Sie mich schlagen, werde ich Ihnen noch ein bisschen mehr erzählen. Sollte ich gewinnen, müssen Sie mir einen Wunsch erfüllen. Einverstanden?«

Marie musterte ihn misstrauisch. »Einen Wunsch? Was für einen Wunsch?«

»Ich habe ein Geschenk für Sie. Wenn ich gewinne, müssen Sie es annehmen. Mehr nicht.«

»Einverstanden.«

Marie war eine exzellente Schachspielerin. Mit sechs Jahren hatte sie das Spiel von ihrem Vater gelernt. Mit elf hatte sie ihn das erste Mal geschlagen. Natürlich hatte er sie auch vorher schon gelegentlich gewinnen lassen, um sie zu motivieren, doch Marie hatte bald gemerkt, dass die Fehler, die er machte, absichtlich passierten. In der Schule hatte sie selbst unter den Lehrern keinen Gegner gefunden, der ihr ebenbürtig gewesen wäre, und auf die Mitgliedschaft in einem Schachklub hatte sie nie Lust gehabt. Also hatte sie gegen den Computer gespielt. Ihr erstes Schachprogramm, auf einem Commodore 64, hatte sie selbst in der schwierigsten Stufe recht schnell schlagen können, und auch der Schachcomputer, den ihr Vater ihr zum 16. Geburtstag geschenkt hatte, stellte bald keine große Herausforderung mehr dar. Doch mit der Weiterentwicklung der Computertechnik waren die Maschinen rasch besser geworden. Sie war gerade neunzehn geworden, als ein IBM-Computer zum ersten Mal den amtierenden Schachweltmeister besiegt hatte. Ein paar Jahre später war ein handelsübliches Schachprogramm auf einem ganz normalen PC selbst Großmeistern gewachsen, und Marie gewann nur noch, wenn sie die Spielstärke zwei oder drei Stufen unter dem Maximum einstellte. Seit sie bei Copeland arbeitete, kam sie allerdings nicht mehr so oft zum Spielen.

Sie aßen schweigend. Maries Laune besserte sich etwas. Sie waren zwar immer noch Gefangene, aber ihre Befürchtungen, man würde sie umbringen, schienen sich nicht zu bestätigen. Natürlich konnte sie Ondomar nicht trauen, aber er war ein charmanter, aufmerksamer Gastgeber, der sie mit ausgesuchter Höflichkeit behandelte. Außerdem, gestand sie sich zögernd ein, sah er auf eine exotische Weise sehr gut aus. Seine gerade, leicht gewölbte Nase verlieh ihm einen aristokratischen Anstrich, und seine braunen Augen besaßen eine ungewöhnliche, fast hypnotische Kraft. Nur seine Hände in den schwarzen Lederhandschuhen störten Marie. Sie wirkten abweisend.

Ondomar entging nichts. Als habe er ihre Gedanken erraten, hielt er seine rechte Hand hoch. »Sie fragen sich vielleicht, warum ich immer diese Handschuhe trage. Glauben Sie mir, ich weiß, dass sich das nicht gehört. Aber der Anblick der Hände unter diesem schwarzen Leder würde Ihnen nicht gefallen. Und ich muss gestehen, ich bin manchmal ein bisschen eitel.«

Marie spürte, dass mit seinen Händen eine Geschichte verbunden war, die sehr tief in Ondomars Persönlichkeit hineinreichte – und dass er dieses Erlebnis erzählen wollte. Vielleicht konnte sie daraus etwas Wichtiges lernen. »Sind Sie verletzt worden?«

Er sah sie stumm an. »Das ist eine alte Geschichte«, sagte er nach kurzem Zögern. »Ich will Sie nicht damit langweilen.«

Marie bemühte sich, aufmunternd zu lächeln. »Sie langweilen mich nicht«, sagte sie und musste sich zugleich eingestehen, dass das stimmte. So schrecklich es angesichts der Umstände sein mochte – sie genoss tatsächlich den Abend mit diesem Mann, der sich beharrlich weigerte, in das Bild des Monsters zu passen, das sie sich von ihm gemacht hatte.

Er nickte ernst. »Also schön. Es war in Afghanistan. Ich war damals acht. Mein Vater war ein Mudschahed, ein Freiheitskämpfer im Widerstand gegen die russischen Besatzer. Wir lebten in einem kleinen Dorf südlich von Kandahar. Eines Tages flogen russische Hubschrauber dicht über unsere Häuser. Am nächsten Tag brachte meine kleine Schwester Naqiya, sie war damals fünf, einen merkwürdigen Gegenstand mit nach Hause. Sie hatte ihn draußen auf dem Feld gefunden. Er war bunt angemalt und sah aus wie eine einfache Puppe aus Metall. Als mein Vater das sah, wurde er blass. ›Naqiya, gib das sofort her‹, sagte er. ›Das ist ein böses Ding!‹ Naqiya bekam einen Schreck, und ich sah, wie sie das Ding fallen ließ. Instinktiv wollte ich es auffangen, doch ich war nicht schnell genug. Als das Gebilde auf dem Boden aufschlug, explodierte es.«

Er stockte. Die Erinnerung schien ihn immer noch zu schmerzen. Marie sagte nichts.

»Naqiya war sofort tot. Meine Hände sind seitdem entstellt.« Ondomars Gesichtsausdruck wurde hart. »Die Russen haben geglaubt, sie könnten uns demoralisieren, indem sie unsere Kinder töten. Aber sie haben sich getäuscht. Seit jenem Tag haben wir nur umso härter gegen sie gekämpft. Mein Vater wurde vier Jahre später getötet, als er eine Mine unter einem russischen Panzer versteckte. Er hat vier Feinde mit in den Tod gerissen. Ich wollte auch immer ein Mudschahed werden, aber als ich alt genug war, hatten wir den Befreiungskampf bereits gewonnen.«

Marie sah den tiefen Schmerz in seinem Gesicht, und plötzlich glaubte sie, seine Abscheu für den Westen zu verstehen. Sie selbst hatte keine Geschwister, doch was konnte es Schlimmeres geben, als mit eigenen Augen zu sehen, wie der Körper der kleinen Schwester zerfetzt wurde? Die USA hatten damals die Mudschaheddin im Kampf gegen die Russen unterstützt, aber sie hatten es aus eigensüchtigen Motiven getan, um sich im Kalten Krieg einen Vorteil zu verschaffen. Ondomar musste das wie blanker Zynismus vorkommen.

»Das ist eine schreckliche Geschichte«, sagte sie.

»Ja, das ist es.« Zorn funkelte in seinen Augen. »Ich frage

Sie, Marie: Wie tief muss ein Mensch sinken, um Bomben zu entwerfen, die wie Spielzeug aussehen? Um unschuldige Kinder zu seinen Waffen zu machen – selbst wenn es die Kinder der Feinde sind?«

Marie wusste darauf keine Antwort.

Ondomar rief etwas auf Arabisch. Ein Afrikaner, der offenbar vor dem Zelt gewartet hatte, kam herein, um den Tisch abzuräumen.

Ondomar holte ein hölzernes Schachbrett hervor. Einem verzierten Kästchen entnahm er Figuren aus kunstvoll bearbeitetem Elfenbein und Ebenholz. Er hielt Marie beide Könige hin. »Sie haben die Wahl der Farbe.«

Ohne zu zögern griff Marie nach der weißen Figur.

Ondomar lächelte. »Die Seite des Angreifers. Sie haben gern die Initiative in der Hand. Eine gute Wahl.«

Marie eröffnete, indem sie den Bauern vor ihrer Dame zwei Felder vorzog: d2-d4. Ondomar sah sie an, als sei er nicht sicher, ob das ein Anfängerfehler war oder eine besonders raffinierte Eröffnung. Weitaus häufiger und sicherer für Weiß war es, eine Partie mit dem Königsbauern zu beginnen. Nach kurzem Zögern antwortete Ondomar, indem er sein Pferd von g8 nach f6 zog. Marie zog den Bauern vor dem linken Läufer, um ihre Dame ins Spiel zu bringen: c2-c4. Ondomar antwortete mit g7-g6 und öffnete so den Weg für seinen Läufer. Die Grünfeld-Variante der Indischen Verteidigung. Genau wie sie selbst schien Ondomar ein aggressives Spiel ohne langwierigen Stellungskrieg zu bevorzugen. Und es war schnell klar, dass er ihr ein mindestens ebenbürtiger Gegner war.

Sie wurde vorsichtiger, überlegte länger. Ondomar tappte in keine einzige der Fallen, die sie ihm stellte. Im Gegenteil erkannte sie einmal erst im letzten Moment, dass ihre vermeintliche Überlegenheit eine potenziell tödliche Gefahr zwei Züge später darstellte.

Ondomar lächelte, als er merkte, dass sie die Gefahr erkannt hatte. »Nutze die Kraft deines Gegners, um ihn zu besiegen. Ein altes Prinzip chinesischer Kampfkunst.«

Maries Respekt wuchs.

Nach einer Viertelstunde war aus einem harmlosen Spiel eine verbissene Schlacht geworden. Schweiß perlte auf Maries Oberlippe, während sie verzweifelt versuchte, die völlig verfahrene Situation auf dem Brett zu ihren Gunsten zu verändern. Doch auch Ondomar wirkte angespannt. Immer wieder kratzte er sich mit der behandschuhten Linken am Ohr.

Nach einer Weile lehnte er sich zurück. »Ich verliere nicht gern. Deshalb biete ich Ihnen ein Remis an.«

»Angenommen.« Marie war sich absolut nicht sicher, ob sie das Spiel tatsächlich hätte gewinnen können. Und vielleicht war es auch besser, nicht herauszufinden, ob Ondomar ein schlechter Verlierer war.

»Es ist das erste Mal, dass ich mich einer Frau im Schach geschlagen geben muss.« Ondomar lächelte. »Und auch sonst scheinen Sie mir eine ebenbürtige Gegnerin. Ich muss sagen, ich bin sehr froh, Sie getroffen zu haben, wenn auch unter Bedingungen, die kaum zu einer dauerhaften Freundschaft beitragen dürften.«

»Freundschaft beruht auf Freiwilligkeit.«

Ondomar nickte. »Nun, unsere Abmachung ist damit wohl hinfällig. Ich kann sie leider nicht zwingen, mein Geschenk anzunehmen. Bitte erlauben Sie mir, es Ihnen trotzdem zu zeigen.« Er verschwand in dem abgeteilten Schlafraum des Zeltes und kam kurz darauf mit einem Bündel zurück. Er entfaltete es und hielt ein herrliches Kleidungsstück aus rotem und orangefarbenem Stoff in die Höhe. Es bestand aus einer Hose, einem langen Überwurf und einem breiten Schal und war kunstvoll mit Perlen und Ornamenten bestickt. »Das ist ein Salwar Kamiz, ein traditionelles Kleid aus meiner Heimat Afghanistan«, erklärte er. »Wenn Sie erlauben, dann möchte ich es Ihnen gern schenken, als kleine Wiedergutmachung für die Strapazen, die ich Ihnen aufgebürdet habe.«

Marie dachte an ihre Entführung, die entwürdigende Behandlung durch die Männer, ihre Todesangst. Ein orientalisches Kleid konnte wohl kaum eine angemessene Entschädigung dafür sein. Andererseits war es wirklich sehr schön. Sie hatte sich nie viel aus ihrem Äußeren gemacht – es war ihr immer nur wichtig gewesen, professionell und ordentlich auszusehen. Noch nie hatte sie sich etwas so Buntes und Auffälliges gekauft, das traditionell und gleichzeitig irgendwie auch sehr modern und chic wirkte. Sie ertappte sich bei dem Gedanken, was Rafael sagen würde, wenn er sie darin sähe.

Doch dann dachte sie an Borg und dessen schäbige Experimente, und plötzlich schien ihr Ondomars Freundlichkeit wie eine dünne Maske. Er wollte sie für sich einnehmen, sie verführen, so wie er vermutlich schon unzählige Menschen verführt hatte, für ihn in den Tod zu gehen. Sie musste zugeben, dass er eine enorme Ausstrahlung besaß, der sie sich kaum entziehen konnte. Doch wenn er glaubte, sie so leicht umgarnen zu können, war er an die Falsche geraten. Marie hatte gelernt, was es bedeutete, ihren Gefühlen die Kontrolle zu überlassen – ihre Mutter hatte es ihr überdeutlich gezeigt.

»Es tut mir leid, aber ich kann Ihr Geschenk nicht annehmen«, sagte sie.

Ondomar machte einen gekränkten Gesichtsausdruck. »In unserem Land gilt es als eine Beleidigung, ein Geschenk abzulehnen«, sagte er. »Aber das können Sie nicht wissen, deshalb will ich Ihnen verzeihen. Würden Sie mir denn wenigstens den Gefallen tun, das Kleid einmal anzuziehen? Ich würde gern sehen, wie es an Ihnen wirkt.«

Marie spürte plötzlich den Druck des Fläschchens in ihrem BH. Wenn Ondomar es fand … »Nein, das werde ich nicht tun«, sagte sie mit fester Stimme. »Ich bin Ihre Gefangene, nicht Ihre Konkubine!«

Ondomar wurde bleich. Er sah aus, als habe sie ihm gerade eine schallende Ohrfeige verpasst. »Sie sind ganz schön mutig, mich so zurückzuweisen.«

Marie sagte nichts.

Langsam verzogen sich Ondomars schmale Lippen zu einem dünnen Lächeln. »Sie werden dieses Kleid für mich anziehen, Marie«, sagte er leise. »Sie haben zwei Möglichkeiten: Sie tun es jetzt, freiwillig, nur vor meinen Augen. Oder ich rufe meine Männer und lasse Ihnen die Kleider vom Leib reißen.«

27.

Ondomars Stimme wurde sanft. Er sprach zu ihr wie zu einem ängstlichen Kind. »Ich will dir doch nichts antun, Marie. Ich möchte nur, dass du dieses Kleid trägst, ein einziges Mal. Ich habe es einmal für ein Mädchen in Deutschland gekauft. Sie war schön wie du, doch sie hat mich im Stich gelassen, als ich sie am dringendsten brauchte. Bitte, tu mir den Gefallen!«

Marie presste die Lippen aufeinander. Sie warf einen Blick zum Zelteingang, der ein paar Meter entfernt war. Selbst, wenn sie es schaffte, bis dorthin zu fliehen, würde sie spätestens von der draußen postierten Wache aufgehalten werden.

Ondomars Gesicht verfinsterte sich. »Ich sehe, du bist verstockt! Ihr Frauen des Westens habt einfach nicht gelernt, einem Mann den nötigen Respekt zu erweisen!« Er packte den Saum ihrer Kostümjacke.

Panik überwältigte Marie. Sie versuchte, sich loszureißen, und schlug verzweifelt um sich. »Lassen Sie mich los!«

»Du kleine Schlampe!«, zischte Ondomar. »Willst du wohl gehorchen!« Er schlug ihr mit der Rechten ins Gesicht.

Marie taumelte zurück, bis sie mit dem Rücken an der Zeltbahn stand. Mit angstgeweiteten Augen starrte sie auf Ondomar, der sich ihr langsam näherte. Seine Stimme wurde wieder sanft. »Ich will dir nichts antun. Ich will doch nur, dass du mich einen Augenblick lang deine Schönheit genießen lässt, meine kleine Wüstenrose!« Doch in seinen Augen lag nackte Gier.

»Niemals!«, rief Marie mit dem Mut der Verzweiflung.

Ondomars Mund verzog sich zu einem schmalen Lächeln. »Also schön. Wenn du es nicht freiwillig tust …« Blitzschnell packte er die Knopfleiste ihrer Bluse und riss sie auseinander. Seine Stirn runzelte sich.

»Nanu, was haben wir denn da!«, sagte er und griff nach Maries BH, um das Fläschchen hervorzuziehen.

Marie schlug nach seiner Hand. Das Fläschchen fiel herab, schlug auf den Fuß eines kleinen Tischchens und zerbrach, sodass die klare Flüssigkeit herauslief. Ein fremdartiger, süßlicher Geruch wie von einem exotischen Gewürz breitete sich aus.

Ondomar erstarrte. »Was …« Sein Gesicht verzerrte sich, er stieß einen Wutschrei aus und hob die Hand zum Schlag.

Marie warf sich zur Seite. Sie fiel der Länge nach hin.

Ondomar schien in blinde Raserei zu fallen. Er schlug und trat um sich. Wieder gab er einen unmenschlichen Schrei von sich. Dann griff er einen Schemel und schwang ihn über den Kopf. Wenn er Marie damit traf …

Die Zelttür öffnete sich, und der Afrikaner kam herein, gefolgt von zwei Arabern. Einer davon war der Mann, der sich als Kadin vorgestellt hatte. Offenbar hatten Ondomars Schreie die Männer alarmiert.

Kadin rief etwas auf Arabisch, das wie eine Frage klang. Zur Antwort warf Ondomar mit einem Wutschrei den Schemel in Richtung der Männer.

Kadin riss verblüfft die Augen auf. Er hob die Hände und kam näher. Dann blieb er abrupt stehen, und auch sein Gesicht verzog sich zu einer schrecklichen Grimasse der Wut. Er zog einen langen Dolch aus seinem Gewand hervor und stürzte sich auf Ondomar. Die beiden anderen Männer versuchten, ihn festzuhalten, und im nächsten Moment waren alle vier in einen Tumult verwickelt. Marie schienen sie dabei vollkommen zu vergessen.

Während neben ihr ein mörderischer Kampf tobte, rollte sie sich unter der Zeltbahn hindurch. Die Kühle und Dunkelheit der Nacht umfingen sie. Aus dem Zelt waren dumpfe Schreie und das Splittern von Holz zu hören. Dann krachte ein Schuss.

Augenblicklich geriet das Lager in Aufruhr. Männer kamen aus ihren Zelten, Gewehre und Pistolen in den Händen. Einige blieben stehen und sahen sich suchend um, während andere auf Ondomars Unterkunft zurannten. Marie kroch hinter einen Busch, wartete einen günstigen Moment ab und schlich in Richtung ihres Zeltes. Sie wusste, ihr Leben war keinen Cent mehr wert, wenn sie im Lager blieb. Ihre einzige Chance war jetzt die Flucht.

Einer ihrer Bewacher stand mit gezogener Waffe dort und sah sich panisch um. Der andere war verschwunden – wahrscheinlich war er unterwegs, um zu ergründen, was vorgefallen sein mochte. Marie trat aus dem Schatten und ging lächelnd auf den Mann zu. »Rafael, wir müssen fliehen. Jetzt sofort!«, rief sie.

»Go in tent!«, rief ihr Bewacher. »Hurry! We are under attack! You must …« Weiter kam er nicht. Der niedrige Tisch aus dem Zelt krachte auf seinen Schädel, und er sackte zusammen.

»Was ist los?«, fragte Rafael.

»Wir müssen hier weg! Schnell!« Marie rannte ins Zelt und griff sich hastig ein paar Wasserflaschen. Rafael beugte sich über den bewusstlosen Mann und zog ihm die Pistole aus dem Gürtel. Dann rannten sie durch die Nacht.

Es war erstaunlich leicht, aus dem Lager zu entkommen. Es gab weder Zäune noch Wälle, und die Männer waren so mit dem vermeintlichen Angriff beschäftigt, dass niemand daran dachte, sie aufzuhalten.

Schnell hatten sie die Zelte hinter sich gelassen. In der Ferne hörten sie hin und wieder das Krachen eines Schusses, doch allmählich kehrte im Lager wieder Ruhe ein. Es würde nicht lange dauern, bis Ondomar und seine Leute die Situation im Griff hatten und ihr Verschwinden bemerkten. Wenn sie erwischt wurden, würde es ihnen schlecht ergehen.

»Was ist denn passiert?«, fragte Rafael keuchend, während sie durch die Nacht rannten.

»Dieses Zeug ... in dem Fläschchen ...« Marie fiel es schwer, zu reden, während sie lief. »Es ist eine Art ... Nervengas oder so ... es bringt Menschen zum Durchdrehen ...« Sie stockte, als ihr plötzlich klar wurde, wo sie den seltsamen Geruch der Flüssigkeit schon einmal wahrgenommen hatte.

»Was?«, stieß Rafael hervor. »Ich verstehe kein Wort!«

»Keine Zeit jetzt. Wir reden später.«

Sie liefen zwischen dornigem Gestrüpp und Bäumen hindurch, die in seltsam regelmäßigen Abständen wuchsen, fast wie in einer Plantage.

Nach etwa einer Stunde hielten sie außer Atem an und ließen sich erschöpft zu Boden fallen. Sie mussten inzwischen einige Kilometer vom Lager entfernt sein. Die Savanne war zum Glück so unübersichtlich, dass man sie auf weite Entfernungen nicht sehen konnte, und im hohen Gras hinterließen sie kaum Spuren. Doch Marie machte sich keine Illusionen über ihre Überlebenschancen. Die drei Wasserflaschen, die sie sich unter den Arm geklemmt hatten, waren alles, was sie an Proviant besaßen.

»Willst du mir jetzt endlich verraten, was passiert ist?«, fragte Rafael. »Was war in dem Fläschchen?«

»Ich weiß es auch nicht. Ondomar wollte ... Er hat es entdeckt, und ich hab es ihm aus der Hand geschlagen. Dabei ist es zerbrochen, und die Flüssigkeit ist ausgelaufen. Da war so ein merkwürdiger Geruch. Ich hab ihn sofort wiedererkannt, und jetzt weiß ich es: Genauso roch es damals im Teamraum bei Olfana, als Rico und Konstantin aufeinander losgegangen sind. Ondomar ist vollkommen durchgedreht. Er hat geschrien, ein paar Leute sind reingekommen, dieser Kadin und noch zwei andere, und dann sind sie übereinander hergefallen!«

»Übereinander hergefallen? Wie meinst du das?«

»Sie haben blindwütig aufeinander eingeprügelt, als ob sie nicht bei Sinnen wären. Ich verstehe es auch nicht. Es war, als ob sie ihren Verstand verloren hätten.«

»Jetzt wird mir langsam klar, wieso die hinter uns her waren«, sagte Rafael. »Was immer das für ein Zeug ist – stell dir mal vor, was man damit anrichten kann, wenn man es in einer Menschenmenge versprüht!«

»Die ... die ideale Waffe für Terroristen! Aber ... wie kann es sein, dass ein Nervengas ...«

»Ich glaube, das war kein Nervengas«, sagte Rafael.

»Was dann?«

»Möglicherweise ein Pheromon. Dr. Bergmann hat mir davon erzählt. Sie experimentieren damit bei Olfana.«

»Ein Pheromon? Du meinst, so eine Art Sexlockstoff?«

»Pheromone sind so etwas wie Duftsignale, die Tiere einsetzen, um miteinander zu kommunizieren. Sie dienen nicht nur als Lockmittel für die Fortpflanzung, sondern zum Beispiel auch als Gefahrensignal. Bergmann meinte, dass Ameisen Pheromone zur Steuerung der Brutpflege einsetzen und dass eine bestimmte Raupenart das ausnutzt und einen Duftstoff absondert, der Ameisen dazu bringt, sie zu füttern. Die Pheromonforschung steckt wohl noch in den Kinderschuhen, aber Bergmann sagte, darin liege sehr großes Potenzial.«

»Und du meinst, das funktioniert auch bei Menschen?« Marie dachte daran, was Scorpa ihr bei ihrem ersten Treffen gesagt hatte: Die meisten Menschen haben leider vergessen, wie wichtig der Geruchssinn für unser Leben ist ...

Gerüche beeinflussen uns stärker, als wir wahrhaben wollen …

Rafael zuckte mit den Schultern. »Hast du mal ›Das Parfüm‹ von Patrick Süskind gelesen?«

»Nein, warum?«

»Ist ja auch egal. Jedenfalls ist es vermutlich so, dass dieses Zeug irgendwie den menschlichen Geruchssinn nutzt. Und die Leute verlieren dann den Verstand …« Er hielt inne, überlegte einen Moment, als sei ihm etwas eingefallen. »Du hast diesen Duft schon mal gerochen? Im Teamraum?«

»Ja. Das war, als Konstantin durchgedreht ist und Rico niedergeschlagen hat. Am Tag zuvor hatten wir ein Interview mit Borg. Rico hat ihn ziemlich in die Enge getrieben. Und dann war da ein mysteriöser Umschlag. Borg muss ein Blatt Papier mit dem Duftstoff getränkt und ihn im Teamraum deponiert haben. Rico hat den Umschlag geöffnet, und sie sind aufeinander losgegangen.« Tränen der Wut schossen ihr in die Augen. »Dieses Schwein! Er hat Konstantin manipuliert!«

»Du hast beide Male diesen Geruch wahrgenommen. Und du bist nicht durchgedreht. Also wirkt das Zeug offenbar nur bei Männern. Ein Indiz mehr, dass es sich um ein Pheromon handelt. Die beeinflussen oft nur eines der Geschlechter. Fragt sich nur, was wir jetzt mit unserem Wissen anstellen.«

»Wir müssen jemanden warnen. Am besten die deutschen Behörden. Wir müssen uns irgendwie zu einer deutschen Botschaft durchschlagen.«

Rafael verzog das Gesicht. »Wir wissen ja nicht mal, in welchem Land wir uns befinden!«

»Hast du eine bessere Idee?«

»Nein. Na schön, am besten gehen wir nachts und ruhen uns tagsüber aus. Ich habe zwar keine Ahnung, in welche

Richtung wir müssen, aber wenn wir immer geradeaus gehen, haben wir eine gute Chance, irgendwann auf eine Straße zu treffen.«

»Meinst du nicht, die Straßen sind zu gefährlich? Sie werden damit rechnen, dass wir versuchen, den nächsten Ort zu erreichen.«

»Ich will dich ja nicht beunruhigen«, sagte Rafael. Sein schiefes Grinsen war im Sternenlicht nur schwach zu erkennen. »Aber ich fürchte, die Gegend, durch die wir gerade laufen, ist auch nicht ganz ungefährlich.«

Ein fernes, bellendes Geräusch unterstrich seine Worte. Ein Schauer durchfuhr Marie.

Sie liefen die ganze Nacht durch, begleitet vom immerwährenden Sirren der Insekten und dem gelegentlichen Brüllen oder Bellen eines nächtlichen Jägers. Einmal hörten sie einen schrecklichen Todesschrei, als ein Raubtier sich sein Opfer holte. Doch sie blieben unbehelligt.

Als der Morgen graute, erreichten sie einen felsigen Hügel, der aus der Savanne aufragte wie der Rücken eines urzeitlichen Riesentiers. Sie beschlossen, von seinem Gipfel aus die Gegend zu erkunden und dann in einem Gebüsch Schutz zu suchen.

Von oben übersah man eine weite, grasbedeckte Ebene. Es gab nur wenige, niedrigwüchsige Bäume. In der Ferne graste eine Herde dunkler Tiere, vielleicht Gnus. Dazwischen waren die gestreiften Körper von Zebras zu erkennen. Ein Rudel Gazellen hatte sich in der Nähe eines einzelnen Baumes gruppiert, der einen absurd dicken Stamm hatte und ein wenig aussah wie eine riesige, halb in den Boden gerammte Karotte. Ein einsamer großer Vogel, ein Adler vielleicht, zog träge seine Kreise am rosa Morgenhimmel. Die Szene wirkte friedlich, geradezu paradiesisch, wie aus einem dieser Afrikafilme im Fernsehen. Vielleicht waren sie in einem Nationalpark oder so. Jedenfalls war keine Spur menschlicher Besiedlung zu erkennen.

Oder doch? Marie kniff die Augen zusammen. Nein, sie täuschte sich nicht. »Dort«, rief sie und deutete in Richtung einer Hügelkette jenseits der Ebene.

»Was soll da sein?«

»Eine Rauchsäule, glaube ich.«

»Wo? Ich sehe nichts.«

»Da drüben. Siehst du den Hügel mit dem steil abfallenden Hang rechts? Ein kleines Stück links davon.«

Rafael brauchte eine Weile, bis er die Stelle fand. »Tatsächlich! Jetzt sehe ich es auch. Mann, du hast verdammt scharfe Augen.«

»Meinst du, wir schaffen es bis da hin?«

»Weiß nicht. Das sind bestimmt zwei, drei Tagesmärsche. Wir haben kaum etwas zu trinken und nichts zu essen. Wird nicht einfach. Aber wir müssen es versuchen.«

»Dann lass uns gehen.«

Sie kletterten den Hügel auf der anderen Seite hinab bis zu einem Dickicht aus dornigen Büschen. Dort zog Rafael sich aus.

»Was machst du?«, fragte Marie verwirrt.

»Ein Zelt«, sagte er. »Wäre gut, wenn du das bisschen Stoff, das du trägst, auch beisteuern würdest. Es wird ziemlich heiß werden heute, und wir werden für jedes bisschen Schatten dankbar sein.«

Zögernd folgte Marie seinem Beispiel und gab ihm ihre Bluse und den Rock. Sie trug jetzt nur noch Unterwäsche. Rafael befestigte die Kleidungsstücke so in den Zweigen des Gebüschs, dass ein schattiger Hohlraum entstand.

Darein zwängten sie sich nun. Es war stickig, und ihre warmen Körper lagen dicht aneinander gedrängt. So aber waren sie tatsächlich vor den sengenden Sonnenstrahlen geschützt. Sie nahmen beide einen kleinen Schluck Wasser. Dann versuchten sie zu schlafen.

Fast nackt neben Rafael zu liegen, machte die Sache nicht unbedingt einfacher. Marie konnte der Versuchung, mit der Hand sanft über seinen Arm zu streichen, kaum widerstehen. Wenn Rafael irgendetwas außer Erschöpfung empfand, zeigte er es jedoch nicht.

Der Tag zog sich hin. Die Hitze war kaum zu ertragen. Marie unterdrückte den Wunsch, aus dem improvisierten Zelt in die vermeintlich frische Luft draußen zu flüchten. Sie konnte lange nicht einschlafen, doch irgendwann überwältigte sie die Erschöpfung, und sie fiel in einen trüben Dämmerzustand.

Das dumpfe Wummern eines Helikopters ließ sie auffahren. Es näherte sich rasch, bis der Hubschrauber genau über ihnen zu schweben schien. Ihre Kleidung bewegte sich im Wind der Rotorblätter sanft hin und her. Doch der Helikopter landete nicht und verharrte auch nicht auf der Stelle, sondern flog rasch über sie hinweg. Offenbar hatten ihre Verfolger das Versteck nicht entdeckt. Ihr grauer Rock passte sich farblich gut in die karge Landschaft ein. Wer hätte gedacht, dass ihr bewusst unauffälliger Business Dress ihr einmal das Leben retten würde?

28.

Peko sah die dunkle Rauchsäule über seinem Dorf schon von Weitem. Er wusste sofort, was geschehen war: Die Götter hatten ihn bestrafen wollen, und weil er fortgelaufen war, um sich feige zu verstecken, hatten sie ihre Wut an seiner Familie und seinen Freunden ausgelassen.

Seine Beine fühlten sich an, als hingen große Steine daran. Die Sonne brannte ihm auf Kopf und Nacken, als wolle sie ihn mit ihren Strahlen auspeitschen. Am liebsten hätte er sich in den Schatten eines Busches gelegt, sich dort zusammengekauert und auf den Tod gewartet. Doch etwas trieb ihn weiter, auf den Ort des Grauens zu.

Bald konnte er es riechen: den Geruch von verbranntem Holz, gemischt mit dem beißenden Gestank von Benzin und noch etwas, einem süßlichen Duft, in dem er den Hauch des Todes erkannte. Sein Magen verkrampfte sich.

Er erreichte den Sandweg und folgte ihm, bis er die ersten Gebäude sah. Die Lehmhütte des alten Kuso, der keine Zähne mehr hatte, stand nicht mehr. Von ihr waren nur noch ein paar schwelende Holzbalken übrig. Auch das schöne Haus von Bauer Letai, dem reichsten Mann im Dorf, der ein Dutzend Ziegen und sogar vierzehn Rinder besessen hatte, war nur noch eine rauchende Ruine.

Ein verkohlter Körper lag am Straßenrand, bedeckt von Fliegen, die in einem summenden Schwarm aufstoben, als Peko sich näherte. Es war eine Ziege.

Mit klopfendem Herzen ging er weiter. Seine Kehle schmerzte. Er wollte weinen, aber die Götter verweigerten ihm sogar die Tränen.

Die meisten Häuser des Dorfes waren zerstört. Nur noch ein Haufen qualmender Trümmer kündete von den Lehmhütten, die vielleicht nicht so eindrucksvoll waren wie die Steinhäuser in der Stadt, in der Peko ein einziges Mal gewesen war, die aber doch Geborgenheit und Schutz vor der Hitze geboten hatten.

Der Jeep des Dorfältesten stand am Straßenrand – der Jeep, mit dem seine Mutter nach ihm gesucht hatte. Hinter dem Wagen ragte ein menschliches Bein hervor. Vorsichtig kam Peko näher. Er wagte kaum zu atmen. Er wollte nicht sehen, wer dort lag, und doch konnte er nicht anders.

Es war der Dorfälteste. Sein bärtiges Gesicht war zum Himmel gerichtet, die Augen weit geöffnet, als könne er noch im Tod nicht glauben, welch schreckliche Strafe die Götter über die Siedlung gebracht hatten. In seiner Brust klaffte ein hässliches rotes Loch. Einen Moment blieb Peko stehen und versuchte zu begreifen, dass dieser starke Mann, der ihn so oft aufs Knie genommen und ihm über den Kopf gestreichelt hatte, nicht mehr lebte. Nie wieder würde er mit seiner lauten Stimme schimpfen, wenn Peko und die anderen Kinder in der Mittagsruhe lärmten.

Endlich wandte er sich ab. Mit steifen Schritten ging er in Richtung der Hütte seiner Eltern. Er fühlte sich wie die Holzpuppe, die er geschnitzt hatte – bewegt von einem seltsamen Zauber, doch innerlich zerbrochen. Wie durch ein Wunder war ihre Hütte unversehrt geblieben. Die Wäsche hing noch auf dem rostigen Drahtgestell, wo seine Mutter sie gestern aufgehängt hatte, doch die schönen bunten Tücher waren rußgeschwärzt.

Peko blieb vor dem Bastvorhang des Eingangs stehen. Er brauchte lange, bis er die Kraft aufbrachte, ihn beiseite zu schieben und einzutreten.

Die Hütte war leer.

Eine Welle der Erleichterung durchlief ihn. Vielleicht

hatte seine Familie fliehen können. Vielleicht hatten die Götter sie verschont. Er betete, dass es so war.

Er durchstreifte das Dorf und fand mehr Leichen, als er an beiden Händen Finger hatte. Darunter die alte Zinja, den dummen Osman, der nicht richtig sprechen konnte, aber stark wie ein Ochse gewesen war, und Kunu, den Medizinmann des Dorfes, der mit seinem Zauber den Menschen geholfen hatte, wenn ihre Körper von bösen Geistern krank gemacht wurden. Warum die Götter ihn, ihren treusten Diener, nicht verschont hatten, verstand Peko nicht. Auch Kinder waren unter den Toten: Lisi, die kleine Schwester von Kallu, und Konatu, der so schnell hatte laufen können.

Wie benommen wankte Peko durch die Ruinen und starrte die verbrannten Körper an. Einige der Leichen waren bis zur Unkenntlichkeit verkohlt, aber er war sich ziemlich sicher, dass seine Eltern nicht darunter waren.

Er allein war an dieser Katastrophe schuld, das wusste er. Sein Vater hatte ihm erklärt, die bösen Männer kämen, wenn die Menschen die heiligen Gebote missachteten. Mit seiner Todsünde hatte Peko den Zorn der Götter herausgefordert, und sie hatten die bösen Männer noch einmal geschickt. Vielleicht war es auch dieser eine Gott aus Deutschland gewesen, von dem die dicke Frau immer erzählt hatte – dieser Christus, der immer so wütend auf die Sünder zu sein schien.

Peko fühlte sich, als sei er selbst gestorben. Ihm blieb nur noch eines zu tun: das eigene Leben den Göttern anbieten, damit seine Schuld beglichen wurde und die Menschen, die er liebte, Frieden finden konnten. Er würde in die Wildnis gehen, bis ihn ein Rudel Wildhunde oder Hyänen fand, um ihn zu zerfleischen.

29.

Marie schreckte hoch. Es war dunkel geworden, und die Hitze des Tages war einer Kühle gewichen, die sie frösteln ließ.

Rafael zog sich bereits wieder an. Er reichte ihr Rock und Bluse. »Hattest du einen Alptraum?«

Sie nickte. Sie war wieder ein kleines Mädchen gewesen. Ihr Vater hatte sie zu einem Fußballspiel ins Olympiastadion mitgenommen, wie er es tatsächlich zwei oder drei Mal getan hatte. Plötzlich waren überall um sie herum Tumulte ausgebrochen. Die Menschen hatten angefangen, wie wild um sich zu schlagen. Menschen, denen die Mordlust ins Gesicht geschrieben stand, hatten sie mit blutunterlaufenen Augen umringt. Angstvoll hatte sie sich an ihren Vater geklammert. Doch als sie zu ihm aufblickte, hatte sie nur eine Fratze voller Wut gesehen.

Seltsam: Sie hatte schon lange nicht mehr an die Stadionbesuche mit ihrem Vater gedacht. Sie erinnerte sich noch, dass sie sich immer ein bisschen gefürchtet hatte, wenn ihr Vater von seinem Sitz aufgesprungen war und seine Enttäuschung über einen Fehlpass oder eine falsche Schiedsrichterentscheidung herausgebrüllt hatte. Im Stadion schien er ein anderer Mensch zu sein: Seine Einfühlsamkeit verschwand; stattdessen entwickelte er eine fast beängstigende Leidenschaft, die sonst nur selten aus ihm herausbrach.

Der Traum hatte sich sehr real angefühlt. Was, wenn es wirklich geschah? Wenn Ondomars Leute das Pheromon an so einem Ort wie einem voll besetzten Fußballstadion ausbrachten? Fünfzigtausend Menschen auf engstem Raum, die sich in mordlustige Bestien verwandelten – eine grauenhafte Vorstellung.

»Komm! Wir müssen heute Nacht so viel Strecke wie möglich zurücklegen«, sagte Rafael.

Marie zog sich rasch an und folgte ihm in Richtung der fernen Hügelkette. Die Landschaft lag still im Licht eines sichelförmigen Mondes. Alles wirkte so friedlich.

Sie kamen zügig voran, und die Bewegung vertrieb die Kälte aus Maries Gliedern. Im Licht des Mondes war ihr Ziel gut zu erkennen. Zwar konnten sie die Rauchsäule nicht mehr sehen, aber Marie hatte sich die Form des Hügels gemerkt, hinter dem sie aufgestiegen war. Wie in der vorigen Nacht wurde ihr Marsch vom unaufhörlichen Zirpen der Zikaden und dem gelegentlichen Schrei eines Tieres begleitet, der vom ewigen Kreislauf von Leben und Tod kündete. Sie kamen an seltsamen, spitz zulaufenden Gebilden vorbei, die aussahen wie die Turmspitzen einer im Sand versunkenen gotischen Kathedrale – Termitenhügel.

Nach etwa drei Stunden Fußmarsch, als sich der Mond bereits wieder dem Horizont zuneigte, hörten sie in der Ferne ein seltsames Geräusch. Es klang wie ein heiseres Lachen.

»Hyänen«, flüsterte Rafael.

Maries Puls beschleunigte sich. Sie wusste aus einer Fernsehsendung, dass Hyänen zu den gefährlichsten Jägern der afrikanischen Steppe gehörten. Lange Zeit waren sie als feige Aasfresser verschrien gewesen, doch neuere Beobachtungen hatten gezeigt, dass Tüpfelhyänen geschickte Jäger waren, die es selbst mit den stärksten Tieren aufnahmen. Es waren eher die Löwen, die ihnen später die Beute streitig machten, anstatt selbst zu jagen.

Erneut erklang das grausige Lachen – nach Maries Gefühl war es bereits näher als vorhin. Sie beschleunigten ihre Schritte, bis sie in einen leichten Trott verfielen.

Rafael deutete auf eine kleine Gruppe von niedrigen Bäumen in ein paar Hundert Metern Entfernung, die sich düster gegen den Sternenhimmel abzeichneten. »Wenn wir es dorthin schaffen, können wir auf einen der Bäume klettern.«

Marie nickte. Doch während sie sich dem rettenden Wäldchen näherten, erklang wieder das höhnische Lachen – und diesmal schien es vor ihnen zu sein. Marie blieb stehen. Sie spähte in die Dunkelheit.

»Was ist?«, flüsterte Rafael.

Sie deutete auf die Akaziengruppe. »Ich glaub, die sind genau dort, unter den Bäumen!«

In diesem Moment sahen sie einen gedrungenen Körper in die Luft springen. Er schien nach etwas zu schnappen, das sich oben in die Krone der niedrigen Akazie geflüchtet hatte. Was immer es war, es hatte wohl kaum eine Überlebenschance. Die Hyänen konnten zwar nicht klettern, aber überraschend gut springen, und der Zweig war eindeutig zu niedrig.

Sie wollte sich gerade abwenden – sie mussten versuchen, sich aus dem Staub zu machen, solange die Hyänen mit ihrer Beute beschäftigt waren –, als sie etwas hörte, das ihr das Blut in den Adern gefrieren ließ: einen menschlichen Schrei – den angstvollen Schrei eines Kindes.

30.

Peko schrie vor Angst. Verzweifelt kletterte er höher in die Krone der Akazie, die scharfen Dornen ignorierend, die seine Hände aufschlitzten. Doch die dünnen Äste ächzten bereits bedrohlich unter seinem Gewicht. Wenn er abstürzte, war er verloren.

Erneut setzte eine der Hyänen zum Sprung an. Ihr Maul war aufgerissen, und er konnte ihren stinkenden Atem riechen, als der Kopf durch die Äste unter ihm brach. Er konnte gerade noch den Fuß hochziehen. Die starken Kiefer der Hyäne, die den Oberschenkelknochen eines Büffels zermalmen konnten, schlugen aufeinander, und das Tier plumpste zurück auf den Boden. Das hässliche Lachen ertönte, mit dem die Hyänen ihre Opfer verspotteten. Peko wusste, dass sie über seine Feigheit lachten, darüber, dass er hier in der Baumkrone saß, statt sich von ihnen fressen zu lassen, wie er es den Göttern versprochen hatte.

Er war bis zum Abend in den Trümmern des Dorfes herumgeirrt und hatte gebetet. Doch sein Flehen war nicht erhört worden. Keiner der Dorfbewohner war zurückgekehrt. Und so hatte er sich endlich dem Willen Götter gebeugt und war in die Wildnis gezogen, um sich als Opfer darzubieten. Doch als er dann das Lachen der Hyänen vernommen hatte, war er von Panik ergriffen worden. Er war gerannt, um sein Leben gerannt, bis er sich auf diesen Baum hatte flüchten können. Und nun brachte er einfach nicht den Mut auf, herabzusteigen, um sich seinem Schicksal zu ergeben.

Er wünschte, er könnte zum Geist der Hyänen sprechen wie Kunu. Er hätte sich wenigstens für seine Feigheit entschuldigt. So aber konnten ihn die Götter nicht hören – sie würden seine Familie für diese Feigheit strafen. In seiner Verzweiflung blieb ihm nur noch der Gott der Deutschen. Zumindest wie man zu ihm sprach, hatte er gelernt. »Vater unser«, begann er, während die Tränen über seine Wangen rannen, »der du bist im Himmel ...«

Unten machte sich erneut eine Hyäne zum Sprung bereit.

»... geheiligt werde dein Name, dein Reich komme ...«

Das Tier schoss hoch. Peko schloss die Augen. Im selben Moment donnerte es, und die Hyäne jaulte auf.

Vor Schreck wäre Peko beinahe vom Baum gefallen. Er riss die Augen auf und erschrak noch mehr, als er zwei bleiche Gestalten sah, die mit lautem Gebrüll auf den Baum zuliefen.

Die Hyänen wandten sich knurrend den Geistern zu, doch einer der beiden hielt seinen Arm hoch. Ein kurzer Blitz zuckte daraus hervor, und erneut erklang ein schrecklicher Donner. Das war selbst für die furchtlosen Hyänen zu viel. Sie jaulten auf und trotteten davon, wobei eine von ihnen stark hinkte und sich immer wieder die linke Flanke leckte.

Ängstlich starrte Peko auf die Wesen, die nun neben dem Baum standen und ihm etwas zuriefen. Es waren sicher Geister aus der Unterwelt. Wahrscheinlich hatten die Götter sie geschickt, damit sie ihn hinab ins Reich der Toten holten. Peko wusste, es hatte schlimme Folgen, wenn man sich dem Willen der Götter widersetzte, doch er brachte es nicht fertig, hinabzuklettern zu den Geistern, die fahl im Mondschein leuchteten.

»Warum kommt er nicht herunter?«, fragte Rafael.

»Er ist völlig verängstigt«, sagte Marie. »Er kann höchstens sieben oder acht Jahre alt sein.«

»Wo sind seine Eltern? Und was macht er ganz allein hier draußen?«

Marie hatte keine Antwort. Sie versuchte, das Kind auf Englisch anzusprechen. »Don't be afraid«, rief sie. »We won't harm you. Please, come down.«

Der Junge rief etwas. Zuerst glaubte Marie, sich verhört zu haben. Sie sah Rafael verblüfft an. Dann wiederholte der Junge seinen Satz: »Gelobt sei Jesus Christus!«

»Er spricht Deutsch!«, stellte Marie verblüfft fest. »Komm herunter!«, rief sie. »Wir tun dir nichts!«

Zögernd verließ der Junge sein Versteck, kam auf Marie zu, umklammerte sie, legte seinen Kopf an ihren Bauch und weinte. Sie nahm ihn in die Arme und drückte ihn an sich, ein seltsames Gefühl von Stolz, Mitleid und Trauer im Bauch.

Nach einer Weile hörte das Schluchzen auf. Der Junge zitterte immer noch am ganzen Leib. Er sagte etwas in einer Sprache, die sie nicht verstand. »Ist ja gut«, sagte sie. »Du musst keine Angst mehr haben. Wir bringen dich zu deinen Eltern.«

Es stellte sich schnell heraus, dass der Junge nur wenige Brocken Deutsch beherrschte – das Vaterunser und einige christliche Lieder. Mit Gesten und ein paar Brocken Englisch klappte die Verständigung etwas besser. Sie fanden zumindest den Namen des Jungen heraus und dass er vermutlich aus dem Dorf in der Nähe stammte, dessen Rauchsäule sie am Morgen zuvor gesehen hatten. Er war sehr aufgeregt, als sie davon sprachen, ihn dorthin zurückzubringen. Abwechselnd weinte er, redete schnell in seiner Sprache und zeigte in den Himmel, auf den Boden, auf sich selbst und in die Richtung, in der die Siedlung liegen musste. Der Sinn seiner Worte blieb Marie verborgen.

Nach einer Weile gaben sie den Versuch der Kommunikation auf und marschierten weiter in die Richtung des

Hügels, hinter dem das Dorf liegen musste. Peko folgte ihnen schweigend.

Als der Morgen graute, waren sie der Hügelkette bereits ein gutes Stück näher gekommen. Trotzdem waren es sicher noch einige Stunden Fußmarsch. »Meinst du, wir können es riskieren, bei Tag weiterzugehen?«

»Ich weiß nicht«, sagte Rafael. »Es scheint, als sei es nicht mehr weit. Aber die Sonne wird uns zu schaffen machen, und wir haben kein Wasser mehr. Außerdem bin ich ehrlich gesagt ziemlich müde.«

Die Aussicht auf Wasser und etwas zu essen in dem Dorf gab Marie neue Kraft, aber sie wusste, wie trügerisch dieses Gefühl sein konnte. Also stimmte sie schweren Herzens zu, erneut Schutz in einem Gestrüpp zu suchen.

Verwirrt beobachtete Peko, wie die beiden Engel ihre Kleider auszogen und sich daraus einen Unterschlupf bauten. Als er gehört hatte, dass die beiden Deutsch sprachen wie die dicke Lehrerin, war ihm klar gewesen, dass das keine Geister waren, die von den afrikanischen Göttern geschickt worden waren. Nein, diese beiden kamen eindeutig von Jesus. Sein Gebet war erhört worden! Die dicke Lehrerin hatte Recht gehabt: Dieser Christus musste ein viel mächtigerer Gott sein als die afrikanischen Götter, wenn er zwei Engel schicken konnte, die es mit Hyänen aufnahmen.

Doch je länger er sie beobachtete, desto mehr Zweifel kamen ihm, dass es wirklich Engel waren. Sie wirkten wie Menschen, seltsame Menschen zwar, aber doch Menschen aus Fleisch und Blut, so wie die dicke Lehrerin. Anscheinend schliefen sie bei Tag und waren nachts wach. Vielleicht machten das alle Leute in Deutschland so – das würde jedenfalls erklären, weshalb sie so bleich waren.

Andererseits konnte es wohl kaum ein Zufall sein, dass die beiden genau in dem Moment aufgetaucht waren, als er in höchster Not ein verzweifeltes Gebet zu dem Gott aus Deutschland gesprochen hatte. Vielleicht benutzte dieser Christus nicht Geister und Tiere, um seinen Willen zu verrichten, sondern Menschen. Vielleicht war er deshalb so mächtig.

Peko für seinen Teil hatte es nicht eilig, zurück zu dem zerstörten Dorf zu kommen, zu dem die beiden offenbar wollten. Er hatte Durst. Während seine Retter sich in ihre Höhle verkrochen, sah er sich um. Er hatte Glück. In nur ein paar Hundert Schritten Entfernung ragte ein Affenbrotbaum auf. Die Regenzeit war gerade vorüber, und der Baum hatte noch nicht alle Blätter abgeworfen. Sogar einige Früchte hingen an seinen Ästen. Peko suchte sich einen scharfen Stein und bearbeitete damit die Rinde. Es dauerte eine Weile, aber es gelang ihm, ein Stück herauszubrechen. Das Holz darunter glänzte von Feuchtigkeit. Er schabte mit dem Stein einige Fasern heraus und kaute sie.

Erschrocken fuhr er herum, als er merkte, dass er nicht allein war. Die beiden Deutschen standen da und beobachteten ihn. Hatten sie vielleicht etwas dagegen, dass er Baobab verletzte? Wollte Christus, dass er für sein Vergehen büßte, indem er ohne Essen und Trinken lebte? Er hörte auf zu schaben, ließ den Stein fallen und hob die Hände in einer Geste der Entschuldigung.

Die beiden sahen einander an und redeten etwas auf Deutsch. Dann hob der Mann den Stein auf und begann seinerseits Fasern abzuschaben. Er steckte sie sich in den Mund, verzog das Gesicht, kaute jedoch darauf herum.

Peko zeigte ihm, wie man die Fasern aus dem Mund zog, ohne kostbare Feuchtigkeit zu verschwenden.

Schließlich bearbeiteten alle drei den Baumstamm und höhlten ihn ein Stück weit aus. Bald war ihr schlimmster Durst gelöscht. Peko zeigte nach oben. Er signalisierte den

Deutschen, ihn hochzuheben, so dass er auf einen der niedrigeren Äste klettern und die Früchte pflücken konnte.

Es dauerte eine Weile, bis sie begriffen, was er meinte – vielleicht gingen die Leute in Deutschland nicht zur Schule und wussten deshalb so wenig. Andererseits hatte die weiße Lehrerin doch eine Menge Geschichten erzählt. Wie auch immer, sie hoben ihn schließlich hoch, und er pflückte einige der flaschenförmigen Früchte, die so lang waren wie sein Unterarm. Er zeigte den Fremden, wie man sie öffnete und dass man sowohl das faserige weiße Fleisch als auch die dunklen Samenkörner essen konnte.

Der Tag ging langsam voran. Das Holz des merkwürdigen Baumes konnte Maries Durst für eine Weile löschen, und die Frucht hatte sie gestärkt. Doch das Trockenheitsgefühl in der Kehle war rasch zurückgekehrt. Immer wieder fiel Marie in einen fiebrigen Dämmerzustand, ohne jedoch richtig zu schlafen. Es war eine seltsame Sache, hier mit Rafael und einem Kind zu liegen – als seien sie eine Familie.

Sie dachte daran, wie sie mit lautem Gebrüll auf die Hyänen zugerannt waren. Sie hatte in diesem Moment überhaupt keine Angst gehabt. War das Mut? Nein, wahrscheinlich eher Wahnsinn. Hätte Rafael nicht die Pistole gehabt, wären sie wahrscheinlich gefressen worden. Und doch hatte Marie das starke Gefühl, das Richtige getan zu haben.

Seltsam – ihr Leben war völlig aus den Fugen geraten, sie lag hier im Staub der Wüste, verdreckt und durstig, und doch fühlte sie sich lebendig wie nie zuvor. Es war, als sei sie sich selbst in den letzten Tagen näher gekommen, als habe sie etwas in sich entdeckt, das schon lange tief in ihr geschlummert hatte. Es war eine urtümliche Kraft, ein Wille, der sich über jede Logik hinwegsetzte.

Ihr wurde plötzlich klar, dass sie sich hier, fernab jeder

Zivilisation, jenem Ursprungszustand annäherte, in dem sich der Mensch befunden hatte, bevor er die Schrift erfand, den Ackerbau, das Flugzeug und den Computer. Sie waren auf sich allein gestellt, in einer feindlichen Umgebung. Nur ihre Willenskraft und ihr Geschick würden darüber entscheiden, ob sie überlebten. Sie war an der Grenze dessen angekommen, was Menschen leisten konnten. Doch sie hatte sich lange nicht mehr so frei gefühlt.

Als die Abenddämmerung einsetzte, weckte sie Rafael und den Jungen. Rasch zogen sie sich an und setzten ihren Marsch fort. Maries Füße taten ihr weh, ihre Lippen waren aufgesprungen, und es juckte sie am ganzen Körper. Doch ein Blick auf Peko reichte, um ihr die Kraft zu geben, die sie brauchte. Sie würden dieses Kind zu seinen Eltern zurückbringen.

Plötzlich durchzuckte sie ein Gedanke: All ihre Erfolge als Unternehmensberaterin, all die Millionen, die sie für ihre Auftraggeber eingespart oder hinzuverdient hatte, waren nichts gegen diese eine Tat – einem Kind das Leben zu retten. Ihr ganzes bisheriges Dasein erschien ihr plötzlich bedeutungslos, geradezu lächerlich: die verlogene Freundlichkeit, die albernen Powerpointcharts, die wichtigen Mienen der Lenkungsausschussmitglieder. Die Leute, die in diesen Runden saßen, waren nicht mehr als Sklaven des Aktienkurses, gehetzt und getrieben von Quartalsberichten und Aufsichtsratssitzungen. Sie konnten einem leidtun.

Als der Morgen graute, ragte direkt vor ihnen der Hügel auf, hinter dem das Dorf liegen musste. Von der Rauchsäule war nichts mehr zu sehen, aber das hatte sicher nichts zu bedeuten. Seltsam war nur, dass Peko immer langsamer ging und immer verstörter wirkte. Als habe er Angst davor, nach Hause zurückzukehren.

Marie lächelte ihm zu und berührte ihn an der Schulter.

Er schmiegte sich an ihre Hüfte, und ihr Herz verkrampfte sich.

Sie erreichten eine schmale Straße, nicht viel mehr als zwei parallele Spuren im Sand, die um den Hügel führten. Mit frischem Mut erfüllt, folgten sie ihnen. Erst, als sie eine Weile gegangen waren, fiel Marie auf, wie still es war. Keine Stimmen waren zu hören, kein Kindergeschrei, nicht mal das Geräusch eines Motors. Vielleicht schliefen die Dorfbewohner noch.

Sie umrundeten den Hügel und erreichten die Ausläufer der Siedlung. Marie blieb stehen, als sei sie gegen eine unsichtbare Wand gelaufen.

»O Gott!«, rief Rafael.

Peko begann zu schluchzen.

Das Dorf war nur noch eine Ansammlung von Ruinen. Ein Tier, das einem Fuchs ähnelte, fraß an der Leiche einer Frau, die neben den verkohlten Resten einer Hütte lag. Rafael verscheuchte es mit einem Steinwurf. Auf einer anderen Leiche saßen zwei Geier. Sie hüpften ein paar Schritte zur Seite, als die drei sich näherten, doch kaum waren sie vorbei, ließen sich die Tiere wieder auf ihrer Beute nieder. Überall summten Fliegen – Tausende Fliegen.

Mit versteinerten Mienen gingen sie durch das Dorf. Weder Rafael noch Marie konnten irgendetwas sagen.

Peko betrat eine der wenigen unversehrten Hütten und kam kurz darauf mit einem Wasserkanister und etwas, das wie Fladenbrot aussah, zurück. Bis zu diesem Moment hatte Marie ihren Durst beinahe vergessen. Jetzt aber riss sie ihm den Kanister fast aus der Hand und goss das warme, abgestandene köstliche Nass in sich hinein, bis sie nicht mehr konnte. Dann reichte sie ihn etwas verlegen an Rafael weiter.

Peko deutete auf die Hütte. »Mama, Papa not here«, sagte er. »Ollo not here.«

Marie glaubte zunächst, er sei traurig, weil er seine Eltern verloren hatte, doch dann begriff sie: Pekos Mutter und Vater waren nicht unter den Toten. Vielleicht waren auch sie in die Savanne geflüchtet, so wie der Junge, und dort irgendwie getrennt worden. Sie deutete in die Richtung, aus der sie gekommen waren. »Mama there? Run away?«

Peko schüttelte den Kopf. Er redete schnell in einem Kauderwelsch aus Englisch und seiner Muttersprache. Es war offensichtlich, dass er ihnen erzählte, wie er aus dem Dorf geflohen war, aber Marie verstand kaum ein Wort. Immerhin konnte sie sich zusammenreimen, dass er seine Eltern irgendwie verloren hatte, bevor die Katastrophe über das Dorf hereingebrochen war. Er erzählte irgendetwas von wütenden Göttern. An seinem Gesichtsausdruck glaubte sie zu erkennen, dass er sich aus irgendeinem Grund für den Vorfall verantwortlich fühlte.

Sie nahm ihn in den Arm und strich ihm durch das krause Haar. »Peko, was immer du angestellt hast, es war nicht deine Schuld, was hier passiert ist. Das waren böse Männer.«

Er sah zu ihr auf. Auch, wenn er nicht verstand, was sie sagte, schienen ihre Worte ihn zu trösten.

»Meinst du, das war Ondomar?«, fragte Rafael

Marie schüttelte den Kopf. »Warum sollte er das tun? Er kämpft gegen den Westen, nicht gegen die Leute in diesem Land.«

»Aber wer war es dann? Und warum haben diese Leute ein Dorf voller friedlicher Menschen ausradiert?«

»Keine Ahnung. Früher habe ich im Fernsehen immer umgeschaltet, wenn Berichte über Völkermorde in Afrika liefen. Ich habe gedacht, es geht mich nichts an, wenn sich irgendwo auf der Welt Leute gegenseitig umbringen.« Plötzlich traten Tränen in ihre Augen. »Ich konnte ja nicht ahnen, dass es … dass es *so* ist … wie können Menschen so etwas tun?«

Rafael zuckte nur mit den Schultern.

»Was machen wir jetzt?«, fragte Marie.

Er deutete auf einen rauchgeschwärzten Jeep am Straßenrand. Die Frontscheibe war zersplittert und einer der Reifen platt. »Vielleicht kann ich den wieder flottmachen.«

Marie sah ihn verwundert an. »Du kennst dich mit Autos aus?«

»Na ja, Reifen wechseln kann ich schon.«

Tatsächlich gelang es Rafael, den kaputten Reifen gegen das Reserverad vom Heck des Wagens zu tauschen. Jetzt mussten sie den Jeep nur noch starten.

Peko zeigte auf die von Fliegen bedeckte Leiche eines älteren Afrikaners, die etwas abseits des Fahrzeugs lag, und sagte etwas in seiner Sprache.

Marie und Rafael sahen sich an. Rafaels Gesicht hatte eine leicht grünliche Farbe angenommen. »Mach du das«, sagte er. »Ich hab schon den Reifen gewechselt.«

Marie warf ihm einen entsetzten Blick zu. Doch sie überwand ihren Ekel und beugte sich über die Leiche. Der Gestank raubte ihr den Atem. Sie hielt die Luft an und durchwühlte die Hosentaschen, während eine Wolke von Fliegen aufstob und sie wütend umkreiste. Ihre Knie wurden weich, doch sie fand den Zündschlüssel. Sie richtete sich mühsam auf, wankte ein paar Schritte und fiel dann auf die Knie. Ihre Gedärme krampften sich zusammen, und sie erbrach das Wasser, das sie kurz zuvor getrunken hatte.

Rafael lief zu ihr und half ihr hoch. »Danke«, sagt er. »Ich … ich hätte das nicht geschafft.«

Er startete den Motor. Das Geräusch wirkte seltsam laut in der Totenstille des Dorfes. Rafael lenkte den Wagen auf die Straße und ließ den Motor laufen, als habe er Angst, dass ihm das Kunststück, ihn anzulassen, kein zweites Mal gelingen würde. Er stieg aus. »Wir brauchen Vorräte«, sagte er. »Und vor allem Benzin.«

Sie durchsuchten die Trümmer der Siedlung. Sie fanden einen Brunnen mit einer Handpumpe, aus dem sie Pekos Kanister sowie zwei weitere füllten. Das Wasser würde für mehrere Tage reichen. In Pekos Hütte waren getrocknete Früchte und noch etwas Fladenbrot. Benzin fanden sie jedoch keines. Der Jeep besaß einen vollen Reservekanister. Das und der Tankinhalt würde ausreichen müssen.

»Wohin fahren wir?«, fragte Rafael.

Marie beugte sich zu Peko herab. »Peko, where should we go?« Sie zeigte in die beiden Richtungen der Straße.

Er überlegte einen Moment. Dann erhellte sich seine Miene. Er zeigte in die Richtung, die Marie für Norden hielt. »Go Kamuna«, sagte er. »Kamuna my aunt. Nice woman.«

»Na dann, alles einsteigen«, sagte Rafael.

31.

Sie folgten der staubigen Sandpiste, die sich durch die Hügel nördlich des Dorfes wand. Maries Laune besserte sich, je weiter sie sich vom Ort des Grauens entfernten. Sie würde die Bilder dieses Morgens ihr Leben lang nicht vergessen, aber jetzt, wo sie motorisiert waren, hatten sie es fast geschafft. Sobald sie Peko bei seinen Verwandten abgesetzt hatten, würden sie in die Hauptstadt dieses Landes fahren – wo auch immer sie gerade waren. In der deutschen Botschaft würden sie sich neue Papiere und Flugtickets besorgen. Einchecken in irgendein Hotel, und dann erstmal ausgiebig duschen.

Rafael war schweigsam und wirkte angespannt. Immer wieder sah er über die Schulter, als habe er Sorge, dass ihnen jemand folgte. Dabei war kilometerweit kein anderes Fahrzeug zu sehen.

»Was hast du?«, fragte Marie.

»Ondomars Leute. Ich glaube nicht, dass sie die Suche schon aufgegeben haben. Und sie haben Hubschrauber.«

Nach einer Weile schienen sich seine Sorgen zu bestätigen. Das Motorengeräusch wurde von einem dumpfen Knattern übertönt. Noch war der Helikopter durch eine Hügelkette vor ihren Blicken verborgen, doch er schien sich rasch zu nähern.

Rafael bremste scharf und lenkte den Wagen etwas von der Piste. »Raus!«, rief er und sprang aus dem Jeep. »Leg dich auf den Boden, verdeck deine Haut und rühr dich nicht!« Er selbst beugte seinen Oberkörper nach rechts, so dass man Arme und Kopf aus der Luft nicht sehen konnte. Seine Beine in den langen Kakihosen und braunen Lederschuhen ließ er aus der Fahrertür hängen. Es wirkte, als sei er beim Versuch, den Wagen zu verlassen, erschossen worden.

Marie begriff: Wenn sie sich tot stellten, würde es aussehen, als sei ein Jeep mit flüchtenden Dorfbewohnern von den marodierenden Truppen doch noch gestellt worden. Sie sprang heraus und legte sich neben den Wagen, wobei sie ihre Arme unter den Körper schob und ihre nackten Unterschenkel unter der Karosserie verbarg.

In diesem Moment erschien der Hubschrauber über den Hügeln. Er flog tief und folgte dem Straßenverlauf. Marie erstarrte. Sie hatte keine Zeit gehabt, Peko zu erklären, was er tun sollte.

Doch der Junge schien auch so zu begreifen, was sie vorhatten. Er war mit Marie aus dem Wagen gesprungen. Jetzt kauerte er sich über sie und wiegte seinen Körper vor und zurück. Aus der Luft musste es so aussehen, als trauere er um seine tote Mutter.

Der Helikopter flog so dicht über ihnen, dass der Staub um den Jeep aufgewirbelt wurde und Marie Mund und Nase verklebte. Dann verharrte er einen Moment über der Stelle und folgte schließlich der Straße weiter nach Norden.

Erst, als sie das knatternde Geräusch nicht mehr hörte, wagte es Marie, sich zu rühren. Sie nahm Peko in den Arm und gab ihm einen Kuss auf die Stirn. »Good boy!«, sagte sie.

»Very good boy!«, bestätigte Rafael. Der Junge hatte ihnen wahrscheinlich das Leben gerettet. Ohne seine gespielte Trauer wäre den Männern im Hubschrauber möglicherweise aufgefallen, dass die beiden Leichen am Jeep Weiße waren. Dann wären sie sicher gelandet, um sich die Sache genauer anzusehen.

So aber setzten sie unerkannt ihren Weg fort. Nach etwa einer Stunde erreichten sie eine weitere Siedlung. »Aunt

Kamuna here!«, rief Peko aufgeregt. Doch als sie die Dorfstraße entlangfuhren, rührten sich nur ein paar aufgeschreckte Hühner. Vor der Hütte, auf die Peko wies, hielten sie an, aber niemand war zu Hause. Die Häuser waren unversehrt, doch die Bewohner hatten das Dorf wohl aus Angst vor den marodierenden Truppen verlassen.

In einem Wellblechschuppen fand Rafael einen vollen Benzinkanister, den er in den Jeep lud. Dann setzten sie ihren Weg nach Norden fort.

Nach einer weiteren Stunde quälend langsamer Fahrt über die buckelige Piste sahen sie in der Ferne zwei Gestalten am Straßenrand. Ein alter Mann saß im Staub. Sein rechtes Bein war mit Lumpen umwickelt – offenbar war er verletzt. Neben ihm lag ein langer Ast, eine primitive Krücke. Eine Frau, seine Tochter vielleicht, stand über ihn gebeugt. Die beiden sahen auf, als sich der Jeep näherte. In ihren Augen lag Angst, doch sie konnten nicht fliehen, also blickten sie gefasst ihrem Schicksal entgegen.

Rafael hielt neben ihnen. »Get in!«, rief er. »We are friends. We won't harm you!«

Die beiden schauten ihn verständnislos an, aber als Peko seinen Kopf aus dem Fenster steckte und etwas in seiner Sprache rief, hellten sich ihre Mienen auf. Marie und Rafael halfen dem alten Mann auf den Rücksitz. Die Frau weinte – ob vor Verzweiflung oder aus Dankbarkeit, war nicht zu erkennen.

Es dauerte nicht lange, bis sie auf weitere Flüchtlinge stießen. Es schien sich um eine Großfamilie zu handeln, die neben einem Karren stand, der mit Habseligkeiten beladen war. Offenbar war die Achse gebrochen.

Rafael fuhr langsam weiter. Es war klar, dass sie den Menschen nicht helfen konnten. Marie beobachtete Pekos Reaktion, doch er schien die Familie bei dem Karren nicht zu kennen.

Zehn Minuten später trafen sie auf eine dicke Frau mit drei Kindern. Eines trug sie auf dem Arm, die anderen beiden folgten ihr. Das Kleinere der beiden konnte kaum älter als drei Jahre sein. Es grenzte an ein Wunder, dass sie es so weit geschafft hatten.

»Jetzt wird's gemütlich«, sagte Rafael. Kurz darauf hatte Marie die beiden älteren Kinder auf dem Schoß. Die Mutter sprudelte über vor Dankbarkeit und plapperte die ganze Zeit in ihrer Sprache. Es schien sie nicht zu stören, dass Marie kein Wort verstand.

Einige Stunden später konnte Rafael fast nur noch im Schritttempo fahren. Einerseits, weil sie jetzt immer mehr Menschengruppen auf dem Sandweg antrafen. Anderseits, weil jeder Quadratzentimeter des Jeeps von Alten, Kranken und Kindern besetzt war. Marie hatte jetzt vier Kinder auf dem Schoß und konnte kaum noch atmen. Selbst Rafael fuhr mit zwei Kindern auf den Knien. Zwei weitere saßen auf der Motorhaube, eine alte Frau auf dem Dach. Vor etwa einer Stunde hatte der Strom der Menschen die Hauptstraße nach links verlassen und war einem schmaleren Weg nach Westen gefolgt. Gleichzeitig waren auch von Norden Flüchtlinge dazu gestoßen.

Schließlich kam die Kolonne vollständig zum Stillstand. Hunderte Menschen warteten in einer Schlange vor einem Kontrollposten, der von zwei Militärfahrzeugen markiert wurde. Sie trugen in großen weißen Buchstaben die Aufschrift UNHCR. Dahinter erstreckte sich eine lange Reihe weißer Zelte mit roten Halbmonden. Blauhelmsoldaten winkten die Menschen einzeln durch und notierten ihre Namen auf Listen. Dann wurden sie von einer Gruppe von Ärzten empfangen, die die Verletzten und Kranken in separate Zelte brachten.

Es dauerte eine ganze Weile, bis die mittlerweile mehr als ein Dutzend Insassen des Jeeps herab- und herausgeklettert waren. Sie bedankten sich unter Tränen bei Rafael und Marie. Einer der Soldaten lächelte Marie an. »Thank you!«, sagte er.

Marie lächelte nicht zurück. Sie hatte an diesem Tag zu viel Leid und Elend gesehen. Immerzu musste sie an all die Menschen auf der Strecke denken, weinende Kinder, Verletzte, Alte und Kranke, die sie nicht mehr hatten mitnehmen können.

»Your name, please?«, fragte der Soldat.

»Marie Escher.« Sie buchstabierte es auf Englisch.

»Where do you live?«

»Berlin, Germany.«

Der Soldat notierte die Angaben auf einem Klemmbrett. »Is there anyone we should contact, in order to get you out of here?«

Marie überlegte einen Moment. Sollte sie den Soldaten bitten, ihren Vater anzurufen? Nein, es war besser, sie sprach selbst mit ihm. Aber vorher musste sie jemanden vor Ondomar und dem Pheromon warnen. »I need to speak to the commander of this camp!«

Der Soldat sah sie einen Moment an. Dann nickte er. Er wies auf ein großes Zelt nicht weit vom Eingang des Lagers. »The large tent over there, on the left, with the UN symbols.«

Marie deutete auf Peko und fragte, ob die Eltern des Jungen hier im Lager angekommen seien. Der Soldat erklärte, es gebe eine zentrale Stelle für das Auffinden vermisster Familienangehöriger. Dort sei auch die Waisenkinderbetreuung.

Rafael parkte den Jeep neben einigen Fahrzeugen des Roten Halbmonds, der dem Roten Kreuz entsprechenden Hilfsorganisation in islamischen Ländern. Als sie das Lager betraten, wurden sie von einem jungen, blonden Arzt angesprochen. Sein weißer Kittel war voller brauner Flecken.

Das aufgenähte Namensschild wies ihn als Dr. Markus Berens aus. »Are you hurt?«, fragte er.

»Nein, danke, uns geht es gut. Ich könnte nur etwas zu essen vertragen. Aber vorher müssen wir die Eltern dieses Jungen finden. Können Sie mir sagen, wo wir hier die Zentralstelle für Vermisste finden?«

Berens lächelte. »Sie sind Deutsche! Kommen Sie, ich bringe sie hin. Das Lager ist inzwischen so groß, dass man sich leicht verirrt.«

Sie folgten ihm durch die ordentlichen Reihen weißer Zelte. Die Gesichter der Menschen, die dazwischen herumliefen, waren von tiefer Verzweiflung gezeichnet. Sie hatten alles verloren – ihre Heimat, ihr Hab und Gut und oft auch Menschen, die sie liebten. Nur die Kinder schienen mit der Situation – zumindest oberflächlich – einigermaßen umgehen zu können. Sie spielten zwischen den Zeltreihen Fangen oder Fußball.

»Wo sind wir hier eigentlich?«, fragte Marie.

Berens sah sie merkwürdig an. »In einem Flüchtlingslager der UNHCR, des Flüchtlingshilfswerks der Vereinten Nationen.«

»Das meinte ich nicht. In welchem Land sind wir?«

»Sie wissen nicht, in welchem Land Sie sind?«

»Wir haben uns verfahren, und dann wurden wir angegriffen und mussten fliehen«, warf Rafael ein.

»Wir sind hier im Sudan. Nördlich der Stadt Aweil. Eigentlich war es in dieser Gegend bisher friedlich, aber der Darfur-Konflikt breitet sich immer weiter nach Süden aus.«

Von der Darfur-Krise hatte Marie in den Nachrichten gehört. »Was genau verbirgt sich denn hinter diesem Konflikt?«

»Es gibt seit Langem schwelende Spannungen zwischen den arabischen Bevölkerungsgruppen im Norden, die sich als die Herren des Landes sehen, und den schwarzafrikanischen Stämmen im Süden. Der Südsudan ist inzwischen weitgehend autonom, aber in den Grenzgebieten kommt es in letzter Zeit zunehmend zu Übergriffen der sogenannten Dschandschawid. Das sind arabische Söldnermilizen, die von der Regierung in Khartum unterstützt werden. Sie sehen ja, was diese Banden anrichten. Dabei schafft es nur ein kleiner Teil der Menschen überhaupt bis hierher.«

»Wir haben unsere Papiere verloren«, sagte Rafael.

»Es gibt eine deutsche Botschaft in Khartum«, erklärte Berens. »Das ist allerdings knapp 1 000 Kilometer von hier entfernt.«

Sie erreichten ein großes Zelt, vor dem sich eine mehrere Dutzend Meter lange Menschenschlange gebildet hatte. »Das hier ist die Zentralstelle. Ich fürchte, Sie werden sich dort anstellen müssen. Ich muss mich jetzt um meine Patienten kümmern. Wenn Sie Hilfe brauchen, finden Sie mich im Lazarettzelt 4 in der Nähe des Eingangs.«

»Vielen Dank, Dr. Berens.«

»Gern geschehen. Es gibt viel zu wenig Menschen wie Sie, die helfen, statt wegzugucken. Machen Sie's gut!«

»Sie auch!« Marie nahm Peko an der Hand und ging zum Warteschlangenende, doch plötzlich rief der Junge aufgeregt und deutete auf die Menschen. Er rief etwas in seiner Sprache. Dann riss er sich los.

»Peko! Wait!«, rief Marie. Doch dann sah sie eine Afrikanerin, die sich aus der Schlange löste und auf den Jungen zurannte. Sie hob ihn hoch und drückte ihn an sich, während Tränen über ihre Wangen liefen.

»Das ging ja schneller als befürchtet«, sagte Rafael.

Peko redete aufgeregt auf die Frau ein. Immer wieder zeigte er auf Marie und Rafael.

Die Afrikanerin setzte ihn ab und kam auf sie zu. »I Zinja Gomo«, sagte sie. »You ...« Sie konnte einen Moment nicht sprechen. »You save my son! I thought I not see him again!« Sie ließ Peko los und umarmte Marie. »Thank you so much!«, schluchzte sie.

»Don't mention it«, sagte Marie. Und dann erzählte sie Pekos Mutter, wie tapfer und klug ihr Junge gewesen war, und dass er ihnen ebenso das Leben gerettet hatte wie sie ihm.

Die Frau war außer sich vor Freude. Sie wollte Marie und Rafael zu dem Zelt mitnehmen, in dem ihre Familie untergebracht war, damit auch die anderen sich bei ihr bedanken konnten. Doch Marie lehnte ab. Später vielleicht, zunächst müsse sie dringend mit dem Lagerkommandanten sprechen. Pekos Mutter nickte und nannte ihnen eine Zeltnummer. Marie und Rafael versprachen, dort vorbeizukommen. Sie verabschiedeten sich von Peko, der über beide Ohren grinste. Dann gingen sie zurück in Richtung des Eingangsbereichs.

Die Schlange vor dem Kontrollposten war inzwischen noch länger geworden. Es schien unmöglich, dass all die Menschen noch in das überfüllte Lager passten, doch die UN-Soldaten wiesen niemanden ab. Marie winkte Dr. Berens zu, der mit einem alten Mann sprach und flüchtig zu ihr herüber sah. Sie wollte sich gerade nach rechts wenden, in Richtung des Zeltes, das ihr der Soldat vorhin gezeigt hatte, als ihr Blick an einem der Männer in der Flüchtlingsschlange haften blieb. Er trug ein langes graues Gewand und einen Turban. Der Mann sah im selben Moment zu ihr hinüber.

Sie erstarrte. Das Erkennen in seinen Augen bewies ihr, dass sie sich nicht getäuscht hatte. Es war Kadin.

32.

Joan Ridley mochte Kisoro nicht. Die kleine Stadt war laut, schmutzig und irgendwie grob. Je mehr Geld der Gorillatourismus hierher brachte, desto schlimmer wurde es. Geld bedeutete Gier, und Gier führte zu Missgunst, Streit und Gewalt. Hinzu kamen der zunehmende Alkoholmissbrauch und die stetig wachsende Korruption, ohnehin ein Grundübel Afrikas. Manchmal fragte sie sich, ob all die Entwicklungshilfe der Europäer und Amerikaner die Lage des Kontinents nicht eher verschlimmerte als verbesserte, zumal die vermeintliche Großzügigkeit der reichen Länder allzu häufig von Eigennutz bestimmt war. Doch sie war keine Politikerin und hielt sich im Wesentlichen aus solchen Angelegenheiten heraus – sofern sie nicht ihre geliebten Gorillas betrafen.

Sie liebte die Einsamkeit des Hochgebirgswaldes, in dem die Forschungsstation lag, und hielt sich so weit wie möglich fern von der Stadt. Doch gelegentlich musste sie herkommen, um Lebensmittel und Medikamente einzukaufen und das eine oder andere Ersatzteil abzuholen, das sie bei Immanuel's Hardware Shop bestellt hatte.

Nachdem sie ihre Besorgungen erledigt hatte, beschloss sie, noch kurz bei der Polizeistation vorbeizuschauen. Sie wollte sich erkundigen, was aus den beiden Deutschen geworden war und was die örtlichen Behörden in Bezug auf die Tierversuche unternommen hatten. Sie machte sich allerdings keine großen Illusionen in Bezug auf diese Frage.

Sie betrat die Polizeistation, ignorierte die Proteste der dicken Assistentin, die behauptete, Hauptmann Igu Bolomanjar sei in einer wichtigen Besprechung, und betrat sein schäbiges kleines Büro.

Der Hauptmann war allein. Er blätterte in irgendwelchen Papieren, als sie eintrat. Wahrscheinlich war er von der durchdringenden Stimme seiner Assistentin aus dem Mittagsschlaf gerissen worden und gab sich jetzt alle Mühe, beschäftigt auszusehen.

Nicht, dass es für die Polizei von Kisoro nicht genug zu tun gegeben hätte. Die Kriminalitätsrate war hoch, Diebstähle und Raubüberfälle waren an der Tagesordnung. Doch die Polizei griff selten ein. Nur wenn ein Ausländer zu Schaden kam, fühlte man sich bemüßigt, zumindest der Form halber in Aktion zu treten, denn Überfälle auf Ausländer waren schlecht für das Image als Touristenstadt. Das wussten auch die Kriminellen und beschränkten sich darauf, den Ausländern mit überteuerten Souvenirs oder absurden Preisen für Waldführungen das Geld aus der Tasche zu ziehen oder es später denjenigen zu stehlen, bei denen die Touristen ihr Geld gelassen hatten.

Ridley mochte den Hauptmann nicht, und diese Abneigung beruhte auf Gegenseitigkeit. Sie wusste, dass sie für ihn ein Ärgernis war, ein Störenfried, der sich statt für die Menschen in Kisoro nur für Tiere interessierte. Jedes Mal, wenn sie sein Büro betrat, bedeutete das ein Problem. Andererseits wusste er, dass sie weitreichende Beziehungen bis ins Fremdenverkehrsministerium in Kampala hatte und ihre Stimme international Gehör fand. Also konnte er sie nicht einfach ignorieren.

»Guten Tag, Mrs. Ridley«, sagte er in der übertrieben freundlichen Art, mit der er sie seine Abneigung spüren ließ.

Sie hielt sich nicht damit auf, die leere Höflichkeitsfloskel zu erwidern. »Ich hätte gern gewusst, was Sie in Bezug auf die illegalen Tierversuche mit Gorillas unternommen haben.«

Der Hauptmann kniff die Augen zusammen. »Illegale Tierversuche? Mit Gorillas?«

Ridley spürte, wie der Zorn in ihr hochkochte, doch sie nahm sich zusammen. Sie durfte nicht vergessen, dass sie es hier mit einem offiziellen Beamten Ugandas zu tun hatte. Bisher hatten sie in einer Art Waffenstillstand miteinander gelebt. Wenn sie den Bogen überspannte, würde sie sich mehr Ärger einhandeln, als sie bewältigen konnte. Am Ende wären die Gorillas die Leidtragenden.

»Hauptmann Bolomanjar, ich bin sicher, Sie wissen, wovon ich rede. Um Ihr Gedächtnis aufzufrischen: Vor ein paar Tagen waren zwei Deutsche bei mir und haben mir von illegalen Tierversuchen berichtet, die in einem Forschungslabor hier in der Nähe durchgeführt worden seien. Ich habe Kobeke gebeten, die beiden zu Ihnen zu begleiten. Ich nehme an, sie waren inzwischen hier und haben Bericht erstattet. Was also haben Sie unternommen?«

»Deutsche? Ich weiß nichts von irgendwelchen Deutschen«, sagte der Hauptmann. »Hier war jedenfalls niemand.« Er rief die dicke Assistentin herein. »Kata, waren in den letzten Tagen irgendwelche Deutschen hier und haben was über verbotene Tierversuche erzählt?«

»Deutsche? Nein, Chef.«

»Da sehen Sie es, Mrs. Ridley. Keine Deutschen. Keine illegalen Experimente mit den Gorillas, die wir alle so sehr lieben. So etwas würden wir ganz bestimmt nicht dulden!«

Ridley musterte den Hauptmann besorgt. Sie kannte ihn mittlerweile recht gut und hatte ein Gespür für seine Vorgehensweise und seine Lügengeschichten entwickelt. Wenn die beiden tatsächlich hier gewesen wären und ihm von der Sache erzählt hätten, dann hätte er sehr wahrscheinlich behauptet, die halbe Polizei Ugandas auf den Fall angesetzt zu haben. Üblicherweise versuchte er, sich Ridley vom Leib zu halten, indem er jede Menge Scheinaktivität entfaltete, selbst wenn er nicht wirklich an einer Aufklärung interessiert war. Doch seine Ahnungslosigkeit wirkte echt.

»Was genau waren das denn für Leute, diese Deutschen?«

Ridley erzählte kurz, wie sie die beiden aufgegriffen und mit Kobeke in die Stadt geschickt hatte.

Der Hauptmann runzelte die Stirn. »Die beiden haben behauptet, sie seien in dem Taxi von Nathan Gombali gewesen, sagen Sie? Es stimmt, vor ein paar Tagen ist er verunglückt. Aber wir haben keine Hinweise auf weitere Insassen gefunden. Der Leiter des Labors, ein Deutscher namens Borg, hat uns erzählt, er selbst sei mit dem Taxi zur Station gefahren. Auf dem Rückweg muss Gombali von der Straße abgekommen und in eine Schlucht gestürzt sein. Sein Wagen brannte aus. Na ja, er fuhr eben einen ziemlich heißen Reifen, wenn Sie wissen, was ich meine.«

»Hauptmann Bolomanjar, ich bin überzeugt, dass es in dem Labor von diesem Borg nicht mit rechten Dingen zugeht«, sagte Ridley. »Ich möchte Sie bitten, dass wir gemeinsam dort hinausfahren und uns die Sache mal ansehen!«

Zu ihrer Überraschung nickte der Hauptmann. »Einverstanden.« Er stand auf. »Kommen Sie. Lieutenant Obego wird uns hinfahren.«

Sie sahen die Rauchsäule schon von Weitem. Das Forschungslabor war bereits vollkommen niedergebrannt, doch die verkohlten Trümmer glühten noch und strahlten eine solche Hitze aus, dass sich der Hauptmann schützend die Hand vors Gesicht hielt. Er fluchte auf Suaheli. »Banditen«, stellte er fest. »Wahrscheinlich haben sie die Station ausgeplündert und dann angezündet, um die Spuren zu verwischen. Wir können von Glück sagen, dass schlechtes Wetter ist und die Flammen nicht den ganzen Wald in Brand gesteckt haben.«

Ridley nickte. Dieses verdammte Labor hatte viel zu nah

am Gorillaschutzgebiet gelegen. Ihr fiel ein, dass Marie Escher ihr von einem kleinen Schuppen erzählt hatte, der in der Nähe des Labors lag und nur über einen Waldpfad zu erreichen war. Sie sah sich um und fand nach ein paar Minuten, was sie suchte. »Kommen Sie!«

Der Hauptmann und sein Lieutenant folgten ihr den schmalen Pfad entlang durch das Dickicht.

Ihr Magen krampfte sich zusammen, als sie die niedergebrannten Reste der Hütte betrachtete. Es war nicht mehr viel von der Einrichtung zu erkennen, doch unter einem noch glimmenden Balken ragte eine verkohlte Hand hervor. Der kurze Daumen und die breiten Mittelhandknochen sagten ihr, dass es keine menschliche Hand war.

33.

»Weg hier!«, schrie Marie. Sie rannte in Richtung des Zeltes, in dem das Hauptquartier der UN-Truppen untergebracht war.

Im nächsten Moment brach die Hölle los. Aus den Augenwinkeln sah Marie Kadin eine Maschinenpistole unter seinem Gewand hervorziehen und schießen. Einer der UN-Soldaten brach getroffen zusammen. Der andere griff nach seiner Pistole, doch ehe er sie aus dem Halfter holen konnte, fiel er nach hinten. Dann zischten Kugeln an ihnen vorbei. Eine alte Frau brach dicht neben Marie zusammen, während sich ein großer roter Fleck auf der Brust ihres weißen Gewands abzeichnete. Hunderte Menschen schrien und rannten in Panik durcheinander.

»Zum Jeep!«, brüllte Rafael Marie ins Ohr. Sie wollte widersprechen – sie mussten doch erst den Lagerkommandanten warnen! Doch in dem Durcheinander hatten sie kaum eine Chance, zu dessen Zelt vorzudringen. Außerdem war es unwahrscheinlich, dass die UN-Soldaten sie bei diesem Tumult in den Kommandobereich lassen würden, und wenn Kadin sie vorher erwischte …

Sie drängten sich durch die Menschenmassen. Das Schießen hatten aufgehört, doch das trug mehr zum Chaos bei, als dass es half, denn nun konnten die Menschen nicht mehr erkennen, aus welcher Richtung die Gefahr drohte. Marie blickte über die Schulter. Kadin war nicht zu sehen. Trotzdem war sie sicher, dass er ihnen dicht auf den Fersen war. Der einzige Vorteil war, dass der Attentäter in dem Tumult auch nicht schneller vorankam als sie. Andererseits waren die Soldaten, die ihn identifizieren konnten, tot oder verwundet, und die Zeugen der Schüsse irgendwo im Durcheinander verstreut. Das bedeutete, dass er sich zumindest eine Weile unerkannt in der Masse bewegen konnte, wenn er seine Waffe verbarg.

Endlich erreichten sie den Jeep und sprangen hinein. Rafael fummelte hektisch mit dem Schlüssel herum. Gerade, als er es geschafft hatte, den Wagen zu starten, wurde die Tür an Maries Seite aufgerissen.

Sie fuhr herum. Ein junger Afrikaner mit vor Panik geweiteten Augen stand dort. »Take me with you!«, rief er. »Please!«

»No!«, rief Rafael. »Stay here! You will be safe here! The killer is after us!«

Der Mann ignorierte Rafaels Beschwichtigungsbemühungen. Er versuchte, sich an Marie vorbei auf den Rücksitz zu drängen. In diesem Moment krachte ein Schuss. Die Schulter des Mannes wurde zerfetzt. Blut und Knochensplitter spritzten Marie ins Gesicht. Der Afrikaner schrie auf und taumelte zurück.

»Fahr los!«, brüllte Marie. Doch der Aufforderung hätte es nicht bedurft. Rafael gab Vollgas.

Vor ihnen ragte ein Maschendrahtzaun auf. Rafael ignorierte das Hindernis. Es blieb ihm auch nichts anderes übrig, denn jeder andere Weg war durch die Menschenmassen blockiert.

Der Jeep krachte gegen den Zaun, der ein Stück heruntergebogen wurde, aber noch standhielt.

»Verdammt!« Rafael setzte zurück. Eine Frau, die nicht rechtzeitig beiseitesprang, wurde von dem Jeep gerammt und fiel mit einem Schrei zu Boden. Marie hoffte, dass sie nicht schwer verletzt worden war.

Der Jeep ruckte vor, als Rafael ihn mit Vollgas erneut gegen den Zaun lenkte. Diesmal reichte der Schwung aus, um den Metallpfosten umzuknicken. Der Wagen rumpelte über das Drahtgeflecht und dann durch ein Dickicht von niedrigen Büschen. Dornige Zweige peitschten durch die Seitenfenster. Marie schützte ihr Gesicht mit den Händen, zog sich jedoch an Wange und Handrücken blutige Schrammen zu.

Rafael fuhr ein paar Dutzend Meter querfeldein, bis er die Straße zum Lager erreichte. Sie war inzwischen menschenleer, weil die Wartenden in die Büsche geflohen waren. Er beschleunigte und raste davon. Ein Schuss krachte, dann noch einer, doch sie wurden nicht getroffen. Die große Staubwolke, die hinter dem Jeep aufgewirbelt wurde, wirkte wie eine Nebelgranate.

»Mann, das war knapp!«, sagte Rafael, als sie weit genug entfernt waren.

Marie wischte sich Blut aus dem Gesicht. »Wie haben sie uns gefunden?«

»Vermutlich hat Ondomar einfach überall dort, wohin wir fliehen konnten, seine Leute postiert«, sagte Rafael. »Wir können von Glück sagen, dass dieser Kadin nicht schon im Lager war. Dort hätte er uns auflauern und uns einfach aus dem Hinterhalt abknallen können.«

Sie waren noch keine halbe Stunde weit gekommen und gerade wieder auf die Hauptpiste eingebogen, die in nördlicher Richtung durch die karge Landschaft führte, als sie am Horizont im Süden einen dunklen Punkt wahrnahmen.

Rafael gab Vollgas. Der Jeep flog über den buckligen Sandweg, so dass Marie jeden Moment mit einem Achsbruch rechnete. Trotzdem kam der Hubschrauber unaufhaltsam näher.

Als Marie bereits sicher war, dass ihre Flucht scheitern würde, erkannte sie die weißen UN-Symbole auf den Seitenwänden des Helikopters. Die Erleichterung ließ sie schwindelig werden. Der Hubschrauber flog über sie hinweg und setzte seinen Weg Richtung Norden fort.

»Mann!«, sagte Rafael nur. Er schlug mit der Faust auf das Lenkrad. »Mann!«

Sie setzten ihre Fahrt schweigend fort. Immer wieder wandte sich Marie angstvoll um, doch es tauchte keine weitere Gefahr am Horizont auf.

Die Sonne stand bereits tief, als sie einen Fahrerwechsel machten

»Lös mich mal eine Weile ab«, sagte Rafael und machte den Platz am Lenkrad frei. »Wir sollten die Nacht durchfahren. Weck mich, wenn du nicht mehr kannst.«

Der Sonnenuntergang über der kargen Landschaft, durch die sie jetzt kamen, war atemberaubend schön. Sie fuhren durch einige kleinere Siedlungen, deren flache Lehmziegel-Hütten und Häuser unbeleuchtet waren. Andere Fahrzeuge sahen sie nicht. Niemand schien idiotisch genug zu sein, um bei Einbruch der Nacht einer Sandpiste zu folgen.

In der Tat war es schwierig, im trüben Scheinwerferlicht immer den Weg zu erkennen. Marie folgte so gut sie konnte den Spuren, die sich nur schwach im Sand abzeichneten, aber zwei oder drei Mal kam sie von der Fahrbahn ab und rumpelte über unebenes Gelände. Es grenzte an ein Wunder, dass sie den Jeep jedes Mal wieder frei bekamen.

Irgendwann in der Nacht musste Marie den Tank auffüllen. Sie hielt an und stieg aus, ohne Rafael zu wecken. Über ihr wölbte sich ein Lichtermeer, wie sie es noch nie gesehen hatte. Kein irdisches Licht trübte den Blick auf Milliarden Sterne. Das Band der Milchstraße war deutlich zu erkennen. Eine Gänsehaut überfiel sie, als ihr klar wurde, dass dieser Anblick genau derselbe war, den die Urmenschen hier in Afrika schon vor einer Million Jahren betrachtet hatten. Plötzlich kam sie sich mit all ihren Problemen unbedeutend vor. Sie kippte die letzte Reserve aus einem der Kanister in den Tank und setzte den Weg fort.

Im Morgengrauen erreichten sie die Ausläufer einer Stadt. Ein Schild mit arabischen und lateinischen Schriftzeichen wies sie darauf hin, dass sie in An Nahud waren. Die flachen Häuser aus Lehmziegeln wirkten armselig, aber nach der endlosen Fahrt durch die Nacht fühlte sich Marie, als seien sie im Zentrum der Zivilisation angekommen.

Rafael schlug die Augen auf und sah sich verwirrt um. »Wo sind wir? Ist es schon Morgen? Wieso hast du mich nicht geweckt?«

»Ich konnte noch«, sagte Marie. »Aber jetzt haben wir kaum noch Benzin. Wir können von Glück sagen, dass wir es bis hierher geschafft haben. Hier gibt es sicher irgendwo eine Tankstelle.«

»Und dann? Wir haben kein Geld!«

Marie hielt ihre weißgoldene Uhr hoch, die sie von ihrem Vater zum Abitur geschenkt bekommen hatte.

Es dauerte eine Weile, bis sie ins Zentrum der Stadt vordrangen, wo es zumindest ein paar gemauerte mehrstöckige Häuser und Geschäfte gab. Marie entdeckte einen Laden, der ihren Vorstellungen entsprach, und hielt an. Das verdreckte Schaufenster zeigte ein Sammelsurium von Dingen – Autoradios, einen alten Plattenspieler, ein paar billige Mobiltelefone, Stehlampen, kitschige chinesische Porzellanfiguren. Auch einige schäbige Armbanduhren waren darunter. Die Preise waren nicht in Sudanesischen Pfund, sondern in US-Dollar angegeben.

Die Ladeninhaberin, eine beleibte Afrikanerin mit einem dunkelgrünen Kopftuch, sah missbilligend auf. Maries Haar war zerzaust und verklebt, ihr Gesicht von Kratzern und blauen Flecken bedeckt, wie ein kurzer Blick in den Rückspiegel des Jeeps ihr gezeigt hatte. Als sie ihre Uhr auf den Ladentisch legte, rümpfte die Ladenbesitzerin die Nase.

»How much can you give me for this?«

Die Frau schüttelte den Kopf. »I not buy stolen property.«

»No, it is not stolen, it is mine!«, sagte Marie verzweifelt. »I am a German tourist! I've been robbed!«

Marie sah der Frau an, dass sie ihr kein Wort glaubte, was nicht verwunderlich war – wenn Marie ausgeraubt worden war, wie sie behauptete, wieso besaß sie dann noch ihre wertvolle Uhr? Doch die Ladeninhaberin nahm das Stück in die Hand und inspizierte es genauer.

»Okay«, sagte sie. »Twenty dollar.«

»Twenty dollar?« Marie glaubte, sich verhört zu haben. Die Uhr war mindestens das Hundertfache wert. Doch die Afrikanerin zeigte sich unbeeindruckt von Maries Protesten. Sie behauptete, dass man in diesem Laden keine Uhr für mehr als dreißig Dollar verkaufen könne. Wenn sie mehr Geld haben wolle, müsse sie nach Khartum fahren.

Nach einigem Hin und Her einigten sie sich auf fünfzig Dollar. Es kostete Marie einige Überwindung, sich von dem Geschenk ihres Vaters zu trennen. Schließlich nahm sie das Geld und verließ den Laden mit dem Gefühl, das schlechteste Geschäft ihres Lebens gemacht zu haben. Andererseits waren fünfzig US-Dollar in An Nahud eine Menge Geld, besonders angesichts der Lage, in der sie sich befanden. Es reichte, um den Tank des Jeeps und die Reservekanister zu füllen, außerdem für eine Straßenkarte, einen Kamm, ein paar Sandwiches und vier Flaschen Cola.

Sie fuhren Richtung Osten über eine Sandpiste, die nicht besser war als die Strecke, die sie in der Nacht zurückgelegt hatten. Rafael saß wieder am Steuer, und Marie fiel in einen unruhigen Dämmerschlaf. Immer wieder schreckte sie hoch und sah sich angstvoll nach Verfolgern um, doch sie blieben unbehelligt.

Am späten Nachmittag erreichten sie die Stadt Kost am

Ufer des Nils. Dort gab es üppige Gärten und Palmenhaine – eine willkommene Abwechselung nach dem eintönigen Graubraun der Landschaft bisher. Auch die Straße war nun asphaltiert und lebhaft befahren. Sie folgten dem Lauf des Nils gen Norden.

Es war bereits mitten in der Nacht, als sie endlich die Ausläufer Khartums erreichten. Rafael lenkte den Jeep auf einen leeren Platz am Straßenrand, der von einigen Hütten gesäumt war, und sie verschliefen den Rest der Nacht.

Am nächsten Morgen ließen sie sich an einer Tankstelle den Weg zur Deutschen Botschaft erklären. Sie lag in einem vornehmen Wohnviertel, in dem sich viktorianische Villen und elegante, weiß getünchte Häuser mit arabischen Rundbögen abwechselten. Nach all dem Elend, das sie bisher gesehen hatten, war es kaum zu glauben, dass es in diesem Land Menschen gab, die sich so etwas leisten konnten.

Die Botschaft selbst war ein ziemlich hässlicher rechteckiger Bau mit Staffelgeschoss in einem Baustil, den man in den achtziger Jahren für moderne Architektur gehalten hatte. Als sie vor der Tür mit dem Bundesadler standen, wurden Maries Knie vor Erleichterung weich. Tränen traten ihr in die Augen, und sie musste plötzlich lachen. »Wir haben es geschafft«, sagte sie. »Wir haben es tatsächlich geschafft!«

Rafael lächelte schwach. »Ja, aber wir sind noch nicht am Ziel.«

Sie wurden am Eingang von einem sudanesischen Polizisten kontrolliert, dem es aber genügte, dass sie Deutsch sprachen, um sie durchzulassen. Sie wandten sich an die junge Frau hinter der Empfangstheke im Eingangsbereich, die sie erschrocken ansah. »Was ist denn mit Ihnen passiert?«

»Wir sind überfallen und ausgeraubt worden«, erklärte Marie. »Wir benötigen provisorische Pässe, Geld und ein Ticket nach Hause.«

»Und wir müssen dringend mit dem Botschafter sprechen«, ergänzte Rafael.

»In welcher Angelegenheit?«, fragte die Empfangsdame.

Rafael sah sie überrascht an. »Ich habe doch gerade gesagt, wir sind überfallen worden, und …«

»Haben Sie schon die sudanesische Polizei informiert?«

»Nein, aber …«

»Dann kann Ihnen der Botschafter auch nicht weiterhelfen«, sagte die Frau. »Wir können Ihnen provisorische Pässe ausstellen. Dazu müssen wir zunächst Ihre Personalien überprüfen. Dann können Sie nach Hause telefonieren und Ihre Angehörigen bitten, Ihnen Geld auf ein Treuhandkonto der Botschaft zu überweisen. Das können wir Ihnen dann auszahlen. Mehr können wir nicht tun.« Sie reichte ihnen zwei Formulare. »Benötigen Sie einen Arzt?«

Marie nahm die Vordrucke. »Nein, nein, schon gut, das sind nur ein paar Kratzer.«

Rafael gab nicht so schnell auf. »Hören Sie, wir haben eine wichtige Nachricht für den Botschafter. Es geht um eine Sache von nationaler Bedeutung!«

Die Frau warf ihm ein professionelles Lächeln zu. Es war offensichtlich, dass sie ihm nicht glaubte. »Wie ich schon sagte: Für die Verfolgung von Straftaten sind die sudanesischen Behörden zuständig. Wir können Ihnen hier nur konsularische Betreuung zukommen lassen.«

Rafael wollte sich aufregen, doch Marie zog ihn zu einer Sitzgruppe in der Ecke, wo auf einem Tisch einige an kleinen Ketten befestigte Stifte lagen.

»Willst du das etwa auf sich beruhen lassen?«, sagte Rafael aufgebracht. »Wir müssen doch etwas unternehmen!«

»Beruhige dich. So hat das doch keinen Sinn. Füllen wir erst mal diese Formulare aus. Bestimmt werden wir dann zu einem Konsularbeamten gebracht, der uns noch ein paar Fragen stellen wird. Vielleicht hört der uns zu. Und wenn nicht, können wir Bob Copeland anrufen. Der hat weitreichende Beziehungen. Er kennt bestimmt die richtigen Leute.«

Rafael nickte. »Du hast recht. Diese dumme Kuh da vorne begreift sowieso nicht, was los ist.«

Eine Viertelstunde später saßen sie einem übergewichtigen Konsularbeamten mit sonnengebräunter Glatze gegenüber, der immerhin versuchte, freundlich zu sein. Er stellte ihnen Fragen und hörte aufmerksam zu, während Rafael ihm die ganze Geschichte erzählte, von ihrer Entdeckung in Borgs Labor bis hin zu ihrer Flucht. Hin und wieder machte sich der Beamte Notizen. »Das ist eine sehr aufregende Geschichte«, sagte er schließlich.

Marie und Rafael sahen ihn verblüfft an. Aufregend? Geschichte? Sie warteten einen Moment, aber es kamen weder weitere Fragen noch die Aufforderung, sich an irgendeine Behörde zu wenden, die für Terrorabwehr zuständig war – den Bundesnachrichtendienst, den Bundesgrenzschutz, das BKA.

»Und jetzt? Was machen Sie jetzt?«, fragte Marie.

»Jetzt werde ich Ihnen provisorische Pässe besorgen. Das dauert ein paar Stunden.« Er sah auf die Uhr. »Sie können sie gegen 16.00 Uhr abholen. Bis dahin können Sie sich ja die Stadt ansehen. Es gibt hier ein paar sehr hübsche Gebäude aus der Kolonialzeit.«

Marie war sprachlos.

»Und was ist mit Nariv Ondomar?«, fragte Rafael. »Und mit dem Pheromon? Was gedenken Sie, in dieser Hinsicht zu unternehmen?«

Der Beamte lächelte freundlich. »Terrorabwehr liegt natürlich außerhalb des Zuständigkeitsbereichs der Botschaft. Ich werde die Sache in unseren wöchentlichen Lagebericht an den Bundesnachrichtendienst aufnehmen. Ihre Personalien habe ich ja. Ich nehme an, dass sich jemand vom BND bei Ihnen melden wird, falls weitere Fragen bestehen.«

Falls weitere Fragen bestehen. Fassungslos schüttelte Marie den Kopf. Nach allem, was sie durchgemacht hatten, saßen sie hier in einem Büro mit Klimaanlage, und niemanden schien die Gefahr zu interessieren, die von Ondomar ausging.

»Haben Sie nicht zugehört?«, rief Rafael. »Dieser Ondomar hat wahrscheinlich inzwischen genug von dem Pheromon, um eine ganze Armee zum Durchdrehen zu bringen. Können Sie sich vorstellen, was passiert, wenn er das Zeug irgendwo in einem Krisengebiet einsetzt? Sollten wir nicht wenigstens mit dem Botschafter sprechen?«

Der Beamte lächelte milde. »Ich kann Ihnen versichern, wir werden uns der Sache annehmen. Der Botschafter hat heute einen wichtigen Termin bei der Deutsch-Sudanesischen Handelsvereinigung. Aber ich werde ihn morgen bei unserer Routinebesprechung von unserem Gespräch berichten. Und jetzt entschuldigen Sie mich bitte. Wenn Sie heute noch Ihre Pässe bekommen wollen, muss ich mich an die Arbeit machen.«

Rafael wollte protestieren, aber Marie legte ihm eine Hand auf den Arm. »Können wir irgendwo telefonieren?«, fragte sie.

»Selbstverständlich.« Der Beamte führte sie in ein kleines Konferenzzimmer, in dem ein Telefon stand. »Die Telefongebühren übernimmt die Botschaft«, sagte er großmütig. Dann ließ er sie allein.

34.

»So ein aufgeblasener Idiot!«, rief Rafael. »Muss denn erst eine Katastrophe passieren, damit uns jemand ernst nimmt?«

Marie seufzte. »Vielleicht klingt unsere Geschichte wirklich ein bisschen abenteuerlich. Lass mich erst mal meinen Vater anrufen, danach telefonieren wir mit Will Bittner und Bob Copeland, und dann sehen wir weiter.«

Maries Vater hörte ihr aufmerksam zu, als sie in knapper Form ihre Erlebnisse schilderte. Wie immer in Krisensituationen bewahrte er Ruhe und Überblick. »Das Wichtigste ist jetzt erst mal, dass ihr nach Deutschland kommt«, sagte er. »Solange ihr in Afrika bleibt, seid ihr nicht sicher. Ich werde sofort fünftausend Dollar auf das Botschaftskonto überweisen. Reicht das?«

»Natürlich. Danke, Papa.«

»Braucht ihr einen Anwalt oder so? Soll ich Dr. Gallert bitten, einen Kollegen in Khartum …«

»Nein, das ist nicht nötig, denke ich. Wir kommen jetzt erst mal nach Hause, und dann sehen wir weiter.«

»Gut. Ruf mich an, wenn du weißt, wann ihr in Berlin ankommt, ich hole euch dann am Flughafen ab. Viel Glück!«

Das nächste Gespräch mit Will Bittner verlief nicht ganz so harmonisch. »Wo seid ihr gewesen?«, rief er, als sie ihn endlich am Apparat hatte. »Warum habt ihr euch nicht gemeldet? Wisst ihr eigentlich, was hier los ist?« Mit großen Augen hörte Marie zu, als Will ihr erzählte, dass das Feldlabor niedergebrannt worden war und Borg vermisst wurde.

»Will, wir wissen, wer das Labor zerstört hat. Es waren Terroristen. Ihr Anführer heißt Nariv Ondomar. Borg hat heimlich an einem Pheromon gearbeitet, das starke Aggressionen weckt. Es hat auch Konstantins Attacke auf Rico ausgelöst. Wahrscheinlich hat dieser Ondomar inzwischen genug von dem Zeug, um einen Terroranschlag durchzuführen. Wir müssen mit Bob sprechen. Er soll die Sicherheitsbehörden warnen.«

»Ja, ja, später«, sagte Will. »Erstmal kommt ihr nach London, und wir sprechen die Situation in Ruhe durch. Borlandt ist außer sich! Als die Nachricht von dem Überfall auf das Feldlabor durchsickerte, ist der Börsenkurs von Oppenheim um sieben Prozent eingebrochen.«

»Will, hier geht es nicht mehr um Börsenkurse. Hier geht es um Menschenleben!«

»Ja, vielleicht. Aber du kennst unser Motto: Client first. Wir sind in erster Linie unserem Auftraggeber verpflichtet.«

»Das meinst du doch nicht ernst, Will!«, schrie Marie in den Hörer. »Verdammt noch mal, das ist längst kein Beratungsauftrag mehr. Hier geht es um Terrorismus!«

»Das behauptest du. Aber hast du irgendwelche Beweise? Kannst du sicher sein, dass dieser Onoma, oder wie der heißt, wirklich hinter dem Angriff steckt? Und woher willst du überhaupt wissen, wie dieses Zeug funktioniert, an dem Borg angeblich gearbeitet hat? Ihr seid doch keine Chemiker, oder?«

»Will, glaub mir, wir wissen es. Ich habe es ausprobiert.« Sie dachte mit Schaudern an Ondomars Gesicht, als er den seltsamen Duft wahrgenommen hatte.

»Ich glaube dir ja, Marie. Aber es braucht wohl ein bisschen mehr, um irgendwen zu überzeugen. Wenn du keine Beweise für deine Behauptungen hast ...«

Marie traten die Tränen in die Augen. Sie hatte ihr Leben aufs Spiel gesetzt, um Borgs geheime Machenschaften aufzudecken, und jetzt zog Will ihre Aussage in Zweifel!

»Weißt du was? Du bist ein borniertes Arschloch!« Sie knallte den Hörer auf die Gabel.

»Das klang nicht so, als wäre es gut gelaufen«, kommentierte Rafael.

Marie wählte wortlos die Nummer der Copeland-Zentrale in New York. Dann wurde ihr klar, dass es dort noch mitten in der Nacht war. Sie seufzte und legte den Hörer auf. »Ich fürchte, wir können erst mal nichts machen.«

»Doch. Wir können uns ein Hotel suchen und erst mal ausgiebig duschen!« Rafaels Grinsen wirkte ansteckend.

Es bedurfte einiger Überredungskunst und eines Telefonats mit der Botschaft, um die freundliche Dame am Empfang des Hilton zu überzeugen, ihnen trotz ihres Anblicks die Zimmerschlüssel auszuhändigen. Marie ließ sich auf das luxuriöse, traumhaft weiche Doppelbett fallen und wollte nie wieder aufstehen. Doch nach einer Weile rappelte sie sich hoch und ging ins Bad, um zu duschen.

Als sie sich im Spiegel betrachtete, erschrak sie. Ihr Körper war übersät von verkrusteten Schrammen und blauen Flecken. Ihre Lippen waren aufgeplatzt, und ihr Haar war so verfilzt, dass sie Zweifel hatte, ob sie es jemals wieder würde entwirren können.

Das warme Wasser schmerzte auf ihrer wunden Haut, doch mit dem Schmutz einer Woche ohne irgendwelche Hygiene fiel auch die Anspannung ihrer Flucht von ihr ab. So etwas Einfaches wie fließendes warmes Wasser, noch vor einer Woche eine belanglose Selbstverständlichkeit, erschien ihr jetzt wie ein unbegreifliches Wunder der Zivilisation.

Nach etwa zwanzig Minuten trocknete sie sich mit einem herrlich flauschigen Handtuch ab. Sie fühlte sich bleischwer, so als habe sich ihr Körper mit dem köstlichen Nass vollgesogen. Sie wankte aus dem Bad und warf sich aufs Bett. Der Radiowecker auf dem Nachtschrank zeigte Viertel vor zwölf. Sie hatte mit Rafael abgemacht, dass sie sich um spätestens 16.00 Uhr in der Lobby treffen wollten, um zur Botschaft zu fahren und ihre Papiere abzuholen.

Sie stellte den Wecker auf Viertel vor vier und kuschelte sich unter die Bettdecke. Doch trotz ihrer bleischweren Glieder konnte sie nicht einschlafen. Zu viel ging ihr durch den Kopf. Ihr fiel ein, dass sie eine Woche lang nichts vom Geschehen in der Welt mitbekommen hatte. Sie schaltete den Fernseher an und zappte durch die Kanäle, bis der Nachrichtensprecher Englisch sprach. Auf CNN lief ein Bericht über die jüngsten Börsenentwicklungen. Als Unternehmensberaterin hatte Marie die Wirtschaftsnachrichten immer aufmerksam verfolgt, aber heute erschien es ihr belanglos, ob die US-Notenbank die Zinsen erhöhte oder auf dem aktuell niedrigen Niveau beließ.

Sie wollte gerade weiterschalten, als es an der Tür klopfte. Sie zuckte zusammen. Eine schreckliche Gewissheit durchfuhr sie: Sie kamen, um sie zu holen!

Das kleine Mädchen sitzt mit seinen Eltern beim Mittagessen, als es an der Tür klingelt. »Ich gehe schon«, sagt der Vater und steht auf.

Die Mutter legt langsam die Gabel aus der Hand, auf die noch ein Stück Schnitzel aufgespießt ist. Mit großen Augen sieht sie über das kleine Mädchen hinweg zur Esszimmertür.

Das Mädchen dreht sich um. Ein Mann und eine Frau kommen herein. Sie tragen weiße Kleidung, wie der freundliche Dr. Wellmann, der ihr schon einmal eine Spritze gegeben und ihr danach ein Spielzeug geschenkt hat, weil sie so tapfer war.

»Bringen Sie das Kind raus!«, sagt die Frau. Ihre Stimme ist streng.

Der Vater geht zu dem Mädchen und legt ihr seine große, schwere Hand auf die Schulter. Sein Gesicht ist sehr, sehr traurig. »Komm, Marie!«, sagt er.

Doch das Mädchen will nicht mitkommen. Es weiß, dass hier etwas Schreckliches geschieht. Es muss nur in die großen, ängstlichen Augen seiner Mutter schauen, ihre zusammengepressten Lippen sehen. Sie steht da, in eine Ecke des Raums gepresst, und zittert.

»Ganz ruhig, Frau Escher«, sagt der Mann. »Wir tun Ihnen nichts!« Aber das Mädchen weiß, dass er lügt.

»Mami!«, ruft sie und will zu ihr laufen, doch ihr Vater hält sie fest.

»Marie! Du musst jetzt mit mir mitkommen!« Er hebt sie mit seinen starken Armen hoch. Sie sieht, dass er Tränen in den Augen hat.

Sie wehrt sich, strampelt, boxt mit ihren kleinen Fäusten gegen seine Schultern. »Nein, nein, nein!«, ruft sie. »Ich will zu Mami! Ich will zu Mami!«

Doch der Vater trägt sie mit sich aus dem Raum.

Sie erhascht einen letzten Blick auf ihre Mutter, die sie stumm, mit großen, tränengefüllten Augen ansieht.

Der Vater trägt sie rasch die Treppe hinauf in ihr Zimmer, doch der Schrei aus dem Esszimmer durchdringt Wände und Türen.

Das Mädchen presst sich eng an ihren Vater. Sie spürt sein Zittern und versteht nicht, warum er die bösen Menschen in den weißen Kitteln nicht fortjagt. »Ich will zu Mami!«, schluchzt sie.

»Mami muss für eine Weile ins Krankenhaus, Liebes!«, sagt der Vater. »Keine Angst, bald ist sie wieder gesund. Dann kommt sie nach Hause, und alles ist wieder gut.«

Das kleine Mädchen spürt, dass er lügt, so wie Erwachsene immer lügen, wenn sie sich nicht trauen, Kindern die Wahrheit zu sagen. Sie weiß, sie wird ihre Mutter nie wiedersehen.

Es klopfte erneut. Marie sah sich gehetzt um. Es erschien ihr plötzlich schrecklich leichtsinnig, dass sie so lange an einem Ort verharrt hatten. Es war doch so leicht für Ondomar, zu erraten, wohin sie sich wenden würden – Deutsche ohne Papiere in einem fremden Land. Und es war so offensichtlich, dass sie in einem der wenigen internationalen Hotels der Stadt absteigen würden. Die Erleichterung darüber, es bis zur Deutschen Botschaft geschafft zu haben, hatte sie unvorsichtig werden lassen.

Was sollte sie tun? Das Zimmer lag im vierten Stock, die Fenster öffneten sich auf eine glatte Fassade über einer belebten Straße. Flucht war ausgeschlossen. Die wenigen Versteckmöglichkeiten im Zimmer würden auch nicht helfen.

»Marie?«

Ihr wurde fast schwindelig vor Erleichterung, als sie Rafaels Stimme vor der Tür hörte. Sie öffnete.

»Entschuldige, Marie, ich ... ich habe versucht zu schlafen, aber ...«

»Komm rein!«

Er betrat das Zimmer nur zögernd, als wittere er eine Falle. Er wirkte seltsam verstört – seine unbekümmerte Selbstsicherheit war wie weggeblasen. Machte auch er sich Sorgen, Ondomar könnte sie aufspüren?

Er setzte sich auf einen der beiden Sessel neben einem kleinen Tisch, auf dem eine Schale mit Obst stand. Der Anblick erinnerte Marie daran, dass sie heute noch nichts Vernünftiges gegessen hatte. Sie nahm einen Apfel, setzte sich Rafael gegenüber auf die Bettkante und biss in das köstlich saure Fruchtfleisch.

Im selben Moment wurde ihr klar, dass Rafael genau dasselbe Bild sah, das sie vorhin im Spiegel erblickt hatte. In dem vergeblichen Versuch, ihre verschrammte Haut zu verbergen, zog sie den Hotelbademantel enger.

Rafael senkte den Blick. Er wirkte, als versuche er, ihr schonend eine schreckliche Wahrheit beizubringen. »Marie, ich ... ich wollte ...«

»Ich weiß«, sagte sie. »Wir sind hier nicht sicher. Ondomar kann sich sicher denken, wohin wir geflohen sind.«

Er blickte überrascht auf. »Nein … das heißt ja, vielleicht hast du recht. Aber das ist es nicht, was ich sagen wollte.« Er senkte wieder den Blick, und plötzlich spürte Marie, wie sich ihr Puls beschleunigte.

»Es ist … Ich weiß, es verstößt gegen die Statuten der Firma, aber …« Er stand auf und setzte sich neben sie auf das Bett. Er streckte eine Hand aus, wie um ihren Oberschenkel zu berühren, zog sie jedoch hastig wieder zurück. »Die letzten Tage … mit dir … das war …«

Maries Herzschlag setzte einen Moment aus. Sie sah ihn an. Seine braunen Augen hatten etwas beinahe Flehendes. In ihr flammte eine Sehnsucht auf, die sie bisher mit aller Macht unterdrückt hatte. Plötzlich verstand sie, dass es Schüchternheit war, die ihn so stottern ließ. Ausgerechnet Rafael! Nach allem, was sie gemeinsam durchgemacht hatten!

Das bildest du dir ein, sagte die kritische Stimme ihres Verstands. Er ist nur durcheinander, weil der Stress der letzten Tage von ihm abfällt. Was immer er dir sagt, kannst du nicht ernst nehmen.

Aber das war ihr egal. Sie wollte es hören. Hier und jetzt.

»Marie … ich … ich glaube, ich habe …«

»Ach du Scheiße!«

»Was?« Er zuckte zurück und sah sie erschrocken an.

Doch Maries Blick ging an ihm vorbei. »Das … das Gebäude da!« Sie deutete auf den Fernseher. Das Bild hinter dem Nachrichtensprecher zeigte einen schlanken, spitz zulaufenden Wolkenkratzer. In seinem oberen Viertel war eine glitzernde Kugel eingelassen, die undeutlich die Umrisse der Kontinente zeigte. Das Bild verschwand, und stattdessen wurden Bilder von schwarzen Limousinen gezeigt, aus denen irgendwelche wichtigen Leute ausstiegen.

Rafael folgte ihrem Blick. »Das ist das Tagungshotel, in dem diese Friedenskonferenz stattfindet. So ein Luxusschuppen in Riad. Sie zeigen es schon die ganze Zeit. Was ist denn damit?«

»Ich habe es gesehen. Auf einem Prospekt. Im Zelt von Ondomar.«

»Ach du Scheiße!«

35.

Nancy Singh arbeitete seit fast zwanzig Jahren in Hotels. Angefangen hatte sie mit siebzehn, als Lehrling in einem mittelklassigen Geschäftshotel in Baltimore. Durch Fleiß und Freundlichkeit hatte sie sich einen guten Ruf erworben und war bald zu einem der Vorzeigehäuser der Hotelkette nach New York versetzt worden. Dort hatte sie es bis zur Leiterin des Empfangsbereichs gebracht. Damals hatte Nancy bereits gelernt, dass die wichtigsten Geschäftspartner und die reichsten und anspruchsvollsten Gäste oft aus entlegenen und ihrer damaligen Ansicht nach rückständigen Ländern kamen – Russland, China, Indonesien, Afrika, dem mittleren Osten. Dann war das Burj al Arab gebaut worden, das teuerste und beste Hotel der Welt, und sie hatte davon geträumt, einmal dort zu arbeiten. Arabien war ihr wie eine Märchenwelt erschienen, fern, exotisch und voll unermesslicher Reichtümer.

Als ihr eines Tages ihr damaliger Freund Rangar offenbarte, dass er gedenke, einen Auftrag als Architekt in Riad anzunehmen, und sie bat, ihn dorthin zu begleiten, hatte sie ohne lange nachzudenken Ja gesagt. Sie erinnerte sich noch gut an Rangars verblüfftes Gesicht im Schein der Kerzen über dem festlich gedeckten Tisch. Er hatte wohl damit gerechnet, ihr diese Nachricht schonend beibringen zu müssen, und extra ein aufwendiges Abendessen gekocht.

Er hatte das Gesicht in gespielter Enttäuschung verzogen. »Da gebe ich mir solche Mühe, um dich zu überreden, und dann sagst du einfach so ja!« Sie hatten beide gelacht.

Nach einer Weile hatte Rangar sie mit seinen dunklen Augen angesehen. »Vielleicht sagst du ja auch zu meiner nächsten Frage einfach Ja, Nancy.« Er räusperte sich. »Willst du mich heiraten?«

»Ja«, hatte Nancy gesagt.

Sie hatte diese Entscheidung nie bereut, obwohl Riad so ganz anders war, als sie es sich vorgestellt hatte. Sie lebten am Stadtrand in einem abgezäunten Wohnpark, einer Art Ghetto für Ausländer, in dem die strengen Regeln des öffentlichen Lebens in Saudi-Arabien, die auf der Jahrhunderte alten islamischen Gesetzgebung der Scharia basierten, nicht galten. Es gab dort alles, was man zum Leben brauchte, doch Nancy hatte immer darunter gelitten, den Park nicht verlassen zu können. In Riad durften Frauen nicht ohne männliche Begleitung aus dem Haus, und dann auch nur von Kopf bis Fuß verhüllt. Nancy besaß eine Sondergenehmigung zum Autofahren, die nur Ausländerinnen erlangen konnten. Sie fuhr täglich vom Wohnpark zum Hotel und zurück, den Kopf stets mit Tuch und dunkler Sonnenbrille verhüllt, und hatte praktisch keinen Kontakt zur einheimischen Bevölkerung, die Amerikanern gegenüber ohnehin eher feindselig eingestellt war.

Ursprünglich wollte Rangar nach Abschluss des Projekts, dem Bau eines großen Krankenhauses, in die USA zurückkehren. Doch er hatte weitere attraktive Angebote hier in Riad bekommen, während der Markt in den USA immer schwieriger geworden war. Also waren sie geblieben. Zu Anfang hatte Nancy schreckliches Heimweh gehabt, doch dann hatte sie Timmy geboren und später Sari, und irgendwann hatte sie sich an das Leben in Arabien gewöhnt. Ja, man konnte sogar sagen, sie hatte hier ihr Glück gefunden. Die Arbeit in dem Hotel, einem der besten im Arabischen Raum, gefiel ihr, Rangar ging in seiner Arbeit auf, und die Kinder besuchten einen amerikanischen Ganztageskindergarten. Alles in allem war das Leben im Wohnpark ein wenig wie in einer Kleinstadt im Mittleren Westen der USA.

Ihr Job als Leiterin des Gästeservices hatte ihr immer großen Spaß gemacht, doch das, was in den letzten vier Wochen über sie hereingebrochen war, hatte ihr mehr als einmal die Tränen in die Augen getrieben.

Es war weniger die Tatsache, dass viele der CIA-Mitarbeiter, die über das Hotel hergefallen waren wie Heuschrecken, ihr mit mehr oder weniger gut verhülltem Misstrauen oder gar Herablassung begegneten. Solches Verhalten war sie von ihren Gästen gewohnt. Viel schlimmer wog, dass sie nicht mehr Herrin der Prozesse war, die für sie den Lebensinhalt bildeten. Statt des zuverlässigen arabischen oder indischen Personals standen nun tollpatschige, mürrische CIA-Angestellte hinter der Empfangstheke, die keinen Hehl daraus machten, dass sie diesen Job unter ihrer Würde fanden. Höflichkeit schien weder untereinander noch gegenüber den Gästen zu ihrem Repertoire zu gehören. Wenn Nancy ihnen erklärte, wie ein Prozess abzulaufen hatte, konnte sie sicher sein, dass ihr nur halb zugehört wurde. Fehler wurden mit einem Schulterzucken abgetan. Sie hatte nicht die geringste Ahnung, wie sie mit diesem Haufen von Amateuren auch nur ein Mindestmaß an Servicequalität erreichen sollte. Und das, kurz bevor die wichtigsten Staatsoberhäupter der Welt eintrafen. Es war das bedeutendste Ereignis ihrer Karriere, und zum ersten Mal in ihrem Berufsleben fühlte sie sich der Herausforderung nicht gewachsen.

Um wenigstens ein bisschen Kraft zu schöpfen und morgen einigermaßen erholt auszusehen, fuhr sie heute früher als gewöhnlich nach Hause. Es war noch hell, und die Straßen Riads waren vom Berufsverkehr überlastet. So brauchte sie für die Strecke zwischen Hotel und Wohnpark fast eine Dreiviertelstunde. Andererseits würde sie ihre Kinder, den fünfjährigen Timmy und die dreijährige Sari, endlich einmal wieder sehen, bevor Rangar sie ins Bett gebracht hatte. Er hatte in letzter Zeit ohne zu murren einen immer größeren Anteil der häuslichen Pflichten übernommen.

Voller Vorfreude öffnete sie die Haustür des kleinen Bungalows. »Hallo Liebling, ich bin wieder zu Hause«, rief sie. »Wo sind denn meine kleinen Schätzchen?«

Doch ihre Kinder kamen nicht angelaufen, um sie zu begrüßen. Rangar empfing sie nicht mit dem typischen schüchternen Lächeln, das er in den Jahren, die sie einander jetzt kannten, nie ganz abgelegt hatte. Das Haus war still und kam ihr auf einmal fremd, beinahe unheimlich vor. Eine Sekunde lang hatte sie den absurden Gedanken, die falsche Tür aufgeschlossen zu haben.

»Rangar?« Vielleicht war er mit den Kindern noch auf dem Spielplatz, oder im Einkaufszentrum. Sie hatte ihm nicht gesagt, dass sie heute früher nach Hause kommen würde.

Ein wenig enttäuscht, aber nicht weiter beunruhigt betrat sie das geräumige, modern eingerichtete Wohnzimmer. Sie erschrak fast zu Tode. Auf dem Sofa vor dem Fenster saß ein fremder Mann. Seine olivfarbene Haut und die fein geschnittenen Gesichtszüge wiesen ihn als Inder oder Pakistani aus. War er ein Verwandter von Rangar? Seine Hände steckten in schwarzen Handschuhen. Aus irgendeinem Grund jagte dieser Anblick einen Schauer über ihren Rücken.

»Wer sind Sie? Was machen Sie hier?« Eine eiskalte Furcht befiel Nancy, als sie in die kalten, harten Augen des Eindringlings blickte. Eine tödliche Entschlossenheit schien darin zu liegen. »Wo sind mein Mann und die Kinder?«

»Es geht ihnen gut«, sagte der Fremde in perfektem Englisch. Mehr musste er nicht sagen.

Tränen schossen ihr in die Augen. Sie schluckte. »Wer sind Sie? Was wollen Sie von mir?«

»Mein Name ist Nariv Ondomar.« Seine Stimme klang nicht unfreundlich, was Nancys Abscheu nur noch vergrößerte. Er holte etwas aus seiner Jackentasche hervor – ein rechteckiges Parfümflakon von Chanel. Es war etwa halb mit einer transparenten, gelblichen Flüssigkeit gefüllt. »Ich habe eine ganz einfache Aufgabe für Sie. Ich möchte, dass Sie den Inhalt dieses Flakons in den Pollenfilter der Klimaanlage des Al Mandhar Hotels gießen, und zwar genau um sechzehn Uhr fünfzehn morgen Nachmittag.«

Nancy betrachtete das Sprühflakon voller Angst und Ekel. »Was … was ist das? Ein Nervengift? Ein … ein Virus?«

Ondomar lächelte. »Nichts dergleichen. Der Inhalt ist für Sie völlig harmlos. Es wird Ihnen nichts geschehen, das verspreche ich Ihnen.«

»Und … was ist, wenn ich mich weigere?«

»Nancy, Sie sind eine intelligente Frau. Ich muss Ihnen nicht erklären, was passiert, wenn Sie nicht tun, was ich sage, oder? Sie wissen, dass Ihnen die CIA nicht helfen kann, Ihre Familie wiederzubekommen.«

»Und wer garantiert mir, dass Sie Wort halten? Ich kenne Ihr Gesicht. Warum sollten Sie mich nicht einfach umbringen, nachdem ich getan habe, was Sie von mir verlangen?«

»Die CIA hat genug Fotos von mir. Und was mein Wort angeht – ich kann Sie nicht von meiner Aufrichtigkeit überzeugen. Aber ich versichere Ihnen, ich kämpfe nicht gegen Sie, nicht einmal gegen Amerika. Ich kämpfe für die Freiheit meines Volkes, und gegen Korruption und Fremdbestimmtheit.«

»Indem Sie Kinder entführen und Menschen umbringen?«

»Indem ich dem verlogenen Westen und den von ihm finanzierten korrupten Regierungen die Maske herunterreiße. Aber ich erwarte nicht, dass Sie mir glauben. Sie haben die Wahl zwischen dem sicheren Tod Ihrer Familie und zumindest der Chance, dass ich Wort halte.«

Nancy wunderte sich, woher sie die Kraft nahm, angesichts dieses Grauens so ruhig und stark zu bleiben. »Ich will mit meinem Mann sprechen.«

Ondomar nickte. »Selbstverständlich.« Er holte ein Handy hervor, drückte die Wahltaste und reichte es ihr.

Rangar war sofort am Apparat. »Nancy?«

»Rangar! Oh mein Gott! Wie geht es dir? Wie geht es den Kindern?«

»Wir sind okay. Nancy, hör zu. Was immer sie von dir verlangen, tu es nicht! Uns wird …« Sie hörte einen dumpfen Schlag, ein Stöhnen. Jemand hob das Telefon auf, das zu Boden gefallen war.

Dann eine zarte, verunsicherte Kinderstimme. »Mommy?«

»Timmy! Wie geht es dir, mein Schatz?«

Seine Stimme zitterte leicht. »Die bösen Männer haben Daddy weh getan, Mommy!« Sie hörte, wie er sich bemühte, tapfer zu bleiben und nicht zu weinen. Es brach ihr das Herz.

»Hab keine Angst, mein Sohn«, presste sie unter Tränen hervor. »Bald lassen euch die bösen Männer gehen. Ganz bestimmt! Ihr müsst nur alles tun, was sie euch sagen, ja? Seid ganz brav, dann dürft ihr schnell wieder nach Hause.«

»Ja, ist gut.«

»Ich liebe dich, mein Engel!«

»Ich liebe dich auch, Mommy.« Das Gespräch wurde unterbrochen.

Nancys Kinn zitterte. Ihre Furcht verwandelte sich allmählich in Wut. »Sie … Sie Schwein!« Sie schleuderte das

Handy auf den Boden, doch es schien keinen Schaden davonzutragen.

Ondomar hob es ungerührt auf und steckte es ein. »Es tut mir leid, dass wir Sie da mit hineinziehen müssen, Nancy«, sagte er, und es klang aufrichtig. »Wir haben uns diesen Krieg nicht ausgesucht.«

»Sie haben sich meine Familie ausgesucht, um Ihre schmutzigen Ziele zu verfolgen«, stieß sie hervor.

Er nickte. »Sie sind eine tapfere Frau, Nancy Singh. Und Sie sind klug. Sie werden tun, was wir von Ihnen verlangen. Ich werde über CNN erfahren, ob Sie meine Anweisungen befolgt haben. Wenn ja, lasse ich Ihre Familie sofort frei. Darauf gebe ich Ihnen mein Wort. Wenn nicht, werden sie alle sterben. Und machen Sie sich keine falschen Hoffnungen: Wir werden Sie selbst nicht töten. Sie würden sich den Rest ihres Lebens Vorwürfe machen. Glauben Sie mir, das ist schlimmer als der Tod, schlimmer als die Hölle: zu wissen, man hätte es verhindern können. Sie würden wahrscheinlich einen Orden erhalten, wenn Sie mich verraten, möglicherweise ins Fernsehen kommen, vielleicht sogar reich werden. Aber Sie würden nie darüber hinwegkommen, dass Sie Ihre Familie im Stich gelassen haben.« Er hielt ihr das Fläschchen hin.

Widerstrebend nahm Nancy es entgegen und schob es in ihre Handtasche. »Was … was genau muss ich tun?«

Ondomar zog ein zusammengefaltetes Blatt aus der Innentasche seines schlichten grauen Anzugs und breitete es auf dem niedrigen Couchtisch aus. Es war ein Plan der technischen Anlagen des Hotels. »Sie gehen in diesen Wartungsraum für die Klimaanlage. Dort gibt es eine Klappe, hinter der sich der Pollenfilter befindet. Er muss regelmäßig gereinigt werden und ist deshalb leicht zugänglich. Alles, was Sie tun müssen, ist, den Inhalt des Flakons auf den Filter zu gießen und ihn wieder einzusetzen. Sie werden einen fremdartigen, würzigen Geruch wahrnehmen, mehr nicht.«

»Und dann?«

»Die Männer im Hotel werden sich für kurze Zeit sehr aggressiv verhalten. Wahrscheinlich wird es zu Schießereien kommen. Niemand wird einen bleibenden Schaden davontragen, außer, er wird von einer Kugel getroffen. Am besten, sie ziehen sich an einen einsamen Ort zurück und warten ab. Etwa nach einer Viertelstunde wird die Wirkung des Mittels abklingen. Wahrscheinlich werden sie von der CIA verhört. Doch die Leute werden zu diesem Zeitpunkt noch keine Ahnung haben, was passiert ist, und Sie nicht direkt verdächtigen. Spielen Sie einfach die Ahnungslose – man wird Ihnen glauben. Spätestens vierundzwanzig Stunden später werden Ihr Mann und Ihre Kinder wieder hier in der Wohnung sein.«

Ondomars Offenheit, die Tatsache, dass er ihr seine Pläne offenlegte, überzeugte Nancy, dass ihr keine Wahl blieb, als seine Anweisungen zu befolgen, so sehr sie sich auch selbst dafür hassen würde. Trotzdem suchte sie verzweifelt nach einem Ausweg. »Das funktioniert doch nie. Die Tür zum Wartungsraum ist abgeschlossen. Und selbst, wenn ich irgendwie an den Schlüssel komme, die CIA überwacht jeden Schritt, den ich mache, und überall sind Kameras.« Das stimmte, jedenfalls weitgehend.

»Sie kennen sich im Hotel aus, und Sie haben Zugang zu allen Schlüsseln. Sie werden einen Weg finden.«

Nancy fragte sich, woher dieser Ondomar so genau Bescheid wusste. Er musste das Hotel sehr sorgfältig ausgespäht haben. Ein weiterer Grund, ihn ernst zu nehmen.

»Ich werde mit diesem Zeug nicht mal durch die Sicherheitskontrolle kommen!«

»Doch, das werden Sie. Die CIA sucht nach Waffen und Sprengstoff. Niemand rechnet mit so etwas hier.« Er deutete auf das Flakon. »Die wissen nicht einmal, dass es dieses Zeug gibt.«

»Und wer sollte mich hindern, zur Polizei zu gehen und die ganze Geschichte zu erzählen, sobald meine Familie in Sicherheit ist?«

»Niemand. Es wird dann keine Rolle mehr spielen, denn die Amerikaner werden auch so herausfinden, was passiert ist. Aber es wird zu spät sein.«

36.

Marie und Rafael fuhren so schnell wie möglich zurück zur Botschaft. Marie unternahm einen neuen Versuch, den Beamten auf die Gefahr hinzuweisen, erreichte jedoch nicht mehr als das lapidare Versprechen, er werde das Auswärtige Amt informieren. Resignierend bat sie, noch einmal telefonieren zu dürfen, und rief die New Yorker Copeland-Zentrale an. Dort erfuhr sie jedoch nur, dass Bob im Flugzeug irgendwo über dem Atlantik saß.

Sie legte den Hörer auf und sah sich in dem kleinen Konferenzraum um, als berge er irgendwo die Lösung ihres Problems. »Verdammt! Wir müssen irgendwie nach Riad!«

»Nach Riad? Was willst du denn da?«, fragte Rafael.

»Ich bin sicher, Ondomar plant einen Anschlag auf die Friedenskonferenz. Stell dir mal vor, alle wichtigen Staatsoberhäupter der Welt an einem einzigen Ort. Das ist doch die perfekte Gelegenheit für ihn!«

»Marie, bloß weil du einen Prospekt dieses Hotels bei ihm gesehen hast, heißt das noch lange nicht, dass er einen Anschlag plant. Vielleicht wollte er nur mal die Möglichkeiten ausloten. Auf jeden Fall dürfte es keinen besser gesicherten Ort auf der ganzen Welt geben.«

»Genau das ist das Problem! Die rechnen da mit einem Sprengstoffanschlag, mit einem Selbstmordkommando oder einem entführten Flugzeug oder so. Darauf sind sie sicher vorbereitet. Aber wenn es Ondomar irgendwie gelingt, das Pheromon in diesem Hotel auszubringen, dann drehen ihre eigenen Sicherheitsleute durch. ›Nutze die Kraft deines Gegners, um ihn zu besiegen.‹ Das hat Ondomar mir an dem Abend beim Schachspiel gesagt. Verstehst du nicht? Er will die Sicherheitsleute im Hotel zu tödlichen Waffen umfunktionieren. Das hat er von Anfang an geplant. Deshalb brauchte er das Pheromon!«

»Au verdammt! Aber was können wir tun? Die Konferenz beginnt bereits morgen! Selbst wenn wir es irgendwie schaffen, rechtzeitig nach Riad zu kommen, wie sollen wir dort allein gegen Ondomar kämpfen? Wir sind doch keine Actionhelden aus einem Kinofilm!«

»Wir müssen die Sicherheitsbehörden warnen. Das wird uns dort vor Ort wahrscheinlich besser gelingen als hier, wo uns niemand ernst nimmt. Wer weiß, vielleicht entdecken wir etwas, das Ondomar entlarvt. Wie auch immer, mit unserem Wissen über die Hintergründe können wir doch nicht tatenlos zusehen, wie er vor unseren Augen einen Terroranschlag mit Borgs Pheromon durchzieht!«

»Und wenn Ondomar oder seine Leute tatsächlich da sind und sie uns erkennen? Dann sind wir wieder in Lebensgefahr!«

Marie sah ihn ernst an. »Du musst nicht mitkommen, Rafael.«

Er wirkte tödlich beleidigt. »Hältst du mich etwa für einen Feigling?«

Sie lächelte entschuldigend. »Natürlich nicht. Du hast mir mehrfach das Leben gerettet. Aber ich kann jetzt nicht aufhören. Ich kann nicht von dir verlangen, dass du genau so verrückt bist wie ich, aber ich werde auf jeden Fall nach Riad fliegen!«

»Dann komme ich mit«, sagte Rafael. »Ohne meine Hilfe wirst du den Weltfrieden kaum retten können. Schließlich ist James Bond immer noch eine Männerrolle!«

Sie lachte. »Wenn du glaubst, ich spiele Miss Moneypenny, hast du dich aber geschnitten!«

Er schüttelte den Kopf in gespieltem Ernst. »Nein, jetzt

weiß ich es: Mit deinem Verstand bist du wohl eher Miss Marple.«

Sie setzte eine säuerliche Miene auf. »Sehr charmant!«

Er grinste. »Oder vielleicht Emma Peel aus ›Mit Schirm, Charme und Melone‹?«

»Schon besser.« Sie wurde ernst. »Wenn wir nach Riad wollen, müssen wir uns beeilen.«

»Brauchen wir dafür nicht Einreisevisa?«

»Keine Ahnung. Aber wir können ja den freundlichen Herrn von der Botschaft fragen.«

»Vergessen Sie es«, empfahl der freundliche Herr von der Botschaft. »Saudi-Arabien nimmt es mit den Einreisevorschriften sehr genau. Als Tourist kommen Sie praktisch nur nach Mekka, und das auch nur als gläubiger Moslem. Die wenigen Touristenvisa für Nichtmoslems, die jedes Jahr ausgestellt werden, müssen Sie ein halbes Jahr vorher beantragen.«

»Und als Geschäftsleute? Es muss doch Geschäftsreisende in Riad geben?«

»Die gibt es. Aber um ein Visum zu bekommen, brauchen Sie eine Einladung einer saudi-arabischen Firma, die von der dortigen Handelskammer bestätigt sein muss, und dann noch mal eine Bestätigung der deutschen Handelskammer, dass Sie tatsächlich bei der eingeladenen Firma beschäftigt sind. Und dann dauert es ein paar Wochen, bis die saudischen Behörden das alles geprüft haben.«

Marie bedankte sich. Nachdem sie ihre provisorischen Papiere sowie fünftausend US-Dollar in Form von Travellerschecks und Bargeld in Empfang genommen hatten, verließen sie mit hängenden Köpfen den Sicherheitsbereich der Botschaft und bestellten sich ein Taxi. Selbst Bob Copelands weitreichende Beziehungen würden nicht ausreichen, um sie innerhalb eines Tages nach Riad zu bringen.

Es blieb ihnen nichts anderes übrig, als zum Flughafen zu fahren und die nächste verfügbare Maschine nach Deutschland zu nehmen.

Während sie auf das Taxi warteten, versuchte Rafael, Marie zu trösten. »Wir hätten doch sowieso nichts machen können. Oder meinst du wirklich, wir beide könnten Ondomar irgendwie aufhalten? Die Amerikaner würden uns doch nicht mal in die Nähe dieses Hotels lassen!«

»Das ist es!«, rief Marie.

»Was?«

»Die Amerikaner! Die Konferenz erfolgt offiziell auf Einladung des saudischen Königs, aber arrangiert hat das Ganze doch der US-Präsident, oder? Also wird es dort von amerikanischen Sicherheitsleuten wimmeln, wie du richtig festgestellt hast!«

»Ja, und?«

»Wir gehen einfach zur US-Botschaft hier in Khartum. Die werden uns schon zuhören!«

Rafael machte ein skeptisches Gesicht, aber Marie wandte sich bereits an die Empfangsdame und erkundigte sich nach der Adresse.

Die Amerikanische Botschaft war wesentlich besser gesichert als die deutsche. Es gab einen hohen, mit Stacheldraht und Kameras gesicherten Zaun und ein Pförtnerhäuschen, vor dem ein bewaffneter US-Soldat Wache stand. Er hielt sie auf und fragte nach ihren Papieren. Als Marie ihren provisorischen deutschen Reisepass vorzeigte, schüttelte er den Kopf. »Sorry, only citizens of the United States of America are allowed to enter.«

»Please, we have urgent security information«, sagte Marie, doch der Soldat ließ sich nicht erweichen und wies sie an, zu gehen.

Marie dachte einen Moment nach. Sie würde jetzt nicht aufgeben! Ehe Rafael und ihre Vernunft sie daran hindern konnten, griff sie nach der Maschinenpistole des Soldaten und zerrte daran.

Sie hatte nicht die Absicht gehabt, ihm die Waffe wirklich zu entreißen, doch der Mann war so verblüfft, dass er nicht schnell genug reagierte. So hatte Marie plötzlich eine geladene Maschinenpistole in der Hand. Der Soldat wurde kreidebleich.

»Marie! Bist du wahnsinnig!«, schrie Rafael.

Sie starrte auf die Waffe und warf sie angewidert auf den Rasen vor der Botschaft. Der Soldat hatte inzwischen eine Pistole gezogen. »Don't move!«, schrie er.

Eine laute Sirene ertönte. Von allen Seiten kamen Soldaten angerannt, die Schnellfeuerwaffen im Anschlag.

Marie hob langsam die Hände.

»On the ground, face down!«, brüllte einer der Soldaten, die aus dem Botschaftsgebäude gelaufen waren.

Marie gehorchte und legte sich flach auf den Bauch, die Arme und Beine gespreizt.

Der Offizier wies auf Rafael, der die ganze Zeit wie erstarrt dagestanden hatte. »You too!«

Er befolgte ebenfalls die Anweisung. »Na großartig!«, zischte er. »Ist ja auch schon wieder eine Weile her, seit wir das letzte Mal gefangen genommen wurden.«

»Tut mir leid«, gab Marie zurück. »Ich glaube, es ist die einzige Möglichkeit. Sag ihnen einfach die Wahrheit.«

»Sind Sie völlig verrückt geworden?«, fragte kurz darauf ein gut aussehender Amerikaner mittleren Alters in einem grauen Anzug. Er sprach Deutsch mit starkem Akzent. »Wissen Sie nicht, dass ein tätlicher Angriff auf einen Angehörigen der US-Truppe strafbar ist?«

Marie ruckte nervös auf ihrem Stuhl herum. Sie befand sich in einem kleinen, fensterlosen Raum in der Botschaft, der nur mit drei Stühlen und einem Tisch ausgestattet war. Ein Bild von Präsident Zinger vor einer US-Flagge war die einzige Dekoration. Die Hände waren ihr mit Plastikband auf den Rücken gefesselt. Es schnitt ihr in die Handgelenke und behinderte die Durchblutung, sodass ihre Finger sich bald taub anfühlten.

»Ich hatte nicht die Absicht, ihn zu verletzen.«

»Aber sie haben ihm die Waffe aus der Hand gerissen. Nach amerikanischem Recht läuft das auf dasselbe hinaus. Warum haben Sie das getan?«

»Ich wollte, dass Sie mir zuhören. Ich habe keine andere Möglichkeit gesehen, als etwas zu tun, damit Sie mich verhaften und verhören.«

»Auf jeden Fall haben Sie sich und Ihren Freund in ziemliche Schwierigkeiten gebracht!«

Marie lachte leise. »Schwierigkeiten? Sie haben ja keine Ahnung, was wir in den letzten Tagen durchgemacht haben! Von welcher Behörde sind Sie? CIA?«

Der Mann schüttelte den Kopf. »Ich bin nur ein einfacher Botschaftsangestellter. Zufällig der Einzige hier, der Deutsch spricht.«

»Hören Sie, ich muss unbedingt mit jemandem von einer Sicherheitsbehörde sprechen«, sagte Marie. »Ich habe wichtige Informationen über einen geplanten Terroranschlag auf die Friedenskonferenz in Riad.«

Das Gesicht des Mannes zeigte keine Regung. Marie ahnte, dass er mehr war als nur ein einfacher Beamter des Außenministeriums. »Reden Sie«, sagte er nur. »Man wird Ihnen zuhören, das versichere ich Ihnen.«

Und Marie erzählte die ganze Geschichte. Sie sprach Englisch, weil sie wusste, dass der Mann im Raum nicht der Einzige war, der mithörte. Als er merkte, dass sie fehlerlos und fast akzentfrei Englisch sprach, stellte er auch seine Fragen in seiner Muttersprache, doch er unterbrach sie selten und nur, um sicherzustellen, dass er etwas richtig verstanden hatte.

Irgendwann zwischendurch ließ er ihr die Handfesseln entfernen und bestellte Kaffee, der wässrig schmeckte, aber Marie trotzdem willkommen war.

Als sie geendet hatte, nickte er. »Wenn Ihre Geschichte stimmt, dann sind Sie eine sehr mutige Frau!«

»Was werden Sie jetzt tun?«

»Wir werden Ihre Angaben überprüfen. Es liegt nicht in meiner Hand, zu entscheiden, was weiter geschieht. Ich kann die Informationen nur an die zuständigen Stellen weiterleiten. Aber Sie können sicher sein, wir werden Ihre Angaben nicht auf die leichte Schulter nehmen.«

»Was ist mit meinem Kollegen, Rafael Grendel?«

»Er wird parallel verhört. Sie wissen sicher, dass wir die Möglichkeit haben, Sie hier in der Botschaft festzuhalten. Immerhin haben Sie sich unerlaubt auf das Gelände begeben und einen unserer Wachmänner attackiert. Ich persönlich würde es allerdings vorziehen, Sie blieben freiwillig hier und wären eine Zeitlang unsere Gäste, für den Fall, dass wir weitere Fragen haben.«

Marie nickte. »Einverstanden. Ich hätte nur eine Bitte: Ich würde gern telefonieren. Mein Vater erwartet, dass ich morgen in Berlin ankomme.«

Der Mann nickte. »Selbstverständlich. Mein Name ist übrigens James Anderson.« Er reichte ihr die Hand.

Marie erwiderte seinen Händedruck und lächelte. »Danke, dass Sie mir zugehört haben, Mr. Anderson.«

Er erwiderte das Lächeln. »Danke, dass Sie zu uns gekommen sind.«

Er führte Marie zu einem Gästezimmer der Botschaft. Es war komfortabel eingerichtet, mit eigenem Bad und einem bequemen Kingsize-Bett. Internationale Tageszeitungen lagen auf dem Nachtschrank.

»Ich möchte Sie bitten, das Zimmer nicht zu verlassen«, sagte Anderson. »Sie können das Telefon dort benutzen.

Wenn Sie noch etwas benötigen, wählen Sie einfach die Neun.« Damit ließ er sie allein.

Marie rief ihren Vater an. Um ihn nicht noch mehr zu beunruhigen, erzählte sie nichts davon, wie sie es geschafft hatte, in die US-Botschaft zu kommen. Sie sagte nur, dass sie noch einige Zeit hier bleiben würde, um die US-Behörden beim Kampf gegen Ondomar zu unterstützen.

»Mir wäre es lieber, du wärst in Deutschland«, sagte ihr Vater. »Aber die US-Botschaft ist wahrscheinlich der bestgesicherte Ort im ganzen Sudan. Viel Glück, und melde dich, sobald du weißt, wann du nach Hause kommst.«

»Mach ich. Und noch mal vielen Dank für das Geld!«

»Das ist doch nicht der Rede wert! Ich bin stolz auf dich, mein Mädchen!«

Marie lenkte sich eine Weile damit ab, die Tageszeitungen zu lesen, die voll von Berichten über die bevorstehende Konferenz in Riad waren. Vorsichtiger Optimismus bestimmte die Kommentare. Man traute Präsident Zinger zu, die verhärteten Fronten der unterschiedlichen Parteien zumindest ein Stück weit aufzuweichen. Marie wagte nicht, sich vorzustellen, was passieren würde, wenn die Konferenz durch einen Terroranschlag überschattet wurde. Das durfte einfach nicht sein!

Nach einer Weile legte sie die Zeitungen beiseite und ging im Zimmer auf und ab. Sie hatte alles getan, was sie tun konnte, redete sie sich immer wieder ein. Sie hatte es geschafft, die Amerikaner auf das Problem aufmerksam zu machen. Seit dem 11. September 2001 waren ihre Geheimdienste sicher hoch sensibilisiert und würden jede Warnung vor einem Terroranschlag ernst nehmen. Sie hatte alles richtig gemacht, und die weiteren Ereignisse lagen nicht mehr in ihrer Hand.

Doch je länger sich der Tag hinzog, ohne dass jemand mit ihr sprach, desto schlimmer wurde ihre Unruhe.

Nach etwa zwei Stunden wurde Rafael ins Zimmer gebracht. Er wirkte erschöpft. Offensichtlich war er etwas härter angefasst worden als Marie. Er berichtete, dass er zunächst allein verhört worden war. Dann waren zwei weitere Männer hinzugekommen, und er hatte die ganze Geschichte noch einmal erzählen müssen. Einer der Männer, offenbar derselbe, der auch Marie befragt hatte, war freundlich gewesen, doch der andere, ein älterer Mann in Militäruniform, hatte ihn mehrfach beschuldigt und beschimpft, ihm einmal sogar mit Schlägen gedroht. Offensichtlich hatten sie das good-guy-bad-guy-Spiel gespielt.

»Du hast uns ein ganz schönes Schlamassel beschert!«, stellte er fest. »Jetzt sitzen wir hier fest und können nichts mehr machen. Wenn wir Pech haben, kommen wir vor ein US-Gericht.«

»Quatsch! Mr. Anderson wird sich für uns einsetzen, da bin ich sicher. Außerdem sind wir Deutsche. Die Amerikaner können uns nicht unbegrenzt hier festhalten.«

»Mag sein. Aber möglicherweise dürfen wir jetzt nie wieder in die USA reisen. Und das als Unternehmensberater von Copeland!«

Marie spürte Zorn in sich aufwallen. »Ist das alles, worüber du dir Sorgen machst? Ob du noch mal Urlaub in den USA machen kannst?« Sie wies auf die Zeitungen, die auf dem Bett ausgebreitet waren. »Lies das mal! Diese Konferenz ist ein historischer Wendepunkt im Nahostkonflikt! Was hätten wir denn sonst machen sollen?«

Rafael schüttelte den Kopf. »Ich weiß auch nicht. Vielleicht hätte Bob …«

»Bob war nicht erreichbar, und wir hatten keine Zeit zu verlieren!« Marie merkte, dass ihr die Tränen in die Augen traten. Musste sie ihr Verhalten wirklich vor Rafael rechtfertigen? Hatte er am Ende vielleicht sogar recht mit seinen Vorwürfen?

Er senkte den Kopf. »Tut mir leid. Du hast getan, was dir in dem Moment richtig erschien. Mehr kann man nicht machen. Ich bin einfach ein bisschen müde.«

Sie blinzelte die Tränen beiseite. »Wir haben beide unser Äußerstes gegeben. Ob es richtig oder falsch war, wird die Zukunft zeigen.«

37.

Harrisburg ging in seinem luxuriösen Hotelzimmer auf und ab und fragte sich nicht zum ersten Mal, ob er hier nicht seine Zeit verschwendete. Er war jetzt seit fast zwei Wochen in Riad und hatte praktisch nichts bewirkt. Er hatte mit jedem einzelnen der Hotelangestellten und vielen CIA-Leuten gesprochen. Cricket hatte ihm eine zweite Audienz gewährt und alle seine Fragen gewissenhaft beantwortet, aber er war nicht von seiner ursprünglichen Position abgerückt, und Harrisburg musste zugestehen, dass seine Argumente für eine Entwaffnung der Sicherheitskräfte einfach nicht stark genug waren.

Cricket hatte ihm sogar Einblick in die Sicherheitsplanung gewährt – ein Beweis, dass er Harrisburgs Meinung schätzte. Doch Harrisburg hatte keine Schwachstelle gefunden. Cricket hatte alles so geplant, wie er selbst es auch getan hätte. Nach menschlichem Ermessen gab es keine Möglichkeit für Terroristen, die Konferenz zu gefährden. Selbst wenn der Vorfall in Bagdad irgendwie mit Fremdeinwirkung zu tun gehabt hatte, war es so gut wie ausgeschlossen, dass so etwas hier noch einmal passieren konnte.

Das Essen wurde von CIA-Köchen gekocht, alle Zutaten aus den USA eingeflogen. Das Trinkwasser des Hotels stammte nicht aus der öffentlichen Wasserversorgung Riads, sondern aus einem geschlossenen Kreislauf, der extra für die Konferenz installiert worden war. Harrisburg duschte jeden Morgen mit Wasser, das in einem aufwendigen Prozess wieder aufbereitet und chemisch gereinigt wurde, ähnlich wie dies in der Internationalen Raumstation geschah. Nein, es gab wirklich keine Möglichkeit für einen

Terroristen, hier hereinzukommen oder die Konferenzteilnehmer auf irgendeine Weise zu beeinflussen.

Panicek hatte auf seine Berichte zunehmend ungehalten reagiert. Ob Harrisburg klar sei, dass der Army für jeden Tag, den er in Riad verbrachte, der Preis eines Luxushotelzimmers berechnet werde. Die interne Rechnungsprüfungsabteilung stelle schon merkwürdige Fragen. Harrisburg kannte seinen Chef jedoch gut genug und wusste, dies war nur Ausdruck seiner Nervosität. Wenn er doch eine einzige, winzige Schwachstelle gefunden hätte! Aber Jim Cricket war offensichtlich so gut wie sein Ruf, und genau der richtige Mann für den Job.

Mehrmals hatte sich Harrisburg gefragt, ob es nicht besser wäre, wieder nach Hause zu fliegen. Doch ein Gefühl sagte ihm, dass etwas passieren würde, und zwar hier. Also war er geblieben, hatte sein Hotelzimmer in ein Büro umfunktioniert und seine Recherchen im Internet fortgesetzt.

Er hatte nach Ereignissen gesucht, die dem Vorfall in Bagdad irgendwie ähnelten – in wissenschaftlichen Veröffentlichungen, in medizinischen und psychologischen Fachforen, in Blogs und Chatrooms. Er hatte Dutzende Berichte über Massaker an der Zivilbevölkerung gelesen, er hatte sogar alles verfügbare Material über die Berserker studiert. Es gab verschiedene Theorien darüber, dass diese nordischen Krieger sich mit Hilfe von Alkohol oder Pflanzengiften in einen Rausch versetzt hatten, der ihnen jede Hemmung nahm und sie schmerzunempfindlich machte. Aber nichts davon passte auf das, was in Bagdad geschehen war. Weder in den Archiven der Army noch in den Weiten des Internets gab es auch nur den kleinsten Hinweis darauf, was dort passiert sein könnte. Es war einfach frustrierend!

Ein leiser Glockenton seines Laptops signalisierte einen E-Mail-Eingang. Es war der tägliche Sicherheitsbericht des Heimatschutzministeriums. Harrisburg überflog den Text:

Bombenanschläge im Irak und in Afghanistan, bewaffnete Auseinandersetzungen im Sudan, in Somalia und in Indonesien – das Übliche. Außerdem wütende Proteste gegen die bevorstehende Friedenskonferenz, geschürt von radikalen Gruppen, in mehr als zwei Dutzend Ländern der Welt.

Gemessen an den großen Konflikten des zwanzigsten Jahrhunderts, die den Planeten an den Rand der totalen Zerstörung gebracht hatten, wirkte das alles relativ harmlos. Doch die Welt schien einfach nicht zur Ruhe kommen zu wollen.

Harrisburg überflog die lange Liste der Terrorwarnungen. Sie waren in fünf Kategorien klassifiziert, von Stufe Eins – geringe Gefahr – bis zu Stufe Fünf – akute Bedrohung. Eine Warnung wurde in Stufe Eins klassifiziert, wenn es nur einen einzigen konkreten Hinweis gab und dieser aus einer als nicht sehr zuverlässig eingestuften Quelle kam. Stufe Zwei bedeutete, die Quelle war zuverlässig oder die Meldung wurde von einer zweiten, unabhängigen Quelle bestätigt. Bei Stufe Drei gab es eine Bestätigung der Gefahrenmeldung durch mehrere zuverlässige Quellen. Bei Stufe Vier und Fünf basierte die Gefahr auf gesicherten internen Erkenntnissen, beispielsweise von eigenen V-Leuten, abgehörten Telefongesprächen oder E-Mails, Satellitenaufnahmen etc.

Es gab nur vier Warnungen der Stufe Drei. Eine davon betraf die US-Botschaft in Pakistan, die anderen waren relativ vage Hinweise auf geplante Terroranschläge in London, München und Sydney. Keine Meldungen der Stufe Vier und Fünf – für Harrisburg eher ein Grund zur Beunruhigung, denn selbstverständlich planten in diesem Moment überall auf der Welt Terroristen Anschläge. Dass keine höher eingestuften Warnungen vorlagen, bedeutete nur, das Heimatschutzministerium hatte keine Ahnung, was diese Terroristen vorhatten.

Eine Meldung der Stufe Zwei fiel ihm ins Auge. Sie betraf einen Vorfall in der Botschaft in Khartum. Eine deutsche Staatsbürgerin hatte einen Wachmann attackiert, war festgenommen worden und hatte behauptet, sie sei gemeinsam mit ihrem Kollegen von Terroristen entführt worden und geflohen. Sie warnte vor einem Anschlag auf die bevorstehende Friedenskonferenz durch einen Terroristen namens Nariv Ondomar, der in den CIA-Akten als »potenziell gefährlich« klassifiziert war, weil er im Westen studiert hatte. Ein CIA-Mitarbeiter namens Anderson hatte die Personen als »überzeugend« eingestuft, deshalb war die Meldung in die Gefahrenstufe Zwei einsortiert worden, obwohl es keine bestätigenden Hinweise aus internen Quellen oder von anderen Informanten gab. Ein kurzer Kommentar des CIA-Hauptquartiers merkte an, dass die Geschichte extrem unplausibel klang und es sich möglicherweise um posttraumatische Wahnvorstellungen der Deutschen nach einem Banditenüberfall handelte.

Mehrere Umstände der Meldung ließen Harrisburg aufhorchen: Die Tatsache, dass eine Deutsche sich an die US-Botschaft gewandt hatte, war an sich schon bemerkenswert. Dass sie einen Wachmann angegriffen hatte, anscheinend nur, um sich Gehör zu verschaffen, war mehr als ungewöhnlich, sprach andererseits aber auch wieder für die Theorie der paranoiden Wahnvorstellungen. Doch da war noch der konkrete Bezug zur Friedenskonferenz in Riad.

Harrisburg rief über seinen Hochsicherheitszugang zum Informationsserver des Heimatschutzministeriums das Vernehmungsprotokoll aus Khartum ab. Zehn Minuten später klappte er sein Spezial-Mobiltelefon mit moderner Verschlüsselungstechnologie auf.

38.

Der Pilger spürte ein sanftes, kurzes Vibrieren in der Hosentasche. Nur aufgrund seines langen Trainings gelang es ihm, den Reflex, zusammenzuzucken und nach dem Handy zu greifen, zu unterdrücken. Wenn ihn jemand jetzt und hier kontaktierte, konnte das nichts Gutes bedeuten, und auf keinen Fall durften sie etwas davon mitbekommen.

Er stand auf, streckte sich, warf einen kurzen Blick aus dem Fenster auf die Stadt und die Wüste am Horizont. Er mochte die Wüste. Sie war rein und klar. Sie führte einen an seine Grenzen. Sie brachte einen Gott näher.

Sein Blick streifte durch das luxuriöse, von einer leistungsfähigen Klimaanlage gekühlte Apartment. All die Annehmlichkeiten moderner Technik suggerierten den Menschen, sie hätten sich über die Natur erhoben. Immer mehr meinten sogar, auf den Glauben an Gott verzichten zu können, so als machten Computer und Gentechnik sie vom Schöpfer unabhängig, als seien die Menschen selbst allmächtig. Doch der Zeitpunkt war nah, an dem Gott seinen Willen offenbaren würde. Niemand konnte seinem Zorn widerstehen, niemand seine Gnade zurückweisen. Wen er erwählt hatte, den führte er in ewige Glückseligkeit. Für die anderen blieb nur die Verdammnis.

Der Pilger ging ins Bad und schaltete das Radio ein, das arabische Musik spielte, drehte die Dusche auf, zog sich aus und stellte sich unter den warmen, angenehm festen Wasserstrahl. Erst jetzt klappte er das Handy auf, das er in der hohlen Hand vor den künstlichen Augen der Sicherheitskameras verborgen hatte. Das Duschwasser perlte an der Spezialbeschichtung ab. Die Dusche war der einzige Ort in der luxuriösen Hotelsuite, den die Kameras nicht einsehen konnten.

Ein einziger Tastendruck genügte, um die gespeicherte Nummer zu wählen. Die Person am anderen Ende entrichtete einen kurzen rituellen Gruß.

»Was gibt es?«, fragte der Pilger, laut genug, dass er trotz des Wasserrauschens und der Musik im Hintergrund am anderen Ende zu verstehen war, doch leise genug, um niemand außerhalb der Duschkabine mithören zu lassen.

»Schlechte Neuigkeiten, Vater.«

»Berichte, Sohn.« Mit gerunzelter Stirn hörte der Pilger den Bericht an. Er dachte nur kurz nach, dann gab er einige Anweisungen, klappte das Handy zu und legte es in die Seifenschale. Er drehte das Wasser ab, streifte den Duschvorhang ein Stück zur Seite und griff nach einem der großen, wunderbar weichen Handtücher. Während er sich abtrocknete, achtete er darauf, dass das Handy verborgen blieb.

Beim Anziehen erlaubte er sich ein leichtes Lächeln. Schlechte Nachrichten vielleicht, doch es bestand kein Grund zur Sorge. Gott hatte ihn auserwählt und ihm seinen Willen offenbart. Es war undenkbar, dass er scheiterte.

39.

Marie wurde durch das Dröhnen eines Hubschraubers geweckt, der unmittelbar vor ihrem Fenster landete. Sie sah auf die Uhr: halb sechs morgens. Draußen war es noch dunkel. Der Helikopter trug das Emblem des US-Militärs und hatte einen sandfarbenen Tarnanstrich. Marie beobachtete, wie ein hochgewachsener, dunkelhäutiger Mann in Militäruniform ausstieg, während die Rotoren allmählich zur Ruhe kamen. Er wurde von James Anderson und einem älteren Mann, den Marie noch nicht gesehen hatte, in Empfang genommen und in das Botschaftsgebäude begleitet.

Sie machte sich rasch frisch und versuchte, ihr von der Nacht zerzaustes Haar einigermaßen unter Kontrolle zu bringen. Ihr Gesicht sah immer noch zum Verzweifeln aus. Sie schalt sich selbst dafür, sich gerade jetzt um ihr Äußeres zu sorgen. Andererseits war sie aufgeregt. Der Besucher musste ziemlich bedeutend sein, wenn er um diese frühe Stunde mit dem Helikopter landete.

Es dauerte nicht lange, und es klopfte an der Tür.

»Come in«, sagte Marie.

Anderson trat ein, gefolgt von Rafael. »Oh, ich sehe, Sie sind bereits angezogen. Das ist erfreulich. Jemand ist hier, der Sie sprechen möchte. Wenn Sie mir bitte folgen wollen.«

Er führte Marie und Rafael in einen Konferenzraum, der deutlich komfortabler ausgestattet war als das Zimmer, in dem das Verhör stattgefunden hatte. Der hochgewachsene Afroamerikaner aus dem Hubschrauber begrüßte sie auf Englisch. »Mein Name ist Lieutenant Bob Harrisburg. Ich bin Psychologe beim INSCOM, dem Aufklärungs- und

Sicherheitsdienst der US Army.« Seine Stimme war tief und ruhig. Er reichte Marie seine große Hand, deren Druck angenehm war.

»Mr. Harrisburg, ich kann Ihnen versichern, wir sind nicht verrückt«, sagte Marie.

Harrisburg lächelte. »Nein, nein, deshalb bin ich nicht hier. Bitte setzen Sie sich doch.«

Marie und Rafael nahmen in den weich gepolsterten Ledersesseln Platz. Anderson goss allen Kaffee ein und setzte sich ebenfalls.

»Soll ich die Geschichte noch einmal erzählen?«, fragte Marie.

»Nein, das ist nicht nötig«, sagte Harrisburg. »Ich habe Mr. Andersons Protokoll gelesen. Das ist der Grund, weshalb ich hier bin. Möglicherweise sind Sie der Schlüssel zu einem Rätsel, das mich schon eine ganze Weile beschäftigt.« Er erzählte ihnen von einem Vorfall, bei dem vor Kurzem vier amerikanische Soldaten ein Blutbad unter irakischen Kindern angerichtet hatten. »Halten Sie es für denkbar, dass dieser Vorfall durch das Pheromon ausgelöst wurde, von dem Sie Mr. Anderson erzählt haben?«

»Ja«, sagte Marie. »Das, was Sie beschrieben haben, klingt genauso.«

Harrisburg nickte. »Das habe ich befürchtet. Ich habe noch ein paar Fragen. Erstens: Sind Sie sicher, dass das Pheromon nicht auf Frauen wirkt?«

»Ich kann das nur vermuten«, sagte Marie. »Bei mir hat es jedenfalls nicht angeschlagen, während alle Männer, die in dem Zelt waren, durchgedreht sind.«

»Nach dem, was ich über Pheromone weiß, wirken sie oft nur auf ein Geschlecht«, ergänzte Rafael.

»Das stimmt«, sagte Harrisburg. »Allerdings haben wir es hier wohl mit etwas völlig Neuartigem zu tun. Die Pheromonforschung steckt noch in den Anfängen, aber bisher ist man davon ausgegangen, Pheromone würden im Bezug auf Menschen eine unbedeutende Rolle spielen. Das sogenannte Vomeronasale Organ in der Nase, das vermutlich bei unseren Vorfahren für die Rezeption von Pheromonen verantwortlich war, ist bei vielen Menschen verkümmert, und die meisten Wissenschaftler bezweifeln, dass es bei den übrigen noch irgendeine Funktion hat. Allerdings können Pheromone auch über die normalen Riechorgane aufgenommen werden. Man weiß, dass sich die Menstruationszyklen von Frauen, die in einer Wohngemeinschaft zusammenleben, mit der Zeit synchronisieren – dies ist wohl auf ein Pheromon zurückzuführen. Auch in männlichem Schweiß sind Pheromone nachgewiesen worden, die bei Frauen die sexuelle Lust steigern können. Doch der Wirkungsgrad ist sehr gering, und pheromonbasierte Parfüms, die im Internet angepriesen werden und angeblich Frauen zur Raserei bringen sollen, sind blanker Unfug.«

»Soll das heißen, Sie glauben nicht, dass es sich um ein Pheromon handelt?«, fragte Rafael.

Harrisburg zögerte einen Moment, als müsse er sich die Antwort genau überlegen. »Das heißt es nicht. Solange wir den Duftstoff nicht haben, können wir nicht sicher sagen, wie er wirkt, aber nach dem, was Frau Escher beschrieben hat, würde auch ich von einem Pheromon ausgehen. Allerdings mit einer Wirkung, wie sie noch nie beobachtet wurde. Ich vermute, dass dieser Duftstoff in der Natur nicht mehr vorkommt, oder wenn, dann nur in sehr geringer Konzentration. Aber offenbar sind die alten Reaktionsschemata im männlichen Gehirn noch immer vorhanden.«

Harrisburg wandte sich an Marie. »Sie haben ausgesagt, Sie glauben, Nariv Ondomar werde das Pheromon einsetzen, um die Friedenskonferenz in Riad zu stören. Woraus schließen Sie das?«

»Ich habe einen Prospekt des Tagungshotels in seinem Zelt liegen sehen. So bin ich überhaupt erst auf die Verbindung gestoßen. Außerdem hat er mir gegenüber einen Spruch zitiert: ›Nutze die Kraft deines Gegners, um ihn zu besiegen.‹«

»Das ist eines der Grundprinzipien des Wing Chun«, sagte Harrisburg. »Eine Weiterentwicklung des Kung Fu.«

Marie nickte. »Ondomar ist hoch intelligent und gebildet. Er und Andreas Borg kennen sich aus dem Studium in Heidelberg. Ich glaube, er hat diese Sache von langer Hand vorbereitet. Der Anschlag in Bagdad ist vielleicht so eine Art Test gewesen.«

Harrisburg zog die Augenbrauen herab. »Nur ein Test, sagen Sie? Er hat ziemlich verheerende Folgen für unsere Außenpolitik gehabt, dieser Test! Wie dem auch sei. Würden Sie es erkennen, wenn jemand das Pheromon in Ihrer Nähe einsetzt?«

»Ja. Es hat einen ganz speziellen Duft, wie ein fremdartiges Gewürz. Den vergisst man nicht so schnell.«

Harrisburg sah Marie ernst an. »Frau Escher, würden Sie mich nach Riad begleiten? Sie sind die einzige Person, die in der Lage ist, das Pheromon anhand des Geruchs aufzuspüren. Sie würden unserem Land und der internationalen Staatengemeinschaft einen großen Dienst erweisen, wenn Sie uns helfen.«

»Selbstverständlich«, sagte Marie.

»Und was ist mit mir?«, rief Rafael. »Ich komme auf jeden Fall auch mit!«

Harrisburg schüttelte den Kopf. »Es tut mir leid, aber das geht nicht. Es wird ohnehin schon schwierig genug, eine Person, die nicht gründlich sicherheitsüberprüft wurde, durch die Kontrollen zu bekommen. Auch ich bin nicht allmächtig, wissen Sie. Außerdem würden Sie mir vor Ort wenig nützen.«

»Was soll das heißen?«, fragte Rafael aufgebracht.

»Sie sind ein Mann. Sie wären nur eine weitere Gefahrenquelle.«

Rafael warf Marie einen hilfesuchenden Blick zu.

Sie überlegte einen Moment, ob sie protestieren sollte. Wahrscheinlich konnte sie erzwingen, auch Rafael mitzunehmen. Aber Harrisburg hatte Recht: Er würde vor Ort wenig helfen. Wenn Ondomar tatsächlich einen Anschlag auf die Konferenz plante, brachte sie ihn nur unnötig in Gefahr. Sie lächelte traurig. »Es ist besser, wenn du zurück nach Deutschland fliegst.«

Er sah sie stumm an. In seinen Augen lag verletzter Stolz. Nach allem, was sie zusammen durchgemacht hatten, schloss sie ihn nun aus. Frustriert schüttelte er den Kopf.

»Tut mir leid«, sagte sie.

Rafael antwortete nicht.

Harrisburg erhob sich. »Kommen Sie. Wir dürfen keine Zeit verlieren.« Er sah auf die Uhr. »Die Konferenz beginnt in sechs Stunden. Mr. Anderson sagte, Sie hätten provisorische Papiere der Deutschen Botschaft. Können Sie mir die bitte geben?«

Marie eilte in ihr Zimmer. Rafael folgte ihr. Er sah sie nur stumm an wie ein geprügelter Hund.

»Rafael, ich …«

»Vergiss es«, sagte er nur. »Ich verstehe das schon. Ich werde nicht mehr gebraucht. So einfach ist das.«

Sie dachte an den Moment gestern im Hotelzimmer, kurz bevor sie das Hotel im Fernseher entdeckt hatte. Sie machte einen Schritt vor und küsste ihn kurz auf die Lippen. »Wir sehen uns in Berlin!«

Er riss die Augen auf. »Viel … Glück!«, murmelte er sichtlich verwirrt. Sie lächelte ihm zum Abschied zu und folgte Harrisburg aus dem Konferenzraum.

Der Militärhubschrauber war geräumig, jedoch spartanisch ausgestattet. Statt bequemer Flugzeugsitze gab es nur Bänke an den Seitenwänden. »Ich würde Sie auf dem Sessel des Kopiloten Platz nehmen lassen«, sagte Harrisburg, »aber das geht leider nicht, weil ich einige Funkgespräche führen muss.«

Marie lächelte. »Schon gut. Gegen meine Transportmittel der letzten Tage ist das hier ein Luxusjet.«

Harrisburg lächelte ebenfalls. »Schnallen Sie sich bitte an. Auf Snacks müssen Sie während des Flugs leider verzichten, aber hier ist eine Wasserflasche.« Damit setzte er sich auf den Sitz neben dem Piloten, der das Triebwerk bereits angelassen hatte. Wenig später hoben sie ab.

Durch ein Fenster in der Seitenwand konnte Marie flüchtige Blicke auf graue Straßen und ein endloses Meer flacher Häuser erhaschen, in dessen Mitte sich V-förmig der Weiße und Blaue Nil trafen. Sie erkannte sogar den unförmigen ockerfarbenen Klotz des Hilton in der Nähe des Flusses.

Der Hubschrauber stieg höher und drehte Richtung Nordosten ab, und bald wurde die Landschaft eintönig. Marie sah Harrisburg in sein Funkgerät sprechen. Obwohl der Riese bisher die Ruhe selbst gewesen war, wirkte er jetzt angespannt.

»Jim, verdammt noch mal! Ich habe Ihnen das doch erklärt: Wenn das Pheromon im Hotel ausgebracht wird, verlieren Ihre Leute die Kontrolle über sich und werden zu einer tödlichen Gefahr! Sie müssen sie entwaffnen!«

»Genau das werde ich nicht tun.« Jim Crickets Stimme war aufgrund der digitalen, abhörsicheren Funkverbindung klar und deutlich in Harrisburgs Kopfhörer. »Ich werde Ihre Geschichte ernst nehmen und die Sicherheitskontrollen im Eingangsbereich verschärfen. Aber es ist eben nur das: eine Geschichte. Wir haben nicht den geringsten Beweis dafür, dass sie stimmt. Was, wenn diese Deutsche auch eine Terroristin ist? Was, wenn sie mit Ondomar zusammenarbeitet? Wenn er sich diese Sache mit dem Pheromon nur ausgedacht hat, damit wir genau den Fehler machen, zu dem Sie mich gerade zu überreden versuchen? Dann wären wir schutzlos, falls er es doch irgendwie schafft, einen bewaffneten Mann in das Hotel zu schleusen.«

»Sagten Sie nicht, das sei absolut ausgeschlossen?«

»Ja, das habe ich gesagt, und das glaube ich auch. Aber ich könnte mich irren.«

»Sie könnten sich auch irren, was die Einschätzung der Gefahr durch dieses Pheromon angeht.«

»Ja. Aber ich bleibe dabei: Wir haben keinen Beweis. Ich habe mit einem Biochemiker aus unserem Labor in Langley gesprochen. Er sagt, es gäbe keine Pheromone mit einer derartigen Wirkung – weder auf Menschen, noch auf irgendeine andere Lebensform.«

»Die Wirkungsmechanismen von Pheromonen sind bisher kaum erforscht. Weder beim Menschen noch in der Natur.«

»Schon möglich. Aber auf die bloße theoretische Möglichkeit hin, es könnte so etwas geben, werde ich nicht die Sicherheit der Konferenz gefährden. Diese Deutsche hat einen Wachmann der Botschaft tätlich angegriffen. Glauben Sie wirklich, eine harmlose Touristin würde so etwas tun? Und mal ehrlich: Die ganze Geschichte ihrer Flucht aus Ondomars Lager ist doch ziemlich weit hergeholt, meinen Sie nicht auch? Klingt doch, als hätte sich das irgend so ein Thrillerautor ausgedacht!«

Harrisburg registrierte erleichtert, dass Cricket wenigstens das Protokoll gelesen hatte, das er ihm weitergeleitet hatte. Er nahm die Sache also auch nicht auf die leichte Schulter. »Hören Sie, Jim. Ich sehe ein, die Geschichte ist schwer zu glauben. Aber tun Sie mir wenigstens einen Gefallen: Schirmen Sie den Konferenzbereich ab und lassen Sie niemanden mit Waffe dort hinein. Verriegeln Sie für die Dauer der Konferenz die Türen. Bitte!«

»Die Türen verriegeln? Sind Sie noch bei Trost? Und wenn ein Feuer ausbricht? Ich kann doch die Staatsoberhäupter der Welt nicht einschließen!«

Harrisburg schüttelte frustriert den Kopf. Cricket umzustimmen, war hoffnungslos. Seine einzige Chance bestand darin, den oder die Attentäter zu erkennen und rechtzeitig abzufangen. Wenn es dafür nicht schon zu spät war. »Ich schätze, wir werden in drei Stunden in Riad sein. Ich komme dann sofort ins Hotel.«

»Gut. Bis nachher, Bob.«

Harrisburg warf einen kurzen Blick über die Schulter zu der Deutschen, die anscheinend eingenickt war. Alle seine Hoffnungen ruhten jetzt auf ihr.

Als sie sich dem Luftraum über Riad näherten, gab es ein neues Problem. Die saudi-arabischen Behörden weigerten sich, dem Hubschrauber die Landegenehmigung im Stadtgebiet zu erteilen. Der Luftraum über der Stadt und im weiten Umkreis war aufgrund der Konferenz gesperrt. Nur die angemeldeten Maschinen der Staatsoberhäupter durften auf dem King Khalid International Airport landen, von wo die Insassen unter strengsten Sicherheitsvorkehrungen mit Helikoptern zum Hotel gebracht wurden.

Zwar hatten die US-Sicherheitsbehörden die Hoheit über die Absicherung der Konferenz gegen Terroristen, doch die Kontrolle des Luftraums war in der Hand der Saudis geblieben. Nun beharrte irgendein bornierter Sicherheitsoffizier darauf, dass sie auf einem Militärflughafen landeten, der zwei Autostunden von Riad entfernt lag. Er drohte sogar damit, einen Abfangjäger der Saudi-Arabischen Streitkräfte aufsteigen zu lassen, sollten sie sich der Stadt nähern.

Harrisburg versuchte vergeblich, einen ranghohen Offizier des saudischen Geheimdienstes zu erreichen. Auch Cricket war nicht mehr ans Funkgerät zu bekommen. Kurz vor Beginn der Konferenz herrschten höchste Alarmbereitschaft und hektische Aktivität.

Es nützte nichts, sich aufzuregen. Doch Harrisburg versuchte vergeblich, die innere Ruhe zu finden, die ihm immer so geholfen hatte. Jim Cricket irrte sich, das spürte er: Marie Escher hatte die Wahrheit gesagt. Die Konferenz war in großer Gefahr. Und sie würden zu spät kommen.

40.

Pünktlich um zehn vor sieben stand Nancy in der Schlange vor der Sicherheitskontrolle, die heute ungewöhnlich lang war. Offenbar wurde jede einzelne Tasche überprüft. Mit wachsendem Entsetzen sah sie, dass die Sicherheitsbeamten an der Kontrolle alle Flaschen und Glasbehälter aus den Taschen entfernten und in einen großen Behälter warfen. Ein Schild über dem Metalldetektor wies darauf hin, dass das Mitbringen von Flüssigkeiten ins Hotel verboten war.

Verzweifelt überdachte Nancy ihre Lage. Wenn die Sicherheitsleute ihr das Flakon wegnahmen, würde sie die Kinder nie wieder sehen und Rangar auch nicht. Ihr Herz pochte heftig, und sie war sicher, der junge Mann an der Kontrolle müsste ihre Aufregung bemerken, doch er lächelte sie bloß freundlich an, als sie an der Reihe war, und bat sie, ihre Handtasche zu öffnen.

Er fischte das Flakon heraus, ebenso wie eine kleine Spraydose mit Deo. »Tut mir leid, aber das dürfen Sie nicht mit hineinnehmen!«

Nancy setzte eine verzweifelte Miene auf, was ihr angesichts der Umstände nicht schwer fiel. »Hören Sie, Sir, bitte, ich kann nicht ohne dieses Parfüm dort hineingehen! Heute kommt Präsident Zinger in unser Hotel, und ich bin die Leiterin des Gästeservices. Ich kann ihm doch nicht gegenübertreten und nach Bratfett riechen!« Das war ziemlich weit hergeholt, da Nancy selten auch nur in die Nähe der Küche kam, aber das konnte der Mann nicht wissen.

Er blickte verständnisvoll, schüttelte jedoch den Kopf. »Tut mir leid, wir haben unsere Anweisungen.«

Nancy traten Tränen in die Augen. »Aber das ist Allure von Chanel! Ein Geschenk meines Mannes zum Hochzeitstag! Haben Sie eine Ahnung, was so ein Flakon kostet?«

»Tut mir leid, Ma'am, ich kann nichts tun. Wir haben strikte Anweisung, alle Flüssigkeiten in diesen Behälter zu werfen.«

In einem Akt der Verzweiflung nahm Nancy das Flakon, tat so, als sprühe sie sich eine kleine Menge aufs Handgelenk, verstrich das vermeintliche Parfüm mit dem Finger und hielt dem Sicherheitsmann das Handgelenk unter die Nase. »Bitte, Sir, riechen Sie mal! Eindeutig Parfüm, oder? Ich meine, ich verstehe ja Ihre Anweisungen, aber Sie können mir doch keine Hundertdollarflasche Parfüm wegnehmen, weil Sie glauben, da könnte Sprengstoff drin sein, oder?«

Pflichtschuldig schnüffelte er an ihrem Handgelenk. Er zuckte mit den Schultern. »Es tut mir leid. Ich kann nichts machen. Sonst bekomme ich Ärger.«

In diesem Moment kam ein Mann in dunklem Anzug hinzu. Nancy hatte ihn ein paar Mal in der Lobby gesehen, und einmal auch auf CNN. Der Sicherheitsbeamte zuckte zusammen, als er ihn erkannte.

»Was ist denn los?«

»Diese Frau will ihr Parfüm nicht hergeben, Sir.«

Der Mann nahm ihr das Flakon aus der Hand und betrachtete es kritisch. »Allure von Chanel. Hab ich meiner Frau zu Weihnachten geschenkt. Sündhaft teuer.« Er machte Anstalten, eine Probe davon im Raum zu versprühen. Nancy hielt den Atem an. Er sah ihren Blick und deutete ihn offenbar als Sorge um den kostbaren Inhalt. Mit einem ein wenig zu anzüglichen Lächeln gab er ihr das Flakon zurück.

»Was soll ich jetzt tun, Sir? In der Flasche ist offenbar wirklich Parfüm, aber die Anweisung war eindeutig …«

Der Mann warf Nancy einen anzüglichen Blick zu. »Pfeif auf die Anweisung. Lassen Sie sie durch. Ich kenne die Frau. Wir haben sie überprüft, sie ist sauber.«

Nancy setzte ihr strahlendstes Lächeln auf. »Danke, Sir. Vielen Dank!«

Er grinste zurück. »Vielleicht können wir ja später mal einen Kaffee zusammen trinken, wenn das alles hier vorbei ist.«

»Gern, Sir.« Sie legte das Flakon zurück in die Handtasche und platzierte sie auf dem Tisch neben dem Metallsuchgerät. Dann trat sie hindurch.

Es begann laut zu fiepen.

Nancy erschrak. Dann fiel ihr ein, dass sie in der Aufregung ihre mit unechten Edelsteinen besetzte vergoldete Brosche nicht abgelegt hatte.

Sie steckte sie in ihre Handtasche und ging noch einmal durch den Metalldetektor, der diesmal stumm blieb. Sie griff ihre Tasche und eilte aus dem Raum, ehe die Sicherheitsleute es sich anders überlegten.

Erst, als sie den vertrauten Empfangsbereich erreichte, wurde ihr bewusst, was sie getan hatte. Sie hatte das Flakon durch die Sicherheitskontrolle geschmuggelt! Sie hatte ihrer Landsleute Vertrauen missbraucht. Schlimmer noch, sie setzte die Sicherheit ihrer Gäste aufs Spiel. Es war das Schlimmste, was eine Hotelmitarbeiterin tun konnte.

Ihre Hände zitterten, sie kämpfte mit den Tränen. Jack Tobin, der Concierge und einer der wenigen CIA-Mitarbeiter in ihrem Team, die wenigstens ein bisschen natürliche Freundlichkeit besaßen, warf ihr einen sorgenvollen Blick zu. »Aufgeregt?«

Sie nickte. Sprechen konnte sie nicht.

»Ich auch. Ist ja auch klar. Präsident Zinger kommt gegen Mittag an. Der russische Präsident ist schon da, und die meisten Emire und Sultane sind schon gestern angereist. Ich bin vor allem auf den neuen UN-Generalsekretär gespannt, mit diesem unaussprechlichen Namen.«

»Ich glaube, ich mache mir erst mal einen Tee«, sagte Nancy. Sie ging in die kleine Pantry fürs Personal. Hier war sie wenigstens einen Moment lang allein.

Sie öffnete ihre Handtasche, holte das Flakon hervor und starrte es an wie eine Handgranate ohne Sicherungsstift. Wenn Sie sich Jack jetzt offenbarte, war es möglicherweise noch nicht zu spät. Vielleicht konnte die CIA irgendwie so tun, als hätte Nancy den Auftrag erfüllt, um ihre Familie nicht zu gefährden. Vielleicht würden sie sie rechtzeitig finden, bevor dieser Ondomar ihnen etwas antun konnte. Vielleicht …

»Oh, das ist ja Allure von Chanel!«

Nancy fuhr erschrocken herum. Vor ihr stand Jane Tanner, ebenfalls vom CIA. Im Unterschied zu Jack besaß sie nicht das geringste bisschen Feingefühl. Zudem war sie pummelig und wirkte immer irgendwie ungepflegt. Sie hätte nicht einmal das erste Einstellungsgespräch vor der Personalleitung des Hotels überstanden.

Jane streckte die Hand aus. »Darf ich mal probieren?«

Nancy steckte das Flakon schnell in ihre Handtasche. »Nein«, sagte sie, heftiger als beabsichtigt.

Jane machte ein enttäuschtes Gesicht. »Ich wollte doch nur mal dran riechen!«

Nancy versuchte ein schiefes Lächeln. »Tut mir leid, aber das ist ein Geschenk meines Mannes. Es bedeutet mir sehr viel.«

»Schon gut. Verstehe.« Jane zog eine Schnute und schob sich an Nancy vorbei, um sich einen Kaffee zu machen. Wahrscheinlich der dritte heute Morgen. Sie trank viel zu viel Kaffee, und dann schwitzte sie und wirkte noch ungepflegter, aber alle bisherigen Versuche Nancys, sie mehr oder weniger sanft auf diesen Zusammenhang hinzuweisen, waren erfolglos geblieben.

Es wurde der längste Tag in Nancy Singhs Leben. Sie stand am Empfang, begrüßte die Staatsoberhäupter, die nach und nach eintrafen, begleitet vom permanenten Dröhnen der ankommenden und wieder abhebenden Helikopter, und fühlte sich, als würde sie jeden Moment innerlich zerreißen. Ihr Gesicht schmerzte vom permanenten Lächeln, und sie war sicher, dass ihre Verzweiflung auf hundert Meter Entfernung sichtbar sein musste. Doch keiner der hohen Gäste schien es zu bemerken. Sie war schließlich nur eine einfache Hotelkraft, eine Statistin, ungefähr so bedeutend wie das große Blumengesteck neben den Fahrstühlen.

Die ganze Zeit überlegte sie, ob sie sich der CIA anvertrauen sollte. Höchstwahrscheinlich war ihre Familie ohnehin verloren. Sie dachte an die mutigen Passagiere des United-Airlines-Fluges 93 nach Washington, die angesichts ihres sicheren Todes am 11. September 2001 ihre Entführer überwältigt und so eine noch größere Katastrophe verhindert hatten.

Doch immer, wenn sie kurz davor war, Jack anzusprechen, drängte sich ihr das Bild von Timmy auf, wie er die fünf Kerzen auf seinem Geburtstagskuchen ausblies und stolz lächelte, weil er es in einem Zug geschafft hatte. Sie brachte es einfach nicht fertig, die Chance, dass er seinen sechsten Geburtstag noch erlebte, wegzuwerfen – und sei sie auch noch so gering. Merkwürdigerweise hatte sie das starke Gefühl, Nariv Ondomars Aussage trauen zu können. Er würde sein Versprechen wahr machen und ihre Familie freilassen, wenn sie tat, was er von ihr verlangte.

Ihr Verstand sagte ihr, dass diese Vorstellung lächerlich war, bloßes Wunschdenken. Sobald der Terrorist sie nicht mehr brauchte, würde er sie umbringen, ebenso wie ihre Familie. Ihr Herz aber ignorierte diese Mahnungen.

Um kurz vor zwölf kam Jim Cricket zum Empfang. Die ganze Aufregung schien an ihm abzuperlen wie Wasserspritzer an einem Bärenfell. Er sah sie mit seinen stahlblauen Augen an, die alles zu durchdringen schienen, und lächelte leicht. »Alles klar, Nancy?«

Irgendwie schaffte sie es, seinem Blick standzuhalten. »Ja, Sir.«

Seine Augen schienen sie zu durchbohren, und plötzlich fühlte sie, wie ihre Fassade zu wanken begann.

»Sie wirken angespannt«, sagte er.

Sie nickte. »Es … es ist ein bisschen viel, mit all den hohen Gästen …«

»Wenn ich Ihnen irgendwie helfen kann …«

Nancy schluckte. Sie konnte nicht mehr. Es hatte doch alles keinen Sinn. Sie hielt es nicht mehr aus, diese ungeheure Last allein zu tragen. Sie musste sich davon befreien. »Sir, ich …«

Doch genau in diesem Moment wandte Cricket seinen Kopf ab, hielt eine Hand ans Ohr, um die Geräusche auszublenden. Offenbar erhielt er eine Nachricht über seinen fast unsichtbaren Ohrhörer. »Ja, alles klar, ich komme«, sprach er in den leeren Raum. Ohne Nancy eines weiteren Blickes zu würdigen, ging er in Richtung des Seiteneingangs, der auf den Angestelltenparkplatz führte. Heute diente er als Hubschrauberlandeplatz.

»Der Präsident ist gelandet!«, sagte Jack.

Ein paar Minuten später kam der US-Präsident durch die Seitentür, begleitet von Cricket und zwei Sicherheitsleuten mit dunklen Sonnenbrillen. Er wirkte kleiner als im Fernsehen, doch seine hellen Augen strahlten, und sein Lächeln wirkte gewinnend. Er sah Nancy an und ging direkt auf sie zu. »Mein Name ist Richard Zinger«, sagte er.

Nancy nahm zögernd die ausgestreckte Hand, deren Druck angenehm fest war. »Herzlich willkommen im Al Mandhar, Mr. President. Ihren Zimmerschlüssel hat Mr. Cricket ja bereits. Ich wünsche Ihnen einen angenehmen Aufenthalt und viel Erfolg bei der Konferenz.«

Der Präsident hielt Blickkontakt. »Sie arbeiten schon lange in diesem Hotel?«

Nancy nickte. »Ja, Sir. Seit sieben Jahren.«

»Und wie fühlen Sie sich fernab der Heimat? Wünschen Sie sich nicht manchmal, wieder in unser Land zurückzukehren?«

Nancy hatte plötzlich das Gefühl, ihre Entscheidung, in Riad zu leben, verteidigen zu müssen. »Mein Mann arbeitet hier als Architekt.«

»Ich verstehe«, sagte der Präsident. Er ignorierte die Handzeichen von Cricket, der ihn auf sein Zimmer bugsieren wollte. Der Hubschrauber war leicht verspätet eingetroffen, und der Zeitplan eng, doch Zinger ließ sich nicht beirren. Er gab Nancy das Gefühl, dass die kleine Plauderei mit ihr wichtiger war als alles andere, dass sie im Mittelpunkt seines Interesses stand. »Ich finde es gut, wenn Amerikaner gern hier in Saudi-Arabien sind. Das festigt die Beziehungen zwischen unseren Ländern. Haben Sie Kinder, Nancy?«

»Zwei, Sir. Einen Jungen und ein Mädchen.« Im selben Moment erkannte Nancy, dass die Aufmerksamkeit des Präsidenten nur eine Masche war, seine Art, Menschen für sich einzunehmen. Indem er anderen das Gefühl gab, wichtig zu sein, machte er sich selbst sympathisch. Genau dasselbe tat sie jeden Tag. Und es war genauso unecht. Plötzlich wünschte sie sich, der US-Präsident hätte sie ebenso ignoriert wie all die anderen Staatsoberhäupter, sie vielleicht sogar herablassend behandelt. Es wäre wenigstens ehrlich gewesen.

»Das ist schön«, plauderte der Präsident stattdessen weiter. »Ihre Kinder wachsen in zwei verschiedenen Kulturkreisen auf. Sie werden bestimmt mehr Verständnis für die Probleme einer globalisierten Welt haben als viele ihrer Altersgenossen, die nie über die Grenzen ihres Bundesstaates hinausgekommen sind.«

Nancy vermied es, den Präsidenten darauf hinzuweisen, dass das Leben in einem abgeschotteten Wohnpark kaum zum Verständnis einer fremden Kultur beitrug. »Ja, Sir, das hoffe ich auch.«

Er lächelte. »Ich glaube, wenn ich jetzt nicht auf mein Zimmer gehe, lässt Mr. Cricket mich abführen«, sagte er und zwinkerte ihr zu. »Machen Sie's gut, Nancy. Und grüßen Sie Ihren Mann von mir!«

»Das werde ich gern tun, Sir. Vielen Dank!«

Zinger wandte sich ab und ließ sich von seinen Begleitern zum Aufzug führen. Cricket warf Nancy noch einen kurzen Blick über die Schulter zu. Dann folgte er dem Präsidenten in den Fahrstuhl.

»Ein eindrucksvoller Mann, nicht wahr?«, kommentierte Jack, als sich die Aufzugtür geschlossen hatte.

Nancy nickte. »Ja, das ist er.« Sie schaffte es problemlos, Jack anzulächeln. Jeder Zweifel an dem, was sie zu tun hatte, war verflogen.

41.

»Verdammt noch mal, können Sie nicht etwas schneller fahren?«, rief Harrisburg.

Marie kannte den Amerikaner erst seit ein paar Stunden, aber sie ahnte, dass er äußerst selten fluchte. Sie fuhren jetzt schon seit mehr als einer Stunde durch ein ausgedehntes Wüstengebiet. Die Straße war gut ausgebaut. Trotzdem schien ihr Armeejeep dahinzukriechen.

»Tut mir leid, ist Vorschrift«, rechtfertigte sich der arabische Fahrer auf Englisch. Er wandte sich zu Harrisburg und grinste. »Ihr Amerikaner habt es immer so eilig. ›Das Kamel, das durch die Wüste rennt, erreicht die Oase nicht‹, sagt man bei uns.«

Harrisburg seufzte. Der Fahrer hatte sich auch vorher schon absolut resistent gegen jede Art der Beeinflussung seines Fahrstils gezeigt. Er war höflich, machte aber deutlich, dass er von Amerikanern keine Befehle entgegennahm. Wenn überhaupt, hielt er sich jetzt noch genauer an die offiziellen Geschwindigkeitsregeln. Da sie auf einem saudi-arabischen Luftwaffenstützpunkt hatten landen müssen, waren sie auf die Unterstützung der Araber angewiesen.

Endlich wich die Wüste ausgedehnten Vorstädten mit künstlich bewässerten Gärten und Plantagen, in denen Dattelpalmen und Obstbäume gediehen. Gleichzeitig wurde jedoch der Verkehr auf der Straße dichter, sodass sie noch langsamer vorankamen. Bald steckten sie in einem langen Stau fest. Marie spürte, dass Harrisburg sich nur mühsam beherrschte. Immer wieder sah er auf die Uhr, die Viertel nach drei anzeigte. Sie erwartete, er könne jeden Moment die Tür aufreißen und zu Fuß weiterrennen.

Auch Marie war nervös. Sie befürchtete, dass es Ondomar irgendwie gelungen war, das Pheromon trotz aller Sicherheitsvorkehrungen ins Hotel zu schmuggeln. Harrisburg hatte ihr einen groben Abriss über den geplanten Ablauf der Veranstaltung gegeben. Die Konferenz begann um 16.00 Uhr mit einer offiziellen Begrüßung durch den Saudischen König und einer Eröffnungsrede des UN-Generalsekretärs. Danach gab es einen informellen Teil, in dem die Konferenzteilnehmer sich frei untereinander austauschen konnten, bevor sie sich zu einem gemeinsamen Abendessen versammelten. Während des Essens würde US-Präsident Zinger einen dramatischen Friedensappell an die Teilnehmer richten. Am folgenden Tag sollten dann die eigentlichen Gespräche beginnen.

Marie überlegte, wann Ondomar wohl zuschlagen würde, wenn er sich den Zeitpunkt aussuchen konnte. Eigentlich gab es nur zwei Möglichkeiten: entweder gleich zu Beginn der Auftaktveranstaltung oder später beim Abendessen während Zingers Rede. Wenn er länger wartete, riskierte er, dass bereits Vereinbarungen getroffen und Annäherungen erreicht wurden.

Sie dachte an ihr Schachspiel. Obwohl er Schwarz gespielt hatte, war Ondomar bei jeder Gelegenheit zum Angriff übergegangen. Er hatte kein langsames, sorgfältig konstruiertes Stellungsspiel begonnen, sondern von Anfang an versucht, Marie unter Druck zu setzen, und dafür auch Opfer in Kauf genommen. Er würde nicht warten. Er würde gleich zu Beginn der Konferenz zuschlagen, sobald alle Teilnehmer in einem Raum versammelt waren. In weniger als einer Stunde.

Nach zwanzig Minuten sahen sie vor sich in der Ferne einen Kontrollpunkt der saudi-arabischen Polizei. Einige Soldaten in US-Uniformen standen ebenfalls dort. Harrisburg zögerte keine Sekunde. »Kommen Sie«, sagte er zu

Marie und sprang aus dem Wagen. Er ließ sich nicht die Zeit, dem verdutzten arabischen Fahrer zu erklären, was er vorhatte, sondern sprintete sofort in Richtung des Postens.

Marie jagte ihm nach. Obwohl sie gut in Form war, hatte sie Mühe, mit dem langbeinigen Riesen mitzuhalten. Die heiße, trockene Luft machte das Laufen zusätzlich schwer. Obwohl es nur ein paar Hundert Meter waren, keuchte Marie, als sie eintraf. Harrisburg redete bereits mit einem US-Soldaten. Der nickte und führte sie ohne ein weiteres Wort zu einem Militärjeep mit Blaulicht und Sirene.

Marie sprang auf den Rücksitz, und schon setzten sie sich in Bewegung und drängelten sich rücksichtslos durch den Stadtverkehr. Die Fahrt erschien Marie fast so halsbrecherisch wie die mit dem unglücklichen Nathan Gombali durch die Hügel am Fuß des Virunga-Massivs. Die meisten Autofahrer in Riad schienen sich weder um Verkehrsregeln noch um Blaulichter und Sirenen zu scheren, und so kam es zu mehreren Beinaheunfällen, doch Harrisburg trieb den offensichtlich eingeschüchterten Soldaten unbarmherzig zur Eile an.

Als sie das Hotel erreichten, war es bereits vier Uhr. Maries Blick glitt an dem imposanten Gebäude hinauf, das wie ein riesiger Dolch in den Himmel ragte. Hoch oben befand sich eine mehrere Stockwerke hohe Glaskugel, die wie ein Globus dekoriert worden war. Dort versammelten sich in diesem Moment die wichtigsten Staatsoberhäupter der Welt, um über das Schicksal einer ganzen Region zu beraten – einer Region, die seit Jahrzehnten nicht zur Ruhe gekommen war.

Der Eingang des Hotels wurde von Dutzenden Kamerateams belagert. Eine Gasse war freigelassen worden, um verspäteten Ankömmlingen die Zufahrt zur unterirdischen Garage zu ermöglichen. Der Militärjeep fuhr mit quietschenden Reifen die Einfahrt hinab, und Marie war sich vage bewusst, dass die Reporter die Kameras in ihre Richtung gedreht hatten. Sie fragte sich, welche wilden Spekulationen ihre hastige Ankunft wohl auslösen würde.

Doch wenn sie nicht schnell genug waren, würde dieses Ereignis von weit dramatischeren Vorkommnissen überschattet werden.

42.

Nancy sah auf die Uhr. Kurz nach vier. Zeit, ihren Plan umzusetzen. Sie seufzte und tat so, als wische sie sich mit einem Taschentuch Schweiß von der Stirn. »Ich glaube, ich brauche mal eine kleine Pause«, sagte sie zu Jack Tobin.

Er nickte und lächelte ihr zu. »Kein Problem. Ich denke, sie sind jetzt alle oben, und in den nächsten zwei Stunden haben wir hier ohnehin nicht viel zu tun.«

Sie verschwand in Richtung der Pantry, bog jedoch kurz vorher ab und betrat eine Abstellkammer, in der alle möglichen Reinigungsutensilien untergebracht waren. Dort streifte sie den Kittel einer Reinigungskraft über und legte das dunkelgraue Ersatzkopftuch um, das sie stets in ihrer Handtasche dabei hatte. Nun war sie für die Sicherheitskameras kaum noch zu erkennen.

Sie nahm sich einen der Wagen, die mit sauberen Handtüchern, Putzutensilien und Müllsäcken ausgestattet waren, und trat hinaus auf den Gang in den Sichtbereich der Überwachungskameras. Betont langsam schlurfte sie in Richtung des Raums, den Ondomar ihr angewiesen hatte.

Ihr Puls raste. Wenn ein aufmerksamer CIA-Beamter die Überwachungskameras beobachtete, dann hatte er gesehen, wie eine Hotelmanagerin die Kammer betreten hatte und eine Putzfrau herausgekommen war. Sie erwartete, dass jeden Moment bewaffnete Sicherheitsbeamte angestürmt kamen und sie aufforderten, sich flach auf den Boden zu legen, die Arme ausgestreckt. Doch nichts dergleichen geschah, und der Gedanke an ihre Familie gab ihr die Kraft, in Ruhe weiterzugehen.

Endlich erreichte sie den Wartungsraum. Die Tür war

verschlossen, doch Nancy hatte den Schlüssel bereits zu einem früheren Zeitpunkt aus dem Kasten genommen, zu dem sie als Leiterin des Gästeservices jederzeit Zugang hatte. Die Tür war von außen unmarkiert, sodass sie auf dem Bild der Überwachungskameras nicht von einer gewöhnlichen Abstellkammer zu unterscheiden war.

Nancy nestelte mit dem Schlüssel am Schloss. Ihre Hände zitterten, und der Schlüssel fiel ihr aus der Hand. Sie unterdrückte den Impuls, sich umzusehen, bückte sich und hob ihn auf. Eine ungeschickte Reinigungskraft, weiter nichts.

Endlich betrat sie die Kammer. Ein kurzer Blick durch den Raum bestätigte ihr, dass hier keine Sicherheitskameras angebracht waren. Sie fand auf Anhieb die Wartungsklappe des Pollenfilters. Dahinter war ein beständiges Rauschen zu hören. Ondomars Plan hatte keine konkreten Hinweise darauf enthalten, wie die Klappe zu öffnen war. Sie hatte damit gerechnet, einen Hebel zu finden oder vielleicht einen einfachen Magnetverschluss. Doch jetzt sah sie, dass die Abdeckung mit vier Kreuzschlitzschrauben befestigt war.

Sie hatte nicht daran gedacht, einen Schraubenzieher mitzunehmen.

Sie sah auf die Uhr: sechzehn Minuten nach vier. Sie wusste nicht, wie genau Ondomar es mit dem Zeitplan nehmen würde, aber er hatte ihr mehrfach eingeschärft, die Flüssigkeit in dem Flakon müsse genau um 16.15 Uhr in den Luftfilter gegossen werden.

Das Leben ihrer Familie hing an vier verdammten Kreuzschlitzschrauben!

Verzweifelt sah sie sich um. In dem Raum gab es eine Menge Rohre und einen verschlossenen Schrank, in dem vermutlich Schaltanlagen untergebracht waren. Nichts, das wie ein Werkzeug aussah. Der Putzwagen fiel ihr ein. Er stand draußen auf dem Gang, im Blickfeld der Sicherheitskameras. Wenn sie ihn jetzt durchwühlte, würde sie sich möglicherweise verdächtig machen.

Sie begann, in ihrer Handtasche zu kramen. Darin waren ihre Brieftasche, das Handy, Schminkutensilien, Papiertaschentücher, ein Foto von Rangar und den Kindern. Sie unterdrückte den Impuls, es anzuschauen. In einer Seitentasche fand sie eine Nagelfeile. Sie hatte vergessen, dass sie sie vor langer Zeit dort hineingesteckt hatte. Im Hotel gab es eine Kosmetikerin, bei der sie sich regelmäßig einer Maniküre unterzog – zum günstigen Angestelltentarif natürlich.

Der spitz zulaufende Kopf der Feile passte erstaunlich gut in die kreuzartige Vertiefung der Schrauben, aber das Ding war zu kurz und hatte keine gute Grifffläche, sodass sie kaum Drehmoment erzeugen konnte. Sie gab nicht auf und versuchte immer wieder, die festsitzenden Schrauben zu lösen. Sie brach sich einen Nagel ab, doch schließlich schaffte sie eine Vierteldrehung. Als sei dies das Signal, den Widerstand zu beenden, ließen sich daraufhin auch die übrigen Schrauben lockern, und bald konnte sie die Abdeckplatte abnehmen.

Der Luftfilter lagerte in einem rechteckigen Kasten, den sie an einer Griffmulde herausziehen konnte. Sie spürte einen starken Zug, als ein Schwall heißer Wüstenluft in den Raum drang.

Sie schraubte den Sprühverschluss des Flakons ab und goss die klare, golden schimmernde Flüssigkeit hinein. Ein intensiver würziger Duft wie von Zimt, gemischt mit anderen exotischen Aromen, breitete sich in der kleinen Kammer aus. Ein kalter Schauer lief ihr über den Rücken. Was immer es sein mochte, das sie hier in den Pollenfilter goss, es war sehr fremdartig.

Sie verdrängte die Zweifel, die erneut in ihr aufkamen,

und schob den Filter zurück in seine Arbeitsposition. Sie befestigte die Abdeckplatte grob mit den vier Schrauben, hielt sich jedoch nicht damit auf, sie festzuziehen. Die CIA würde ohnehin später herausfinden, was sie getan hatte.

Sie atmete tief durch, zog das Kopftuch noch ein bisschen tiefer ins Gesicht, verbarg ihre Handtasche wieder unter dem Kittel und verließ den Raum. Mit schlurfenden Schritten schob sie den Putzwagen durch den Gang.

43.

Bob Harrisburg wedelte mit seinem Armyausweis und versuchte, die CIA-Beamten von der Dringlichkeit der Situation zu überzeugen, doch es blieb ihm nicht erspart, sich der Überprüfung an der Sicherheitsschleuse zu unterziehen, ebenso erging es Marie. Dann endlich hatten sie den Metalldetektor hinter sich.

»Kommen Sie!«, rief Harrisburg und rannte voraus. Marie, die immer noch keine rechte Vorstellung davon hatte, was genau sie hier eigentlich machen sollte, folgte ihm atemlos.

Sie hetzten eine enge Betontreppe hinauf, die sicher nie ein Hotelgast zu sehen bekam. Nach drei Stockwerken rannten sie durch einen Gang, der ebenfalls nur vom Personal genutzt wurde, und gelangten schließlich in einen großen Raum, der ursprünglich als Lager gedient haben musste, jetzt jedoch aussah wie das NASA-Kontrollzentrum in Houston. In mehreren Reihen aus einfachen Schreibtischen saßen Männer und Frauen in Zivilkleidung und starrten angestrengt auf die Bildschirme ihrer Laptops. Dicke Kabelstränge führten von den Tischen zu großen Regalen mit technischen Geräten, an deren Fronten unzählige Leuchtdioden blinkten. An einer Wand waren ein Dutzend Flachbildschirme montiert, die im schnellen Wechsel Bilder verschiedener Hotelabschnitte zeigten. Ein besonders großer Monitor in der Mitte zeigte das Innere der Glaskugel im oberen Teil des Gebäudes. Dort war ein riesiges Rund errichtet worden, um das die Konferenzteilnehmer saßen. In der Mitte stand gerade ein Mann, den Marie aus dem Fernsehen als neuen UN-Generalsekretär kannte, und sprach zu den Versammelten, doch was er sagte, konnte sie nicht hören, da der Ton abgestellt war.

Obwohl der Raum überfüllt war, herrschte eine angespannte Stille, deren Intensität durch das leise Klacken der Tastaturen und Computermäuse eher noch verstärkt wurde. Als Harrisburg und Marie die Tür aufrissen und in den Raum stürmten, kam es ihr so vor, als störten sie eine Andacht oder irgendein geheimes Ritual. Einige Wenige an den Laptops hoben die Köpfe und warfen ihnen kurze, verwunderte Blicke zu, doch die meisten konzentrierten sich weiter auf ihre Aufgabe, was immer das sein mochte.

Ein Mann stand etwas abseits und blickte auf die Monitorwand. Er war drahtig und muskulös und hatte blondes Stoppelhaar. Als er Harrisburg erkannte, ging er auf sie zu und gab Marie die Hand. »Sie müssen Frau Escher sein«, sagte er. »Ich bin Jim Cricket, Leiter des Sicherheitsdienstes der Konferenz. Mr. Harrisburg hat mir von ihren außergewöhnlichen Erlebnissen erzählt.« In der Betonung des Wortes »außergewöhnlich« schwang eine gehörige Portion Skepsis mit. Er warf einen kurzen Blick zu Harrisburg. »Normalerweise haben Zivilisten keinen Zutritt zu diesem Raum. Aber Bob ist der Meinung, Sie könnten uns helfen, einen möglichen Terroranschlag abzuwehren.«

»Ich bin nicht sicher, ob ich viel tun kann«, entgegnete Marie.

»Haben Sie einen Arbeitsplatz für uns?«, fragte Harrisburg. »Ich möchte mit Frau Escher die Überwachungskameras checken. Vielleicht erkennt sie jemanden.«

»Natürlich. Kommen Sie.« Cricket führte sie zu einem der Tische, an dem eine junge Frau mit asiatischen Gesichtszügen an einem Laptop saß. »Mrs. Wu, würden Sie bitte Mr. Harrisburg und Mrs. Escher helfen. Sie suchen im Hotel nach Terroristen, die sich irgendwie eingeschlichen haben könnten.«

»Aber Sir, niemand ist im Hotel, den wir nicht gründlich überprüft haben«, sagte Wu.

»Ich weiß. Tun sie trotzdem, worum Mr. Harrisburg sie bittet.«

»Natürlich, Sir.« Sie wandte sich an Harrisburg. »Was genau möchten Sie sehen?«

»Ich brauche eine Übersicht der Bilder aller Kameras«, sagte Harrisburg.

»Aber Sir, wir haben über 400 davon allein im Hotel.«

»Können Sie mir eine Übersicht aller Kameras geben, in deren Sichtfeld sich Menschen befinden?«

Wu nickte. Sie klickte mit der Maus, und auf dem Bildschirm erschien eine Meldung: »108 feeds found«. Sie klickte auf OK, und der Monitor füllte sich mit sechzehn Miniaturbildern. Die meisten zeigten die Konferenz aus verschiedenen Perspektiven. Am unteren Rand des Bildschirms konnte man sehen, dass noch weitere sechs Ansichten mit solchen Miniaturdarstellungen folgten.

»Weiter«, sagte Harrisburg, und Wu klickte. Die nächsten sechzehn Kamerapositionen zeigten den Eingangs- und den Küchenbereich des Hotels, in dem zwei Dutzend Köche hektisch das Abendessen vorbereiteten.

»Weiter«, sagte Harrisburg.

Noch mehr Küchenbilder. Bilder der Sicherheitsschleuse, die Marie und Harrisburg gerade durchquert hatten. Ein Flur, durch den eine Putzfrau mit einem Reinigungswagen schlurfte. Zwei Sicherheitsbeamte, die in einem anderen Flur patrouillierten.

»Weiter.«

Gänge, in denen CIA-Leute wachten. Die Suite eines Staatsoberhauptes, in der einige arabisch aussehende Männer beisammensaßen und Tee tranken – vermutlich Begleiter und Bodyguards, die nicht mit in den Konferenzbereich durften.

»Sie haben auch Kameras in den Zimmern der Delegierten?«, fragte Harrisburg.

Wu nickte. »Natürlich. Allerdings sind sie von den Zimmerbewohnern abschaltbar. Die Vereinbarung ist, dass die Kameras ausgeschaltet werden, sobald das betreffende Staatsoberhaupt seine Räume betritt, und andernfalls eingeschaltet sind.«

»Machen Sie das bitte mal groß!« Harrisburg wies auf das Miniaturbild mit den Arabern.

Wu klickte, und das Bild füllte den Flatscreen aus.

»Erkennen Sie jemanden?«, fragte Harrisburg.

Marie schüttelte den Kopf.

»Weiter.«

Sie schalteten durch Ansichten mehrerer Kamerapositionen, bis sie schließlich alle 108 Miniaturbilder überprüft hatten.

Etwas stimmt nicht, flüsterte eine nagende Stimme in Maries Kopf. Etwas ist falsch.

Harrisburg sah sie an. »Ist Ihnen irgendetwas aufgefallen, Frau Escher?«

Nein. Nein, ihr war nichts aufgefallen. Nichts, was sie greifen, was sie logisch begründen konnte. Da war nur diese Stimme. Die Stimme, die ihr einreden wollte, dass sie etwas übersehen hatte, dass da etwas war, was man mit dem Verstand nicht fassen konnte.

Der Vater sitzt auf dem Sofa. Der Fernseher läuft, doch das kleine Mädchen sieht, er guckt nicht wirklich zu. Seine Augen starren ins Leere, als könne er dort etwas sehen, was es gar nicht gibt. In den letzten Tagen hat er oft diesen Ausdruck in den Augen gehabt. In den Tagen, seit Mami nicht mehr da ist.

Das Mädchen legt die Puppe aus der Hand, mit der zu spielen irgendwie nicht mehr so viel Spaß macht wie früher. Sie schluckt. Sie weiß, dass er die Frage nicht hören mag, aber sie muss sie trotzdem stellen. »Papi, wann kommt Mami aus dem Krankenhaus?«

Er dreht den Kopf zu ihr, ganz langsam. Einen Augenblick lang scheint er sie gar nicht zu sehen. Dann wird sein Blick etwas klarer. »Ich weiß es nicht, mein Schatz.«

»Aber was hat sie denn? Muss der Doktor den Bauch aufschneiden und ein Baby rausholen?« Sabine im Kindergarten hat ihr erzählt, dass der Doktor das bei ihrer Tante gemacht hat, und dass sie jetzt eine Cousine hat.

Sein Mund verzieht sich kurz zu einem Lächeln, das aber wackelt und dann schnell zerfällt wie ein dünner Turm aus Bauklötzen. Er schüttelt den Kopf.

»Aber was ist es denn dann? Ist sie krank?«

Der Vater sieht sie an. Das Mädchen kennt diesen Gesichtsausdruck: Das verstehst du noch nicht.

»Komm mal her«, sagt er.

Sie läuft zu ihm, und er nimmt sie aufs Knie. »Weißt du, manche Menschen sehen manchmal Dinge, die ... die nur sie sehen können«, sagt er.

»So was wie Gespenster?«, fragt das Mädchen.

Der Vater nickt. Seine Augen sind wässrig. »Ja, so ähnlich wie Gespenster«, sagt er. »Du weißt ja, dass es keine Gespenster gibt. Aber manche Menschen sehen sie trotzdem, und dann haben sie Angst vor ihnen und machen Dinge, die falsch sind.«

Das Mädchen kuschelt sich an ihn. Er streicht ihr durchs Haar. Sie beginnt, zu verstehen. »Deshalb hat Mami mich in den Schrank gesperrt? Weil sie dachte, mich würden sonst Gespenster holen?«

Eine Weile schweigt der Vater. »Ja«, flüstert er schließlich. »Ja, mein kluges, kluges Kind.«

»Und wird Mami bald wieder gesund?«

Ein Zucken geht durch den starken Körper ihres Vaters. Er weint.

»Mrs. Escher?«

»Nein«, sagte Marie laut. »Nein, mir ist nichts aufgefallen.«

Harrisburg sah sie lange an. »Sind Sie sicher?« Seine Stimme verriet, dass er daran zweifelte. Konnte er so tief in ihren Kopf sehen? Immerhin war er Psychologe. Konnte er erkennen, dass da eine Stimme war, die ihr unaufhörlich zuflüsterte, sie solle endlich die Augen öffnen und die Wahrheit sehen?

Ihr ganzes Leben war die Stimme da gewesen. Schon als kleines Kind hatte sie sie gehört. Bis zu dem Tag, an dem ihr Vater sie aufs Knie genommen und ihr die Wahrheit über ihre Mutter gesagt hatte, war sie nie auf die Idee gekommen, die Stimme könnte etwas Schlechtes sein. Im Gegenteil, sie hatte ihr zugehört wie einer Freundin.

Doch damals war ihr klar geworden, dass die Stimme lügen konnte.

Seitdem hatte sie entsetzliche Angst vor der Stimme. Erst viel später hatte sie verstanden, was wirklich mit ihrer Mutter geschehen war, warum sie sich später in der Klinik umgebracht hatte, nur sechs Wochen nach der Einlieferung.

Paranoide Schizophrenie. Sie hatte praktisch alle verfügbaren Bücher darüber gelesen. Schizophrene hatten nur selten echte Halluzinationen. Sie verloren einfach die Fähigkeit, eine klare Grenze zwischen sich selbst und ihrer Umgebung zu ziehen. Eine schizophrene Person nahm ihre eigenen Gedanken oft als »Stimmen« wahr, so als spreche jemand anderes. Umgekehrt bezog sie zufällige, belanglose Dinge auf sich selbst, maß ihnen eine Bedeutung bei, die sie nicht hatten. Zwei fremde Frauen, die in einem Café lachten, lachten heimlich über sie. Selbst der Baum, der sich im Wind wiegte, winkte ihr in Wahrheit zu, um sie zu verspotten. Die ganze Welt trug eine Maske, hinter der sie geheime, meist böse Dinge plante, Dinge, in deren Mittelpunkt die schizophrene Person stand.

Diese Situation war für die Schizophrenen äußerst verwirrend. Und obwohl sie meist vom Verstand her wussten, dass sie schizophren waren und dass die Dinge anders waren, als sie sie wahrnahmen, konnten sie sich nicht gegen die Übermacht dieser Sinneseindrücke wehren. So steigerten sich die schlimmen Fälle mehr und mehr in einen Verfolgungswahn, der in sinnloser Gewalt gegen andere oder sich selbst enden konnte.

Schizophrenie war viel weiter verbreitet, als die meisten Menschen ahnten. Nach Schätzungen litten bis zu zwei Prozent der erwachsenen Bevölkerung daran. Das bedeutete, praktisch jeder hatte mindestens ein oder zwei Schizophrene im Bekanntenkreis. Oft blieb die Krankheit unentdeckt. Schizophrene lernten, sie zu verbergen, sich zu verstellen. Sie galten als verschroben oder eigensinnig. Sie hatten Schwierigkeiten im Berufsleben, verloren oft ihren Job, versuchten nicht selten, ihre irrationale Angst mit Alkohol oder Tabletten zu bekämpfen. Viele landeten am Ende auf der Straße, sodass ein hoher Anteil der Obdachlosen unter einer Krankheit litt, die niemals diagnostiziert wurde.

Maries Vater hatte sich damals natürlich schreckliche Vorwürfe gemacht. Er hatte sich die Schuld am Tod seiner Frau gegeben, obwohl ihm die Ärzte versichert hatten, der Selbstmord sei nicht aus Verzweiflung darüber geschehen, dass er sie in die Klinik eingeliefert hatte. Maries Mutter hatte sich nicht im Stich gelassen gefühlt. Im Gegenteil: Sie schien erleichtert gewesen zu sein, in der Klinik zu sein, wo sie »in Sicherheit« war. Doch irgendwann hatten »Stimmen« ihr befohlen, sich umzubringen, wie aus einem geheimen Tagebuch hervorging, das man nach ihrem Tod gefunden hatte.

Die Verzweiflung ihres Vaters hatte sich zunächst in Wut auf die Ärzte und die teure Privatklinik verwandelt. Trotz der offensichtlichen Suizidgefahr waren die Sicherheitsvorkehrungen eher lasch gehandhabt worden, und einer cleveren Frau wie Maries Mutter war es möglich gewesen, aus der Handtasche einer Pflegerin eine Nagelschere zu stehlen und sich damit die Pulsadern aufzuritzen. Später hatte er die Zivilklage gegen den verantwortlichen Chefarzt zurückgezogen, weil er eingesehen hatte, dass es unfair war. Der Arzt hatte alles getan, um seiner Frau zu helfen. Es hatte keinen Sinn, den Mann zu ruinieren, der selbst eine Frau und zwei Kinder hatte. Nichts konnte das verlorene Familienglück wiederherstellen.

Die Jahre nach dem Tod ihrer Mutter waren hart gewesen. Doch das Verhältnis zwischen Marie und ihrem Vater war dadurch umso enger geworden. Dennoch hatte Marie ihm nie von der Stimme erzählt.

Schizophrenie war erblich. Marie wusste, dass sie die Anlage dafür in sich trug. Wenn sie nicht Medikamente nehmen wollte, die ihre geistige Leistungsfähigkeit stark einschränkten, dann gab es nur einen einzigen Schutz: ihre Vernunft. Wenn sie nicht anfangen wollte, überall dieselben Gespenster zu sehen, die ihre Mutter schließlich in den Selbstmord getrieben hatten, dann durfte sie der Stimme niemals nachgeben. Nicht ein einziges Mal.

»Mrs. Escher«, sagte Harrisburg eindringlich. »Wenn Sie uns nicht helfen, kann es niemand tun!«

Sag es ihm, flüsterte die Stimme. Sag ihm, dass etwas nicht stimmt mit den Bildern, die du gesehen hast.

Marie biss sich auf die Lippen. Sollte sie nachgeben, dieses eine Mal? Was, wenn die Stimme der Schlüssel war, um eine Katastrophe zu verhindern?

»Ich … ich weiß nicht.« Merkwürdigerweise durchflutete sie eine Welle der Erleichterung. Die Stimme zu unterdrücken, hatte sie mehr Kraft gekostet, als sie sich eingestand.

»Was wissen Sie nicht?«

»Irgendetwas ... ist merkwürdig.« Sie kam sich albern vor, als sie das sagte. Irgendetwas ist merkwürdig. So etwas sagte ein vernünftig denkender Mensch nicht und eine Copeland-Beraterin schon gar nicht. Es war unpräzise. Eine Aussage ohne jeden brauchbaren Inhalt. Und trotzdem fühlte es sich gut an, es auszusprechen.

»Denken Sie nach«, sagte Harrisburg. Er verspottete sie nicht, kritisierte sie nicht für die Sinnlosigkeit des Satzes. »Was stört sie an den Bildern? Verhält sich irgendjemand nicht so, wie er sollte?«

Marie schüttelte den Kopf. Das war es nicht. Sie hatte das Gefühl, etwas war falsch, aber sie wusste einfach nicht, was. Keines der Bilder hatte Ungewöhnliches gezeigt. Keine Kamera hatte eine Szene festgehalten, die verdächtig gewesen wäre. Und doch war die Stimme jetzt, wo Marie ihr mehr Raum gab, umso lauter.

»Verdammt noch mal, sag mir, was du siehst!«

Jim Cricket, der zwei Tische entfernt über einen Monitor gebeugt stand, sah auf und warf ihr einen merkwürdigen Blick zu. Harrisburg blickte sie verständnislos an. Marie erschrak, als ihr klar wurde, dass sie den Gedanken laut ausgesprochen hatte, auf Deutsch.

»Entschuldigung«, sagte sie auf Englisch. »Ich bin einfach etwas angespannt. Ich glaube, es ist nichts.«

»Doch«, sagte Harrisburg. »Es ist etwas. Ihr Gefühl sagt Ihnen, dass hier etwas faul ist. Und ihr Gefühl hat recht. Vertrauen sie ihm. Denken Sie nach. Sie haben irgendetwas gesehen, das nicht ins Bild passt. Wir alle haben es gesehen, und wir alle haben es nicht erkannt. Aber ihre Intuition hat es verstanden. Sollen wir uns die Bilder noch einmal ansehen?«

»Nein.« Marie wusste nicht, warum, aber sie wusste, dass ihr das nicht helfen würde. Das, was die Stimme meinte, war nicht auf einem bestimmten Bild zu sehen gewesen. Es war irgendwie auf allen Bildern gewesen. Oder genauer, es lag in der Beziehung der Bilder zueinander.

Schweiß perlte auf ihrer Oberlippe. Sie war der Lösung so nah! Wenn es ihr nur gelänge, ihre Intuition mit ihrem Verstand zu kombinieren ... Wenn sie Logik und Mathematik einsetzte ...

Plötzlich sah sie es. Es war so klar, so deutlich, als hätte jemand den Vorhang vor einer grell erleuchteten Theaterbühne beiseite gezogen. Es hatte mit Statistik zu tun, mit ungewöhnlichen Zahlenverhältnissen. Keines der Bilder war an sich falsch, aber ihr Verhältnis zueinander stimmte einfach nicht.

»Die Putzfrau«, sagte Marie. »Auf einem der Bilder war eine Putzfrau.«

»Ja, ich habe sie gesehen. Was ist mit ihr?«

»Eigentlich nichts. Aber auf den 108 Kamerabildern waren jede Menge Sicherheitsleute, doch nur eine einzige Putzfrau. Ich hätte einfach gedacht, in einem so großen Hotel ...«

»Verdammt! Jim, haben Sie für die Dauer der Konferenz nicht eine Sperre für alle Reinigungsarbeiten verhängt?«, rief Harrisburg quer durch den Raum. Einige CIA-Mitarbeiter sahen verärgert von ihren Monitoren auf.

»Natürlich«, sagte Cricket, der gerade zwei Tische weiter über einen Bildschirm gebeugt dastand. Er kam mit gerunzelter Stirn heran.

»Dann haben wir ein Problem«, sagte Harrisburg. »Mrs. Wu, können Sie das Bild mit der Putzfrau auf den Hauptmonitor legen?«

Wu klickte, und der große Flatscreen an der Wand zeigte das Bild ihres Laptops. Sie schaltete zurück zu der Übersicht, auf der die Putzfrau zu sehen gewesen war. Doch der Ausschnitt der betreffenden Kamera zeigte nur noch einen leeren Flur.

»Verdammt, wo ist sie hin?«, rief Harrisburg.

»Augenblick, ich suche noch mal nach Kamerabildern mit Personen«, sagte Wu. Ein paar Mausklicks später erschien die Meldung »111 feeds found«. Auf dem zweiten Bildschirm fanden sie ein Miniaturbild der Putzfrau, die gemächlich einen anderen Gang entlang schlurfte. Wu vergrößerte das Bild.

»Was hat die da zu suchen?«, rief Cricket. »Welcher Sektor ist das?«

»Ebene 4, Sektor 12«, rief Wu.

»Arens«, sagte Cricket laut, aber ohne Panik in der Stimme. »Sofort ein Team in Ebene 4, Sektor 12. Verdächtige Person trägt die Kleidung einer Putzfrau und ist mit einem Putzwagen unterwegs, der Waffen oder Sprengstoff enthalten könnte. Sofort immobilisieren. Jake, ich brauche einen Gebäudeplan auf dem Monitor. Was, zum Kuckuck, macht diese Person in Ebene 4? Was ist dort eigentlich?«

»Die Hotelwäscherei«, sagte ein Afroamerikaner unbestimmbaren Alters. »Lagerräume und ein paar technische Anlagen.«

»Technische Anlagen? Was für Anlagen?«

»Heizung, Klimaanlage und so.«

»Verdammte Scheiße! Schicken Sie sofort jemanden los, der die gottverdammte Klimaanlage abstellt. Jetzt!«

Im selben Moment nahm Marie einen leicht zimtigen Geruch wahr.

44.

Karim unterdrückte ein Gähnen. Die Konferenz lief noch keine zehn Minuten, und schon war ihm langweilig. Der UN-Generalsekretär hatte aber auch eine bemerkenswert einschläfernde Stimme, und seine salbungsvollen Worte taten ein Übriges. Hinzu kam, dass Karims Kopf dröhnte, seine Nase lief und sich sein Hals anfühlte, als sei kürzlich ein Sandsturm hindurch gefegt. Er hatte sich erkältet, ausgerechnet in einer der heißesten Städte der Welt. Er war einfach die mit Rücksicht auf die europäischen und amerikanischen Besucher extrem kühl eingestellten Klimaanlagen in Riad nicht gewöhnt. In Kalarein verzichtete man traditionell darauf, Häuser in Kühlschränke zu verwandeln. Das kostete unnötig Strom, war ungesund und obendrein entfremdete es nach Ansicht von Karims Mutter die Menschen von dem Land, das Allah ihnen zum Leben geschenkt hatte.

Die zwei Aspirin, die Karim vorhin genommen hatte, wirkten noch nicht richtig. Er hatte sogar erwogen, der Eröffnungsveranstaltung fernzubleiben. Doch seine Mutter, die ihn wie immer als Beraterin begleitete, war der Ansicht gewesen, er dürfe sich diese Gelegenheit, Kontakte zu knüpfen und zu pflegen, nicht entgehen lassen.

Karim warf einen Blick zu seinem Nachbarn, dem indischen Ministerpräsidenten. Er war mindestens doppelt so alt wie Karim, gehörte damit aber noch lange nicht zu den Betagtesten im Raum. Er blickte regungslos geradeaus, die schweren Augenlider leicht abgesenkt, und schien den Worten des Generalsekretärs andächtig zu lauschen. Vielleicht war er auch einfach nur besser darin, seine Langeweile zu verbergen, als Karim.

»… haben wir die historische Chance und auch die Pflicht«, sagte der Generalsekretär gerade, »der Gemeinschaft der Völker, deren natürliches Recht es ist, in Frieden und Freiheit zu leben, einen großen Dienst zu erweisen, indem wir …«

Er stockte, neigte den Kopf ein wenig nach hinten und schien zu schnüffeln. Die übrigen Konferenzteilnehmer sahen ihn verwundert an. Dann begannen auch sie zu wittern.

»Was ist denn?«, fragte Karim, der mit seiner Triefnase nichts riechen konnte, seinen Nachbarn. »Was hat er …«

Der indische Ministerpräsident starrte ihn an. Seine Augen wurden schmal, und sein Mund verzog sich zu einer wütenden Grimasse. Mit einem erstickten Schrei sprang er auf und griff mit seinen dürren Händen nach Karims Hals.

Karim war so überrascht, dass er einen Moment lang überhaupt nichts tat. Sein Stuhl kippte um, und er fiel rücklings auf den Boden. Der Inder plumpste auf ihn. Trotz seines fortgeschrittenen Alters hatte er eine erstaunliche Kraft, und es gelang ihm, Karim die Luft abzudrücken.

Undeutlich nahm er war, dass überall um ihn herum Menschen aufschrien, Stühle umfielen, Geschirr zerbrach. Doch er hatte keine Zeit, sich darüber zu wundern. Sein Überlebensinstinkt setzte ein und mobilisierte seine Kraftreserven. Er schlug mit der Faust gegen die Schläfe des Inders. Die Brille des Mannes flog durch die Luft, und er stöhnte auf. Der Griff um Karims Hals lockerte sich ewas.

Karim gelang es, den Mann von sich zu werfen. »Hören Sie auf, verdammt noch mal!«, brüllte er. In dem allgemeinen Tumult waren die Worte kaum zu verstehen.

Der Inder sah ihn mit blutunterlaufenen Augen an, zog die Lippen zurück und bleckte die Zähne wie ein tollwütiger Hund. Er versuchte, Karims Bein zu packen. Diesmal aber war Karim besser vorbereitet. Er drehte sich zur Seite und kam wieder auf die Beine.

Der Inder schien vollkommen verrückt geworden zu sein. Nachdem Karim ihm entwischt war, wandte er sich um, rappelte sich auf und stürzte sich mit einem erstickten Schrei auf ein Knäuel aus Menschen, die neben ihm am Boden rangelten.

Fassungslos starrte Karim auf das Chaos. Überall schlugen, traten und bissen die Staatsoberhäupter der halben Welt aufeinander ein. Es war wie eine Szene aus einer Slapstickkomödie – oder aus einem Horrorfilm. Nur, dass hier nicht irgendwelche Zombies übereinander herfielen, sondern die mächtigsten Männer der Welt.

Hilfesuchend sah er sich um. Karim wusste nicht, was hier geschah, aber er wusste, es war eine Katastrophe. Ihm fiel auf, dass außer ihm nur Frauen nicht an der Auseinandersetzung beteiligt waren. Eine junge Kellnerin stand wie angewurzelt neben der Tür. Ein Tablett mit Kaffeekannen lag vor ihr auf dem Boden, aber sie rührte sich nicht und blickte nur mit runden Augen auf das unbeschreibliche Bild vor ihr. Die Ministerpräsidentin Pakistans saß immer noch an ihrem Platz. In ihren Augen standen Tränen. Die Ratspräsidentin der Europäischen Union war auf den Tisch geklettert, hatte die Arme ausgebreitet und versuchte offenbar, die Kämpfenden zu beschwichtigen, doch ihre Worte waren durch die Wutschreie der ineinander verkeilten Männer nicht zu verstehen.

Die Gesichter einiger Menschen waren bereits blutüberströmt. Es würde nicht mehr lange dauern, bis es Tote gab. Verzweifelt überlegte Karim, was er tun konnte. Das Chaos hatte damit begonnen, dass der Generalsekretär geschnüffelt hatte. Es musste sich also um ein Gas oder so etwas handeln, das in den Raum geleitet worden war und die Konferenzteilnehmer durchdrehen ließ. Er musste irgendwie die Fenster öffnen!

Die kugelförmige Hülle des Konferenzbereichs war aus

großen Glasdreiecken zusammengesetzt, die keinen Öffnungsmechanismus erkennen ließen. Also warf er einen Stuhl dagegen, doch das Glas war offensichtlich nicht so leicht zu zerbrechen.

Er musste Hilfe holen. Er wollte gerade aus dem Raum laufen, als sich die Tür öffnete und mehrere Sicherheitskräfte mit Schutzhelmen und Maschinenpistolen in den Raum stürmten.

45.

»Kommen Sie! Wir müssen hier raus! Sofort!«, rief Marie und zerrte die verwirrte Agentin Wu von ihrem Platz weg.

Etwa zwei Drittel der Menschen in der Überwachungszentrale waren Männer. Sie prügelten aufeinander ein oder warfen Monitore und Laptops durch den Raum. Ein Agent stand an der Wand und schlug immer wieder mit dem Kopf dagegen. Seine Stirn war blutüberströmt. Harrisburg stand da und hielt sich die Nase zu, aber es war offensichtlich, dass er nicht lange würde durchhalten können, bevor das Pheromon auch seinen Verstand außer Kraft setzte. Einige der Frauen versuchten vergeblich, die Auseinandersetzungen zu beenden, andere kauerten verstört unter den Tischen. Zum Glück hatte niemand im Raum eine Schusswaffe.

»Was zum Teufel ist hier los?«, schrie Wu und versuchte, sich loszureißen. In ihrem Gesicht lagen Angst und unverhohlenes Misstrauen.

»Ein Terrorangriff mit einem Pheromon!« Marie hatte keine Zeit für lange Erklärungen. »Wir müssen die Klimaanlage ausschalten! Schnell!«

Wu nickte und folgte Marie aus dem Raum. »Hier entlang«, rief sie und rannte den Gang hinab zu einem Treppenhaus. Sie hasteten zwei Etagen nach unten und durch ein Labyrinth von nüchtern weiß gestrichenen, neonbeleuchteten Korridoren. Als sie um eine Ecke kamen, blieb Wu abrupt stehen, sodass Marie sie beinahe umgerannt hätte.

Ein paar Meter vor ihnen stand ein Putzwagen. Die Frau, die sie auf dem Monitor gesehen hatten, lag auf dem

Boden, den Rücken zur Wand gedreht, und hielt sich mit beiden Händen den blutenden Bauch. Sie sah sie mit tränenden Augen an. Ein Stück weiter lag ein Sicherheitsbeamter in einer Blutlache. Sein Blick war leer. Ein zweiter Mann stand über ihn gebeugt. Seine Augen waren blutunterlaufen, als er sich aufrichtete und Wu und Marie anstarrte. Er richtete seine Pistole auf sie und drückte ab, doch es erklang nur ein Klicken. Offensichtlich hatte er das Magazin bereits geleert.

Er warf die Pistole beiseite, stieß einen unmenschlichen Schrei aus und rannte auf Wu zu. Marie erwartete, dass er sie zu Boden werfen würde, doch die Agentin machte eine blitzschnelle Drehung und stellte dem Angreifer ein Bein. Eine halbe Sekunde später saß sie auf seinem Rücken. Sie zerrte ihm die Arme nach hinten und fesselte sie mit Handschellen, die der Mann am Gürtel getragen hatte. Er machte würgende Geräusche der Wut und strampelte mit den Beinen. Sie zog ihm den Gürtel ab und knotete ihn um seine Fußgelenke. Nun konnte er nichts mehr ausrichten.

Wu war nicht einmal außer Atem geraten. Sie wandte sich an die verletzte Putzfrau. »Was haben Sie getan!«, schrie sie voller Wut.

Die Frau sah sie mit traurigen Augen an. »Er … er hat meine Kinder … Rangar …« Blutiger Schaum erschien auf ihren Lippen.

»Die Klimaanlage!«, rief Marie.

Wu nickte. Sie rannten weiter. Nach zwei weiteren Biegungen erreichten sie eine unbeschriftete Tür. Sie war verschlossen. »Verdammter Mist!«, rief Wu.

»Die Putzfrau!«, sagte Marie.

Sie hetzten zurück.

Der gefesselte Wachmann hatte es irgendwie geschafft, seine Beine zu befreien, und war verschwunden. Nur sein Gürtel lag noch da.

Die Frau lag immer noch mit dem Rücken an der Wand. Sie hatte ein Foto aus ihrer Handtasche geholt und hielt es in beiden Händen. Blut troff von ihrem Kinn, und ihr Atem ging röchelnd. Sie hob ihren Blick und sah Marie an, und plötzlich tat die Frau ihr unendlich leid. Sie war nur ein Bauer in Ondomars perfidem Schachspiel.

»Der Schlüssel!«, brüllte Wu. »Der Schlüssel für den Klimaraum!«

Die Frau nestelte in ihrer Handtasche und holte mit zitternder Hand einen Schlüssel hervor, dessen Anhänger arabisch beschriftet war. Wu schnappte ihn sich, und sie rannten zurück.

Ein großer Schaltschrank, hinter dem sie die Steuerungselemente für die Klimaanlage vermuteten, war ebenfalls verschlossen. »Diese verdammte Hexe!« Wu wollte aus dem Raum stürzen, doch Marie hielt sie zurück. Sie zeigte auf eine Metallklappe an der Wand, deren Schrauben nicht festgezogen waren. Dahinter war ein lautes Rauschen zu hören. »Sie hat wahrscheinlich hier dran rumgeschraubt. Vielleicht ein Luftfilter oder so was.«

Es gelang ihnen, die Schrauben mit den Fingern zu lösen. Sie zogen einen großen Metallkasten aus der Öffnung, der einen intensiven Duft nach dem Pheromon verströmte.

»Es müsste reichen, wenn wir ungefilterte Luft durch die Anlage strömen lassen«, sagte Marie. »Das ist wahrscheinlich sogar besser, als das ganze Ding auszuschalten, denn so wird die verseuchte Luft schneller ausgetauscht.«

Wu betrachtete den Filterkasten auf dem Boden. »Was ist das bloß für ein Teufelszeug!« Sie wandte sich an Marie. »Kommen Sie. Es gibt noch viel zu tun. Wir müssen Fenster und Türen öffnen und die Leute nach draußen bringen.«

Marie nickte. Sie konnte nur ahnen, welche Mengen des Pheromons die Klimaanlage im ganzen Hotel verteilt hatte.

Es war noch nicht vorbei.

46.

Karim starrte entsetzt auf die Sicherheitskräfte. Er duckte sich unter einen Konferenztisch, um dem Blutbad zu entgehen.

»Aufhören!«, schrie eine der schwarz gekleideten Figuren. »Sofort aufhören!« Es war die Stimme einer Frau.

Karim kletterte unter dem Tisch hervor. Niemand dachte auch nur daran, auf die Frau zu hören. Sie stand hilflos mit erhobener Waffe da, unfähig, dem Tumult Einhalt zu gebieten. Die anderen Sicherheitskräfte – insgesamt waren es vier – verharrten ebenfalls in Ratlosigkeit. Hinter den dunklen Visieren ihrer Helme ließen sich die vor Erstaunen und Entsetzen aufgerissenen Augen nur erahnen.

Karim lief auf die Frau zu, die gerufen hatte. »Die Fenster!«, rief er.

»Bleiben Sie stehen! Sofort!«, brüllte sie und richtete ihre Waffe auf ihn.

Karim blieb stehen und hob die Hände. »Ich bin okay! Das Zeug wirkt nicht auf mich. Ich hab Schnupfen!«

Die Frau schien erleichtert. Sie senkte die Waffe. »Was zum Teufel ist hier los?«

»Es muss ein Gas sein oder so was. Die Fenster! Schießen Sie auf die Fenster!«

Die Frau hob die Waffe und drückte ab. Eines der Glasdreiecke zersplitterte, dann ein weiteres. Glasscherben flogen durch die Luft. Nach kurzer Zeit waren zwei Dutzend Glasdreiecke zerstört. Heiße Luft wehte von draußen herein.

Wenn sie überhaupt etwas bewirkten, dann steigerten die Schüsse die Raserei der Konferenzteilnehmer noch. Einige lagen bereits stöhnend auf dem Boden und hielten sich den Kopf oder den Bauch, wo sie harte Tritte oder Schläge getroffen hatten. Zum Glück gab es im ganzen Raum offenbar keine spitzen Gegenstände.

Einer der Teilnehmer, Karim glaubte in ihm den syrischen Präsidenten zu erkennen, wankte auf eines der zerbrochenen Fenster zu. Er bückte sich, um einen der langen, dolchartigen Glassplitter aufzuheben.

Karim durchfuhr ein schrecklicher Gedanke. Hatte er mit seiner Idee, die Fenster zu zerschießen, aus einer Prügelei ein blutiges Gemetzel gemacht?

Doch der Syrer hielt inne. Er starrte einen Moment hinaus, dann wandte er sich um und sah mit großen, verwunderten Augen auf den Tumult um ihn herum. Die Scherbe fiel ihm aus der Hand.

Allmählich ebbte die Wut der Teilnehmer ab. US-Präsident Zinger, der sich eben noch mit dem russischen Ministerpräsidenten auf dem Boden gewälzt hatte, stand auf. Er gab seinem Kontrahenten die Hand und half ihm hoch. Dann umklammerte er von hinten den UN-Generalsekretär, der auf seinen Gastgeber, den Saudischen König, einprügelte.

Nach kurzer Zeit waren auch die letzten Gewalttätigkeiten beendet. Die Staatsoberhäupter standen mit gesenktem Blick herum wie Schüler, die man nach einem besonders dreisten Streich erwischt hatte.

Niemand sagte etwas. Keiner schien sich erklären zu können, was geschehen war.

Karim hatte plötzlich das starke Gefühl, etwas tun zu müssen. Etwas, das verhinderte, dass die soeben geschehenen Gewalttätigkeiten sich in den Köpfen der Teilnehmer als Hass verfestigten. Er kletterte auf einen Tisch und hob die Arme.

»Meine Damen und Herren!«, rief er auf Englisch.

Alle wandten sich ihm zu. Plötzlich wurde ihm bewusst, wen er vor sich hatte, und die Kehle schnürte sich ihm zu. »Wir sind Opfer eines Terroranschlags geworden. Es muss ein Gas oder so etwas gewesen sein, das vielen von uns den Verstand geraubt hat.« Er räusperte sich. »Was gerade geschehen ist, hat gezeigt, wie leicht wir uns zu sinnloser Gewalt hinreißen lassen. Wie dünn und zerreißbar der Mantel der Zivilisation und des Anstands ist, in den wir uns gekleidet haben. Wir alle sollten etwas daraus lernen!«

Seine Kehle war so trocken, dass er die Worte mehr heraushustete als sprach, doch er machte weiter. »Wir können jetzt auseinander gehen, peinlich berührt, die Konferenz abbrechen und versuchen, die ganze Sache zu vergessen. Dann haben die Drahtzieher dieses Anschlags zumindest ein Teilziel erreicht: Sie haben einen historischen Durchbruch verhindert, der hier und heute möglich wäre. Wir können aber auch ein Zeichen setzen. Gerade jetzt, nachdem wir gesehen haben, wie sinnlos Gewalt ist und wie schnell sie aufflammen kann, können wir aufeinander zugehen. Wir können diesen Augenblick der Scham und der Selbsterkenntnis nutzen, um uns in Demut voreinander zu verbeugen und unsere Differenzen auf friedlichem Wege beizulegen.«

Er machte eine kurze Pause und war sich plötzlich der Stille bewusst, die im Raum herrschte. Nur das Heulen des Wüstenwinds, der durch die zersplitterte Weltkugel fuhr, war zu hören. »Vielleicht war es Allah oder Krishna oder Jahwe oder wie immer Sie ihn nennen mögen, der uns heute ein Zeichen sandte. Vielleicht waren die Terroristen nur Werkzeuge Seiner Macht. Vielleicht wollte der eine Gott mit den vielen Namen uns zeigen, dass es unsere heilige Pflicht ist, uns zu versöhnen und Frieden zu stiften. Ich bitte Sie alle, auf ihn zu hören!«

Karim sah sich um und blickte in schweigende Gesichter,

die zu ihm aufsahen. Er wusste nicht, was er noch weiter sagen sollte. War er zu weit gegangen? Waren Juden, Moslems, Hindus und Christen empört darüber, dass er es gewagt hatte, ihre Religionen als verschiedene Abbilder derselben Sache darzustellen? Ihm war klar, dass er damit gegen die Gebote seiner eigenen Religion verstoßen hatte, die ebenso wie die anderen Weltreligionen Anspruch auf die absolute Wahrheit erhob. Hatte er am Ende die Chance zerstört, die diesem Moment innewohnte?

Es war Präsident Zinger, der die Stille brach, indem er in die Hände klatschte. Ein Staatsoberhaupt nach dem anderen schloss sich ihm an, bis der ganze Raum von anhaltendem Applaus erfüllt war.

Karim stieg vom Tisch. Er hatte getan, was er konnte. Alles Weitere musste Allah richten, oder wie immer er tatsächlich hieß.

Er spürte eine Hand auf seiner Schulter und fuhr herum. Der Ministerpräsident Indiens stand vor ihm. Er lächelte. »Ich kann mich nicht genau erinnern, aber ich glaube, ich habe Sie angegriffen«, sagte er. »Bitte nehmen Sie meine Entschuldigung an.«

Karim packte die ausgestreckte Hand. »Es gibt nichts, wofür sie sich entschuldigen müssen«, sagte er. Dann umarmten sie sich – der Ministerpräsident des Landes mit der zweitgrößten Bevölkerung der Erde und der junge Emir eines Inselstaats, von dem kaum jemand je etwas gehört hatte.

47.

Marie kannte den Mann, der jetzt ihr Zimmer betrat, aus dem Fernsehen. Er hatte sehr dünnes, rotes Haar, eine ungewöhnlich hohe Stirn und blasse Augen, die wachsam und klug wirkten. Er kam direkt auf sie zu und reichte ihr die Hand. »Ich bin Jack Corline, der Sicherheitsberater von Präsident Zinger«, sagte er. »Im Namen des Präsidenten der Vereinigten Staaten von Amerika und aller Konferenzteilnehmer möchte ich mich bei Ihnen für Ihren mutigen Einsatz bedanken!«

Marie, die vor fünf Minuten einen Anruf von Jim Cricket bekommen hatte, war verzweifelt ins Badezimmer gestürzt, um sich wenigstens ein bisschen für diese Begegnung zurechtzumachen, aber es hatte wenig genützt. Sie sah immer noch aus, als sei sie kürzlich von einem Bus angefahren worden.

»Sie haben nicht nur dem amerikanischen Volk, sie haben der ganzen Menschheit einen großen Dienst erwiesen!«, fuhr Corline fort. »Mr. Cricket hat mir berichtet, es hätte ohne Ihre Warnung wahrscheinlich ein unvorstellbares Blutbad gegeben. Nur Ihnen ist es zu verdanken, dass er auf der Konferenzetage ausschließlich weibliches Sicherheitspersonal eingesetzt hat. Sie haben dem Präsidenten wohl das Leben gerettet. Und nicht nur ihm! Die wichtigsten Staatsoberhäupter der Welt waren dort oben versammelt. Kaum auszudenken, was passiert wäre, wenn sie alle ermordet worden wären. Das hätte der Auslöser eines flächendeckenden Krieges im arabischen Raum sein können. Nur Ihr Mut und Ihre Tapferkeit haben eine Katastrophe verhindert, bei der vielleicht Millionen Menschen gestorben wären!«

Marie wusste nicht, was sie sagen sollte. »Ich … ich war es nicht allein«, stammelte sie schließlich.

Der Sicherheitsberater nickte. »Ich weiß. Auch Ihrem jungen Kollegen gilt natürlich unser ganz besonderer Dank. Mrs. Escher, wenn es irgendetwas gibt, das ich für Sie tun kann, dann sagen Sie es. Wenn Sie zum Beispiel die amerikanische Staatsbürgerschaft annehmen möchten oder eine Greencard benötigen, genügt ein Wort. Rufen Sie einfach diese Nummer an, das ist mein persönliches Sekretariat.« Er überreichte ihr eine Visitenkarte, auf der das Wappen der Vereinigten Staaten von Amerika prangte.

Marie überlegte nicht lange. Eine solche Chance durfte nicht ungenutzt bleiben. »Vielen Dank, Sir. Das ist sehr großzügig. Ich hätte tatsächlich noch einen Wunsch. Es gibt da ein Flüchtlingslager im Sudan. Dort befindet sich ein kleiner Junge mit seiner Familie. Er heißt Peko Gomo. Ohne ihn stünden wir beide jetzt nicht hier. Sein Dorf wurde zerstört. Vielleicht wäre es möglich, dass Ihre Regierung die Leute in diesem Teil des Sudans noch stärker unterstützt?«

Corline nickte. »Ich werde mit der zuständigen Abteilung sprechen. Jemand aus dem State Department wird auf Sie zukommen, um die Details zu erfragen.«

»Vielen Dank, Sir.«

Corline lächelte breit. »Nennen Sie mich Jack, bitte. Wir haben Ihnen zu danken, Marie. Wir können kaum wettmachen, was Sie für uns getan haben. Doch auch ich habe noch eine persönliche Bitte: Was geschehen ist, darf auf keinen Fall an die Öffentlichkeit gelangen! Wir haben hier die große Chance, den missglückten Anschlag zu nutzen, um alle Betroffenen noch enger aneinander zu schweißen. Es sieht momentan so aus, als könne die Konferenz ein noch viel größerer Erfolg werden, als wir je zu hoffen wagten. Aber ein falsches Wort in der Presse kann alles wieder zunichtemachen. Wenn die Zeitungen über einen missglückten Terroranschlag berichten, wird das nur wieder den Hass der Völker schüren!«

»Selbstverständlich.«

»Danke! Und alles Gute für die Zukunft!« Corlines Händedruck war fest. »Auf Wiedersehen, Marie!«

»Auf Wiedersehen, S… äh, Jack!«

Zwei Tage später saß Marie in der ersten Klasse eines Airbus A320 der Saudi Arabian Airlines auf dem Weg von Riad nach London, wo sie in den Flieger nach Berlin umsteigen würde. »Durchbruch bei den Nahost-Friedensverhandlungen« stand über die ganze Breite der Frankfurter Allgemeinen Zeitung, die vor ihr auf dem Schoß lag. Ein langer Artikel berichtete über die »Aufbruchstimmung« von Riad, das »Tauwetter« in den Beziehungen zwischen dem Westen und der islamischen Welt, über einen »Geist der Toleranz und des gegenseitigen Respekts, der in dieser Form noch nie da gewesen ist«. Ein Signal der Hoffnung ginge von dieser Konferenz aus, wie es seit dem Fall der Berliner Mauer nicht mehr gespürt worden sei.

Kein Wort war zu lesen von den sieben toten und zwölf zum Teil lebensgefährlich verletzten Sicherheitsbeamten oder von der Hotelmanagerin, die unter strengster Bewachung in einem Militärkrankenhaus lag und immer noch um ihr Leben kämpfte. Dass es kurz vor Beginn der Konferenz zum Bruch einiger Fensterscheiben im Konferenzbereich gekommen sei, wurde nur am Rande erwähnt. Angeblich war ein zur Vorbereitung der Veranstaltung aufgebautes Gerüst eingestürzt und hatte die Scheiben durchschlagen. Niemand sei dabei verletzt worden, hieß es.

Marie legte die Zeitungen beiseite und schloss die Augen. Die Erschöpfung steckte ihr immer noch in den Knochen. Gestern war sie fast den ganzen Tag von Jim Cricket und seinen Mitarbeitern vernommen worden. Sie wollten jedes Detail ihrer Erlebnisse wissen, wobei sie besonders viele Fragen zu Ondomars Lager stellten – wie viele Männer sich dort aufgehalten hätten und ob sie sich an Geländeformationen in der Nähe erinnern könne, sogar welche Tiere und Pflanzen sie gesehen habe. Auf Fotos musste sie die Fahrzeuge identifizieren, über die die Terroristen verfügten. Mit Hilfe einer neuartigen Computersoftware wurde ein Phantombild Ondomars angefertigt, das am Ende verblüffend naturgetreu aussah, fast wie ein Passfoto. Im Unterschied zu diesem konnte man Ondomars Kopf jedoch drehen und von allen Seiten betrachten.

Auch Harrisburg hatte lange mit ihr gesprochen. Aber anders als die CIA-Mitarbeiter war er rücksichtsvoll und höflich gewesen, hatte sich nach ihrem Befinden erkundigt und wie sie das alptraumartige Geschehen verarbeite. Er hatte ihr erzählt, dass Jim Cricket dank ihrer Warnung und trotz eigener Zweifel einige Sicherheitsmaßnahmen eingeführt hatte, die eine weit größere Katastrophe verhindert hatten. Er hatte die Zahl der bewaffneten Männer im Hotel auf ein Minimum reduziert und die meisten Waffen eingeschlossen. Im Konferenzbereich hatte er nicht nur ausschließlich weibliche Sicherheitsbeamte eingesetzt, sondern sogar daran gedacht, Messer und Gabeln zu entfernen. Außerdem hatte er einen Spezialtrupp mit Gasmasken und Betäubungsgas ausgestattet, der viele der Amok laufenden Männer innerhalb kurzer Zeit außer Gefecht gesetzt hatte.

Irgendwann während des Gesprächs mit dem einfühlsamen Armeepsychologen war Marie kurz davor gewesen, ihm von den traumatischen Erfahrungen ihrer Kindheit zu berichten. Es fiel ihr immer noch schwer, darüber zu sprechen – jemand Fremdem gegenüber zuzugeben, dass da manchmal eine Stimme in ihrem Kopf war. Die Angst davor, dieses Eingeständnis könnte der Stimme größere Macht verleihen, war zu groß.

Tatsächlich war die Stimme seit vorgestern noch lauter, eindringlicher geworden. Etwas stimmt nicht, flüsterte sie unaufhörlich in Maries Hinterkopf. Du hast etwas übersehen. Es ist alles falsch, ganz falsch!

Marie seufzte. Es war wahrscheinlich ganz normal, dass man nach solch schrecklichen Erlebnissen nicht sofort zur Normalität zurückfinden konnte und die Aufregung einem weiterhin in den Knochen steckte. Sie legte die Zeitungen beiseite, klappte den kleinen Bildschirm in ihrer Sitzlehne aus und versuchte, sich von der Liebeskomödie, die gerade im Bordprogramm lief, entspannen zu lassen. Doch ihre Nervosität wich nicht. Im Gegenteil: Je mehr sie versuchte, die nagenden Zweifel zu verdrängen, desto schlimmer wurde das Gefühl, etwas Wichtiges übersehen zu haben.

Nach einer Weile gab sie auf und klappte den Monitor wieder zurück. Noch einmal ging sie im Kopf alles durch, was sie über die Ereignisse der letzten Tage wusste. Nariv Ondomar hatte Andreas Borg während des Studiums kennengelernt. Er hatte ihn gedrängt oder gezwungen, das Pheromon zu entwickeln. Ondomar hatte wahrscheinlich von Anfang an geplant, es einzusetzen, um zwischen den verfeindeten Parteien im Nahen Osten noch mehr Zwietracht zu säen, und die Wirkung an den US-Soldaten in Bagdad getestet. Marie hatte inzwischen erfahren, dass die verletzte Frau die Leiterin des Gästeservices gewesen war und es geschafft hatte, trotz aller Sicherheitsvorkehrungen das Pheromon in einer Parfümflasche ins Hotel zu schmuggeln. Sie wusste nicht, wie Ondomar die Frau dazu gebracht hatte, aber sie zweifelte nicht daran, dass ein Terrorist über die Möglichkeit verfügte, Menschen zu so etwas zu zwingen.

Alles war logisch und plausibel. Warum also gab die Stimme keine Ruhe? Warum beharrte sie darauf, dass die

Teile dieses Puzzles nicht zusammenpassten? Hatte Marie wirklich etwas übersehen, oder war dies der Beginn von Paranoia? Waren die Ereignisse der Auslöser für die Krankheit, die sie von Geburt an in sich trug?

Sie rechnete kurz nach und stellte erschrocken fest, dass sie im selben Alter war, in dem ihre Mutter die ersten deutlichen Symptome gezeigt hatte. Nur ein Jahr später war sie in die Klinik eingeliefert worden und hatte sich kurz darauf das Leben genommen. Marie beschloss, in Berlin einen Psychiater aufzusuchen, bevor es zu spät war. Die Medizin war heute sicher weiter als vor fast dreißig Jahren. Bestimmt gab es inzwischen Medikamente, die den Ausbruch der Krankheit wirksam unterdrücken konnten. Bis dahin würde sie die Stimme ignorieren, so gut sie konnte.

In Frankfurt wäre sie beinahe niedergekniet und hätte nach dem Vorbild des Papstes den Boden geküsst, so erleichtert war sie, wieder in Deutschland zu sein. Nach kurzem Aufenthalt flog sie weiter nach Berlin, wo sie von ihrem Vater und Irene in Empfang genommen wurde. Er drückte sie an sich, und sie war wieder das kleine Kind, das er aus dem dunklen Gefängnis des Wandschranks befreit hatte. Sie hielt ihre Tränen nicht zurück.

Zögernd ließ er sie los. »Was machst du nur für Sachen«, sagte er mit tadelnder Stimme, um gleich darauf zu verkünden, wie stolz er auf sie sei. Doch Marie hörte nicht zu. Sie starrte auf einen Mann mit einem Plastikschild, auf dem der Name einer großen Versicherung stand – offensichtlich ein Fahrer, der einen Geschäftsreisenden abholen sollte. Der Mann trug eine dunkle Uniform – und Handschuhe.

»Was ist denn? Was hast du?«, fragte ihr Vater.

»Lass das Mädchen doch erst mal zur Ruhe kommen!«, warf Irene ein. »Sie hat eine harte Zeit hinter sich und braucht vielleicht ein bisschen, bevor sie darüber sprechen kann.«

Die Stimme tobte in Maries Kopf. »Es ist nichts«, sagte sie, doch sie wusste, dass ihrem Vater der Stimmungswandel nicht entgangen war. Sie ließ sich zu seinem Auto führen. Vor dem Flughafengebäude blies ihr feuchter Novemberwind ins Gesicht. Ein herrliches Gefühl nach all der Dürre. Während der Fahrt nach Hause war sie schweigsam. Ihr Vater bohrte zum Glück nicht weiter nach. »Heute Nacht schläfst du bei uns«, entschied er nur. »Und dann machst du erst mal ein paar Wochen Urlaub.« Marie widersprach nicht.

Irene hatte wieder eine gigantische Kaffeetafel vorbereitet, doch Marie stocherte nur appetitlos in ihrem Tortenstück herum.

Lange hielt ihr Vater das Schweigen nicht aus. »Nun mal raus mit der Sprache«, sagte er, Irenes vorwurfsvollen Blick ignorierend. »Was hast du? Sind es nur die Strapazen der letzten Tage, oder ist da noch mehr?«

Marie wusste nicht, was sie darauf antworten sollte. »Kann ich mal telefonieren?«, fragte sie. »Ich habe in Afrika mein Handy verloren.«

Jetzt blickte ihr Vater vorwurfsvoll. »Soweit kommt es noch, dass meine Tochter mich um Erlaubnis fragen muss, wenn sie telefonieren will!«

Marie rief im Londoner Büro an. Chrissie vom Empfang war begeistert, ihre Stimme zu hören. »Wir haben uns alle solche Sorgen gemacht«, sagte sie und stellte Marie direkt zu Will Bittner durch. Der bat sie, so schnell wie möglich zu ihm zu kommen – es gebe wichtige Dinge zu besprechen. Doch Marie beschäftigten andere Fragen. »Hat sich Rafael schon gemeldet?«

»Nein. Ich dachte, ihr wärt zusammen gekommen?«

»Ich war allein in Riad. Er ist von Khartum aus nach Deutschland geflogen. Er sollte eigentlich längst zurück sein.«

»Keine Ahnung. Wir haben hier jedenfalls noch nichts von ihm gehört.«

Marie erschrak. Sie ließ sich Rafaels Berliner Privatnummer geben, doch auch dort meldete sich niemand.

Nun konnte sie sich den nagenden Zweifeln in ihrem Kopf nicht länger verschließen. Die Stimme hatte recht: Irgendetwas stimmte nicht. Etwas stimmte ganz und gar nicht.

Sie sah kurz auf die Uhr, dann wählte sie eine weitere Nummer.

»Büro des Assistenten des Präsidenten in Nationalen Sicherheitsfragen?«, meldete sich eine Frauenstimme auf Englisch.

»Mein Name ist Marie Escher. Ich möchte gern Mr. Corline sprechen.«

»Worum geht es bitte?«

»Das kann ich nur ihm persönlich sagen.«

»Es tut mir leid, Mr. Corline ist in einer Besprechung. Wenn Sie mir ihre Nummer geben und mir sagen, worum es geht, wird er sich bei Ihnen melden.«

»Hören Sie, es ist wirklich wichtig. Es geht um die Friedenskonferenz. Um den Anschlag. Ich habe wichtige Informationen dazu für Mr. Corline.«

Einen Augenblick Pause. »Moment bitte.«

»Jack Corline?«

»Hier ist Marie Escher. Mr. Corline … Jack … entschuldigen Sie, wenn ich störe …«

»Sie stören ganz und gar nicht, Marie. Was kann ich für Sie tun?«

»Mir ist etwas eingefallen. Eine Ungereimtheit. Der Anschlag in Bagdad, mit dem Pheromon … ich glaube nicht, dass Nariv Ondomar dahintersteckt.«

»Was? Warum nicht?«

»Er hat als Kind seine kleine Schwester verloren, durch

eine russische Streubombe. Das ist der Grund, weshalb er Terrorist geworden ist. Mr. Harrisburg hat mir erzählt, bei dem Anschlag in Bagdad wären vierzehn Kinder ums Leben gekommen. Ich ... ich kenne natürlich Ondomar nicht wirklich, aber ich bin sicher, er hätte das Pheromon niemals eingesetzt, um kleine Kinder zu töten! Das ... das passt einfach nicht zu ihm!«

Corline schwieg einen Moment. »Aber wer hätte das sonst tun sollen?«, fragte er schließlich.

»Das weiß ich nicht. Es muss noch jemand anderen geben, der Zugriff auf das Pheromon hat. Vielleicht ... vielleicht hatte dieser Jemand auch bei dem Anschlag auf das Hotel die Hand im Spiel.«

»Marie, ich glaube, Sie irren sich«, sagte Corline. »Terroristen ist es egal, wer bei ihren Anschlägen ums Leben kommt, Hauptsache, sie erreichen ihre schändlichen Ziele. Dieser Ondomar hat Sie vielleicht beeindruckt – Sie haben ihn ja als charismatischen Menschen beschrieben – aber Sie können sicher sein, dass er absolut skrupellos ist.«

»Vielleicht ... haben Sie recht.«

»Ganz bestimmt. Aber ich werde Ihren Hinweis trotzdem ernstnehmen und die CIA bitten, auch diese Möglichkeit zu prüfen. Wenn es noch jemanden gibt, der Zugriff auf das Pheromon hat, dann werden wir ihn ausfindig machen.«

»Danke, Jack.«

»Ich danke Ihnen für den Anruf, Marie. Kann ich sonst noch etwas für Sie tun?«

»Sie ... Sie wissen nicht zufällig, wo mein Kollege ist? Rafael Grendel?«

»Ist er noch nicht wieder in Deutschland?«

»Nein.«

»Ich werde mich mal erkundigen. Möglicherweise wird er immer noch von der CIA verhört. Sie wissen ja, wie die sind – die können einen ganz schön ausquetschen, vor allem, wenn es um Terrorismus geht. Machen Sie sich keine Sorgen, er wird sicher bald zurück sein!«

»Danke, Jack!«

»Auf Wiedersehen, Marie. Und nehmen Sie erst mal ein paar Wochen Urlaub – Sie brauchen die Erholung.«

»Das werde ich. Wiederhören, Jack.«

Marie legte auf und blickte in die geweiteten Augen ihres Vaters. »Habe ich das gerade richtig verstanden? Du hast eben mit dem Sicherheitsberater des Weißen Hauses telefoniert?«

Marie erlaubte sich ein dünnes Lächeln. »Ja.«

»Wow! Ich bin wirklich beeindruckt! Ich meine, ich habe ja schon ein paar berühmte Leute kennengelernt in meinem Leben, aber der Sicherheitsberater des Präsidenten der Vereinigten Staaten von Amerika – alle Achtung!«

Marie fühlte sich plötzlich bleischwer. »Ich glaube, ich lege mich ein bisschen hin«, sagte sie. »Ich bin ziemlich erschöpft.«

»Natürlich. Wir haben dir das Gästezimmer vorbereitet. Brauchst du noch irgendwas?«

»Nein, danke.«

»Dann erhol dich gut.«

»Das werde ich. Ich bin sicher, morgen geht es mir wieder besser. Danke, Papa.«

Er grinste breit. Dann umarmte er sie spontan. »Das wird schon wieder, mein Mädchen!«

Sie nickte, doch ihre Unruhe wich nicht.

Am nächsten Morgen erwachte Marie verspannt. Ihr ganzer Körper schmerzte, als sei ihm jetzt erst so richtig klar geworden, was er in den vergangenen Tagen durchlebt hatte. Sie hatte schlecht geschlafen und war mehrmals in der Nacht schweißgebadet aufgewacht. Einmal hatte sie geträumt, ihr eigener Vater habe sie an Ondomar verraten.

Dann wieder war sie in dem Wandschrank ihrer Kindheit eingesperrt und hörte draußen Handwerker fröhlich pfeifend die Schranktür zumauern. So oder so war sie froh, dass die Nacht vorbei war, auch wenn sie sich immer noch müde fühlte.

Eine ausgedehnte heiße Dusche, ein opulentes Frühstück, ihr gut gelaunter Vater und Irenes starker Kaffee halfen, die Nacht zu vergessen. Die Zweifel in ihrem Hinterkopf waren nicht verschwunden, aber es gelang ihr, sich selbst davon zu überzeugen, dass sie alles getan hatte, was sie tun konnte. Schließlich war sie keine Agentin oder so. Sie hatte den Sicherheitsberater von Präsident Zinger auf ihren Verdacht hingewiesen. Falls ihr Gefühl stimmte und tatsächlich noch jemand anderes Zugriff auf das Pheromon hatte, war das einfach nicht mehr ihr Problem. Die CIA oder das FBI oder sonstwer würde die Sache schon in die Hand nehmen. Wo immer Rafael gerade steckte, er würde wieder auftauchen. Wahrscheinlich war er längst zurück in Berlin, oder er war wie Marie zu seinen Eltern gefahren, um sich von den Strapazen zu erholen – wo immer seine Eltern leben mochten. Es passte zu seiner schludrigen Art, dass er sich nicht sofort im Büro meldete.

Marie beschloss, sich keine Sorgen mehr zu machen und in ihre Wohnung zu fahren, um sich neue Kleidung und Waschzeug zu holen. Dann würde sie einfach ein paar Tage hier bei ihrem Vater entspannen. Er bot ihr an, sie zu fahren, doch sie ließ sich nur an der nächsten U-Bahn-Station absetzen. Sie besaß kein Auto – für eine Beraterin, die nur selten an ihrem Heimatort war, lohnte sich das einfach nicht – und legte Strecken innerhalb Berlins meist mit dem Taxi zurück. Doch heute hatte sie Lust, mit der U-Bahn unterwegs zu sein, zwischen ganz normalen Leuten, und sich auf diese Weise davon zu überzeugen, dass sie wirklich wieder zu Hause war.

Als sie aus dem Auto ihres Vaters stieg, sah sie einen grauen Wagen an der U-Bahn-Station halten. Ein Mann mittleren Alters in einem dunklen Mantel stieg aus. Er warf Marie einen kurzen Blick zu, dann ging er zum Bahnsteig.

Ein merkwürdiges Gefühl beschlich sie bei seinem Anblick. Sie verabschiedete sich von ihrem Vater und ging zögernd zu den Gleisen. Um diese Zeit waren nur relativ wenige Leute unterwegs – eine Frau mit zwei kleinen Kindern, ein älteres Ehepaar, zwei Jugendliche, die offenbar keine Lust mehr hatten, zur Schule zu gehen. Der Mann stand dort und wartete. Was sonst hätte er auch tun sollen? Er beachtete Marie nicht.

Sie schüttelte über sich selbst den Kopf. Sie musste unbedingt etwas unternehmen, um diese unbegründete Angst loszuwerden. Die U-Bahn fuhr ein. Marie betrat den Wagen hinter dem älteren Ehepaar. Der Mann nahm den nächsten Waggon.

Einem spontanen, irrationalen Impuls folgend stieg Marie im letzten Moment wieder aus. Die U-Bahn setzte sich in Bewegung. Sie sah den Mann am Fenster sitzen, und ihre Blicke trafen sich kurz. Wenn er erstaunt darüber war, dass sie immer noch am Bahnsteig stand, ließ er es nicht erkennen.

Endlich fuhr die nächste U-Bahn ein. Marie fand einen Platz am Fenster. Jedes Mal, wenn die Bahn hielt, beobachtete sie die Menschen, die einstiegen, aber der Mann im dunklen Mantel war nicht dabei.

Natürlich nicht.

Als sie ihr Apartment erreichte, fühlte sie sich besser. Doch als sie die Tür öffnete, kehrte die Angst augenblicklich zurück. Jemand ist hier gewesen, schoss es ihr durch den Kopf. Zögernd trat sie ein und sah sich um. Alles schien so, wie sie es verlassen hatte. Und doch war da das starke Gefühl, dass jemand in ihrer Abwesenheit in der Wohnung gewesen war, sie vielleicht durchsucht hatte.

Sie begann, das Apartment systematisch nach Anzeichen dafür abzusuchen. Die Blusen im Schrank lagen etwas unordentlich. Hatte ihre Sorgfalt beim Einräumen der Wäsche nachgelassen, oder hatte da jemand etwas gesucht? Die Hängeordner in dem Schubladenelement neben ihrem Schreibtisch waren in der richtigen Reihenfolge. Sie nahm einen heraus und blätterte fahrig durch die Unterlagen – Rechnungen für die Steuererklärung. Aber ein Einbrecher hätte sich wohl kaum für die Steuerbelege interessiert.

Im Kühlschrank fand sie verdorbenen Joghurt, sonst war nichts Ungewöhnliches festzustellen. Es gab nicht den geringsten Hinweis, dass Ihre Sorge begründet war.

Sie setzte sich auf ihr Sofa und presste die Hände an die Schläfen. Du musst hier weg, schrie die Stimme in ihrem Kopf. Sie sind hinter dir her. Wenn du hier bleibst, werden sie dich erwischen.

Verdammt, was konnte sie nur tun, damit die Stimme verstummte? Sie wollte nicht wie ihre Mutter enden! Sie brauchte professionelle Hilfe. Sie stand auf, um das Telefonbuch zu holen und die Nummer der psychiatrischen Abteilung der Charité herauszusuchen. Dabei fiel ihr Blick auf den Flügel.

Sie hielt inne, sah genauer hin. Dann näherte sie sich langsam dem Instrument, als könne sie es mit einer unbedachten Bewegung zur Flucht veranlassen. Auf dem schwarzen, polierten Lack lag eine dünne, kaum sichtbare Staubschicht. Doch auf der Tastaturabdeckung waren einige dunkle Streifen zu sehen, an denen der Staub verwischt war. Sie kniete sich davor auf den Boden und inspizierte die Stelle ganz genau. Kein Zweifel – jemand hatte vor Kurzem den Klavierdeckel geöffnet.

Marie wurde eiskalt. Sie hatte das Instrument seit Monaten nicht berührt.

Sie hob die Abdeckung an. Die Tasten lagen friedlich da und warteten auf die Berührung durch ihre geschulten Hände. Sie schlug ein A an. Der Klang schwebte durch den Raum, seltsam laut in der Stille. Beinahe erschrocken klappte sie den Deckel wieder zu.

Fieberhaft überlegte sie, was sie tun sollte. Wer auch immer hier gewesen war, hatte möglicherweise Wanzen oder sogar Minikameras angebracht. Wahrscheinlich wussten sie bereits, dass sie Verdacht geschöpft hatte. Vermutlich beobachteten sie auch das Haus.

So ruhig wie möglich holte sie einen langen Mantel und ein Seidentuch aus dem Kleiderschrank und packte eine dunkle Sonnenbrille und ein paar Toilettenutensilien in eine Handtasche. Dann verließ sie mit klopfendem Herzen die Wohnung. Im Treppenhaus zog sie den Mantel an, setzte die Sonnenbrille auf und band sich das Seidentuch um den Kopf. So verhüllt trat sie auf die Straße.

Der Himmel war wolkenverhangen, und niemand trug eine Sonnenbrille. Sie fühlte sich schrecklich auffällig, doch sie wagte nicht, die Brille abzunehmen.

Sie hatte keine Ahnung, wohin sie sich wenden sollte. Da war nur das überwältigende Verlangen, irgendwo unterzutauchen, sich zu verstecken. Wer konnte hinter ihr her sein? Ondomars Leute? Oder gab es tatsächlich noch jemand anderen, der das Pheromon eingesetzt hatte? Auf jeden Fall befand sie sich in großer Gefahr. Zu ihrem Vater konnte sie nicht – sie würde ihn und Irene nur unnötig mit in die Sache hineinziehen. Wahrscheinlich war es das Beste, für ein paar Tage irgendwo in einem Hotel unterzutauchen. Von dort konnte sie Jack Corline noch einmal anrufen und ihn um Hilfe bitten.

Betont entspannt ging sie in Richtung der nächsten

U-Bahn-Station und unterdrückte den Impuls, sich umzudrehen. Die Stimme mahnte zur Eile.

Die Station war um diese Zeit, am späten Vormittag, recht leer. Außer ihr warteten nur wenige Menschen, die vermutlich Einkäufe oder Behördengänge erledigten. Niemand sah so aus, als würde er Marie verfolgen. Trotzdem blieb sie angespannt.

Endlich fuhr die U-Bahn ein. Sie nahm einen Fensterplatz. »Zurückbleiben bitte«, erklang die Stimme aus dem Lautsprecher. Doch genau in diesem Moment sprang noch ein weiterer Fahrgast durch die sich bereits zuschiebende Tür, und Maries Magen wurde zu einem eisigen Klumpen.

Es war der Mann mit dem dunklen Mantel, den sie an der U-Bahn-Station in der Nähe des Hauses ihres Vaters gesehen hatte.

48.

Der Zug setzte sich in Bewegung. Der Mann, der in letzter Sekunde zugestiegen war, trug jetzt keinen dunklen Mantel mehr, sondern eine Lederjacke. Er sah nicht in Maries Richtung und setzte sich ans andere Ende des Waggons. Sie konnte sich also gar nicht sicher sein, ob er es wirklich war – sie hatte sein Gesicht, als er einstieg, kaum gesehen. Die Stimme in ihrem Kopf wusste es trotzdem.

Marie versuchte, ihre Panik niederzukämpfen. Tränen drängten in ihre Augen, doch sie hielt sie zurück. Sie wartete zwei oder drei Stationen ab, dann stieg sie aus, kurz bevor der Zug losfuhr, rannte ein kurzes Stück und sprang zwischen den sich schließenden Türen hindurch in den nächsten Wagen.

Als der Zug Fahrt aufnahm, sah sie noch kurz den Mann in der Lederjacke. Er war hinter ihr ausgestiegen und blickte in ihre Richtung. Jetzt konnte sie sein Gesicht erkennen. Es hatte nicht einmal entfernte Ähnlichkeit mit dem Mann im dunklen Mantel.

Sie steckte Sonnenbrille und Kopftuch in die Handtasche. Wenn wirklich jemand hinter ihr her war, hatten ihre Verfolger sicher Fotos von ihr, aber ohne die alberne Verkleidung war sie zumindest nicht schon von Weitem erkennbar. Sie kramte in der Tasche und fand ein Gummiband, mit dem sie sich das Haar zu einem Pferdeschwanz band. Viel an Verkleidung war das nicht, aber es war alles, was sie in dieser Situation tun konnte, um ihr Aussehen zu verändern.

Nach drei weiteren Stationen stieg sie aus und wechselte die Linie. Sie fand keinen Hinweis darauf, dass ihr jemand folgte.

Nach anderthalb Stunden U-Bahn-Fahrt, während der sie fünf Mal den Zug gewechselt hatte, war sie einigermaßen sicher, mögliche Verfolger abgeschüttelt zu haben. Sie hatte kaum darauf geachtet, wohin sie gefahren war. Der Netzplan sagte ihr, dass sie sich in Neukölln befand. Nicht unbedingt eine Gegend, in die sie normalerweise freiwillig gefahren wäre, doch jetzt kam es ihr gerade recht.

Sie nahm sich ein Zimmer in einer kleinen Pension mit dünnen Wänden und heruntergekommenem Mobiliar. In der Umgebung fand sie eine Bankfiliale, wo sie einen Teil der US-Dollar umtauschte, die sie noch von dem Geld übrig hatte, das ihr Vater für sie an die Botschaft geschickt hatte. In einem kleinen Elektronikladen kaufte sie ein billiges Mobiltelefon mit Prepaid-SIM-Karte. Außerdem besorgte sie sich Jeans, Turnschuhe, Schminkutensilien, Haarfärbemittel, eine Schere und ein Sweatshirt mit dem Aufdruck einer amerikanischen Eliteuniversität.

Gegen Abend hätte sie vermutlich ihr eigener Vater nicht sofort wiedererkannt. Ihr Haar war kurz und wies helle Strähnen auf, ihr Gesicht war grell geschminkt, sodass man die Kratzer und blauen Flecken nicht mehr sah, und in Jeans, Turnschuhen und Sweatshirt wirkte sie wie eine Studentin. Als sie sich im Spiegel betrachtete, hatte sie das Gefühl, in das Gesicht einer Fremden zu blicken.

Später, als sie durch die abendlichen Straßen wanderte, holte sie das Handy hervor und wählte die Nummer ihres Vaters. Sie wusste, dass man die Position von Handys anhand der Funkmasten, über die der Benutzer telefonierte, lokalisieren konnte. Sie hatte keine Ahnung, wozu ihre Verfolger fähig waren, aber wenn es ein fremder Geheimdienst oder etwas Vergleichbares war, dann überwachten sie vielleicht die Telefonleitung ihres Vaters und konnten möglicherweise den Anruf zu ihrem Handy zurückverfolgen. Ihr blieb also nicht viel Zeit.

»Hallo Papa.«

»Marie, endlich! Wo bist du? Ich dachte, du kommst zum Mittagessen?«

»Tut mir leid, mir … ist was dazwischen gekommen.«

»Was ist los? Wo bist du?«

»Ich muss noch was erledigen. Mach dir keine Sorgen, es geht mir gut. Ich melde mich wieder.«

»Marie, bitte …«

Sie legte auf. Ihr Vater kannte sie gut genug, um aufgrund dieses kurzen Gesprächs zu wissen, dass sie in Schwierigkeiten steckte. Er würde sich schreckliche Sorgen machen. Aber das konnte sie nicht ändern. Sie versuchte es noch einmal in Rafaels Wohnung, doch wieder meldete sich nur der Anrufbeantworter. Beunruhigt schaltete sie das Handy aus, kaufte sich einen Salat und ein Sandwich und kehrte zurück in ihr Hotel.

In den Nachrichten liefen Berichte über eine Annäherung zwischen Israel und seinen Nachbarstaaten. Zwar gab es immer noch Proteste und Selbstmordanschläge, aber es war deutlich spürbar, wie sehr die politischen Führer im Nahen Osten neuerdings entschlossen waren, den Konflikt ein für alle Mal zu beenden. Präsident Zingers diplomatische Initiative, die in der Friedenskonferenz von Riad gegipfelt habe, sei ein großer, ja vermutlich ein historischer Erfolg, meinte ein Kommentator.

Marie schaltete den Fernseher aus. Irgendwer da draußen kannte das Geheimnis des Pheromons. Und wenn er es einsetzte, dann sicher nicht, um den Weltfrieden zu bewahren. Sie dachte an die irakischen Schulkinder. Wer zu so etwas fähig war …

Sie schlief erneut unruhig. Am nächsten Morgen brauchte sie einige Sekunden, um zu begreifen, wo sie war. Sie erschrak. Die Bedrohung, die gestern noch so real gewesen war, erschien ihr plötzlich unwirklich. Waren die Spuren am

Klavierdeckel wirklich so eindeutig gewesen? Sie konnte es nicht mehr sicher sagen.

Frau Hettwig fiel ihr ein, ihre Nachbarin eine Etage tiefer. Da Marie häufig unterwegs war, hatte sie ihr einen Wohnungsschlüssel gegeben, für den Fall, dass mal ein Installateur in die Wohnung musste oder Marie ihren eigenen Schlüssel verlor. Außerdem hatte sie in Maries Abwesenheit hin und wieder die Topfpflanzen gegossen. Das musste die Erklärung sein. Vielleicht hatte Frau Hettwig irgendwie das Instrument berührt oder einfach ein wenig darauf herumgeklimpert.

Das ließ sich leicht herausfinden. Es war Viertel vor acht, die alte Dame war sicher schon auf. Die Nummer kannte Marie auswendig – sie hatte ein exzellentes Zahlengedächtnis und vergaß eine Telefonnummer, die sie einmal gewählt hatte, nicht wieder. Um die Möglichkeit einer Ortung ihres Handys kümmerte sie sich nicht mehr.

»Hettwig?«

»Guten Morgen, Frau Hettwig. Hier ist Marie Escher. Bitte entschuldigen Sie die frühe Störung …«

»Frau Escher! Mir war doch, als hätte ich da gestern etwas gehört. Waren Sie im Urlaub?«

Marie zögerte einen Moment. »Ja, so ähnlich. Frau Escher, waren Sie in den letzten Tagen in meiner Wohnung?«

Die alte Dame schien von Maries Tonfall etwas erschrocken. »Sie hatten mir doch gesagt, ich solle mich um die Pflanzen kümmern.«

»Natürlich. Ich wollte nur sicher gehen.«

»Ist irgendetwas nicht in Ordnung? Als ich letzten Donnerstag nachgesehen habe …«

»Nein, nein, es ist alles okay. Ich habe nur eine Frage: Waren Sie an meinem Flügel?«

Hettwig zögerte. »Wie … kommen Sie darauf?«

»Frau Hettwig, es ist sehr wichtig für mich. Haben Sie den Tastaturdeckel aufgeklappt?«

»Entschuldigen Sie bitte, Frau Escher. Herbert, mein Mann, der konnte sehr gut spielen. Ich habe es früher auch mal versucht, ich hatte als Kind zwei Jahre Unterricht, aber ich habe wohl kein großes Talent, und Herbert, der hat immer über mich gelacht. Da hab ich mich dann nicht mehr getraut. Aber ich habe Ihr schönes Instrument immer bewundert. Und dann, neulich ... Es tut mir leid, wirklich ...«

Erleichterung durchflutete Marie, doch gleichzeitig drängte neues Entsetzen in ihren Verstand wie Eiswasser nach einer warmen Dusche. Sie riss sich zusammen. »Nein, nein, so meinte ich das nicht. Sie dürfen jederzeit auf dem Flügel spielen.«

»Wirklich? Das ... das ist sehr großzügig ...«

»Vielen Dank, Frau Hettwig. Auf Wiedersehen.«

»Frau Escher, ist wirklich alles in Ordnung? Sie klingen etwas ... aufgeregt ...«

»Nein, nein, alles ist gut, wirklich. Auf Wiedersehen, Frau Hettwig.«

»Auf Wiedersehen, Frau Escher.«

Marie barg das Gesicht in den Händen. Nichts war in Ordnung. Gar nichts. Sie war ganz offensichtlich dabei, durchzudrehen. Ihre grundlose Flucht gestern war der klare Beweis, dass die Ereignisse in Afrika sie völlig aus der Bahn geworfen hatten. Die Krankheit, die schon immer in ihr geschlummert hatte, war nun ausgebrochen. Sie brauchte professionelle Hilfe!

Sie hatte Angst davor, einen Psychiater aufzusuchen – Angst, dass er sie gleich dabehalten würde, so wie ihre Mutter damals. Aber noch war sie stark genug, diese Angst zu überwinden, bevor die Krankheit sie vollkommen überwältigte. Vielleicht war es noch nicht zu spät. Vielleicht konnten ihr die Ärzte noch helfen ...

Tränen schossen ihr in die Augen. Sie verstand plötzlich, wie ihre Mutter sich gefühlt haben musste.

Sie ging ins Bad, um zu duschen. Als sie in den Spiegel sah, bekam sie einen Schreck. Ihre schönen langen Haare gehörten der Vergangenheit an. Das, was sie jetzt auf ihrem Kopf sah, war kurz und struppig, durchsetzt von hellen Strähnen, die reichlich ordinär wirkten. Was hatte sie getan! Wie sollte sie das ihrem Vater erklären? Was würde Rafael dazu sagen?

Rafael! Er war immer noch nicht wieder aufgetaucht. Was, wenn sie doch nicht verrückt war? Was, wenn Ondomar ihn entführt hatte – oder wer auch immer sonst noch hinter dem Pheromon her war?

Sie wählte seine Nummer.

»Grendel?«

Vor Überraschung und Schreck wusste sie einen Moment nichts zu sagen. Sie hatte fest damit gerechnet, wieder nur den Anrufbeantworter zu hören.

»Hallo?«

Diesmal überwog die Erleichterung. Was immer mit ihr nicht stimmte, Rafael war okay. Er war wieder da.

»Hallo Rafael, Marie hier. Ich … ich hatte es mehrfach bei dir probiert … wo warst du?«

»Sorry, bin erst gestern Abend in Berlin angekommen. Die haben mich noch ziemlich durch die Mangel gedreht in Khartum. Und dann, als sie mich endlich haben laufen lassen, wurde ich gleich am Frankfurter Flughafen von so Typen in dunklen Anzügen empfangen. Die haben mich mitgenommen und noch mal zwei Tage lang ausgequetscht. Sie haben mir nicht mal gesagt, wer sie sind. Wahrscheinlich die Men in Black. Und du? Wie geht es dir? Wo bist du?«

»Ich … ich bin o.k. Ein bisschen mitgenommen vielleicht.«

»Ich habe gehört, du hast Ondomar einen ziemlichen Strich durch die Rechnung gemacht! Können … können wir uns sehen? Noch mal über alles sprechen und so?«

Marie hatte plötzlich schreckliche Angst davor, ihm so, wie sie jetzt aussah, unter die Augen zu treten. Gleichzeitig gab es nichts, wonach sie sich mehr sehnte.

»Ja, später vielleicht. Ich muss noch was erledigen.«

»Später? Wann, später?«

»Sagen wir, heute Nachmittag? Zwei Uhr?«

»Bei dir, oder bei mir? Ich meine, äh … also …«

Marie schmunzelte. »Ich komme zu dir.«

»Prima.« Er nannte ihr seine Adresse. »Ich freue mich. Bis nachher.«

»Bis nachher.« Marie legte auf. Dann ging sie noch einmal ins Badezimmer, um sich die Katastrophe anzusehen, die sie gestern angerichtet hatte. Sie brauchte einen guten Friseur, und zwar schnell.

Ein paar Stunden später fühlte sie sich besser. Der Friseur, ein junger Türke, hatte es tatsächlich geschafft, ihre völlig verhunzten Haare in eine passable Form zu bringen. Sie waren jetzt wieder pechschwarz und sehr kurz. Als Marie sich im Spiegel betrachtete, hatte sie das Gefühl, moderner auszusehen und irgendwie jünger. Sie gab dem Friseur ein stattliches Trinkgeld und vertrieb sich die Zeit, in dem sie durch ihr unbekannte Straßen schlenderte, vorbei an kleinen Lebensmittel- und Gemüseläden und Secondhand-Shops.

Die Luft war winterlich kalt, aber der Himmel war klar. Sie fühlte sich entspannt, beinahe fröhlich. Rafael war wieder da! Ihre eigenen Schwierigkeiten würde sie schon irgendwie in den Griff bekommen.

Ihre ganze Gedankenkette erschien ihr im Nachhinein lächerlich. Ondomar war ein Terrorist. Er hatte ohne Zögern in Kauf genommen, dass bei seinem Anschlag auf die

Konferenz viele unschuldige Menschen sterben würden. Außerdem hatte sie nicht den geringsten Beleg dafür, dass die Geschichte mit seiner kleinen Schwester stimmte. Wahrscheinlich hatte er ihr das nur erzählt, um sie für sich einzunehmen. Zugegeben, er war intelligent und charmant, aber aus der Distanz betrachtet wurde deutlich, was für ein von sich selbst eingenommener Schurke er wirklich war. Und selbst, wenn irgendjemand außer Ondomar das Pheromon besaß, war das nicht mehr ihr Problem. Sie brauchte sich vor niemandem zu verstecken.

Die Stimme in ihrem Kopf schwieg, als sei sie beleidigt.

Marie rief ihren Vater an und erzählte ihm, sie wolle sich noch mit einem Kollegen treffen, bevor sie zu ihm kommen und ein paar Tage ausspannen würde. Dann machte sie sich auf den Weg zur nächsten U-Bahn-Station. Rafaels Wohnung befand sich in einem mehrstöckigen Gründerzeitbau in Kreuzberg. Marie klingelte mit klopfendem Herzen.

Er öffnete sofort, als habe er schon auf sie gewartet. »Hallo Marie. Komm rein. Was hast du denn mit deinen Haaren gemacht?«

Die Frage traf sie wie ein Faustschlag.

Er sah ihren Gesichtsausdruck. »Ich meine, das steht dir gut, echt, ist nur ein bisschen ungewohnt.«

Marie musste plötzlich lachen. Rafael war eben Rafael. »Ich freue mich auch, dich zu sehen«, sagte sie. Dann hielt sie es nicht mehr aus. Sie warf alle Bedenken beiseite, ignorierte sämtliche Mahnungen ihres Verstandes und den Verhaltenskodex von Copeland & Company, schlang ihre Arme um seinen Hals und küsste ihn.

Zuerst erschien er ein wenig erschrocken, doch dann erwiderte er den Kuss mit einer Intensität, als habe er wochenlang auf diesen Moment gewartet.

Nach einer langen Zeit lösten sie sich voneinander, atemlos. »Willst du nicht vielleicht erst mal reinkommen?«, fragte er.

Seine Wohnung war klein und nicht besonders elegant, aber zweckmäßig eingerichtet. Wie sie Rafael kannte, hatte er bestimmt die ganze Zeit seit ihrem Anruf damit zugebracht, hier gründlich aufzuräumen.

»Möchtest du einen Kaffee?«

»Gern.«

Unter Kaffee verstand er offenbar ein Gebräu aus kochendem Wasser und löslichem Pulver, von dem er das Doppelte der empfohlenen Menge in die Tassen schaufelte. Dazu stellte er eine Blechdose mit pappigen Keksen auf den Tisch. Marie dachte mit einer gewissen Wehmut an Irenes Kaffeetafel. Sie würde Rafael wohl noch ein paar Dinge über Lebensstil beibringen müssen.

»Erzähl mal, wie war das, als du die Welt gerettet hast?«, fragte er, während er sich neben sie setzte.

»Später«, sagte Marie, stellte die Kaffeetasse beiseite und gab ihm mit ihren Lippen zu verstehen, was sie jetzt brauchte.

»Wollen wir ein bisschen spazieren gehen?«, fragte Rafael eine Dreiviertelstunde später. Er lag neben ihr, immer noch etwas außer Atem. Der Duft seines erhitzten Körpers war verlockend.

Marie streckte sich genüsslich auf dem zerwühlten Bett aus. Sie hätte ihn am liebsten wieder zu sich gezogen und weiter gemacht, aber Rafael wirkte, als könne er eine Pause vertragen. »Okay.«

Also zogen sie sich an und schlenderten wenige Minuten später Hand in Hand durch die Straßen. Marie erzählte ihm von den Geschehnissen in Riad, während er ihr von seinen Verhören berichtete. »Es ist unglaublich, wie oft die mir dieselben Fragen gestellt haben. Aber es waren immer wieder andere Leute. Irgendwann wusste ich selbst nicht mehr, was ich denen schon erzählt hatte und was noch nicht.«

Offenbar waren verschiedene Regierungsbehörden der USA daran interessiert, Ondomar aufzuspüren. So wie Rafael die Verhöre beschrieb, schienen sie geradezu einen Wettkampf veranstaltet zu haben, wer die wertvollsten Informationen aus ihm herausholen konnte. Vermutlich bekam derjenige, der Ondomar am Ende tatsächlich erwischte, eine hohe Belohnung.

Sie erreichten einen Park, der mitten in der Woche wohl nur von wenigen älteren Menschen aufgesucht wurde. »Ich glaube, ich werde bei Copeland kündigen«, offenbarte Rafael, während sie unter alten Buchen entlangspazierten, deren Laub den Weg bedeckte.

Marie erschrak. »Was? Warum denn?«

Rafael blieb stehen. Er sah sie an, und seine Augen wirkten ernst. »Ich passe da nicht hin. Die Unternehmensberatung ist nicht meine Welt, das ist mir klar geworden. Ich muss etwas machen, bei dem ich meine eigenen Ideen verwirklichen kann. Vielleicht werde ich irgendwann selbst eine Firma gründen. Und außerdem … Marie, ich liebe dich! Ich möchte mit dir zusammen sein. Und du weißt, dass das bei Copeland nicht geht.«

Marie grinste. »Blödsinn! Es gibt zwar diese Regel in den Firmenstatuten, Mitarbeiter dürften kein Verhältnis miteinander haben, aber die ist nach deutschem Recht gar nicht zulässig. Ich bin sicher, das wird niemand so eng sehen. Und was deine Selbständigkeit angeht, kannst du das doch später immer noch machen. Ich glaube, du kannst bei Copeland noch eine Menge lernen. Und außerdem bist du eine echte Bereicherung für die Firma. Du denkst nicht so wie ein typischer Berater, und das ist gerade gut!«

»Und du?«, fragte Rafael.

»Was, und ich?«

»Willst du auch mit mir zusammen sein? Oder war das vorhin nur …«

Sie umarmte ihn und gab ihm einen langen Kuss. »Nein, das war es nicht. Ich bin nicht der Typ für One-Night-Stands.«

»Hab ich mir schon gedacht.«

Sie gingen schweigend weiter, berauscht von der klaren Luft, dem sanften Glanz der tief stehenden Sonne und ihrem eigenen Glück.

Plötzlich stellten sich Maries Nackenhaare auf, und sie verspürte das dringende Bedürfnis, sich umzusehen. Sie sind hinter dir her, flüsterte die Stimme.

Oh nein, nicht schon wieder. Sie schüttelte den Kopf.

»Was hast du?«, fragte Rafael. Er sah sie besorgt an.

»Es ist nichts«, flüsterte Marie. Sie kämpfte mit den Tränen. Eine Zeitlang hatte sie wirklich geglaubt, ihre Paranoia überwunden zu haben. Doch jetzt war die Stimme ihres Unterbewusstseins plötzlich wieder da und vergiftete erneut ihr Leben. »Ich … ich glaube, ich bin einfach noch nicht ganz über die ganze Sache weg.«

Rafael nickte. »Ich eigentlich auch nicht.« Er lächelte. »Aber ich bin froh, dass wir uns haben.«

Sie schmiegte sich an ihn. »Ja, ich auch.« Plötzlich wollte sie unbedingt wieder zurück in seine Wohnung und noch einmal seinen Körper spüren.

»Wollen wir umkehren?«, fragte Rafael im selben Moment, als empfinde er dasselbe übermächtige Verlangen.

»Gern. Vielleicht können wir …«

In diesem Moment hörte Marie ein seltsames Geräusch, wie das Zerplatzen einer reifen Frucht. Rafael stolperte nach vorn, als habe er einen Schlag in den Rücken bekommen. Dann sank er in die Knie. Er sah sie mit großen fragenden Augen an, während sich sein graues Sweatshirt unter der geöffneten Lederjacke hellrot färbte.

49.

Marie tat das einzig Richtige – etwas, das sie sich später dennoch nicht verzieh: Sie sah sich nicht nach dem Heckenschützen um, beugte sich nicht über Rafael, versuchte nicht, ihn anzusprechen oder ihm zu helfen. Stattdessen erfüllte sie nur ein Gedanke: Die nächste Kugel würde sie treffen.

Sie hatte höchstens eine Sekunde. Sie machte einen Satz zur Seite, in ein Rhododendron-Gebüsch am Wegesrand. Die Kugel pfiff fast lautlos hinter ihr vorbei und blieb mit einem dumpfen Pock in einem Buchenstamm stecken.

Marie rannte durch den Park. Rannte, wie sie noch nie gerannt war. Die aufgeregten Rufe auf dem Weg nahm sie kaum wahr. Die Stimme in ihrem Kopf trieb sie unbarmherzig voran. Sie lief einen Zickzackkurs quer durch Gebüsch und kleine Baumgruppen. Sie wusste, der Killer würde nicht aufgeben, bis er auch sie ausgeschaltet hatte. Die Stimme hatte die ganze Zeit recht gehabt. Nur war sie zu dumm gewesen, auf sie zu hören.

Marie erreichte das Ende des Parks. Ohne sich um die verwunderten Blicke der Menschen an einer Bushaltestelle zu kümmern, rannte sie weiter. Sie hatte keine Ahnung, wie dicht der Killer ihr auf den Fersen war, doch sie wagte nicht, sich umzudrehen. Wahllos bog sie in Quer- und Seitenstraßen ein. Ihre Lungen brannten, doch der Schmerz war ihr beinahe willkommen. Er lenkte sie für den Moment ab von dem anderen, tieferen Schmerz, der in ihrem Inneren lauerte. Sie entdeckte einen U-Bahn-Zugang, rannte die Stufen hinab. Der Bahnsteig war fast leer. Eine Digitalanzeige gab die Wartezeit bis zum nächsten Zug an: drei Minuten.

Schwer atmend ging Marie ans andere Ende der Plattform und verbarg sich im Sichtschutz eines Pfeilers. Doch es kamen nur eine alte Frau mit einem Gehstock und eine Mutter mit zwei kleinen Kindern die Rolltreppe hinab. Der Zug fuhr ein. Marie sprang in einen der Wagen und blieb am Eingang stehen, bereit, sofort wieder aus dem Waggon zu fliehen, falls sich jemand zeigte, der es auf sie abgesehen haben könnte.

Der Zug setzte sich in Bewegung. Sie hatte es offenbar geschafft, ihren Verfolger abzuschütteln. Vielleicht hatte er sich auch gar nicht die Mühe gemacht, ihr hinterher zu laufen. Wahrscheinlich vertraute er darauf, dass er sie schon noch erwischen würde. Irgendwann.

Die Ungeheuerlichkeit dessen, was geschehen war, drang langsam in ihr Bewusstsein. Sie wollte weinen, wollte ihre Wut und Verzweiflung hinausschreien, doch stattdessen stand sie stumm da, die Lippen aufeinandergepresst, und zitterte am ganzen Körper.

Es war ihre Schuld. Sie hatte die ganze Zeit gewusst, dass sie verfolgt wurden. Ihre innere Stimme hatte es ihr klar genug gesagt. Auf eine seltsame Weise hatte sie die Gefahr ganz deutlich gespürt, kurz bevor der Schuss gefallen war. Trotzdem hatte sie es sich in ihrer naiven Glückseligkeit erlaubt, unvorsichtig zu sein.

Rafael hatte dafür bezahlt.

Etwas in ihr weigerte sich, es als Tatsache hinzunehmen, dass er tot war. Vielleicht hatte einer der Spaziergänger im Park einen Notarzt gerufen. Vielleicht war sogar zufällig ein Arzt in der Nähe gewesen. Vielleicht hatte der Schuss Rafaels Herz verfehlt und nur die Lunge durchschlagen. Vielleicht hatte er nicht zu viel Blut verloren. Vielleicht.

Diesmal ersparte sie es sich, mehrfach die U-Bahnlinie zu wechseln und kreuz und quer durch die Stadt zu hetzen. Sie wusste, wohin sie fliehen würde, und der Killer wusste es wahrscheinlich auch. Es kam jetzt allein darauf an, schneller zu sein.

An einer der nächsten Stationen, an der sich zwei Linien kreuzten, verließ sie die U-Bahn und nahm ein Taxi. Sie rief ihren Vater an und schilderte ihm in aller Kürze, was geschehen war. Der Taxifahrer sagte keinen Ton, aber Marie hatte das Gefühl, er fuhr schneller, als er es normalerweise getan hätte.

Als sie das Haus ihres Vaters erreichte, stand bereits ein dunkler BMW mit Blaulicht vor dem Grundstück. Offenbar hatte der Name des bekannten Dirigenten bei den Behörden genug Eindruck hinterlassen.

Ein ziemlich beleibter Polizist mit Vollbart und fettigem Haar stellte sich als Hauptkommissar Schneider vor. Mit skeptischer Miene kritzelte er gelegentlich etwas auf einen Notizblock, während Marie ihm von den Ereignissen erzählte.

»Sie glauben also, islamistische Terroristen sind hinter Ihnen her?« Sein Tonfall zeigte, dass er es für ebenso wahrscheinlich hielt wie die Landung von Marsmenschen am Brandenburger Tor.

»Nein. Ich sagte Ihnen doch, ich bin davon überzeugt, dass jemand anderes das Pheromon in die Finger bekommen hat. Nariv Ondomar hat mit dem Mordanschlag nichts zu tun.«

Der Kommissar kritzelte etwas. »Und wie war noch einmal der Name des Kollegen, der angeb… der angeschossen worden ist?«

»Rafael Grendel.«

Der Kommissar notierte sich seine Adresse. »Also schön. Wir gehen der Sache nach. Ich melde mich wieder bei Ihnen. Bleiben Sie am besten im Haus und halten Sie Türen und Fenster geschlossen, dann wird Ihnen nichts passieren.« Er gab Marie keine Visitenkarte und bat sie auch nicht, ihn anzurufen, falls ihr noch etwas einfiele. Es war offensichtlich, dass er ihr kein Wort glaubte und nur deshalb gute Miene machte, weil der berühmte Dirigent Lothar Escher die ganze Zeit neben Marie stand und ihn kritisch beäugte.

Der Kommissar verabschiedete sich knapp und fuhr davon.

Maries Vater umarmte sie und strich ihr Haar glatt. »Mein armes Schätzchen«, sagte er immer wieder. »Mein armes, armes Schätzchen.«

Plötzlich riss Marie sich los und sah ihren Vater kritisch an. »Du glaubst mir auch nicht, stimmt's? Hör zu. Ich bin nicht paranoid! Ich habe auch gedacht, dass ich das von Mama geerbt habe, dass ich Gespenster sehe. Aber es ist nicht so!« Ihr kamen die Tränen, und sie war für einen Moment unfähig zu sprechen. »Rafael ist ... ist wirklich angeschossen worden. Da draußen ist ein Killer, und er weiß wahrscheinlich, wo ich bin. Er wird herkommen. Ich kann verstehen, dass das schwer zu glauben ist, aber es ist wahr! Bitte, du musst mir vertrauen! Unser Leben hängt davon ab!«

»Natürlich glaube ich dir. Ich rufe noch mal den Oberstaatsanwalt an. Der soll dafür sorgen, dass wir Polizeischutz bekommen.«

Tatsächlich dauerte es keine Stunde, bis die Polizei wieder an der Tür klingelte. Marie war sich immer noch nicht ganz sicher, ob ihr Vater ihr wirklich glaubte, aber Irene hatte offenbar gespürt, dass sie die Wahrheit sagte. Ohne ein weiteres Wort hatte sie alle Fenster geschlossen und die Vorhänge zugezogen. Es war eine gespenstische Atmosphäre, als warteten sie auf den Weltuntergang. Marie war die ganze Zeit unruhig herumgelaufen und hatte gegen die Tränen und den Drang, in den Park zurückzukehren und Rafael zu helfen, gekämpft. Sie wusste, dass sie nicht das

Geringste tun konnte, dass ihr keine andere Wahl geblieben war, dass sie jetzt wahrscheinlich tot wäre, hätte sie nicht sofort die Flucht ergriffen. Und doch fühlte sie sich wie eine Verräterin.

Irene spähte durch ein Seitenfenster, dann öffnete sie. Der dicke Kommissar war diesmal in Begleitung zweier uniformierter Polizisten und eines in Zivil gekleideten Mannes.

»Wir haben Ihre Angaben inzwischen überprüft, Frau Escher«, sagte er ohne Umschweife. »Ihr Kollege liegt auf der Intensivstation der Charité.«

Marie erlaubte sich nicht, erleichtert aufzuatmen. »Wie geht es ihm? Ist er schwer verletzt? Wird er durchkommen?«

»Ich weiß es nicht. Ich weiß nur, dass er Glück hatte. Spaziergänger haben den Vorfall beobachtet und sofort einen Krankenwagen gerufen.«

»Haben sie den Mörd… den Schützen gesehen?«

»Ja. Er ist hinter Ihnen her gerannt. Aber die Beschreibung ist sehr ungenau. Ein Mann mittleren Alters und mittlerer Größe, mit dunklen Haaren. Er trug Jeans und eine Lederjacke. Einer der beiden Zeugen sprach von einer dunklen Haut, aber seine Frau konnte das nicht bestätigen. Mehr wissen wir nicht. Deswegen sind wir ja hier. Herr Zohlert vom Verfassungsschutz möchte Ihnen noch ein paar Fragen stellen.« Er deutete mit dem Kopf auf den jungen Mann in Zivil.

»Ich muss zu ihm«, sagte sie.

»Später. Momentan können Sie sowieso nichts tun. Wir werden Sie nachher ins Krankenhaus begleiten. Aber erst mal beantworten Sie bitte unsere Fragen.«

Marie nickte. »Gut, kommen Sie.« Der Kommissar gab den beiden Uniformierten Anweisung, vor dem Haus zu warten. Dann folgte er Marie zusammen mit Zohlert in das modern eingerichtete Wohnzimmer.

Der Mann vom Verfassungsschutz stellte ein Diktiergerät auf den Couchtisch und schaltete es ein. »Sie haben doch nichts dagegen?«

Marie schüttelte den Kopf.

»Sie erwähnten gegenüber Hauptkommissar Schneider einen Terroristen, Nariv Ondomar. Was wissen Sie über ihn?«

Marie zögerte einen Moment. Immerhin hatte sie der Sicherheitsberater des US-Präsidenten persönlich gebeten, nichts über die Ereignisse in Riad zu erzählen. Andererseits hatte Corline auch nicht verhindert, dass jetzt ein Killer hier in Berlin Jagd auf sie machte. Also begann sie zu schildern, was geschehen war.

Eine Stunde später schaltete Zohlert das Diktiergerät ab. »Das ist eine unglaubliche Geschichte«, sagte er. Doch es klang nicht so, als glaube er ihr nicht – im Gegenteil. Zwischendurch hatte er mehrmals genickt, als seien ihm durch Maries Erzählung erst einige Dinge klar geworden, die ihn schon länger beschäftigten. Der Kommissar hatte die ganze Zeit stumm dagesessen und zugehört, während seine Miene immer wieder zwischen Erstaunen und Zweifel gewechselt hatte.

Marie war froh, alles erzählt zu haben. Es war eine große Erleichterung, das Geheimnis des Pheromons nicht mehr allein mit sich herumzutragen. Der Verfassungsschutz würde wissen, was zu tun war. Und wenn der Killer begriff, dass Marie ohnehin alles ausgeplaudert hatte, bestand auch kein Grund mehr, sie umzubringen.

»Und Sie haben keine Ahnung, wer hinter dem Anschlag auf Sie stecken könnte? Könnte es nicht doch Nariv Ondomar gewesen sein, oder einer seiner Leute?«, fragte Zohlert.

»Warum sollte er das tun?«

»Aus Rache. Immerhin haben Sie ihn verraten und den Anschlag in Riad verhindert.«

»Das glaube ich nicht. Es mag sein, dass er mich als seine Feindin ansieht, aber er hat sehr viele Feinde. Warum sollte er ausgerechnet hinter mir her sein, die ich ihm nicht gefährlich werden kann und für seine Ziele nicht die geringste Bedeutung habe?«

»Terroristen handeln nicht immer rational.«

»Ondomar schon. Er ist klug, und was er tut, plant er sorgfältig. Nein, ich bin sicher, er steckt nicht dahinter.«

»Aber wer dann?«

»Ich weiß es nicht. Irgendein Geheimdienst vielleicht. Sie müssten doch besser wissen als ich, wer da in Frage kommt.«

Zohlert lächelte, und Marie stellte fest, dass sie ihn mochte. Er wirkte freundlich und aufgeschlossen, jedenfalls überhaupt nicht so, wie sie sich einen Mitarbeiter des Verfassungsschutzes vorgestellt hatte. »Da gibt es in der Tat eine Menge Möglichkeiten. In Deutschland laufen heutzutage mehr Spione herum als zu Zeiten des Kalten Krieges. Die sind zwar normalerweise hinter Industriegeheimnissen her, aber wenn dieses Pheromon so wirkt, wie Sie es beschrieben haben, dann hätte wohl jeder Staat der Dritten Welt das Geheimnis gern für sich – und die meisten Industrienationen wären vermutlich auch nicht abgeneigt. Ich fürchte, es gibt so viele Geheimdienste, dass wir praktisch gar nichts wissen. Aber Sie haben vorhin gesagt, Sie glaubten, das Pheromon wäre bei dem Vorfall in Bagdad eingesetzt worden.«

»Das stimmt. Ich glaube nicht, dass Ondomar Schulkinder für seine Ziele opfern würde. Er hat mir erzählt, er hätte seine kleine Schwester durch eine Streubombe der Russen verloren, und dieses Erlebnis ist vielleicht der Grund, weshalb er Terrorist geworden ist. Wenn die Geschichte stimmt, dann kann ich mir nicht vorstellen, dass er kleine Kinder töten lassen würde.«

»Nein, so wie Sie ihn beschrieben haben, glaube ich das auch nicht. Aber es gibt genug Leute, die ein Interesse daran haben, den Zorn der Massen im Irak auf die Amerikaner anzuheizen. Vielleicht hat Ondomar das Zeug an die Iraner verkauft, oder an Syrien. Vielleicht arbeitet er mit Al Qaida zusammen. Es gibt Dutzende Möglichkeiten.«

50.

Der Pilger ging nervös in seinem luxuriösen Büro auf und ab. Es gelang ihm nicht, die innere Ruhe zu finden, die ihm schon so oft in schwierigen Situationen geholfen hatte. Die Dinge gerieten außer Kontrolle. Der Mann in Berlin hatte versagt, und nun wussten die deutschen Behörden höchstwahrscheinlich alles, was sie wissen mussten. Es würde nicht leicht sein, die Kette der Ereignisse bis zu ihm zurückzuverfolgen. Doch es war auch nicht unmöglich. Er musste Vorkehrungen treffen.

Sein Blick glitt zur Amerikanischen Flagge, die die Stirnwand seines Büros schmückte. Es ging ihm nicht um seine eigene Sicherheit, seinen persönlichen Status, seine Macht. Er war nur ein Diener einer viel größeren Sache, Erfüller des geheimen Auftrags, den der Bund der Wahren Pilger seit mehr als 300 Jahren zuverlässig befolgte. Es ging um nicht weniger als um die Freiheit Amerikas – und um den Erhalt des wahren Glaubens. In einer Welt, in der die Ideale der Pilgerväter längst verraten worden waren, die durchdrungen war von Habgier, Korruption und Unmoral, kämpfte der Bund einen fast verlorenen Kampf gegen das Böse. Die Menschen in Amerika hatten vergessen, wem sie ihren Reichtum und ihre Freiheit verdankten. Sie verdienten es nicht, dass er und seine Glaubensbrüder die Amerikanischen Werte für sie verteidigten. Doch der Bund würde niemals aufgeben – niemals das Land, für das die Vorväter so viele Opfer gebracht hatten, kampflos in die Hände Satans fallen lassen. Der Pilger selbst würde ohne Zögern sein Leben dafür hergeben, wie er es vor langer Zeit geschworen hatte.

Zweifel überfielen ihn wie ein Schwarm bösartiger Insekten, die mit ihren Stacheln sein Bewusstsein vergifteten. Zweifel, ob er das Richtige getan, ob er dem Bund ehrenhaft gedient hatte, ob er wirklich im Licht des Allmächtigen gewandelt war. Hatte er nicht wiederholt Seine Gebote verletzt? Hatte er nicht mehrfach Unschuldige getötet? Kinder sogar, wenn sie auch nie das Licht und den Segen Gottes empfangen hatten und daher auch nicht auserwählt sein konnten?

Doch er wusste, diese Opfer waren notwendig gewesen, um Seinen Willen zu erfüllen. Die Zweifel waren in Wahrheit Worte der Finsternis, geflüstert vom Herrscher der Unterwelt, dem Antichristen, um ihn vom rechten Weg abzubringen. Und wie immer gelang es ihm mühelos, sie beiseite zu wischen, indem er sich die alten Worte ins Gedächtnis rief: »Nur wenige wird Er erretten aus der totalen Verdammnis. Die aber, welche Er erwählet hat, sind erlöst von der Sünde und können nicht fehlen. Denn für sie gab Er das Leben Seines Sohnes. Nur ihnen wird Seine unwiderstehliche Gnade zuteil, und sie werden heilig sein in alle Ewigkeit.«

Plötzlich wurde ihm klar, was er zu tun hatte. Er zuckte zurück vor dem Gedanken. Doch er konnte sich der Wahrheit nicht verschließen, die sich vor ihm auftat wie das strahlende Licht der Sonne, die durch dunkle Wolken bricht. Er senkte den Kopf und blinzelte die Tränen beiseite. Jetzt war nicht die Zeit des Zögerns.

Er traf eine Entscheidung. Eine schreckliche Entscheidung. Doch es war ein notwendiges Opfer. Gott würde ihn dafür belohnen, denn Gott hatte ihn erwählt.

Nun endlich überkam ihn die Ruhe, die er brauchte, um alles vorzubereiten.

51.

Rafaels Haut war wächsern. Seine Hand fühlte sich schlaff und irgendwie zu weich an, fast wie ein leerer Handschuh. Die Schläuche in Mund und Nase vermittelten Marie den Eindruck, keinen Menschen vor sich zu haben, sondern ein künstliches Wesen, zusammengeflickt von einem geisteskranken Erfinder. Das regelmäßige Zischen der künstlichen Lunge, das monotone Piepen der Apparate, die seine Lebensfunktionen überwachten, und der kalte Geruch nach Desinfektionsmittel verstärkten dieses Gefühl noch.

Immer wieder glitt Maries angstvoller Blick zu dem kleinen Bildschirm, auf dem Rafaels Herzschlag in einer gezackten grünen Kurve dargestellt wurde. Jeden Moment rechnete sie damit, die Kurve würde abflachen oder aus dem gleichförmigen Piepen könne ein schriller Alarmton werden.

Sein Zustand sei momentan stabil, hatte die Ärztin gesagt, doch es sei ungewiss, ob er durchkomme. Es grenze an ein Wunder, dass er es trotz seines Blutverlusts überhaupt bis hierher geschafft habe. Ob und wann er aus dem Koma erwachen würde, wisse niemand zu sagen, und es sei durchaus möglich, dass er bleibende Hirnschäden davontragen werde.

Marie blinzelte die Tränen beiseite. Die quälenden Gedanken ließen sie nicht in Ruhe: Was wäre gewesen, wenn sie bei ihm geblieben wäre? Hätte sie seine Blutung verringern können? Oder hatte sie vielleicht den Killer mit ihrer Flucht davon abgehalten, Rafael mit einem zweiten Schuss endgültig zu töten? Wären sie jetzt beide tot, oder wären seine Überlebenschancen deutlich besser gewesen, wenn sie ihn nicht allein zurückgelassen hätte?

Sie wusste, diese Fragen brachten überhaupt nichts, doch sie konnte sie ebenso wenig unterdrücken wie das nagende Gefühl, dass derjenige, der Rafael das angetan hatte, immer noch frei herumlief – genau wie seine Auftraggeber.

Die Ärztin betrat den Raum und warf einen kurzen Blick auf die Instrumente. Was sie sah, schien sie nicht sonderlich zu beunruhigen. Andererseits hatten sie es hier auf der Intensivstation ständig mit Menschen zu tun, die mit dem Tode rangen – Rafael war da wahrscheinlich kein besonders aufregender Fall.

»Es tut mir leid, aber Sie können nicht die ganze Nacht hierbleiben.«

Marie nickte. Die Vorstellung, Rafael könne sterben, während sie im Gästebett ihres Vaters schlief, war grauenhaft. Doch sie wusste, dass sie ihm jetzt nicht helfen konnte. Sein Schicksal lag nicht in ihrer Hand.

Die Ärztin bemühte sich, beruhigend zu lächeln. »Machen Sie sich keine Gedanken. Wir kümmern uns gut um Ihren Freund.«

Marie verließ die Intensivstation. Sie erschrak, als sie sah, dass nicht nur der Polizist, sondern auch ihr Vater und Irene die ganze Zeit draußen gewartet hatten. Sie wusste nicht, wie viele Stunden sie stumm neben Rafael gesessen hatte, aber den beiden musste es noch länger vorgekommen sein als ihr. Doch es war schön, das tröstende Lächeln zu sehen und die Umarmung ihres Vaters zu spüren. »Danke«, sagte sie nur.

Sie aß nichts zu Abend und ging sofort ins Bett. Sie schlief unruhig und wachte kaum zwei Stunden später wieder auf. Hatte das Telefon geklingelt? War es die Ärztin gewesen, die versucht hatte, ihr Rafaels Tod beizubringen? Oder war da draußen ein verdächtiges Geräusch gewesen? Vielleicht schlich der Killer ums Haus? Sie versuchte, die Gedanken zu verdrängen, doch sie konnte keine Ruhe mehr finden. Sie hatte geträumt, sie sei wieder ein Kind, eingesperrt in den engen Schrank, doch dann hatte sie seltsame, traurige Gesänge gehört, und plötzlich hatte sie begriffen, dass es kein Schrank war, in den sie eingezwängt war, sondern ein Sarg.

Sie sah auf die Uhr: halb eins morgens. Sie überlegte ernsthaft, ein Taxi zu nehmen und wieder zur Klinik zu fahren. Sicher kam man jetzt nicht so ohne Weiteres als Besucherin auf die Intensivstation, aber wenn sie all ihre Überzeugungskraft aufwandte, würde sie vielleicht … Nein, das war lächerlich. Sie würde höchstens die Klinikangestellten davon abhalten, jemandem das Leben zu retten. Sie konnte nichts tun, außer abwarten. Und beten.

Marie hatte seit Jahren nicht mehr gebetet. Ihr Vater war nicht sehr religiös – eigentlich war Religion zwischen ihnen nie ein Thema gewesen. Ihre Mutter hatte oft mit ihr ein Abendgebet gesprochen, doch wenn es einen Gott gab, dann hatte er Marie bisher wenig Anlass zur Vermutung gegeben, er würde ihre Bitten erhören. Was hatte es also für einen Zweck, sich ausgerechnet jetzt an ihn zu wenden? Andererseits, schaden konnte es eigentlich auch nicht. Also versuchte sie, sich an ein Gebet aus ihrer Kindheit zu erinnern. Doch alles, was ihr einfiel, war: »Lieber Gott, mach mich fromm, dass ich in den Himmel komm …« Sie hatte es aufgesagt, immer wieder, damals im Schrank.

Sie gab den Versuch auf. Ein Priester hätte ihr wahrscheinlich gesagt, die Sache mit ihrer Mutter sei eine Prüfung gewesen. Für Marie aber war es eine zu grausame Prüfung. Mit einem Gott, der einem solche Prüfungen stellte – der eine ganze Klasse von Schulkindern auslöschte, möglicherweise, weil sie der falschen Religion angehörten –, mit so einem Gott wollte sie nichts zu tun haben. Rafael würde es irgendwie selber schaffen müssen.

An Schlaf war nicht zu denken, also stand sie auf und

ging in die Küche, um sich einen Kaffee zu machen. Zu ihrer Überraschung traf sie dort Irene.

»Ich habe Kaffee aufgesetzt«, sagte sie. »Hab mir gedacht, dass du bestimmt nicht schlafen kannst.«

Marie nahm dankbar eine Tasse an.

»Eine schreckliche Sache«, sagte Irene. »Bist du sicher, dass nicht doch dieser Terrorist dahintersteckt?«

»Nein«, sagte Marie. »Aber ich glaube es einfach nicht.«

»Aber wer dann? Meinst du wirklich, irgend so ein ausländischer Geheimdienst macht Jagd auf deutsche Staatsbürger, dazu noch mitten in Berlin?«

Marie zuckte mit den Schultern. »Keine Ahnung. Aber der Mann vom Verfassungsschutz hat gesagt, es gibt hier mehr Agenten als zu Zeiten des Kalten Kriegs.«

»Agenten vielleicht, aber die knallen doch nicht einfach irgendwelche Leute ab.« Irene errötete, als ihr klar wurde, über wen sie redete. »Entschuldige, ich meinte …«

»Schon gut. Du hast recht. Es passt nicht zusammen.«

»Also waren es doch Terroristen, oder …«

»Oder was?«

»Oder jemand, der sehr viel zu verlieren hat. Jemand, der auf jeden Fall verhindern muss, dass die Wahrheit über den Anschlag in Riad ans Licht kommt.«

»Ja, daran habe ich auch schon gedacht. Aber selbst wenn wir wüssten, wer ein Motiv hat … was sollten wir tun? Wir haben keinen Beweis, und es gibt niemanden, der uns helfen kann. Wenn es wirklich jemand ist, der große Macht hat, können wir nicht das Geringste tun.«

»Es sei denn, wir kennen jemanden, der ebenso große Macht besitzt«, sagte Irene. »Du hast doch gestern den Sicherheitsberater des Präsidenten angerufen. Vielleicht kann er …«

Marie erstarrte. »Wie spät ist es?«

»Kurz nach eins, warum?«

Kurz nach 19 Uhr in den USA. Zu spät. Oder doch nicht? Würde jemand in seiner Position nicht Überstunden machen, zumal nach einer solchen Beinahe-Katastrophe wie der in Riad? Sie musste es wenigstens versuchen.

52.

Bob Harrisburg legte den Hörer auf. Mehrere Minuten saß er stumm vor seinem Monitor, auf dem eine wissenschaftliche Abhandlung über das Aggressionsverhalten des Menschen zu sehen war. Was er gerade gehört hatte, war ungeheuerlich. Er wusste, was er riskierte, wenn er den Gedanken auch nur weiterdachte, geschweige denn tatsächlich etwas unternahm. Aber Harrisburg war noch nie vor einem persönlichen Risiko zurückgeschreckt, wenn es die Sache wert war.

Schwerer wog das Problem, dass ihm niemand glauben würde. Die Aussage einer paranoiden Deutschen, einen absurden Verdacht – mehr hatte er nicht. Und doch hatte er sofort gewusst, dass sie die Wahrheit sagte. Die langen Gespräche mit ihr waren ja erst wenige Tage her. Sie war klug, wenn nicht gar brillant. Sicher hatten die traumatischen Ereignisse sie mitgenommen. Doch was sie ihm erzählt hatte, so unglaublich es auch sein mochte, war kein Hirngespinst. Sie hatte aufgeregt geklungen, als sie ihm von dem Mordanschlag auf Rafael Grendel erzählt hatte. Aufgeregt, natürlich, aber nicht panisch.

Harrisburg hätte ihr wahrscheinlich nicht so bereitwillig geglaubt, wenn er nicht selber schon das Gefühl gehabt hätte, noch nicht die ganze Wahrheit über den Anschlag auf die Konferenz zu wissen. Den ganzen langen Rückflug über hatte er darüber gegrübelt, welches Puzzlesteinchen ihm noch fehlen mochte. Er war nicht darauf gekommen, doch jetzt, nachdem Marie Escher ihm ihre Theorie erzählt hatte, wusste er, dass sie stimmte. Es war nicht allein Ondomar gewesen, der versucht hatte, die Friedenskonferenz im Chaos versinken zu lassen.

Er legte sich seine Worte zurecht, dann wählte er eine Nummer. Er wusste, dass auch Jim Cricket um diese Zeit mit Sicherheit noch an seinem Arbeitsplatz im CIA-Hauptquartier in Langley anzutreffen war. Und tatsächlich meldete er sich sofort selbst.

»Bob Harrisburg hier. Ich habe ein Problem.«

»Was ist los?«

»Ich habe gerade einen Anruf erhalten.« Er gab kurz den Inhalt des Gesprächs wieder.

Cricket schwieg einen Moment. »Sie glauben doch wohl nicht, dass sie recht hat?«

»Ich weiß es nicht. Aber ich bin sicher, wir haben noch nicht alles verstanden, was im Zusammenhang mit dem Anschlag steht. Und jetzt dieser Mordversuch – das passt eindeutig nicht zu Ondomar.«

»Haben Sie geprüft, ob die Geschichte stimmt? Ich meine, der Mordanschlag auf diesen ... Kollegen von ihr?«

»Nein, aber das sollte ein Leichtes sein, nicht wahr? Wir müssen uns nur die Polizeiberichte aus Berlin schicken lassen.«

»Da ist es jetzt mitten in der Nacht.«

»Ich würde es riskieren, unter der Annahme zu handeln, dass die Geschichte stimmt.«

»Sie wissen, was Sie da sagen? Wenn diese Marie Escher sich das nur ausgedacht hat, dann ...«

»Ja, dann haben wir beide ein Problem. Aber wenn es stimmt, und wir nichts tun, haben wir noch ein viel größeres Problem.«

»Da haben Sie wohl Recht, Bob. Trotzdem, selbst wenn ich wüsste, dass es stimmt, könnte ich nichts machen. Für innere Angelegenheiten bin ich nicht zuständig.«

»Aber Sie wissen, wen Sie informieren müssen.«

»Natürlich. Doch ohne konkreten Anhaltspunkt, ohne

Beweise brauche ich das gar nicht erst zu versuchen. Bloß weil irgendeine Deutsche einen Verdacht hat …«

»Sie ist nicht irgendeine Deutsche. Sie hat eine Katastrophe verhindert, nur, weil sie den richtigen Verdacht hatte. Und weil wir ihr zugehört und ihr geglaubt haben.«

»Ich weiß. Verdammt, was soll ich machen, Bob? Was wir haben, reicht einfach nicht!«

»Haben Sie sich eigentlich schon mal gefragt, wie das Pheromon in das Hotel gekommen ist?«

»Soll das ein Scherz sein? Natürlich wissen wir das. Wir haben ein Geständnis der Hotelmanagerin. Sie liegt noch im Krankenhaus, aber sie hat uns alles erzählt. Ondomar hat ihren Mann und ihre Kinder entführt. Er hat sie inzwischen sogar tatsächlich wieder freigelassen. Aber es war eindeutig er, der sie gezwungen hat, den Anschlag durchzuführen.«

»Ja, ich weiß. Aber wie hat sie es geschafft, das Pheromon ins Hotel zu schmuggeln, obwohl Sie die unmissverständliche Anweisung gegeben hatten, keine Flüssigkeiten durch die Sicherheitsschleuse zu lassen?«

»Einer meiner Leute hat Mist gebaut. Er wird die Konsequenzen dafür tragen müssen, das können Sie mir glauben.«

»Ja. Aber warum hat er versagt? Wissen Sie das?«

Cricket schwieg einen Moment. »Das Video«, sagte er schließlich. »Ich habe mir das Video der Überwachungskamera an der Sicherheitsschleuse noch nicht angesehen.« Er seufzte. »Ich hielt es bisher nicht für notwendig. Ich dachte, es sei alles klar, nachdem wir wussten, wer den Anschlag verübt hat und warum. Ein dummer Fehler. Warten Sie, ich schicke Ihnen die Datei, dann können wir es beide gemeinsam anschauen.«

Ein paar Minuten später sah Harrisburg auf seinem Monitor das Video der Sicherheitskamera.

»Da ist sie«, sagte Cricket. Die Leiterin des Gästeservices, Nancy Singh, stand mit den anderen Hotelangestellten und CIA-Beamten in der Schlange vor dem Metalldetektor. Einer nach dem anderen musste seine Jacken- und Hosentaschen leeren und die Handtasche oder sonstige mitgebrachte Taschen und Beutel öffnen. Jedes noch so kleine Fläschchen mit Flüssigkeit wurde entfernt. Der Mann an der Sicherheitsschleuse arbeitete methodisch und gründlich. Kaum zu glauben, dass er ausgerechnet bei der einen, kritischen Parfümflasche versagt hatte.

Nancy Singh kam an die Reihe. Der Sicherheitsmann bat sie, die Handtasche zu öffnen. Er kramte darin und holte eine Spraydose sowie das Flakon heraus. »Tut mir leid, aber das dürfen Sie nicht mit hineinnehmen!«, sagte er freundlich, aber bestimmt.

Nancy Singh verzog das Gesicht. »Hören Sie, Sir, bitte, ich kann nicht ohne dieses Parfüm dort hineingehen! Heute kommt Präsident Zinger in unser Hotel, und ich bin die Leiterin des Gästeservices. Ich kann ihm doch nicht gegenübertreten und nach Bratfett riechen!«

Ihre Verzweiflung wirkte überzeugend. Doch der Sicherheitsmann blieb standhaft. »Tut mir leid, wir haben unsere Anweisungen.«

»Aber das ist Allure von Chanel!«, rief die Hotelmanagerin. »Ein Geschenk meines Mannes zum Hochzeitstag! Haben Sie eine Ahnung, was so ein Flakon kostet?«

Der Sicherheitsmann zeigte sich weiterhin unbeeindruckt. »Tut mir leid, Ma'am, ich kann nichts tun. Wir haben strikte Anweisung, alle Flüssigkeiten in diesen Behälter zu werfen.«

Nancy Singh nahm das Flakon, sprühte den Inhalt scheinbar auf ihr Handgelenk und verrieb ihn. Sie hielt es dem Sicherheitsmann hin. »Bitte, Sir, riechen Sie mal! Eindeutig Parfüm, oder? Ich meine, ich verstehe ja Ihre

Anweisungen, aber Sie können mir doch keine Hundertdollarflasche Parfüm wegnehmen, weil Sie glauben, da könnte Sprengstoff drin sein, oder?«

»Verdammt raffiniert!«, sagte Cricket.

Der Sicherheitsmann beugte sich herab und roch an ihrem Handgelenk. Er zuckte mit den Schultern. »Es tut mir leid. Ich kann nichts machen. Sonst bekomme ich Ärger.«

»Was ist denn los?«, sagte jemand, der aus dem Hotel hinzugekommen war. Er stand außerhalb des Kamerablickfelds, so dass Harrisburg nur seine dunkle Anzughose sehen konnte, aber die Stimme war unverkennbar. Es verschlug Harrisburg den Atem.

Es war Jack Corline.

53.

Marie verbrachte bereits den fünften Tag an Rafaels Bett. Diesmal wartete kein Polizeibeamter vor der Intensivstation auf sie. Kommissar Schneider hatte angerufen und mitgeteilt, es bestehe aus Sicht der Polizei kein Anhaltspunkt mehr für eine akute Gefährdung. Ihr Vater hatte protestiert, aber Marie wusste, dass der Kommissar recht hatte. Es war vorbei.

Gestern war es in den Nachrichten gekommen: Jack Corline, der Sicherheitsberater des Präsidenten, war tot in einem Hotelzimmer in der Nähe von Washington aufgefunden worden, vergiftet durch eine Überdosis Beruhigungsmittel. Alle Umstände deuteten auf Selbstmord hin. Ein Abschiedsbrief war jedoch nicht gefunden worden.

Die Spekulationen in den Medien über die Ursachen waren natürlich ins Kraut geschossen: Drogensucht, hohe Spielschulden oder eine psychische Krankheit wurden vermutet. Im Internet kursierten diverse Verschwörungstheorien. Danach war Corline natürlich ermordet worden – wahlweise von der russischen oder chinesischen Mafia, den Freimaurern, einem milliardenschweren Waffenhändler, Al Qaida oder einer Geheimorganisation religiöser Fanatiker namens »Die Wahren Pilger«, die sich die Verteidigung Amerikas gegen die Heiden auf die Fahnen geschrieben hatte. Eine Verbindung zu der erst kürzlich stattgefundenen Friedenskonferenz in Riad zog niemand.

Die Nachricht war für Marie ein Schock gewesen, und sie hatte sich augenblicklich schuldig gefühlt. Sie wusste nicht genau, warum und wie, aber ihr war klar, dass ihre Anrufe bei Corline und Bob Harrisburg die Ereignisse ausgelöst hatten, die zu Corlines Tod führten. Der Anschlag auf Rafael und sie war kurz nach ihrem Anruf bei ihm erfolgt. Das hatte sie auf den Gedanken gebracht, er könne hinter dem Anschlag stecken. Wie er vom Geheimnis des Pheromons erfahren und warum er es eingesetzt hatte, wusste sie nicht. Der Mordanschlag zeigte jedoch, dass er Teil einer Verschwörung sein musste, die weitreichende Verbindungen hatte. Marie konnte nur erahnen, wie viel Staub jetzt in den Führungsetagen der US-Geheimdienste und des Pentagon aufgewirbelt wurde.

Über die Motive des Einsatzes konnte sie nur spekulieren. Wahrscheinlich hatte Corline dasselbe vorgehabt wie Ondomar: Unfrieden und Hass säen. Vermutlich gab es in den amerikanischen Sicherheitsbehörden und im Militär Leute, die am liebsten einen weiteren Nahostkrieg vom Zaun brechen würden, um die Region endgültig unter ihre Kontrolle zu bringen. Ein Blutbad bei der Sicherheitskonferenz, bei dem vielleicht auch der Präsident verletzt oder getötet worden wäre, hätte ihnen einen willkommenen Anlass geliefert.

Es war ein seltsamer, beunruhigender Gedanke, dass die beiden Erzfeinde – die Ultrarechten in den USA und die islamischen Extremisten – dieselben Ziele verfolgten. Doch es gab in der Geschichte genügend Beispiele dafür, dass verfeindete extremistische Gruppen gemeinsam versuchten, Demokratien zu Fall zu bringen, die gemäßigten Kräfte in zwei Lager zu spalten und Krieg und Chaos herbeizuführen. Diesmal allerdings schien es, als hätten die Vernünftigen auf beiden Seiten noch einmal die Oberhand behalten.

All das half Rafael jedoch wenig. Sein Zustand war weiterhin stabil, aber er hatte sich auch nicht gebessert. Immer noch befand er sich an der Schwelle zum Tod. Und mit jedem Tag, den das Koma anhielt, würde es für ihn schwieriger werden, von dort zurückzukehren.

Sie beugte sich vor und strich sanft über seine Stirn. Die Ärztin hatte ihr versichert, dass Berührungen ihm nicht schadeten. Im Gegenteil: Gelegentliche Berührungsempfindungen würden seinem Geist vielleicht helfen, aus dem Gefängnis der Ohnmacht auszubrechen. Trotzdem traute sich Marie kaum, ihn anzufassen, so schwach und zerbrechlich wirkte er. Es war ein Anblick, der kaum zu ertragen war.

Noch einmal glitt ihre Hand über den Ansatz seiner wuscheligen Haare, über Schläfe und Wange. Im selben Moment ertönte ein glockenartiger Klang von den Kontrollinstrumenten, der sich regelmäßig wiederholte.

Marie erschrak und zuckte zurück. Die Kurve des Herzschlags, die bisher sehr gleichmäßig gewesen war, wurde unruhig.

Ein junger Arzt betrat den Raum. »Was ist passiert?«, fragte er.

»Ich … ich weiß nicht … ich habe ihn nur ganz leicht berührt …«

Der Arzt betrachtete die Anzeigen. Mit dem Daumen schob er eines von Rafaels Augenlidern hoch. Marie konnte sehen, wie die Pupille unruhig hin und her zuckte.

Der Mediziner gab ihm einen leichten Klaps auf die Wange. »Herr Grendel, können Sie mich hören? Herr Grendel?«

Rafaels Augenlider zitterten. Dann schlug er sie auf. Sein Blick glitt unruhig hin und her, als könne er nichts erkennen.

»Herr Grendel, wenn Sie mich verstehen, dann versuchen Sie bitte, beide Hände zu spreizen.«

Rafaels Finger öffneten sich. Seine Hand zitterte, doch es gelang ihm, sie ganz zu öffnen und die Finger auseinander zu drücken. Er wandte den Kopf leicht in ihre Richtung, und so etwas wie Erkennen schien in seinen Augen aufzuglimmen. Er versuchte, den Kopf anzuheben, und aus seiner Brust kam ein dumpfes Geräusch, als versuche er, zu sprechen.

»Nicht so schnell, Herr Grendel«, sagte der Arzt. Seine Stimme war eindringlich, aber freundlich. »Sie sind ziemlich schwer verletzt. Sie brauchen Ruhe. Strengen Sie sich bitte nicht an. Was immer Sie Ihrer Freundin mitteilen wollen, hat noch Zeit. Ich bin sicher, sie bleibt noch eine Weile bei Ihnen.«

Epilog

Der Himmel war klar über Huygensville/Arkansas. Die paar Fadenwolken hoch in der Atmosphäre gaben dem Blau nur noch mehr Tiefe. Ein warmer Wind wehte Plakatfetzen und zerknitterte Wahlkampfprospekte über den Town Square.

Bob Harrisburg hob einen davon auf und betrachtete nachdenklich das strahlende Gesicht von Senator Floyd Brooke. Sein Gesicht mit dem rosa Teint, das ihm den Spitznamen »Pink Floyd« eingetragen hatte, wirkte auf dem Foto jugendlich. Der Eindruck eines Lausbuben wurde noch verstärkt durch seinen roten Wuschelkopf – ein erwachsener Tom Sawyer. Er hatte beide Hände erhoben und reckte sie siegessicher einer Menge von Anhängern entgegen. Hinter ihm, etwas unscharf, wehte die Amerikanische Flagge.

Brooke hatte als jüngstes Mitglied des US-Repräsentantenhauses eine steile politische Karriere hingelegt. Sein scharfer Verstand, sein beißender Sprachwitz und seine joviale, volksnahe Art hatten ihn zu einem der heißesten Kandidaten für die anstehenden Vorwahlen für die Präsidentschaftskandidatur gemacht. Ein Außenseiter zwar, aber einer, dem die Kommentatoren das Zeug dazu bescheinigt hatten, einen echten Überraschungscoup zu landen und dem Präsidenten ernsthaft gefährlich werden zu können.

Bis gestern.

Harrisburg sah sich auf dem Platz um. Sein Blick wanderte über zerbrochene Stühle, umgerissene Stände, an denen Getränke, Hotdogs und Brezeln verkauft worden waren, zerborstene Schaufensterscheiben der angrenzenden Geschäfte, die heruntergerissene Dekoration der Bühne, das zertrümmerte Podium. Er schloss die Augen und sah die Fernsehbilder vor sich, die seit vielen Stunden ununterbrochen über die Nachrichtensender flimmerten: Menschen, die um sich schlugen, traten und bissen, übereinander herfielen. Sicherheitskräfte, die wahllos in die Menge schossen. Und natürlich immer wieder Floyd Brooke, sein rot angelaufenes Gesicht zu einer Grimasse des Hasses verzerrt, wie er mit dem Mikrofonständer eine schwangere Frau niederschlug – eine Frau, die sich trotz ihrer in wenigen Wochen bevorstehenden Geburt bis zuletzt als Wahlkampfhelferin für ihn eingesetzt hatte.

Es war seltsam, wie still es war. Keine Reporter mehr, keine Schaulustigen. Die Polizeibeamten, die den Platz absperrten, waren eigentlich überflüssig. Die kleine Stadt stand unter Schock, wie die ganze Nation. Die Bewohner hatten sich in ihre Häuser verzogen, hielten Türen und Fenster verschlossen, als könnten sie so das Böse fernhalten, das ihren beschaulichen Ort heimgesucht hatte.

42 Tote. 117 Verletzte. Sachschaden in Millionenhöhe und ein hoffnungsvoller Politiker, dessen Karriere zerstört war und der nun mit einer Anklage wegen gefährlicher Körperverletzung zu rechnen hatte. Bilanz eines einzigen Abends, der in die Geschichte eingehen würde als der »Wahnsinn von Huygensville«.

»Würden Sie mir bitte erklären, warum sich ein Major der Army für das hier interessiert?«

Harrisburg öffnete die Augen und erwiderte den Blick von Sheriff Parker. Er war nicht sehr groß, gegenüber Harrisburg wirkte er geradezu zwergenhaft. Doch sein Gesicht zeigte Härte und Entschlossenheit. Viele Menschen wären an der Unerklärlichkeit dessen, was hier geschehen war, verzweifelt. Doch Parker, nur ein Provinzpolizist, schien entschlossen, sich der Herausforderung zu stellen. Nicht, dass er viel tun konnte – die Ermittlungen hatte natürlich das FBI übernommen. Aber er wollte sich offenbar seine eigene Version der Wahrheit erarbeiten.

Die Medien hatten wie üblich bereits eine Menge Erklärungen parat. Ein Attentäter sei unter den Versammelten gewesen, vermuteten die seriöseren Zeitungen, und beim Eingriff der Sicherheitskräfte sei es zu einer Schießerei und anschließender Massenpanik gekommen. Brooke sei offensichtlich durchgedreht und habe wild um sich geschlagen. Die Boulevardpresse – je nach politischer Couleur – vermutete eine Verschwörung linksgerichteter Gruppen oder eine gezielte Aktion des Ku-Klux-Klans, der in der Gegend um Huygensville angeblich besonders aktiv war. Im Internet kursierten Gerüchte um Drogen im Bier und um einen geheimnisvollen Virus, der Menschen dazu brachte, den Verstand zu verlieren.

»Ich leite die Abteilung für psychologische Aufklärung«, antwortete Harrisburg. »Wir untersuchen alle Vorfälle, in denen es zu massenhafter Gewalt kommt.«

»Sie glauben, jemand könnte die Menschen hier aufgestachelt haben?«

Harrisburg überlegte einen Moment, bevor er antwortete. »Ich kann es zum jetzigen Zeitpunkt noch nicht ausschließen.«

»Aber wie? Die Veranstaltung wurde aus mehreren Perspektiven vollständig gefilmt. Die Gewalt brach im Zentrum aus, dicht vor der Bühne, und breitete sich dann wellenförmig aus. Auf den Videos ist nichts, absolut gar nichts erkennbar, das die Ursache gewesen sein könnte. Die Leute fingen plötzlich einfach an, wild um sich zu schlagen.« Er stockte, als fiele es ihm schwer, weiterzusprechen. »Ich kenne die Menschen, die da vor der Bühne standen, zumindest einige von ihnen. Die meisten sind Farmer aus der Gegend. Timmy Robbins habe ich gesehen, das ist der

Sohn des Besitzers von unserem Eisenwarengeschäft. Ein netter Bursche, tut keiner Fliege was zuleide. Oder Harry Maypole, der Leichenbestatter. Harry ist über sechzig und hat, so lange ich ihn kenne, noch nie einen Tropfen Alkohol getrunken. Was kann solche Menschen dazu bringen, sich gegenseitig umzubringen?«

Harrisburgs Gedanken wanderten zurück zu den Ereignissen vor fast fünf Jahren. Die Duft-Affäre war niemals vollständig aufgeklärt worden. Corlines Selbstmord hatte dies verhindert. Man hatte auf seiner Ranch in Texas Spuren eines chemischen Labors gefunden, das offenbar in aller Eile abgebaut worden war. Vieles deutete darauf hin, dass Corline der Kopf einer Verschwörung war, doch es war nicht gelungen, weitere Mitglieder zu identifizieren, geschweige denn, sie zu überführen. Wie er an das Geheimnis des Duftstoffs gekommen war, darüber ließ sich nur spekulieren. Die wahrscheinlichste Erklärung war, dass ein inzwischen untergetauchter V-Mann der CIA namens Kadin ihm von dem Pheromon berichtet und vielleicht eine Probe oder Unterlagen über seine Herstellung gestohlen hatte. In den Akten und Datenbanken der CIA ließen sich jedoch keine Hinweise darauf finden.

Kurz nach dem missglückten Anschlag auf die Friedenskonferenz hatte eine Spezialeinheit der US-Luftwaffe Ondomars Lager im Südsudan angegriffen und vernichtet. Unter den Toten war auch die Leiche eines Deutschen namens Andreas Borg entdeckt worden. Ondomar selbst war wohl davongekommen – vermutlich hatte er sich zum Zeitpunkt des Angriffs noch in Saudi-Arabien aufgehalten.

Die CIA hatte ihre Ermittlungen auf die Firma Olfana und ihren Geschäftsführer Scorpa konzentriert, jedoch keine Hinweise darauf gefunden, dass er von Borgs Machenschaften gewusst hatte oder gar selbst daran beteiligt gewesen war. Auch alle weiteren Ermittlungen waren letztlich im Sande verlaufen.

Harrisburg hatte gehofft, mit Borgs und Corlines Tod wäre auch das Wissen über den Duftstoff untergegangen. Doch eine Ahnung hatte ihn seither nach Anzeichen dafür suchen lassen, dass das Pheromon irgendwo auf der Welt erneut eingesetzt wurde.

Es schien, als könne ein Gedanke, der einmal gedacht worden war, kaum wieder aus dem kollektiven Bewusstsein der Menschheit gelöscht werden. Der Duft war wie ein böser Geist, der, einmal aus dem Gefängnis der Ahnungslosigkeit befreit, die Menschheit von nun an für immer heimsuchen würde. So wie Zehntausende Atombomben, die seit Ende des Kalten Krieges in ihren Silos geduldig auf eine Verschlechterung der Weltlage warteten, oder die tödlichen Viren in den Forschungslabors der Militärs, die auf einen Fehler ihrer Schöpfer lauerten. Harrisburg konnte nichts weiter tun als versuchen, die Ausbreitung des Wissens um den Duft einzudämmen, und diejenigen, die es missbrauchten, zu jagen. Ein ziemlich hoffnungsloses Unterfangen.

Der Sheriff deutete auf den Wahlkampfprospekt in Harrisburgs Hand. »Was, zum Teufel, kann einen Senator so wütend machen, dass er vor laufender Kamera ohne irgendeinen Grund eine schwangere Frau niederschlägt?«

Bob Harrisburg sah dem Sheriff in die Augen. Die Lüge fiel ihm seltsam leicht, und sie kam schnell. »Ich weiß es nicht.«

Mein Dank gilt dem Naturfotografen und Afrikakenner Dieter Gandras, der mich mit seinen eindrucksvollen Bildern inspiriert und viele sachliche Fehler ausgemerzt hat (die verbliebenen gehen allein auf mein Konto). Meiner Frau Carolin danke ich für rigorose und dringend notwendige Kritik am ersten Entwurf und die Geduld, auch den zweiten noch zu lesen, meiner Agentin Silke Weniger für professionellen, guten Rat und besonders meinem Lektor Andreas Paschedag und dem Team des Aufbau Verlags für die fantastische Unterstützung!

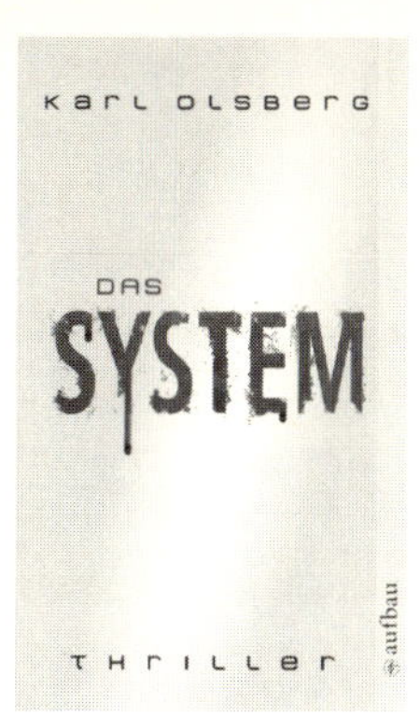

Karl Olsberg
Das System
Thriller
403 Seiten
ISBN 978-3-7466-2367-2

Die Zukunft der Menschheit ist in Gefahr

Was wäre, wenn alle Computer der Welt plötzlich verrückt spielten? Als Mark Helius zwei Mitarbeiter seiner Softwarefirma tot auffindet, weiß er, dass im Internet etwas Mörderisches vorgeht. Stecken Cyber-Terroristen dahinter? Oder hat das Datennetz ein Eigenleben entwickelt? Eine Jagd auf Leben und Tod beginnt, während rund um den Globus das Chaos ausbricht.
Dieser atemberaubende Thriller zeigt beklemmend realistisch, wie schnell unsere technisierte Welt aus den Fugen geraten kann.

»Ihren PC werden Sie nach dieser Lektüre nur noch mit gemischten Gefühlen hochfahren.« EMOTION

Mehr Informationen erhalten Sie unter
www.aufbau-verlagsgruppe.de oder in Ihrer Buchhandlung

Taavi Soininvaara: Eiskalte Spannung von Finnlands neuem Krimi-Star

Taavi Soininvaaras Romane um den beliebten Kommissar Arto Ratamo wurden verfilmt und vielfach ausgezeichnet, u. a. mit dem finnischen Krimipreis.

Finnisches Requiem
Rasant erzählt und ausgezeichnet als »bester finnischer Kriminalroman des Jahres«: Kaltblütig wird ein deutscher EU-Kommissar in Helsinki erschossen. Arto Ratamo von der finnischen Sicherheitspolizei ist einem unsichtbaren Killer auf der Spur, der sein nächstes Opfer schon im Visier hat.
»Arto Ratamo hat Herz, Erfindergeist und einen untrüglichen Spürsinn.« PASSAUER NEUE PRESSE
Kriminalroman. Aus dem Finnischen von Peter Uhlmann. 372 Seiten. AtV 2190

Finnisches Blut
Bei seinen Forschungen stößt der Wissenschaftler Arto Ratamo auf das tödliche Ebola-Virus. Als es ihm gelingt, ein Gegenmittel zu entwickeln, gerät er ins Visier von Terrorgruppen und Geheimdiensten. Eine blutige Hatz beginnt, bei der seine Frau ums Leben kommt und Ratamo vom Gejagten zum Jäger wird.
Kriminalroman. Aus dem Finnischen von Peter Uhlmann. 362 Seiten. AtV 2282

Finnisches Roulette
Ganz Finnland feiert den Mittsommer, so auch Arto Ratamo. Doch der Ermittler der SUPO hat keine Zeit, seinen Rausch auszuschlafen, denn ein deutscher Diplomat wird kaltblütig in Helsinki ermordet. Was zuerst wie ein Erbschaftsstreit um ein Pharma-Unternehmen aussieht, entpuppt sich als ein fürchterliches Komplott, das bis nach Kraków, Verona und Frankfurt reicht.
»Eine genial gestrickte Story mit Charakteren, die so plastisch beschrieben werden, dass man sie anfassen will. Das Ganze wird so temporeich und spannend erzählt, dass man mitfiebern muß.« BILD
Kriminalroman. Aus dem Finnischen von Peter Uhlmann. 363 Seiten. AtV 2356

Finnisches Inferno
Ein Mann stürzt aus dem 28. Stockwerk seines Hotels. Bei der Leiche: hochbrisantes Material über den Computercode »Inferno« – der größte Bankraub der Geschichte droht. Medienmanipulation, russische Geheimagenten, die Wirtschaftsmacht China – nicht zuletzt kämpft Ermittler Arto Ratamo mit einem skrupellosen Verräter in den eigenen Reihen.
»Ganz und gar nichts für schwache Nerven.« WESTDEUTSCHE ZEITUNG
Kriminalroman. Aus dem Finnischen von Peter Uhlmann. 344 Seiten. AtV 2401

Mehr unter www.aufbau-verlagsgruppe.de oder bei Ihrem Buchhändler

Lisa Gardner: Thriller mit Gänsehaut-Garantie

Lisa Gardner, geboren 1971, gehört zu den erfolgreichsten Thrillerautorinnen Amerikas und steht in einer Reihe mit Kathy Reichs, Karin Slaughter und Nora Roberts. Sie lebt mit ihrem Mann in New England. »Lisa Gardner nimmt den Leser mit auf eine halsbrecherische, atemberaubende Fahrt.«
PUBLISHERS WEEKLY

Lauf, wenn du kannst
Eine Frau, die ihren schrecklichsten Alptraum nach 25 Jahren noch einmal durchleben muss. Ein Polizist, dessen Leben aus den Fugen gerät. Ein sadistischer Mörder, der auf Rache sinnt. Und ein einziger entsetzlicher Augenblick. Während sich in der sogenannten besseren Gesellschaft von Boston das Grauen breit macht, sucht Catherine Rose Gagnon verzweifelt nach einer Möglichkeit, diesem Alptraum zu entrinnen.
»Spannend und komplex.«
SUNDAY JOURNAL
Thriller. Aus dem Amerikanischen von Karin Dufner. 430 Seiten. AtV 2373

Schrei, wenn die Nacht kommt
Lorraine Conner, eine ehemalige FBI-Agentin, ist verschwunden. Ihr Wagen steht mit laufendem Motor auf einer gottverlassenen Straße in Oregon. Die Handtasche liegt auf dem Fahrersitz, doch von Lorraine fehlt jede Spur. Bald meldet sich der Entführer und beginnt ein übles Spiel mit Polizei, Presse und ihrem Ehemann, einem FBI-Profiler. Um seinen Forderungen Nachdruck zu verleihen, kidnappt er auch noch die kleine Dougie, um die sich Lorraine zuletzt gekümmert hat – und der Fall erhält eine noch viel größere Dimension. Ein Thriller mit Gänsehaut-Garantie.
»Ein brillantes Buch, das man nicht verpassen sollte.« THE INDEPENDENT
Thriller. Aus dem Amerikanischen von Manuela Thurner 448 Seiten. AtV 2423

Mehr Informationen über Lisa Gardner erhalten Sie unter www.aufbauverlagsgruppe.de oder bei Ihrem Buchhändler

aufbau taschenbuch
AUFBAU VERLAGSGRUPPE

Fred Vargas
Der vierzehnte Stein
Kriminalroman
Aus dem Französischen
von Julia Schoch
479 Seiten
ISBN 3-7466-2275-1

Vargas macht süchtig

Nach sieben erfolgreichen Kriminalromanen, unter anderem ausgezeichnet mit dem Deutschen Krimipreis, nun der nächste große Wurf der Bestsellerautorin: Durch Zufall stößt Adamsberg auf einen gräßlichen Mord. In einem Dorf wird ein Mädchen mit drei blutigen roten Malen gefunden, erstochen mit einem Dreizack. Eines ähnlichen Verbrechens wurde einst sein jüngerer Bruder Raphaël verdächtigt. Doch seitdem sind 30 Jahre vergangen, der wirkliche Mörder ist längst begraben. Wer also mordet weiter mit gleicher Waffe? Für Adamsberg beginnt ein atemloser, einsamer Lauf gegen die Zeit und er wird selbst zum Gejagten.

»Ein Krimi, so atemlos wie fesselnd.« ELLE

Mehr von Fred Vargas (Auswahl):
Der vierzehnte Stein. Lesung. DAV 3-89813-515-2
Fliehe weit und schnell. AtV 2115-1
Die schöne Diva von Saint-Jacques. AtV 1510-0
Als Kriminalhörspiel. DAV 3-89813-180-7
Es geht noch ein Zug von der Gare du Nord. AtV 1512-7
Als Kriminalhörspiel DAV 3-89813-312-5

Mehr Informationen erhalten Sie unter
www.aufbau-verlag.de oder in Ihrer Buchhandlung